新潮文庫

ジェニィ

ポール・ギャリコ
古沢安二郎訳

ジェニイ

猫ちゃん、猫ちゃん、ボウドロンズちゃん

猫ちゃん、猫ちゃん、ボウドロンズちゃん
　おまえどこへ行ってたの？
あたい女王さまおがむため、
　ロンドンの街へ行ってたの

猫ちゃん、猫ちゃん、ボウドロンズちゃん
　おまえそこでなに獲《と》ったの
あたいは階段駆けのぼる、
　太っちょネズミを獲ったのよ

猫ちゃん、猫ちゃん、ボウドロンズちゃん
　おまえそれをどうしたの？
あたいごはんに食べるため、
　あたいのえさ袋にしまったわ

——スコットランドの古い童謡——

1　発　端

ピーターはどうも自分は事故にあって、ひどい怪我《けが》をしたのにちがいないと思った。スコットランド生れのばあやのそばにいたら、大丈夫だったのだけれど、広場の公園の柵《さく》のそばで、かわいらしい子猫が初春の日射《ひざ》しを浴びながら身づくろいしていたので、道路を渡ってその公園まで駆けて行こうと、ばあやのそばからぱッと飛び出してしまってからのことは、あまりよく覚えていない。

その子猫を抱いて撫《な》でてやりたいと思ったわけなのだが、ばあやが金切り声をあげたとたんに、何かがすごい勢いでどすんとぶつかり、そのあとは、陽が落ちてあたりが真っ暗になり、昼が夜に変ってしまったような気がした。体のどこかがずきずき痛むようである。いつかフットボールを追いかけて砂利山のそばまで駆け出し、そこでころんで、むこうずねの皮をすっかりすりむいたときとおなじ痛さである。

ぼくは今ベッドにはいっているようである。ばあやがそばにいて、妙なのぞき方でぼくをのぞいている。つまり、はじめのうち、ばあやはぼくのすぐそばにいた。そばもそばも、いつもは皺《しわ》のよったピンク色の顔色をしていたのに、そうではなくて、何という真っ青な顔をしているのだろうと、はっきり見えるくらいそばにいた。かと思うとこんどはその顔が望遠鏡を逆にのぞいているように、遠くにかすんでいって、とても小さく見えるといった具合である。

父も母も来ていない。そんなことにピーターは驚きはしなかった。父は陸軍の大佐である。母はいつもせわしなくおしゃれしながら、ぼくをばあやにまかせっぱなしにして、外出しないではいられないたちだからである。

ピーターはこれほどばあやが好きでなかったら、ばあやに腹を立てていたかもしれない。なぜかといえば、ぼくはもう八歳になっているのだから、そのぼくをまるで赤ん坊のように扱うばあやなんか、いらないはずだということがわかっているからである。それをまるで、自分の身のまわりの始末さえできない小さな子供のように、いつまでたっても手をひいて歩きまわりたがっているんだから、困ったものである。しかし今はもう母が忙しがって、ぼくの面倒をみてくれないのには慣れっこになってしまった。いつも家にいて、夜になるとぼくが寝つくまで、そばについていてくれないことにも慣れっこになってしまった。母はばあやが自分の代りをしてくれることに、ますます頼りきってしまい、いつかも父が——ブラウン大佐というのだが——もうそろそろばあやにひまをやっていいころじゃないか、と言い出してみたのだが、母はばあやを帰らせることなど考えても耐えられないと言ったので、もちろんばあやはそのまま家に居ついてしまったわけである。

もしぼくが今ベッドについているのだとしたら、たぶんぼくは病気なのだろう。もしぼくが病気なのだとしたら、たぶん母も帰って来てそのことを知ったら、いつもよりはよけいぼくのそばにいてくれるにちがいない。そしてひょっとしたら、ずっと前からのぼくの願いをかなえて、ぼくだけの猫を部屋の中に飼うことを許してくれるかもしれない。その猫はぼくのベッドの足もとで体を丸めて眠り、寒い夜だったら、たぶんふとんの中にもぐりこんで来て、ぼくの腕の中に寄りそって来ることだろう。

ピーターはものごころがついてからずっと猫を飼いたいと思っていた。最初の記憶は今からずいぶん前のことであるが、四歳になったころ、ジェラーズ・クロス近くのある農園に連れて行かれて泊ったことがあった。そのとき台所に案内され、白とダイダイ色のうぶ毛の玉のような、子猫のいっぱいはいった籠《かご》を見せられたのである。シヨウガ色の母親猫はいかにも誇らしげに相好《そうごう》をくずし、一匹ずつ、つぎつぎに舌で子猫の体じゅうをなめてやっていた。ピーターはその猫に触ってもいいと言われた。母親猫はやわらかくて暖かく、体の中に何だか奇妙な、どきどき脈打つような音をさせた。あとで知ったのだが、それは猫がのどをごろごろ鳴らす音で、悦にいって満足していることを示すのだそうである。

そのとき以来ピーターはどうしても自分の猫をほしいと思った。

しかし猫を飼うことは許されなかった。

ピーターの一家はキャベンディッシュ広場近くの、昔からうまや町と呼ばれている界隈《かいわい》の小さな家に住んでいる。ときどき休暇で帰って来るピーターの父親ブラウン大佐は、ピーターが猫を飼うことをべつに気にもしていなかったが、母親のほうは、猫を飼っていなくてさえ、狭い家の中には、通りからの砂埃《すなぼこり》もふんだんにはいるし、動きまわるほどの場所もないしするし、それにスコットランド生れのばあやは、猫が嫌いでこわがっているのだから、いけないというのである。ピーターの母にとっては、ばあやにいつまでも家に居ついて、ピーターの世話をしてもらえるようにするためには、猫のことではばあやの機嫌をとることが重大問題だったわけである。

ピーターはそういうことはすべて知って、理解もしていたし、世の中とはそうしたものなんだから、というわけで我慢もしていた。しかしそれだからといって、ピーターがつらい、耐えがたい思いをするのはどうすることもできなかった。なぜなら若くて美しい母親は、ピーターにさいてくれるひまなど全然なさそうだったからである。

つまり、ピーターが自分の猫をほしいとあこがれる気持を、忘れさせてくれるひまなど、全然なさそうだったからである。

ピーターは広場の猫のほとんどみんなと友達だった。うまや町に近いキャベンディッシュ広場の小公園の管理人の飼い猫で、胸もとに白い斑点《はんてん》があり、シリング銀貨ほど丸くて大きい、緑色の目をした大柄な黒猫も、一日のうちの大半五番地の窓に、またたきもせずうずくまっている二匹の灰色猫も、十一番地の地下室に住んでいる管理人ボビットおかみさんの飼い猫で、緑色の目をしたショウガ色の猫も、その隣りの家のたれ耳をしたみけ猫も、さては一日の大半二十七番地の窓のクッションの上に寝てはいるが、晴れた暖かい日には、戸外運動に広場に連れて来られるブア・ド・ローズ種のペルシャ猫も——みんなピーターの友達である。

それにもちろん、路地や、うまや町裏の空襲で焼け出された廃屋に住んでいるのら猫もいるし、公園の柵から忍び込んで来る無数の宿なし猫もいる。とら猫、ぶち猫、白黒猫、レモン色猫、黄褐色猫、まだら猫などが、ごみ箱や、くず紙束や、台所の残物入れの陰に出たりはいったりしているし、けんか猫、吠《ほ》え猫、こそこそ猫、ごみさらい猫、宿なしののら猫、おいぼれ猫、子猫などが、気をいらだたせながら、苛酷《かこく》で無情な都会から、何かしら餌《えさ》にありつこうという、むずかしい仕事にうきみをやつしている。

ピーターがいつも家までさらって来るのはそういう猫たちである。ときにはこわきにかかえられながら、蹴《け》ったり爪《つめ》を立てたりするものもあるが、中には暖かいところへ連れて行かれて、食事にありつき、やさしい人間の手で撫でてもらえるかもしれないと、つかまえられたのを喜んで、ぐったり身をまかす猫もいる。

たまにはピーターがばあやの目をかすめて、うまうまと一匹を子供部屋の戸棚にこっそり持ち込み、みつかるまでまる二日間も飼っていたこともある。

ばあやはみつけると、かねて屋敷の中で猫をみつけた場合どうすべきか、ブラウン夫人から教わったとおり、通りに面しているドアを開けて――「シッ！　出てうせろ、うすぎたないのら猫めが！」と叫ぶか、それともほうきを持って来て追い払うかするのである。もしそれでもききめがなく、隠れていた猫が隅っこにすくんでいるだけだったら、ばあやはその猫の首ったまをつかまえ、手をぐっと突き出したまま、通りにほうり捨てるのである。そのあとでばあやはピーターに痛い思いをさせるわけである。

もっともピーターにとっては、せっかくの新しい友達を失ったつらさと、自分が大事にしてやっていたとき、その猫がどんなに喜んでいたか、ということを思い返して心を痛める苦しさにくらべたら、そんなせっかんくらいは大したことではなかったのだが。

ピーターはそうしたことが起った場合、もはや泣き声をたてないでいるようになっていた。人間は声をたてないで心の中で泣くことができるものだということを、ピーターはいつの間にか発見していた。

ピーターは今病気なのだから、泣いてみたいような気がした。ただこんどは声をたてて泣いてみたいような気がしているのに、ひとつも声をたてることができないとわかって、何だか妙な気がした。一体どういうわけなのかさっぱりわからない。わかっていることはただ、郵便屋さんとおしゃべりしていたばあやのそばから、ぼくが急に飛び出し、とら毛の子猫のそばへ行こうと思って、道路を渡ろうとしたとき、ぼくの身にどういうことが起ったのかわからないが、とにかくその何かが起ってからというもの、どうもものごとがみんな妙なふうになっていくということだけである。

事実ピーターにぶつかったのは、広場の角を曲ってフルスピードで走って来た、石炭トラックだったのである。ピーターが何も知らずに歩道のふち石から飛び出し、そのトラックの前を走っていたとき、はねとばされたのである。それからあとのことは、大勢の叫び声も、事故で集まった人たちのことも、ばあやが大声でわめきながら泣き叫んだことも、ピーターを抱き上げて家まで運んでくれたお巡りさんのことも、誰かが医者を呼びに行き、お母さんの行先を捜しまわったことも、その後で病院に送り込まれたことも――ピーターは長い、実に長いあいだ、知らないで過したのである。だからそのあいだに、いろいろ変ったたくさんのことが、まずピーターの身の上に起ることになったわけである。

というのは、一つには夜があまりにも急速に昼に変るので、まるでスクリーンがすっかり真っ暗になったり明るくなったりする、映画でも見ているような気がするし、また一つには、ばあやの顔がまずぼくの上に現われたかと思うと、やがて遠くのほうにすっと消えていき、こんどは、まるで近づいて来る自動車のヘッドライトのように光るレンズの眼鏡をかけて、戻って来るといった具合に、明らかに出来事がすべて妙な変り方をするように思われるからである。

ところで、いよいよ何かまったく奇妙なことが起ろうとしていることがピーターにわかった。さきほどばあやの姿が遠くのほうに消えていったあとで、ピーターのベッドが波に揺れる小舟のように揺れたからである。やがてばあやの姿が再び引き返して来たとき、それはもはやばあやの顔ではなく、公園の柵のそばで身づくろいしていて、ぼくがつかまえて抱きしめてやりたいと思った、とら毛の子猫の顔に変っていた。

事実、今ぼくの枕《まくら》もとにこしかけて、いかにも懐《なつ》かしそうに笑いかけているのは、そのかわいい子猫だったのであるが、その体は今や途方もない大きさの猫となり、その目はスープ皿のように大きくてぴかぴか光り、まるでばあやの眼鏡そっくりである。ぼくの姿の映《うつ》っているのが見えるところまでそっくりである。

ところが途方に暮れたのは、そこに映っているのはぼく自身だということはわかってはいるのだが、どうしてもそれがぼくらしくは、とうてい思えないことである。というのは、通りすがりに、廊下の長方形の長い姿見に映る自分の姿はよく見慣れていたし、またときどきはばあやの眼鏡にだって、ぼくの短く刈り込んだトビ色のカールしている髪の毛や、丸っこい目や、上向きの小さな鼻や、がんこそうなあごや、二つの野生リンゴのような赤味のさした丸っこいほおなどが映るのを見たことがあるからである。

はじめのうちピーターは自分がどんなものに見えているのか、はっきり見きわめてみようという努力はしなかった。なぜならピーターは、その子猫の冷たい緑色のプールのような目の中にわれを忘れているだけで、楽しくて心がなごんでくるからである。とても静かで、深くて、澄みきっているので、まるでエメラルド色の湖水で泳いでいる思いがする。その子猫の暖かい微笑につつまれて、その湖水の美しい色の水の中につかっていることは、実に楽しいことである。

ところが間もなくピーターはそれが自分に与える影響に気づきはじめた。ときどきその画像はぼんやりしてくるのであるが、やがてしばしのあいだだったが、その画像がきわめてはっきりしてきたので、ピーターは自分の頭の格好がどんなに変ってしまったかということを見きわめることができた。格好だけではなく、色まで変ってしまったのである。これまで見慣れていたのはトビ色のカールした髪の毛と、リンゴのようなほおだったのに、自分の毛皮はこんどはとても短く、まっすぐで、純白になってしまったように思われたからである。

「おや、なぜぼくは毛と言わないで『毛皮』と言ってしまったのだろう」とピーターは自分につぶやいた。「何というおかしなことを言ってしまったのだろう。ぼくが猫に変っていくのは、この猫の目をじっと見ていたからにちがいない。もし本当にそういうことが起っているのだとしたら」

しかしピーターはその目を見つづけていた。今のところピーターには、ほかに視線を向けるところがないことがわかっていたからである。そしてその画像がぼやけてくると、ピーターの姿は、まるで内部で何かが起っているように震えているのである。そしてその姿がはっきりしてくるたびごとに、ピーターはさまざまな新しい、こまかい変化に気づくのであった。たとえば奇妙につり上がった目は、今はもう灰色ではなく、水色になってしまっていることや、鼻が上向きの小さなかわいらしいものから、いつの間にかローズ・ピンク色の三角形のものに変り、それが口もとまでつづいているので、もはや自分のものに似ているどころか、ピーターの考えうるどんなものにも、似ても似つかないものになってしまったことなどである。その鼻はこんどは下向きにカーブして、長い、鋭い、そして白い歯の上までつづき、両側には一組ずつのとても大きな、逆立った白いひげが突き出ている。

顔は角ばり、つり上がった目は大きくじっとものを見つめ、鋭くとがった耳は屋根裏部屋の窓のようにぴんとはねている。「そうだ、もしぼくが猫だったら、きっとこんなふうな顔になるだろうと思う」とピーターは考えた。やがてピーターは目を閉じた。なぜならこんな奇妙な、こんな風変りな自分の姿は、今ではもう実にはっきり、まごうかたなく自分の姿だったので、そう思うといささか恐ろしくなってきたからである。猫になりたいと思うことと、猫そっくりの格好になることとは、話がまったく違うようである。

ピーターが目を開けたとき、一瞬相手の猫の目の、鏡の魔力が破れてしまったように思われた。というのはピーターはその目をのぞきこむのをやめて、その代り、どうにかして自分の手足を見おろすことができたからである。ピーターの手足は純白で、大きく、毛皮をかぶり、裏側には奇妙な、やわらかい、ピンク色がかった足の裏がついていて、爪はトルコ剣のように彎曲《わんきょく》し、先は針のように鋭くなっている。

驚いたことにピーターは、自分がもはやベッドの中に寝てはいないで、ベッドの上にあがっていることがわかった。ピーターの体全体はそのときにはもう、細長くすらりとなっていて、ピーターの母親が冬のあいだおしゃれして外出するとき、いつも両手をさし込んでいく白テンのマフそっくりに、いかにもやわらかそうで真っ白である。そして体のはしには、彎曲してうねったり、びくびく動いたり、激しく打ちつけたりする、目のない白蛇のように見える尾がついているではないか。耳の先から尾の先まで、ピーターは一点のしみもない純白の毛皮におおわれている。

その微笑と、じっと見つめる目で、明らかにピーターをこんなめちゃくちゃなめにあわせてしまったとら毛の子猫の姿は、いつの間にか消え失《う》せてしまい、もはやどこにも見られなかった。代りにそこにいたのはばあや一人だけであったが、これまで現われたときの十倍も大きな姿になったばあやは、枕もとに立ちはだかり、ピーターの耳が痛くなるほどの大声で叫んだ――

「ほんとにいけすかない坊ちゃんたら、ありゃしない！　またぞろ通りからのら猫を引きずり込むなんて！　こら！　シッ！　出て行け！」

ピーターも大声で叫んだ――「でも、ばあや！　ぼくピーターだよ。猫じゃないよ。ばあや、いけないよ、お願い！」

「文句があるのかい？」とばあやはわめいた。「そんならほうきだ」ばあやは廊下に出て行き、ほうきを持って戻って来た。「さあ、これだ。出て失せろ！」

ピーターはぞッと寒けがした。ばあやがほうきを振り回しているあいだ、ピーターはベッドの隅っこに寄ってちぢみあがりながら、「ばあや、ばあや、違うんだ、違うんだ！　ねえ、ばあやったら！」と叫ぶよりほかしかたがなかった。

「こっちこそニャオ、ニャオと鳴いてやりたいわ」とばあやはどなって、ほうきを下に置き、ピーターの首ったまをつまみ上げたので、ピーターは情けない叫び声をたてながら、ばあやの手から吊《つ》りさげられたまま、必死に手足をばたつかせていた。

ばあやはピーターをつかんだ手を、できるだけ体から離したまま廊下に飛び出し、階段を駆け降りながらつぶやいた、「ピーター坊ちゃんをみつけたら、晩飯ぬきでベッドに追いやってやるから、いいわ。ほんとに、今後はもう絶対に猫など持ち込んではいけないと、何べん坊ちゃんに言いきかしたかしれないのに！」そしてばあやはうまや町の通りに面した一階の玄関に出た。

そしてピーターを通りにほうり捨て、ドアをぴしゃりと閉めた。

2　キャベンディッシュ広場からの逃走

外のうまや町は情けないほど寒くて雨降りである。さきほど陽が落ちたとき、急に寒さが襲ってくるとともに、いつの間にか雲が集まり、雨が降りだし、それが激しい大降りとなっていた。

外に閉め出されたピーターが、いかにも痛ましそうな、おびえた鳴き声をたてたので、向い側に住んでいる女の人が主人に言った、「おや、あれが聞えます？　小さな子供の泣き声そっくりに聞えるんだけれど！」

主人がカーテンを開けてのぞくと、ピーターは大声で叫んだ、いや、自分では大声で叫んだつもりだった――「ああ、ぼくを入れてください！　お願いだから入れてください！　ばあやがぼくをほうり出したんです。ぼくを、このぼくをほうり出したんです！」

やがてピーターの耳に、その主人がカーテンをおろしながら言ったことばが聞えた。「またのら猫さ、大きな白い雄猫だよ。一体あいつらはみんな、どこからやって来るんだろうなあ？　こうギャーギャー鳴きたてられたら、いっときもゆっくりやすめないじゃないか。こら！　シッ！　シッ！　あっちへ行け！」

夕刊配達の少年が自転車で通りかかり、ドアの外の猫を追い払っている声を聞きつけ、ひょっとしたらチップにありつけるかもしらんと皮算用して、手伝ってやることに肚《はら》を決めた。

その少年は自転車のまま、まともにピーターの鼻先まで乗りつけ、「おい！　こらッ！　シッ！　あっちへ行け！」とどなりながら、やがてサドルから身をかがめ、たたんだ新聞でピーターの背中を叩《たた》きつけた。ピーターはその襲撃から夢中で逃げ出した。すると間もなく、何だか途方もないほど大きなもので、見たところ家ほどの大きさのものが、車輪に乗ってがらがらすごい唸《うな》りをたてながら、そばを通り過ぎたとたんに、波立つ泥水が巻き上がり、それがピーターのわき腹にどしんと落ちてきた。ピーターはあわててうまや町を逃げ出し、毛を通して下の皮までびしょ濡《ぬ》れになりながら、キャベンディッシュ広場にしゃがみ込んだ。

ピーターは自分がこんなに乱暴に、突然投げ出された世界は、一体どういう世界なのか、まだあたりを見まわしてみるだけの余裕さえなかった。

その世界はこれまで出会ったどんな世界にも似ていなかったので、ピーターは思わずぞッとした。

その世界は完全に、重い編上靴や、かちかち音をたてるハイヒールをはいて、向う見ずに歩きまわる足から成り立っているように思われた。その靴から上に突き出ている脚は、雨の降っている上の暗い夜の闇の中に消えているのだが、それらすべてが何の注意も払わず、あちらこちらに殺到している。それとおなじように向う見ずだが、それよりさらにはかり知れないほど危険なのは、いつも一つがほかの一つのうしろにつづいて二ついっしょになり、ひゅうひゅう、がらがらと、すごい唸り音をたてながら通り過ぎて行く、途方もなく大きな車輪である。そういうものの一つの下敷きになったら、家の居間に敷いてある豹《ひょう》の毛皮より、もっとぺちゃんこになるにちがいない。

と言ってもピーターにとっては、人間の足だってどうやら危険でないというわけはなかった。なにしろいま気づいたのであるが、ピーターは今では自分が、雨に濡れて光っている広場の歩道に、二十五センチにも満たない高さの四つ足で、震えあがっている身の上に追いやられているのだから。靴というものには目がないので、自分がいまどこへ行こうとしているのか見ることもできないわけである。だから靴は四方八方からまるで切りつけるように、ぶつかるような格好でやって来るうえ、どの一組の靴もおなじ歩度で歩いてくれないものである。

その靴の一つがピーターの尾を踏みつけたので、これまで感じたことのないようなずきずきする痛みが、ピーターの全身を突き抜け、思わず腹立たしいおびえた叫びが、そののどもとから飛び出した。踏みつけた足が一瞬相棒の足といっしょに、ずるずる滑るような妙な踊り方をしたかと思うと、上の暗闇《くらやみ》からどなりつける声が落ちて来た――「こん畜生！　もう少しで首すじをちがえるところだったじゃないか！　どけ！　誰かが怪我《けが》でもしないうちに、さっさとこんなところから消え失せろ！」

そして踏んづけないほうの足が歩道から飛び上がり、それがさっとおろされると、いやというほどピーターのあばらと背中を踏みつけ、しびれるような打撃をピーターに与えた。

おびえきったピーターはやにわに駆け出した。自分がどこへ行こうとしているのかわからなかったし、最後はどうなるのかもわからなかったけれども。

突然ロンドンじゅうがいつの間にか自分の敵になってしまったような思いがする。前にはあれほどあいそよかったものも、おもしろかったものも、楽しかったものも、ありとあらゆるものが――たとえばさまざまな物音や、匂《にお》いや、方々の商店のウィンドウの明るい光や、人々の声や、道路の交通の騒がしさや、あわただしさや――そうした一つ一つのものがみんな寄せ集まって、ピーターに襲いかかりはじめた狼狽《ろうばい》と恐怖を、いやましにつのらせるのであった。

というのはピーターは、自分がまだもとのピーターだったころとおなじような考え方をしたり、感じ方をしていることは知っているのだけれど、実際はもうそんな昔のピーターではなかったからである。二本の足で立って歩きまわり、背のびしなくとも暖炉の上の棚にあるものに手がとどくほど、背の高かったピーターではなかったからである。情けないがそうなのだ。そんなピーターはもう過去のものであり、現在のピーターは四つ足になり、耳を頭のうしろにぴったりつけ、尾をぴんと立てながら、自分がどこへ行くのか見もせず知りもせず、ただむちゃくちゃに雨に洗われたロンドンの街々の街路を通り抜けて突っ走っているのである。

いつの間にかピーターはもう自分の家の近所からは遠く離れ、見慣れていたようなすべてのものからは遠く離れ、いま明るい照明のある人混みの往来を駆けていたかと思うと、こんどは真っ暗な路地や曲りくねった細道を駆けていた。あらゆるものがピーターをおびえさせ、ピーターの心を恐怖でふさいだ。

たとえば雨というような、恐ろしいしろものがある。

男の子だったころピーターは雨を愛し、外へ出て雨の中に立っているのが何よりの楽しみだった。雨がほおや髪の毛に当る肌触りが大好きだったし、空からころがり落ちて来るときの、殺到する音が大好きだったし、顔にぴしゃりと当り、やがて小さな雨つぶとなって、鼻の先まで伝わって来る、やわらかい感触が大好きだった。その雨つぶを、下唇を突き出して受けとめ、味わってみることもできたのである。

しかし猫になってしまったらしい現在では、雨が耐えがたいと言ってもいいくらいである。

雨はあつい毛皮の中までしみ込み、そのおかげで毛はもつれてきたなくなり、ところどころにまといついている。そのため毛の持っている暖かさと保護する力が失われているのに、今はそのうえに、商店や家々の側面に打ちつけている冷たい風が、感じやすい皮膚に容易にしみ込むのである。だからフルスピードで駆けているにもかかわらず、ピーターは骨のずいまで冷えてくるのを感じた。

なおそのうえ、四本の足の小さな足裏がうすいため、冷たさと湿気を全部そこから集めているような気がするわけである。

ピーターは自分が今逃げ出しているのは、一体何から一番逃げ出そうとしているのか、自分でわからなかった——雨からだろうか、打たれて怪我をすることからだろうか、それとも自分の身に起った変身の恐怖からだろうか。

ピーターは足をとめて休むこともできなかった。もう一歩も足を動かすことができないと思ったほど、走り疲れたと感じたときでさえ、避難所を捜すことができなかった。というのは街じゅうにあふれているあらゆる人間が、あらゆる物が、自分の敵であるというように思われたからである。

一度ピーターは息をつこうと思って、一台の荷馬車からおろされている、落し板のようなものの下で足をとめた。そこにはいれば、少しは雨をよける足しになると思ったからである。ところがそのとき突然、まるで山腹から岩や丸石が地滑りして落ちて来るような轟音《ごうおん》をたてて、荷馬車の開いた後部扉から、石炭が落し板を伝わって流れ落ちはじめた。あッという間にピーターは息がつまり、真っ黒い石炭の粉を一面にかぶってしまった。

石炭の粉はびしょ濡れの毛皮の中に食い込んで黒い縞目《しまめ》をつくり、目の中、鼻の中、さらに口や肺の中にまではいってしまった。そのうえ、そのすごい物音に、またもやピーターの心臓は狼狽の鼓動を打ちはじめた。ピーターはそれまで、騒がしい物音などこわがったことは一度もなかった。小さかったころ、ナチの電撃に見舞われたときも、爆弾や大砲の大きな物音にさえ、おびえたことはなかった。

ピーターには、音というものが現在の自分にとって、全然違った意味を持っているということを知るひまなど、それまでまったくなかったわけである。騒がしい音があまり高すぎると、頭を叩かれるような思いをすることが、これでわかったし、今ではそれまで聞いたこともない、新しい十二、三種類の音を聞きわけることができるようになった。しかし本当にすさまじい轟音を聞かされると、何もかも忘れてその音からのがれるため、あわてて逃げ出すので、そうした音はもはやピーターの耳も頭も痛めつけるようなことはなかった。

そういうわけでピーターはまたもや、突っ走って逃げ出し、はでやかに色どられた天蓋《てんがい》のようなものの下に、一瞬足をとめた。少なくともそこなら恐ろしい雨がかからなかったからである。しかしその休止も長つづきしなかった。というのは、ずっと上のほうから若い女の声が不平を訴えたからである――

「あら！　きたならしい猫ったら！　あたしに体をこすりつけるじゃないの。新しいドレスがどんなによごれたか、ちょっと見てごらんなさいな！」

そのとおりである。ピーターは偶然その女のそばに近寄りすぎたため、その人のパーティー行きのガウンの裾《すそ》には、すでに湿った石炭のしみがついてしまった。またもやピーターに向って「シッ！　シッ！　出て行け！　さっさと出て行け！　あっちへ行けったら！」という耳ざわりな叫び声が浴びせかけられ、またもや腹を立てた幾本かの足がピーターに向って襲いかかろうとした。しかもこんどは何本かの雨傘の柄もそれに加わり、それがいっせいに上から降りて来て、ピーターを打ちのめそうとした。

それをのがれるため体はがたがた震え、心臓は恐怖と疲労のため、狂気じみた鼓動を打ちはじめたピーターは、歩道のふち石のところに駐車していた自動車の下に逃げ込んだ。そこなら今の人たちもはいって来れないからである。

そこは雨と追跡者たちからのほんのつかの間の安息所にすぎなかったし、おまけに不運な安息所にすぎなかった。なぜなら、そのとき車道と歩道の間の溝《みぞ》に、雨水が奔流のように押し寄せて来たからである。つぎの瞬間、ピーターの頭の真上から、実に恐ろしい、耳をつん裂くような爆音が連続的に起り、それに混ってクラクションのがっかりするようなむせび泣きとともに、軋《きし》る音、金属のがちゃがちゃ触れ合う音がした。熱したオイルとガソリンが、すでに騒音のショックで恐怖にしびれていたピーターの上に、ぽたぽた落ちて来た。ないはずの力をふりしぼって、ピーターは運よく自動車がスタートを起す直前、またもや死にもの狂いで脱走を始めた。

こわさのあまりふりしぼった力には、こんどはさらに勢いがついてきたようである。ピーターは自分をおびやかす車の往来が少なく、自分をどなりつける人間があまり外に出ていないような、ますます暗い、ますます曲りくねった通りをめざして、走りに走り、走り、走りつづけたのである。

そうやって走っているうちに、ピーターはこれまでよりずっと貧しそうな界隈《かいわい》にさしかかった。そのあたりの通りはどの通りもずいぶんきたならしく、すごい臭《にお》いが下水溝から立ちのぼり、それに店を閉めた家々からただよって来るコーヒー、紅茶、香料などの匂いが混り、おかげで鼻の孔《あな》は中毒しそうになり、むかつきそうになってきた。そのうえ、身を隠すような場所はどこにも見当らず、自分を助けてくれようとする親切な人間の声も聞かれず、さしのべられる手も見られなかった。

ピーターを襲っている苦悩に、こんどは飢えが加わってきた。飢えと、自分の力も刻々と最後に迫ろうとしていることがわかってきたことである。しかしなまじ走るのをやめて、新しい危険にぶつかるより、むしろ倒れるまでがんばってみようと肚を決めた。倒れたなら、そこに死ぬまで倒れていようと。

ピーターは走った。そして立ちどまった。ピーターはまた走りだした。そしてよろめき、また走りつづけた。今にも顔から目玉が飛び出すのではないかと思われたし、胸もとは無理に息を吸い込もうとするため燃えていた。しかし立ちどまろうとしてみるたびごとに、何かが起ってはピーターを先へ先へと追い立てるのであった——たとえばドアがぱたんと音をたてるとか、どなり声や、そういった気配が、風に乗ってただよって来るとか、何か新しい騒音が敏感な耳を襲うとか、黒い建物がおびやかすような格好で立っているとか、山の高いヘルメットに雨合羽《あまがっぱ》を着た警官の姿がきらきら光っているとか、二階の窓のラジオからすごい音楽が響いて来るとか、自分に向って投げつけられたキャベツが、体のない人間の首のように歩道を跳ね返って行くとか、酒場のドアから酔っ払いの足がよろめき出るとか、投げつけられた空瓶が、自分の間近の歩道に砕け、そのガラスの破片の雨が、自分の体に浴びせかかって来るとか。

ピーターはできるだけがんばって走りつづけてはきたのであるが、極度の疲労が知らぬ間に迫ってきた今は、もはや、いかにも弱々しい走り方をしているにすぎなかった。

しかしあたりはまた、いつの間にか変ってしまい、小さな店屋や、明りのついた二階の窓はもう見られなくなり、こんどは大きな不規則な黒い建物や、入口も何もない、のっぺらぼうの壁や、人気《ひとけ》のない通りや、横桟をうちつけた扉と鉄の門や、鉄道の線路だとわかった長い、濡れた、すべすべした鉄のレールなどのつづいている界隈に、今自分がはいったことに気がついた。

黄色い街燈《がいとう》は立ち並ぶ倉庫の上に濡れそぼちながら輝き、その裏手には船だまりがつづき、そこに浮んでいる大きな船の横腹が見えている。ピーターが無我夢中で逃げ出して来たところは、テムズ川の下流の、ロンドン・ブリッジからライムハウス街までの、プールと呼ばれている水域の沿岸だった。

そしてそこで、もう自分は一歩も走れないどころか、よろめくことさえできないと思ったとたんに、街燈に照らし出されて、入口の戸が少し開いているのが見える建物に行き当った。つぎの瞬間ピーターはその建物の中に忍び込んでいた。

そこは小麦袋がうずたかく積み上げられている大きな倉庫で、その小麦袋から、いかにも暖かそうな、気持のいい、甘ったるいような匂いが立ちこめている。床にはわらもあるし、小麦袋はみんな固く引き締って乾燥している。

曲った鋭い爪《つめ》をなんとかうまく使いながら、ピーターは積み上げられた袋の並んでいる上に、体を引き上げることができた。びしょ濡れの毛と皮膚を、目の荒いリンキン袋に押しつけると、実にいい気持である。もう一つの袋に背中を押しつけると、暖かいと言っていいくらいである。まだ手足は疲労で震えていたが、ピーターはその手足を伸ばして目を閉じた。

そのときすぐ間近に声がした――「侵入して来やがったな、え？　そうだな、おい、小僧。外へ出ろ。さあ、早く！　さっさと出て行け！」

それは人間の声ではなかったが、ピーターはそのしゃべることばを全部理解することができた。目を開けてみた。倉庫の中には一つも明りはついていなかったが、外の街燈の明りで、自分にはっきり見えることがわかった。

しゃべった相手は大きな黄色い雄猫で、細長い、筋肉質の痩《や》せた体つきをしている。頭は虎《とら》の頭のように角ばって大きく、醜い太い傷跡が一つ、鼻を横切って走っている。

ピーターは言った——「お願いです、動けないいんです。しばらくここに休ませてもらえませんか？　とても疲れているし——」

相手の猫は鋭い黄色い目でピーターをじっと睨《にら》みながら、唸《うな》り声を出した、「聞えたんだろうな、小僧？　きさまの面《つら》つきが気に食わん。出て行け！」

「でもぼくは何も物に触ってもいないじゃないですか」とピーターは抗弁した。「ぼくがやりたいと思っていることは、ただしばらく休んで、体を乾かしたいだけなんです。ほんとにぼくは物になんか手ひとつつけませんから——」

「物になんか手ひとつつけないか」と黄色い猫はおうむ返しに真似《まね》てあざけった。「そいつあごうぎだ。絶対に手ひとつつけないでもらいたいもんだね。おれはここで働いているんだぞ、小僧。この建物のあたりに、よそ者のはいることは絶対に許さんぞ。さあ、ぶちのめされないうちに出て行くんだ」

「出て行きません」とピーターは言った。突然持ちまえの頑固な気性が顔を出したわけである。

「そうかい、出て行かんというんだな?」と落ちついた声で言うと、黄色い猫は低い唸り声をたて、やがてピーターの目の前で、その体は、まるで誰かに自転車の空気入れで、空気でも入れられているかのように、ふくれ上がりはじめた。雄猫のだんだん大きくふくれ上がった体は、全体がずんぐりしたまま、のろのろとゆがんで前かがみになった。

ピーターは抗弁をつづけた――「ぼくは出て行きません。ここには十分はいる場所があるし、それに――」ピーターはそこまでしか言うひまがなかった。というのは黄色い猫が腹立たしそうな金切り声をあげて攻撃を開始してきたからである。

ピーターの頭に加えられた相手の第一回目の電撃打撃で、ピーターは山積みの袋の上から下に突き落とされたし、第二回目の打撃ではころころころがされた。ピーターは自分ほどの大きさしかないものが、こんなにひどい打撃を加えることができようとは、夢にも思っていなかった。ピーターは二回の打撃を受けたため、頭がくらくらして気持が悪くなり、目まいがしてきた。床は自分のまわりでぐるぐる回っているように思われる。立ち上がろうとしたが足がいうことをきかないので、横に倒れてしまった。その瞬間黄色い猫は歯をむき出しながら、倒れたピーターの上に体ごと飛びかかって来た。

ピーターを救ったのは、最初受けた打撃で、その体がとてもぐにゃぐにゃになっていたことである。そのため大きな猫はピーターに組みついたまま、いっしょに入口のほうにころころころがって行った。それでもやはりピーターは、自分の耳に歯が食い込むのを感じたし、針のように鋭い爪が横腹をかき裂いて、引っかき溝をこさえていることも感じた。そして蹴《け》られたのなんの、一回、二回、三回も蹴られた。それがまるで三十本のナイフが皮膚に突き刺さる思いである。さらにピーターの傷ついた頭に、雨あられのように猛打が浴びせかけられた。二匹の猫はくるくるころがりまわっているうちに、ついに突然入口からころがり出て通りに出てしまった。

目の中に流れ込んだ血のために半分目が見えなくなったピーターは、黄色い猫が堂々と倉庫の入口に戻って行く姿を見た、というよりは感じた。しかし黄色い猫があざけって言ったきびしいことばは、はっきり聞えた――「もう二度とやって来るなよ。このつぎにやって来たら、必ずきさまを殺してやるからな」

排水溝を流れている水のおかげで、ピーターはしばし生き返ったような気がしたが、それもほんの一瞬のことにすぎなかった。たくさんの傷から血が出ていることはわかっていたが、目で見ることはほとんど不可能である。耳が一カ所引き裂かれているらしい。体じゅうのひとつひとつの骨が折れてしまったような気がする。九十メートルほど体を引きずって行った。通りの少ししも手に、ボブリルの牛肉エキスの広告の板囲いがある。そこまで行こうと思って、その裏手に向って這《は》いずって行ったが、そこにたどり着かないうちに、力が尽きはて、覚えもなくなってしまった。土砂降りの雨が降りしきり、その雨がきらきら光る雨滴となって歩道から跳ね返っている中で、ピーターは郵便箱のそばに横倒しに倒れた。そしてそこに死んだように横たわっていた。

3　皇帝の寝台

ピーターが再び目を開けたときは昼になっていて、自分が結局死ななかったのだということがわかった。ピーターはまた何かしらおかしいということにも気がついた。つまり、自分は昨夜、意識がなくなる直前に倒れたときと、もはやおなじ場所にはいないということである。

そこにはポスターの貼《は》ってある板囲いがあったし、郵便箱もあったし、長い、低い塀があったことも思い出したのに、今ここにはそんなものは一つも見当らない。その代りにいま自分が横になっているところは、ものすごく大きなベッドのやわらかいマットレスの上だということに気がついた。その上には赤い絹の掛けぶとんが置いてあり、そのずっと上には、とても大きな天蓋があり、その天蓋の一方のはしには、王冠のようなものの下に、「N」とただ一文字書いてある長方形のようなものから、黄色い絹のひだがさがっている。ピーターはこういうものをどこかで見たような気がぼんやりした。

しかし今のピーターの関心事はただ、すごく大きなベッドのすばらしい寝心地のよさと、頭から足の先までまだ痛いことは痛いが、体じゅうが暖かくて乾いているという事実だけであった。そして一方、どういうわけで自分はこんなところに来ているのだろうと考えてみた。

やがて目を完全に開けられるようになったピーターは、自分が今はいっているところは、天井にある、ガラスの一枚はずれている、小さな、うすぎたない窓から、わずかに日の光がはいっているにすぎない、うす暗い、天井の高い部屋だということに気がついた——実際は部屋というより、物置場と言ったほうがよさそうである。なぜならこの部屋にはドアが一つもなく、部屋じゅうにありとあらゆる種類の家具がぎっしりつまっているからである。その家具の大半には埃《ほこり》よけのカバーがかけられ、天井までうずたかく積み上げられている。もっとも、なかにはカバーがはずれて、椅子《いす》やソファーの金色やブロケードの生地がはみ出しているのが見えるものもある。そこいらじゅうにクモの巣がかかっていて、かびくさくて埃くさい匂《にお》いがする。

昨夜の恐怖のすべてがピーターの心に蘇《よみがえ》ってきた。追い立てられ、どやされ、はずかしめられ、すごい物音におびやかされ、そして黄色い雄猫に苦しめられ、ぶちのめされたときの恐ろしさ、いや、そんなことより何より悩みの種は、情けない自分の境遇である。自分は何か不可解な方法で猫に変身させられ、ばあやに間違って道路にほうり出されたのである——自分が本当にピーターであるということは、ばあやにわかるはずもなかったのだから、間違われてもしかたがなかったのだが——自分はもう二度と父や母にも会えないし、家にも帰れないかもしれない。グラスゴウから来ているスコットランド生れのばあやにも会えないかもしれない。ばあやは猫を憎んでいることを別にすれば、実に優しいばあやで、自分にはとても親切にしてくれた。大人の考えうる範囲での親切だったが。けれども今、このベッドと、自分の下に敷かれている、やわらかい絹のすばらしい感触は、実にことばに尽せぬほどの気持だったので、手足を伸ばせば体が痛むにきまっているのだが、どうしても手足を伸ばしてみようという衝動を、おさえることができなかった。ところが手足を伸ばしてみると、驚いたことは、のどの中に何か小さなモーターでも動きだしたような気がして、それがごろごろ音をたてはじめた。

うしろのどこかで優しい声がする——「そうよ、そうしたほうがいいのよ。生きていらして嬉《うれ》しいわ。どうなるか全然わからなかったんですもの。でもねえ、あんたはほんとにすごくよごれて台なしよ」

黄色い猫との出会いの思い出がまだ生々しかったので、ピーターがすっかり驚いて寝返りをうってみると、話しかけた相手が、気楽そうに自分のかたわらにしゃがみこんでいるのを見た。足を体の下にたくし込み、尾をみごとに体に巻きつけて。その猫は痩せた雌猫で、顔は一部白く、そののどもとは、実にかわいらしくて、彼女におだやかな外観を与えていた。そして金色の斑点《はんてん》のある、灰色がかった緑色の光る目の中の、生き生きとして優しい表情は、その外観をいっそう引き立たせている。

ピーターが気づいたことは、その雌猫はとても痩せていて、本当に骨と皮ばかりと言っていいくらいなのだが、彼女に似合わぬこともないその骨ばっているという、そのこと自体の中に、一種の優しくていきな、雄々しさといったようなものがあることである。そのほかはどうかといえば、一点のよごれもなく清らかで、特に胸もとの白い斑点は、白テンのように輝いていて、それが（彼女のさきほど言ったことばとともに）はじめてピーターに、自分の体が今どういう状態になっているかということを、痛烈に意識させた。彼女の言うとおりである。自分の体はすごくよごれて台なしである。

ピーターの体の毛は、よごれて血といっしょにもつれ、泥と石炭の粉で縞目《しまめ》ができている。自分を見たら、誰だって自分がかつては純白の猫だったなんて、絶対に思ってはくれないにちがいない。ましてや男の子だったなどとは、夢にも思わないにちがいない。

ピーターはその雌猫に言った、「すまなかったね。歩けるようになりしだい、出て行くよ。ぼくにはどうやってここへ来たのかわかっていないんだよ。表の通りでもう少しで死ぬところだったと思うんだが」

「ほんとに死んだかもしれないのよ」と彼女は言った、「あたしがあんたをみつけてここへ連れて来たの。まだ元気になっているとは思えないわ。じっとしていらっしゃい、少し身づくろいしてあげるわ。そうすればたぶん少しは気分がよくなるでしょう」

今こそ外観は白猫の体をしているものの、ピーターは今でもやはり男の子のような考え方をするし、感じ方をしていた。そしてこれから身づくろいをしてもらうのだと考えると、あまりいい気持はしなかった。特に、たとえ優しい白い顔をして、親切そうな、おだやかな表情をしているとはいえ、痩せて骨ばったその手でならともかく、そうではなくて舌でやられるのだと思うと、なおさらいい気持はしなかった。ピーターが本当にやりたいと思っていることは、気持のいいベッドの上の、どっしりした絹の掛けぶとんの上で手足を伸ばし、そのままそこでぐっすり寝ることだったのである。

しかしピーターは猫の習わしを思い出したので、こう言った、「いや、結構だよ。君に面倒はかけたくないんだ。よごれていたって、べつにそれほど気にならないし――」

しかしその雌猫は優しくピーターのことばをさえぎって言った、「お黙りなさい！もちろん気にしていらっしゃるくせに。それに、あたしは上手にやってあげることよ」

彼女は一部分だけ白い、痩せた手をさしのべ、その手を優しく、しかししっかりとピーターの体に横ざまにのせたので、ピーターはおさえつけられてしまった。やがて頭とピンク色の舌を、スーッと上下に動かしながら、彼女はピーターの身づくろい作業にとりかかった。まず鼻から始め、ついで両方の耳のあいだを登って行き、つぎに首の後部にさがり、こんどは顔の片側を、それがすむと反対側にさがって行く――

そうやって、まず顔の身づくろいをしてもらったあとで、何か不思議なことがピーターの身に起ったのである。少なくともピーターの心の中に起ったのである。今自分の身づくろいをしてくれているのは、哀れにも路地をうろついている、痩せたのら猫にすぎないのだし、その猫のざらざらした舌が、自分の毛と皮膚をなめてくれているにすぎないのだ、とピーターは思った。ところがそうしてもらっているおかげで、ピーターは自分がまだ幼くて、母親の両腕にしっかり抱かれていたころを、思い出す気分になったのである。それはピーターの思い出すことのできた、ほんとに最初の思い出である。

ピーターがよちよち歩きの練習をしていたとき、ころんで怪我《けが》をしたのである。母は自分を抱き上げ、しっかり抱きしめてくれた。自分は母の首の、あごの真下の暖かいところに、自分の頭をぴったり寄せた。母は優しい両手で、怪我をしたところを撫《な》でさすりながら言った、「ほら、お母さんがすっかり治してあげたでしょう。ほら――もうちっとも痛くないですよ！」事実ちっとも痛くなかった。あらゆる痛みは消えてしまい、ピーターの覚えていることは、もう気楽にしていて大丈夫だという満足感だけだった。

今もかわいらしい、ざらざらした舌に、自分の傷ついた耳をくまなくなめまわされ、ついで下のほうの肩とわき腹の、皮膚を引き裂かれてできた、長い、深い爪跡《つめあと》をなめまわされているうちに、もう大丈夫だという、それとおなじ安心感が、ピーターの心にわいてくるのであった。そして彼女の舌が傷跡の上をなめまわすたびごとに、そこにあった痛みはまるで魔法にかけられたように、たちまち消えていくのである。

彼女の舌が痛む筋肉のまわりから、裏側へ、つぎに下のほうへと忙しく動きまわりながら、筋肉を活気づけたり、ゆるめたりしてくれているうちに、ピーターの傷ついた筋肉から、たちまち痛みは消え去り、実に甘美な眠けが心に忍び寄りはじめるのであった。自分の身にふりかかった、あらゆる恐ろしい出来事も、すんでしまって、こんな大事に手当をしてもらっていると、何とも言えないいい気持になるのであった。ピーターは今にも彼女の口から、「ほら、お母さんがすっかり治してあげたでしょう。ほら——もうちっとも痛くないですよ」ということばを半ば期待していた。

ところが彼女は何も言わなかった。そしてただ、心までやわらげられるようなすばらしいリズムで、舌を動かしつづけているだけである。間もなくピーターは、自分の頭も彼女の頭の動きに調子を合わせて、眠そうに動いているのを感じた。そして満足感を伝える小さなモーターが、ピーターののどもとでごろごろ鳴った。やがて頭をこくり、こくりやっていたピーターは、いつの間にかぐっすり寝こんでしまった。

ピーターが目を覚ましたのは、それからずいぶん時間がたってからのことである。

天井のよごれた小さな窓から射《さ》し込む光は、もうすっかり変っていた。太陽はすでに中天に上っているにちがいない。窓ガラスのよごれていない一カ所から射し込む光線が、巨大なベッドの赤い絹の掛けぶとんの上に、小さな光の輪を作っていたからである。

ピーターはその光の輪の真ん中までころがって行った。そして自分の体がそれほど見苦しくない、もとの体に戻ったことを知った。石炭と泥のよごれの大半は消えてしまい、白い毛は乾いてふんわりふくらみ、もう自分の醜い傷跡やひっかき傷をおおい隠し、空気が直接当らないようにするのに役立つようになった。引き裂かれた耳が少し垂れ気味になっていることが感じられたが、もう少しも痛くはなかったし、すっかり乾いてきれいになっているようである。

雌猫の姿は影もかたちも見えない。ピーターは立ち上がって背のびしてみようと思ったが、足が妙によろよろしてそううまくは立てなかった。そのときピーターは、自分はうんと血を失っているうえ、ひもじさのために体力が弱っていることに気がついた。もし急いで何か食べなければ、自分は間もなくくたばってしまうにちがいない。最後に食べたのはいつだったかしら？　もちろん、もうずっと昔のことだ。いや、昨日だったかな、それとも一昨日《おととい》だったかな。たしかばあやが昼飯に卵と野菜を少し、フルーツゼリーを少し、それとミルクを一杯飲ましてくれたはずだ。考えても目がくらみそうである。一体こんどはいつ食べられるのだろう？

ちょうどそのときピーターの耳に、優しく歌うような、かわいらしい音楽的な呼び声が聞えて来た。それがどういうわけか、特別に優しい、胸をわくわくさせる音楽のように聞えた――「エルルルプ、パルルルロ、ウルルルルプ」ピーターがその音の出て来るほうをふり向いてみると、ちょうど雌猫が、物置場の隅の小割り板と小割り板のあいだの隙間《すきま》から、飛び込んで来るところであった。彼女は口に何かをくわえている。

またたく間に彼女はベッドの上のピーターのそばに飛び上がり、くわえて来たものを下に置いた。

「ああ、そのほうがいいわよ」と彼女は言った。「寝たあとなので、少しは元気になったのね。ネズミを少しいかが？　たった今エレベーターのそばの通路の先でつかまえたのよ。ほんとにとても新鮮なの。あんたもいっしょに食べてかまわないわ。あたしの分け前なんか我慢すれば我慢できるのよ。さあ遠慮なさらないで。まずあんたからためしてごらんなさいな」

「とんでもない……いや、結構だよ」とピーターはぞッとしながら言った。「ネズミなんか、い、いやだよ。とてもぼくには——」

「なぜなの？」雌猫はびっくりして、いささか腹立たしさも混えて尋ねた、「ネズミがどうかしたの？」

彼女はとても親切だったし、自分にしても、彼女が帰って来てくれたのがあんなに嬉しかったのだから、相手の感情を傷つけないようにしようと、ピーターは心をくだいた。

「なあに、な、なんでもないんだよ、大丈夫。ただ……実はぼく、まだネズミを食べたことがないというだけなんだ」

「ネズミを食べたことがないんですって？」彼女の緑色の目はとても大きく見開かれたので、その目の中の金色の斑点がピーターの目をくらましそうになった、「でも、あたしだってそうだったの！　昔は一匹も食べたことがなかったの！　ではあんたも甘やかされて、室内や人のひざの上で育った客間猫だったのね！　なまの刻んだレバーや、罐詰《かんづめ》からの猫用食品ばかりだったのね。言わなくたってわかってるわ。あたしも昔はそういうものをうんと食べたわ。でも、自分で一本立ちになって街に飛び出し、牛乳や、残りもののおいしいものを、一口でも恵んでくれる人がなかったら、誰だってすぐ自分の好みを変えるようになるものなの。そのうえ始めるなら、今はどいい時期はないと思うわ。だから思いきって食べてみるのよ、ネズミに慣れてみるのよ。もとどおりの体になろうと思ったら、少しは何かを食べなくてはいけないわよ」

そう言いながら彼女は手でネズミを持って来て、それをピーターの前に突き出し、やがて自分は枕《まくら》もとに立ってじっとピーターをのぞきこんでいた。彼女の態度の中には優しい力がこもり、おだやかに意を決したようなところが見えた。ピーターは、もし自分が彼女の言ったとおりにしなかったら、彼女が怒るかもしれないと、一瞬いささかたじろいだ。それにかねてピーターが教わったところによれば、人が自分の犠牲をかえりみず、何かをいっしょに分け合おうと申し出たとき、それを断わることは礼儀に反することである。

「あんたは頭からかじり始めなさい」と、雌猫はことばを強めて言った。

ピーターは目を閉じ、ほんの少したためしにかじってみた。

それはとても甘美だったので、ピーターは本当にびっくりしてしまった。

あまりおいしかったので、知らぬ間にピーターは、ネズミの鼻の先から尾っぽのはしまで食べ尽してしまった。食べてしまったあとで、はじめてピーターは自分が貪欲《どんよく》のあまりしでかしてしまったことに、突然後悔のうずきを感じた。自分はどうも恩人が一週間分に当てている食糧を、全部食べてしまったようである。彼女の痩《や》せた体と、あばら骨が毛皮から飛び出しそうな格好を見ると、この猫がまともなものを食べてから、もう一週間以上も何も食べていないように見受けられる。

しかし彼女はそんなことは全然気にもとめていないようである。それどころか、ピーターを見おろしてにっこり笑いながら、「ほらね、そんなにまずいことはなかったでしょう？　ほんとにあんたったら、すごくおなかをすかしていたんだもの」と言ったときには、本当に嬉しそうな顔さえしていた。

ピーターは言った、「すまなかったね。どうも君の晩飯分まで食べてしまったようなんで」

雌猫は元気のいい微笑を見せた。「もうそんなこと考えなくたっていいのよ、あんた！　さっきとって来たところには、まだたくさんいるんですもの」しかしその微笑と声は元気そうだったにせよ、ピーターはそこに何かしら心配になるようなことがあるのを見抜いた。そう考えてみると、彼女の言ったことは嘘《うそ》で、実際は気前よく、快く食べさせるために、本人は大きな犠牲を払ったにちがいない。

彼女はこんどは何だか奇妙なふうにピーターをじろじろ見ていた。ピーターには彼女が自分に何か頼みごとでもあるのではないか、というふうに思われたのだが、それが何であるかわからなかったので、しかたなしに静かに横になって、さきほど食べさせてもらった気持を、もう一度ゆっくり味わってみた。雌猫は何か言おうとするかのように口を開けたが、開けてから思いとまったらしく、ふり向いて自分の背中を二、三度いそいでなめた。

ピーターには何か自分にあまりよく理解できないことが——何か困ったことが——自分と雌猫との間に突然持ち上がったのではないか、というような気がしたが、自分自身の当惑をおし隠すため、尋ねてみた——「ぼくは今どこにいるんだろう？——つまり、ぼくたちは？」

「あら、ここがあたしの住居《すまい》よ」と、雌猫は言った、「もちろん仮住居なんだけれど。あたしたちの世界では、住居ってどういうものかご存じでしょう。もしご存じなくとも、すぐにご自分でもおわかりになることよ。もっとも、あたしがここへ引っ越して来てから、もう幾月にもなるということは言っておかなければいけませんわね。秘密の入口を知ってるのよ。ここは世間の人のために家具をあずかっておく倉庫なの。この部屋を選んだ理由は、あたしがベッドが好きだからなの。ほかにもうんとベッドがあるのよ」

そのときピーターは、王冠と「N」という文字が何を表わしているか、学校で習ったことを思い出し、その知識を自慢してみたいという気持をおさえきれなかったので、言った、「このベッドはかつてはナポレオンのものだったにちがいないね。あのイニシャルと王冠はナポレオンのものなんだよ。ナポレオンはすばらしい皇帝だった」

雌猫はちっとも感心したらしい様子もなかった。ただこう言っただけである、「そうだったの、それで今は？　こんな大きなベッドが必要なら、その人は途方もないほど大きな人にちがいないわね。でも――これは寝心地がいいと言わなければいけないわ。それにその人はもうこのベッドには用がなくなったらしいのよ。その人はこの三カ月間ここへ取りに来ないんですもの。ほかの人も誰も取りに来ないわ。だからあんたも好きなだけここにいていいことよ。あんたは追い出されたんでしょう。あんたをいじめたのは誰なの？　昨晩通りで倒れているところをみつけたときは、もう死んだも同然だったのよ。でもあたしあんたをここまで引きずって来たの」

ピーターはしも手の船だまりのそばの小麦粉倉庫で、黄色い雄猫との出会いのことを雌猫に話した。彼女はピーターの話を気をくばりながら、そして明らかに同情しながらよく聞いていた。そしてピーターが話しおわると、うなずいてこう言った――

「まあ大変！　そうよ、それはデンプシィにちがいないわ。あの猫はウォピングからライムハウス街にいたるまでの船だまりの中でナンバー・ワンの、喧嘩《けんか》に強い猫なの。どんな猫でもデンプシィは避けて通るのよ。ほんとにあんたは心臓ねえ、デンプシィにたてつくとは！　たとえそれが無鉄砲でも、あたしあんたは偉いと思うわ。どんな飼い猫だって、いざ乱闘となると大して役に立たないものなのよ、特に相手がデンプシィのようなチャンピオンの場合は」

ピーターは自分がこの猫に賞《ほ》められたことを喜び、そのため体を少しふくらませたことに気がついた。そしてデンプシィに思い知らしてやるために、何とかして猛烈な一発を喰らわしてやればよかったのにと思い、いつか一度はそうやってみようと思った。ところがそのとき、その大きな雄猫の最後のことばが思い出された——「もう二度とやって来るなよ。このつぎにやって来たら、必ずきさまを殺してやるからな」そしていささか気持が悪くなった。特にあの恐ろしい手足の強烈な、電撃的の猛打を思い出したときは、いっそう気持が悪くなった。その猛打を受けて、あッという間に自分は気を失い、最後の襲撃に身をさらしたのである。もし運が悪かったら、それで殺されてしまうところだった。きっと自分もデンプシィは避けて通るにちがいない。けれども彼女に向ってはピーターはこう言った。

「なあに、あいつだってそう大したことはないさ。もしぼくが逃げ出すことであれほど走り疲れていなかったら——」

彼女は謎《なぞ》めいた微笑をもらした。「何から逃げ出していらしたの？」

しかしピーターがまだ返事するひまもないうちに、彼女は言った——「心配なさらなくてもいいのよ。どんな気持かわかっているの。はじめて一本立ちになったときには、ありとあらゆるものにおびやかされるものなんだから、それに逃げ出したりするのは、自分だけだなどと考えなくたっていいの。何も恥ずかしがることではないんですもの。ときにあんたのお名前は？」

ピーターが名前を教えると、彼女は言った、「そう……あたしの名前はジェニィよ。あんたの身の上話を聞きたいわ。話してくださる？」

ピーターは話したいと思ってわくわくしていたのである。しかしピーターは自分が少し気が弱くなったことに突然気づいた。なぜなら自分の身の上話がどんなふうに思われるか、自分には全然自信がなかったからである。それより重大なことは、自分のことばをはたしてこの雌猫が信じてくれるかどうか、どんなふうにその話を受け取ってくれるかということである。というのはその身の上話は、たしかにこのうえもないほど奇妙な物語になりそうだからである。

4　身の上話を語る

どの点から見ても、ピーターはこのうえもないほどへまな話出しをしてしまった――「本当はぼくは猫じゃないんだ、幼い男の子なんだよ。つまり、幼いと言っても、実際はそれほど幼いわけではない。ぼくは八歳なんだよ」

「あんたは何なんですって？」ジェニィは長い、低い唸《うな》り声をあげ、その尾はいつもの太さの二倍にふくれ上がった。

ピーターは自分の言ったことばのどこが彼女を怒らせたのか、想像することもできなかったので、ためらいながらおなじことばをくり返した、「男の子――」

雌猫の尾はさらにまた倍ほどの大きさにふくれ上がり、びくびくひきつった。その目は「あたし人間が大嫌いよ！」と吐き捨てるように言ったとき、火花を吹くように思われた。

「ああ、そうなのか！」とピーターは言った。というのはピーターは自分にあれほど親切にしてくれた、痩せた、かわいらしい雌猫にたいし、突然あふれんばかりの同情を感じ、その気持がよくのみこめたからである。「誰かが君をひどいめにあわせたにちがいないね。でもぼくは猫は大好きだよ」

ジェニィは機嫌を直したらしく、その尾のふくらみも消えた。「もちろん、それはあんたのただの空想よ」と彼女は言った、「それを本気にして腹を立てるなんて、あたしもよほどばかね。あたしたちはいつだっていろんなものを空想するものなの。たとえば風に吹き飛ばされる葉っぱをネズミだと思ったり、もしまたそこに葉っぱがなければ、こんどは葉っぱを空想で作り出すこともできるのよ。そういうふうにして空想で葉っぱを作り出したら、そこからまた空想で、それは決して葉っぱではなく、ネズミなんだと空想し、もし何ならそれがたくさんのネズミだと空想して、それに飛びかかろうとしたりするものなのよ。あんたは自分が幼い男の子だなどと空想することが大好きなのね。もっともそこから、こんどはどういうばかなことを空想しようというのか、あたしにはわからないんだけれど。でも――」

「ねえ、お願いだよ」とピーターは相手のことばをさえぎった。どういうわけか彼女はこのピーターを、男の子であってほしくないと、真剣に思っているらしいことはよくわかった。けれどもピーターは、たとえ相手を怒らせるという危険をおかしても、自分は本当のことを言わなければならないということを知っていた。「お願いだ、悪いけれど、事実そうなんだよ。君はぼくの言うこと信じなければいけないんだよ。ぼくの名前はピーター・ブラウン。ぼくは父と、母と、それにばあやといっしょに、キャベンディッシュのうまや町一番地A号に住んでいるんだよ。少なくとも前には本当にそこに住んでいたんだよ、ぼくがこんな——」

「もうよしてよ」とジェニィは不服をとなえた、「ばかなこと言うのはよしてよ。誰が見たってあんたが猫のような顔してることはわかるし、猫のような感じ方してることもわかるし、猫のような匂《にお》いの嗅《か》ぎ方してることもわかるし、猫のようにのどを鳴らしてることもわかるし、それに——」ところが、そこで彼女の声はしだいに弱くなり、一瞬黙りこんでしまい、その目は再び大きく見開かれた。「あら、そうだったわ」と、やがて彼女は口を開いた、「でも確かにおかしなところがあったわ。ずっとそういうことは感じていたんだけれど。あんたは猫のようには振舞わないし——」

「もちろん振舞わないさ」と、自分のことばを信じてもらえるかもしれないと思って、ほッとしながらピーターは言った。

しかしいよいよ目を大きく見開いていた相手は、聞いてはいなかった。彼女はピーターと知り合ったころのことを思い返してみた。自分が路地で、疲れきって怪我《けが》だらけになって、死んだも同然の姿で倒れていたピーターをみつけ、どういうわけか自分にもわからないのだが、自分の家までピーターを引きずって来てから起った、かずかずのおかしなことを数えあげてみた。

「そう言えばあんたはデンプシィにたてついたわね。しかもデンプシィが働いている当のご本人の建物の中で。たとえ勇気があっても、もののわかった猫ならそんなことはやらないはずよ。そのうえ、そんなことをすることは猫の慣習にはずれたことなんだもの」彼女は爪《つめ》の先で一つ一つの項目をチェックしているのかとさえ思われたが、もちろんそんなことはしていたわけではない。「それにあんたは文字どおり死にそうなほど飢えていたはずなのに、ネズミも食べようとはしなかったのね——一度も食べたことはないと言ってたわ。それなのにあんたはそのネズミを、がつがつ丸ごと食べてしまったわね、相手のあたしもおなかがへってるかもしれないことなど、ちっともかまわずに。と言ったところで、あたしが気にしてたというわけじゃないんだけれど。でも本当の猫なら、決してそんなことはしないものなの。ああ、そう、そう、それから、もちろん——これこそあたしが思い出そうとしていたことなんだわ！　あんたは何と、自分が寝ていた絹の掛けぶとんの上でそのまま、ネズミを食べたわね。それに食べ終ってから口や手を洗うという、身づくろいをやらなかったじゃないの……」

「そんな必要はないじゃないか！」とピーターは言った、「ぼくたちはいつだって食事前に洗うもの。とにかくばあやは、いつだってぼくを浴室に行かせて、食卓につく前にはぼくに手や顔を洗わせていたもの」

「でもあたしたち猫は違うわ！」とジェニィは語勢を強めて言った、「あたしにはこのほうがいっそう気のきいたやり方のように思えるんだもの。だって食べたあとは、体じゅうがみんな脂《あぶら》だらけで、べとべとしてるでしょうが。急いで食べれば、ほおひげにはミルクがつくし、毛には一面に肉汁がつくんだもの。まあいいことよ、これであんたのことがあらかた証明されたってわけ。でもあたし生れてから、こんな途方もない話聞いたこともないことだけは確かよ」と言って彼女はことばを結んだ。

ピーターは心の中で思った、「彼女は気立てがよくて、ぼくには親切にしてくれている。でも本当におしゃべりが好きなんだな」と。声に出してはこう言った、「もしすべてのことがどんなふうにして起ったか、ぼくに話させてくれたら、たぶん――」

「ええ、ぜひ話してちょうだい」と言ってジェニィは前足を体の下にたくし込み、ベッドの上にますます坐《すわ》り心地よさそうに身を落ちつけた。「聞くのが楽しみよ」

そういうわけでピーターは初めっから話をはじめ、自分の身に起ったことをすべて彼女に話して聞かせた。

というよりも事の起るずっと前にさかのぼって、広場近くのうまや町にある家のことから、広場には鉄柵《てっさく》に囲まれた小さな公園があり、天気のいい日には学校から帰ると、毎日のようにばあやが自分を連れて、遊戯をしにその公園に出かけて行くことまで話した。また父は近衛《このえ》連隊の大佐であるが、ほとんど家にはいなかったこと。まず大戦中はエジプトとイタリアに、ついでフランスとドイツに行っていたため、自分はめったに顔を見なかったこと。あとで平和が戻ってきたときには、実に美しい軍服と、脇《わき》に赤い縞《しま》のはいった紺のズボンをはいて、時どきは家に帰って来たこと。ただし父は家にはいって来るといきなり自分の部屋に上がり、古いツイードの服に着かえたが、そんな服を着たらちっとも興味もなかったし、胸をわくわくさせるようなこともなかったなどと話した。

時には父もしばらく家にこしを落ちつけて、ピーターとおしゃべりしたり、ふざけ回ったりもしたが、いつもはピーターの母といっしょに、ゴルフのクラブや魚釣り道具を車にのせ、二人で四、五日ぶっつづけに家を留守にすることが多かった。ピーターはコックとばあやといっしょに家に残されるわけであるが、一人っきりでいるということは大しておもしろいものではない。というのは、昼のあいだこそ友達といっしょに遊んだり、どこかへ出かけたりはするが、夜になって父と母がいないと、とても寂しくなってしまうからである。父と母はいっしょに旅行しないで家にいるときは、毎晩のように着かざって外出してしまうのである。ピーターが自分の猫を飼いたいと心から思ったのは、そういうわけなのである。猫を飼えば、その猫は自分のベッドの足もとに体を丸めたり、あるいは自分にぴったり寄りそって寝たりすることだろうし、ときには自分とだけでふざけっこをしたりすることだろう。

そしてピーターはジェニィに自分の母のことをすべて話した。どんなに若くて美しいかということ。背が高く、すらりとして、絹のようにやわらかい明色の髪の毛をしていたこと——その髪の色は、午後遅くなってから、子供部屋の窓にはすかいに射《さ》し込む日の光のような色であること——そしてその目がどんなに青く、まつ毛がどんなに黒いかということなど。

しかしピーターが特によく覚えていてジェニィに話したことは、母が晩になって出かけて行く前に、部屋にはいって来ておやすみなさいと言うとき、どんなにすてきな匂いがしたかということである。というのは、ピーターの父が留守のときは、母は退屈してみじめな気持になるので、楽しみを求めてしじゅう友達たちといっしょに出かけるからである。

ピーターが一番母を愛していたのは、母がさまざまな美しい衣裳《いしょう》を身にまとい、天使のような顔と匂いをさせて部屋にはいって来るときだったと説明した。そしてとてもすべすべしたいい匂いのする髪をしていて、自分が母に抱いてもらいたいと心から願っているとき、母は自分を置き去りにして出て行ってしまうのだと。

ジェニィはうなずいた。「そうね。わかるわ。いい匂い、ね。あたしいい匂いのするものが好きよ」

ピーターが狭い家の中で猫を飼えば、どんなに家の中が乱雑になるかわからないから、絶対に飼ってはならないと言われた話をしたとき、ジェニィはすっかり腹を立てて言った、「乱雑にするとは失礼よ！　あたしたち決して乱雑になんかしないわ。怒らされたら話はべつだけど。そのときだってわざとやるだけよ。それにあたしたちだって、まさか、ただ怒らされただけで、ねえ！」ところが実におかしなことは、ピーターの話が、ばあやが猫をこわがり、猫が嫌いだという話にさしかかったとき、ジェニィがばあやの肩を持ったことである。

ピーターがびっくりした顔をしたとき、ジェニィは説明した、「世間には嫌いな人たちだっているじゃないの。あたしたちにはそういう人たちの気持はわかるし、そういう人たちを尊敬するわ。ときにはちょっといじめてやりたくなることもあるんだけれど。体をこすりつけてみたり、ただその人たちがびっくりして飛び上がるのを見たさに、わざとそのひざにもぐり込んだりしてみるのよ。そんな人たちが、嫌いなことをどうすることもできないのは、ちょうど、あたしたちだって、ある種の人たちを嫌いなのを、どうすることもできないし、そうした人たちと関係したくない、と思っているのとおなじことじゃないの。でもあたしたちが、あんたのばあやのような人と、ひょっこり出会ったような場合は、少なくともあたしたちは、自分たちの立場は心得ているつもりよ。世間にはあたしたちを愛し、あたしたちを愛していると口では言いながら、あたしたちに害を与えている人たちだっているじゃないの、そういう人たちは……」

ジェニィはそのことばを終りまで言わずに、さっと向きを変えて体を起し、背中の下のほうまで激しい勢いで身づくろいを始めた。しかしジェニィがそうする前、ピーターは彼女の目の中に涙が光ったのに気がついたように思った。もっとも、猫が涙を流したというのは聞いたこともないから、もちろん、決してそんなことはなかったのだろうけれど。猫が声をたてて笑うことも、泣くこともできると知るようになったのは、かなり後になってからようやくのことであった。

それでもやはりピーターは、ジェニィがたぶん自分とおなじように、何かひそかな精神的な痛ましい思いをいだいているにちがいないと思った。それで彼女の心を、何かしらん悲しい思いから引き離してやろうと思ったので、ピーターは自分の不思議な、不可解な変身にいたるまでの、さまざまな出来事の説明にのり出した。

ピーターはまず広場の真ん中にある小さな公園のそばで、日向《ひなた》ぼっこしながら身づくろいしていた、かわいらしい子猫のことから話しだした。自分がどんなにその子猫をつかまえて、抱いてやりたいと思ったかということを。ジェニィはたちまち興味を引かれたことを顔にあらわした。そして身づくろいすることをやめて尋ねた——「幾歳くらいの子猫だったの？　きれいな雌猫だったの？」

「そうさ」とピーターは答えた、「とてもきれいで、盛んにふざけるし……」

「あたしよりきれい？」とジェニィは何気ないふりをして尋ねた。

ピーターはそのとおりだと思った。なにしろ思い出しても、綿毛の丸い玉のような体をして、誇らしげなほおひげをつけ、二本の足は白く、あとの二本の足は茶色の、かわいらしい猫だった。しかしピーターはそんなことを言って、ジェニィを傷つけるようなことは死んでもやりたくなかった。事実を言うなら、あんなにやることなすことが親切で、白い顔には優しい表情をうかべているにもかかわらず、ジェニィはだいいち頭は小さいし、耳は長めだし、目は半ば東洋風につり上がっているし、一つには骨が目立つほどすごく痩《や》せていて、きわめて不器量だったので、ピーターは彼女は猫の標準から言っても、本当に見た目には大したことはないと思っていた。しかしピーターはすでに、人を仕合せにしてやるためには、誰でもちょっとした罪のない嘘《うそ》くらいはつくものだ、ということがわかるほどの歳《とし》になっていた。だからこう返事した――「いや、決してそんなことはないさ！　君はとても美しいと思うよ！」結局自分はジェニィのネズミを食べてしまったのだから、しかたがないわけだ。

「本当？」とジェニィは言った。そして自分たちが会ってからはじめてピーターは、ジェニィが満足そうに小さくのどを鳴らす音を聞いた。狼狽《ろうばい》を押し隠すために、ジェニィは片方の足を二、三度ためすようになめ、やがて瘦せた顔に満足そうな笑みをうかべて尋ねた――「それで、それからどうなったの？」

ピーターはそこでジェニィに、話の残りをおしまいまですっかり話した。

「……で、つぎにわかったことは、目を開けてみて、自分がここにいるということだったのさ」と言ってピーターが話し終ると、長い沈黙がつづいた。ピーターは話しながら、自分の経験してきたあらゆる恐ろしい瞬間を、蘇《よみがえ》らせようと骨を折ったので、すっかり疲れてしまった。というのは、休んだり食事したりはしたものの、ピーターはまだ十分の体力をとり戻すところまでは、とうてい行っていなかったからである。

ジェニィは疑いもなく、それまで聞いた話にすっかりびっくりして、まばたきもせず、遠くを見つめるような目つきで、じっと考え込んでいる様子である。しかしそれは決して疑っている目ではない。その態度から察すると、彼女はピーターが実は猫ではなくて小さな男の子であるということと、そうした事態を招いた奇妙な事情についての、ピーター自身のことばをそのまま受け入れたということは明瞭《めいりょう》である。さらにまた、今彼女の心を占領しているのは、何かほかの事であるということも明瞭である。

やがてジェニィは小さすぎる、ほっそりした顔をピーターに向けて言った――「それで、どうしたらいいと思うの？」

「どうもぼくにはわからないんだよ」とピーターは答えた。「もしぼくが猫なら、どうしたってぼくは猫にならなければいけないと思うんだが――」

ジェニィはその優しい手をピーターの手にかけて、おだやかな口調で言った、「そうよ、ピーター、おわかりでしょう、まさにそのことなのよ！　あんたはご自分で、自分はちっとも猫になったように感じられないと言ったでしょう。もし猫になるつもりなら、まず猫になる方法を勉強しなければいけないのよ」

ものを勉強しなければならないということに、これまで一度もそれほどの喜びを感じたことのなかったピーターは、「そいつあ大変だ」と言った。「ネズミを食べることが好きになったり、のどを鳴らしたりすること以外に、まだあるの？」

かわいらしい猫であるジェニィは本当にはッとして、「まだあるの、ですって？」と、おうむ返しに言った。「あるだけのものをみんな考えてみろと言われても、考えられないくらいあるのよ！　何百というほどあるにちがいないんですもの。だって、もしあんたがたった今ここを出て行って、白猫みたいな顔をして外を歩いたとしても、心の中では男の子のような感じ方をして、男の子のようなものの考え方をしているなら、十分もたたないうちに、あんたはまた昨夜のような恐ろしい災難に巻き込まれるにきまっているのよ。一本立ちするって、なまやさしいことじゃないわ。たとえあんたが猫の知らなければならないことを、すべて学んだとしてもよ」

ピーターはそのことについては、そんなふうに考えてはいなかったが、ジェニィの言うとおりだということには、疑う余地もなかった。もし自分が姿も格好ももとの自分のようであって、家から閉め出されるとか、あるいは縁日か公園でばあやとはぐれるかしたら、さっそくお巡りさんのところへ行って、自分の名前と住所を告げ、家へ連れて帰ってもらうくらいのことは思いつくだろうが、今はデンプシィという名前の、黄色い雄猫に引き裂かれて、耳が少し垂れている白猫の現在の身の上では、そんなうまいことは、やろうと思ってもやれるはずはない。それよりもっと困ったことは、ジェニィに注意された今わかったことだが、自分は猫であっても、猫のような振舞い方については、イロハのイも知らないということである。ピーターは再び恐怖に襲われはじめた。しかし昨夜の恐怖とは違ったものである――まるでベッドも、地面も、自分の四つ足の下にあるありとあらゆるものが、もはやそれほどしっかり落ちついていないというような、何かこれまでなかったような、妙なぐらつき方をしているといった気持がするわけである。ピーターは幾分か哀れっぽい声で、ジェニィに訴えた――「ねえ、ジェニィ――今ぼくは本当におどされているような気持なんだ！　どうしたらいいだろう？」

彼女はしばらくじっと考えていたが、やがて言った、「わかったわ！　あたしが教えてあげるわ」

ピーターはすっかりほっとしたためか、思わず大声で叫んだ、「ねえ、ジェニィ！ほんとなの？　ほんとに教えてくれる？」

ジェニィの顔の表情はまったく天使のように愛らしかった。少なくともピーターにはそう感じられた。そしてジェニィがつぎのように言ったとき、ジェニィは事実ピーターには本当に美しいと言えるほどに見えた――「もちろんじゃないの。だってあんたのことはあたしに責任があるんだもの。あたしがあんたをみつけて、ここへ連れて来たんだもの。でも、一つのことだけは約束してくれなくちゃいけないのよ、もしやるとしたら……」

「大丈夫、約束するよ、何だって――」

「まず何より第一に、あんたが自分で少しは自分の身を守ることができるようになるまで、あたしの言うとおりにしなければいけないのよ。でも、もっと重大なことは、絶対にほかの者に自分の秘密をしゃべってはいけないということ。あたしが知ってもいいけれど、ほかの者は知る必要はないの。なぜなら、ほかの者はとうてい理解してくれないからなの。たとえあたしたちがどんないざこざに巻き込まれたとしても、その場合口をきくのは、絶対にあたしでなければいけないのよ。自分が実際どういう身の上かということを、ほかの猫にほのめかしたり、どんな漏らし方にせよ、漏らしたりすることは決してやってはいけないのよ。約束してくれる?」

ピーターは約束した。するとジェニィは自分の手で、ピーターの頭の横を友情にあふれた叩《たた》き方で軽く叩いた。そのビロードのような手裏の感触と、友情の素朴なあらわれは、ピーターをすっかりいい気持にさせてしまった。

「こんどは君の話をしてくれないかなあ?」とピーターは言った。「君がどういう猫かということを聞きたいんだよ。君のことは何も知らないんだもの。ぼくにこんなに親切にしてくれているのに……」

ジェニィが手を引っこめてしばし身をそらせたとき、おだやかなその顔には悲しそうな表情がうかんでいた。「たぶんあとでね、ピーター」と彼女は言った、「今そんなことを話すのは、あたしにはつらいことなの。それに、あんたには全然気にいらない話かもしれないの。あんたは自分が人間で、本当は決して猫ではないとおっしゃったんだから、あたしの感じ方や、あたしがなぜもう一度人間と暮さないかという理由は、お聞きになっても理解できないと思うの」

「お願いだから、ぜひ話してくれたまえ」とピーターはくどいた。「それにきっと、その話はぼくの気にいるよ。だってぼくは君が大好きなんだもの」

ジェニィはピーターの誠意のあることばを聞いて、小さくのどを鳴らさないではいられなかった。「あんたはほんとにかわいい――」と彼女は言いかけたが、やがてしばらく考え込むように黙りこんだ。そしてついに心を決めたらしく、こう言った――

「ねえ、ピーター、いま本当に大事なことは、あんたが何か一つ猫になるための勉強を始めることなの。早く始めれば早く始めるほど、うまくいくと思うの。あんたがまたひとりぼっちになったら、あんたの身にどんな事が起るかもしれないと思うと、ぞッとしてくるのよ。最初にまず、一つのお稽古《けいこ》を始めたらどうかしら？　それにはもちろん、今のあんたにとって、身づくろいの仕方を勉強することが、何よりさし迫った大事なことだと思うの。そのあとでならたぶん、あんたにあたしの身の上話をしてあげられると思うの」

ジェニィはとても自分に親切だったので、そのジェニィの心を乱したくないと思って、ピーターは失望をおし隠し、ただこう返事しただけである、「やってみるよ。もっとも、お稽古ごとはあまり得手じゃないんだけれど」

「手伝ってあげるわ、ピーター」とジェニィはピーターを安心させた、「そのやり方を覚えたら、どんなにいい気持になれるか、きっとびっくりなさるわ。なぜって、猫というものは、ただ身づくろいの仕方を覚えるだけではなしに、どんな場合に身づくろいをすべきか、ということも覚えなければいけないものなのよ。ほうらね、こんなふうにするのよ……」

5 疑いが起きたら――身づくろいすること

「『疑いが起きたら――どんな疑いにせよ――身づくろいすること』これが規則第一号なの」とジェニィは言った。ジェニィは今ナポレオンのイニシャルと王冠の下の大きなベッドの枕《まくら》もと近くに、尾を両足に巻きつけ、幾分小学校の女の先生みたいに、きちんと、少々かたくるしそうに坐《すわ》っていた。しかし教師の役割と、その教師にたいする。ピーターの礼儀正しい注目の仕方は、まんざらでもないらしいことは明らかである。なぜかと言えば、彼女はいかにも嬉《うれ》しそうな表情をうかべ、その目は再び生き生きと輝いていたからである。

太陽はうす暗くてきたならしい倉庫の外側にひろがっている世界の空の、真昼の頂点に達していた。そして小さな窓からはすかいにはいって来る埃《ほこり》っぽい光線は、舞台のスポットライトのように、講義しているジェニィの頭と肩のあたりを照らしていた。「もしあんたが何か過《あやま》ちをしでかすとか、人に叱《しか》られたような場合——身づくろいするの」と彼女は説明した。「もし足をすべらすとか、何かから落ちるとか、誰かに笑われたような場合——身づくろいするの。もし誰かと議論して負けるとか、自分が落ちつくまで、敵対行為を一時中止したいと思ったような場合、すぐ身づくろいを始めるの。これはよく覚えておいてちょうだい——どんな猫でも、相手の猫が身づくろいしているあいだは、妨害しないものなの。それがあたしたちの社会で、身を処す規則の中で一番大事な規則なの。あんたもそれを守らなければいけないのよ。

「どんな事態になろうと、どんな難局にぶつかろうと、そのとき身づくろいをすれば、あんたはしくじることは決してないの。もし知らない猫たちの大勢いる部屋にはいり、その猫たちがうるさいと思ったら、さっそくその猫たちの真ん中に行って坐り、身づくろいを始めてごらんなさい。その猫たちはしまいには静かになって、あんたを見まもるという結果になるのよ。また何かの物音におびえて、ギョッとして飛び上がり、知っている誰かにおびえたところを見られたら——すぐ身づくろいを始めるのよ。

「もし誰かに呼びかけられても、行くつもりはないのだが、それを相手にたいする直接の侮辱と思わせたくないと思ったら——身づくろいするの。またもしあんたが、どこかへ行こうと思って出かけたが、自分の行きたいと思ったところが、急に思い出せないような場合は、すぐその場に坐って、少し身づくろいを始めてごらんなさい。行きたいと思った場所が、思い出されてくるものなの。何かに傷つけられたときは？身づくろいすれば治るのよ。また、わざわざ時間をつぶしたり、骨をおしまずつとめたりしてくれるほど親切な誰かと遊んでいて、疲れてしまったので、相手の感情をそこなわないようにしてやめようと思った場合は？　やはり身づくろいを始めたらいいのよ。

「まだほかにいくらでもあるのよ！　たとえばドアが閉っていて、開けてくれる人がいないので、あんたがかんかんに腹を立てたような場合——ちょっと身づくろいをすれば、そんなことは忘れてしまうものなのよ。誰かがおなじ部屋の中で、ほかの猫なり犬なりをかわいがり、あんたがそれをうるさいと思ったら——平然とかまえるのよ。

そして身づくろいしたらいいの。また悲しい気持になったときだって――身づくろいをして、ふさぎの虫を追い払ったらいいの。自分が特に気に食わないと思っている誰かに――あまりいい匂《にお》いをさせていない誰かに拾われたような場合――その人が自分の身づくろいしているのが見えるようなところで、さっそく当てつけがましく身づくろいすれば、そんな人のことは忘れてしまえるものなのよ。また、感情が高ぶって、参ってしまったような場合――ちょっと身づくろいすれば、しっかり自分をおさえつけて、自分をとり戻すことに役に立つものよ。またどんなときでも、何にしても、どんな目的のためにせよ、また自分がどこにいようと、いつであろうと、どんな理由であろうと、うっとうしさを吹き払いたいとか、ひと休みしたいとか、ものを考えてみたいとか思ったような場合――とにかく身づくろいをすることよ！

「それにもちろん」と、大きく息をついて、ジェニィはことばを結んだ、「体を清めたり、いつもきれいにしておくためにも、やはり身づくろいをするのよ」

「こいつは大変だぞ！」すっかり心配になったピーターが言った、「そんなたくさんのこと、みんななんか、とても覚えられやしないよ」

「実際は、今言ったことのどれ一つだって、覚えておくには及ばないのよ」とジェニィは説明した。「あんたの覚えていなければならないことは、規則第一号だけなのよ

――『疑いが起きたら――身づくろいすること』という……」

ほかのすべての男の子たちとおなじように、適当に身ぎれいにしていることには、べつに何の異存もないのだが、あんまり身ぎれいにしすぎることをいやがっているピーターは、今身づくろいするという問題が大きく浮び上がり、自分の時間の大半を奪ってしまいそうな恐れのあることがわかった。「本当だよ、ぼく覚えているんだが、君はいつでも身づくろいしているような気がするよ」とピーターはジェニィに不服をとなえた、「つまり、ぼくの見た猫はみんなそうだよ。だが、なぜなのかぼくにはわかんないな。なぜ猫はそんなことに、それほどの時間をかけるんだろう?」

ジェニィはその問題をしばらく考えてから返事した、「なぜかと言えば、身ぎれいにしておくと、とてもいい気持になるからよ」

「でもぼくはともかく、そんなことすることは、いつまでたってもできんだろうな」とピーターは言った、「なぜかって、ぼくはいま猫になってしまって、両手が使えなくなった以上、いろんなところへ手が届かないからだよ。ぼくが男の子だったころでさえ、背中はいつもばあやに洗ってもらわなきゃいけなかったくらいだし……」

「そんなことはないのよ」とジェニィは言った。「何より第一に覚えておかなければならないことは、どんな猫であろうと、猫が身づくろいをするために、届かないところなど、絶対にないということなの。もしあんたが猫を飼ったことがあるなら、わかるはずなんだけれど。さあ、あたしをよく見ていてごらんなさい。いっしょに背中から始めましょう。あたしが先にやるから、あんたはあたしの横へ来て、あたしのやるとおりやってみてごらんなさい」

そう言って体をまっすぐに起したまま、ジェニィはらくらくと、しかも優雅に頭を肩の上に回し、あごを体の間近に低くさげ、舌をちょろちょろ動かしながら、左の肩甲骨《けんこうこつ》の上からまわりじゅうの身づくろいを始め、徐々に首の曲げ方の幅を増していき、頭の往復運動の幅も増していき、ついにはざらざらのピンク色の舌は、上の背骨のあたりに沿って、スムーズにしっかり移動していった。

「ぼくにはとてもできんよ！」とピーターは大声を出した、「だってぼくは君のように、そんなに遠くまで首が曲らんもの。回れ右しないかぎり、うしろなんか見えるものか」

ジェニィは「やってみてごらんなさい」としか返事してくれなかった。

ピーターはやってみた。すると驚いたことに、自分が男の子だったころは、右左にわずかに肩越しにふり向いて見る以上には、首を曲げることができなかったのに、今では首が自由に回り、事実うしろも眺めることができた。そして舌を突き出し、ジェニィがやったとおり、小さな円を描いて頭を回したとき、ピーターはちゃんと自分の左肩をなめまわしていた。

「あらすてき！　すばらしいじゃないの！」とジェニィは賞《ほ》めそやした。「ほら、わかったでしょう！　うまくできたわ、ピーター！　こんどはもう少し先まで回してごらんなさい――はじめはそんなに動かせば、必ず少しは痛いものなんだけれど――ほら、下の背骨まで届いたでしょう！」

事実舌は首の下から背中の真ん中まで、頭は背骨の下のほうの途中ほどまで届いた。あまり嬉しかったので、ピーターはのどをごろごろ鳴らしながら身づくろいをやろうとしてみて、それもうまくやることができた。

「さあ」とジェニィはコーチした、「そこからずっと下のほうまで、自分の好きなようにすれば、もっとらくにできることよ――こんなふうにして。つまり、体をぐっと回して、もう少し低い姿勢になれば、半分坐って、半分伏せたような格好になるでしょう。ほら、そのとおり！　体を右足で突っ張り、左足をもう少し体に近づけて引き寄せると、足は邪魔にならないでしょう。そうよ……わかったでしょう。それでこんどは体が曲って、自分の届くところまでみごとに寄って来たでしょう。背中の左側と、おしりのほうまでの身づくろいがすんだら、こんどは反対側に変って、右側をおやりなさい」

そのとおりやったピーターは、背骨の全面とおしりの部分が、ほんのちょっとした努力で、自分の舌が届かせようと思うところまで来ることがわかって、われながらびっくりした。その姿勢で、こんどは尾をためしにやってみようとさえ思った。ところが、このほうはずいぶんおさえつけにくいことがわかった。尾はしじゅうのたくっていたからである。

ジェニィはにっこり笑った。「手でおさえつけるようにしてごらんなさい。右手よ。そうやっても、やはりまだその手で体を突っ張っていられるでしょう。そう、そのとおり。あとでその裏側もやってみましょうね」

ピーターはそれまでに覚えたことがとても気にいったので、そのまま身づくろいをつづけて、背中の両側も、わき腹も、おしりも、ついでにやってしまいたかったのである。ところがジェニィがこう言った、「やめて、そこはそれで十分よ。まだあとがうんと残っているじゃないの。こんどは前のほうと、おなかと、手足とおしりの内側をやらなければいけないのよ」

前足とうしろ足なら、もちろんたやすいということがピーターにもわかっていた。というのは、それは十分届くところにあるからである。ところがいざ自分の胸もとと取り組もうとしてみたところ、少し調子が違って、なかなか思うようにいかなかった。「はじめのうちは、寝ころんでやってごらんなさい」とジェニィが言ってくれた。「しばらくすれば、あんたの体もすっかりしなやかになって、体をのばしたまま、ただ舌を少しよけい突き出し、頭を上げ下げするだけで十分できるんだけれど。今は横向きに寝ころんだほうがずっとらくよ。ほら、こんなふうに」と言いながら、ジェニィはことばどおりやってみせてくれたので、ピーターも間もなく、自分が実際にあごの真下の胸もとの毛まで、うまくなめることができることがわかった。

「だけどぼく、胴までは届かないんだよ」とピーターはこぼした。というのは、なるほどどんなに体を曲げたり、ねじったりしようと、腹部の下側はピーターのぎごちない努力を拒んで、なかなか思うようには届かなかったからである。

ジェニィは微笑した。「それじゃ、『ネズミもつかまらん』というくちよ」とジェニィは猫の諺《ことわざ》まで引き合いに出した。「このほうは今のよりずっとむずかしいの。さあ、あたしを見ててごらんなさい。あんたは横向きにねころんだままやるからだめなのよ。ちょっと体を起し、尾を下にして、体をゆすってごらんなさい。そうよ、尾はちゃんと体の下に入れておくのよ。そうすれば前足の片方でなり、両方でなりで、いずれにしても体を突っ張っていられるでしょう。そうよ、それでわかったでしょう。それであんたの体はもう一度ぐるりと曲って、おなかが届くところに来るじゃないの。練習すればうまくやれるようになるのよ。みんな体のひねりだけなんだもの。あたしたちの体がそんなふうにできているのは、そういうわけ」

ピーターはさっきの姿勢のときよりも、体のバランスをとることが、よけいやりにくいことがわかり、幾度か倒れたが、間もなくそれも上手にやれるようになった。そのようにしてジェニィの知識と、経験と、教えによって、自分の体のどの部分にも、一つ一つ届くようになるたびごとに、ピーターの楽しみも一つ一つ増していき、成功の喜びも一つ一つ加わってくるのであった。それにもちろん、ジェニィに賞められると、誇らしい気持もいや増すのであった。

稽古ごとの上達があまり速いので、ジェニィはピーターが自分ひとりでやって、自分で覚えられるかどうかためしてみようと思い立った。「さあこれから、おしりの内側をやるんだけれど、あんたはどうやってやるつもり？」とジェニィは尋ねた。「なんだ、そんなことへいちゃらだよ」とピーターは大声を出した。しかしちっともへいちゃらではなかった。事実ピーターが骨を折って体を前にのばし、それを曲げようとすればするほど、ますますうしろ足が逃げ出そうとするように思われるのであった。ピーターはまず右側を、ついで左側をためしてみようとしたが、しまいには体が、前足とうしろ足と尾のかたまりのようになってもつれ合い、そのまま妙な格好で倒れてしまったので、ジェニィは笑いだすのをこらえようとして、あわてて二、三度自分の体を叩《たた》かずにはいられなかった。

「できやしないよ――つまり、やり方がわからなければ……」とピーターは哀れっぽい声を出した、「どうにもしようがないんだもの……」

ジェニィはすぐ後悔して、自分がおもしろがっていたことを、ピーターにみつからなければいいがと願い、「ほんとにすまなかったわ」と、はっきりあやまった。「無理なことを承知でやらせるなんて、いけないジェニィね。これが一番むずかしくて、やり方を覚えてしまってからでないとだめなの。母があたしに教えるときだって、一番時間がかかったんですもの。こうするんだけれど、何かを思い出しません？――羊の足の三角坐りという坐り方なんだけれど」と言いながら、ジェニィは右足をまっすぐ上に突き上げ、その足を何とかして頭に近づけるといった、実に奇妙な姿勢をとった。

いつだったかピーターは、サーカスで曲芸師が体をすっかりねじ曲げ、頭が両足のあいだに出るという格好をしたのを見たことがあったが、まずそれと似た格好である。

ピーターは自分には絶対にそんな真似《まね》はできないと思った。

それでもピーターは懸命に真似しようと思って、体を曲りくねらせてみたが、前よりもっとひどい、もつれた結び目みたいな体ができあがったにすぎなかった。ジェニィはまたもや助け舟を出してくれた。「よく見ててごらんなさい」とジェニィは言う、「一、二、三の番号をつけてやるから、一度に一段階ずつ区切って覚えてごらんなさい。そうやったら最後、決して忘れるものじゃないのよ、さあ――

「一は――尾でふんばりながら体をゆする」ピーターはゆすった。

「二は――体を左の前足で突っ張る」ピーターは突っ張った。

「三は――中ごしになって背中を曲げる」ピーターはどうにかうまくやって、体をCの字のように曲げた。

「四は――左足をすっかり前にのばす。そうすれば前にひっくり返るのをふせぎ、足に寄りかかっている体のバランスがとれるの」やってみるとジェニィの言うとおりうまくできた。

「五は――右足をこしからぐるっと回す――回ることがわかるでしょう――足はまっすぐ上に向けたままよ。そう、そのように。だけど外側よ。右の前足の内側じゃないわよ」こんどはずっとうまくいった。ピーターは足をほとんど立てた。

「六は――さあ、これでできたのよ。右の前足の先をふんばって、体をじっとおさえつけておくのよ。そう！」

ピーターは嬉《うれ》しくて、大声を出して叫びたいような気持だった。というのは事実ピーターはそのとおり、いわゆる羊の足の三角坐りの坐り方で坐り、しりはほおのすぐそばに突き出ていて、脚の内側が全部露出していたからである。ピーターは自分が曲芸師みたいに、本当に体を折り返しているような気がして、ばあやがここにいたら、見せてやりたかったのにと思った。

少し体をねじったり、曲げたりするだけで、もう体の下のほうで届かないところがなくなったので、ピーターはまず片方の側の身づくろいをすっかりすませ、ついで、もはやジェニィの指示なしに姿勢を逆にして、何とかうまく左足を上げることができたので、さっそくジェニィから「まあ、ずいぶん器用なのね」という賞めことばを頂《ちょう》戴《だい》した。「左側をやることを覚えるまでには、ほんとにあたしずいぶん時間がかかったのよ。それはみんな自分が左ききか、右ききかで決るわけなんだけれど、あんたはすぐにそれがやれたのね。あと残っているのは、たった一つだけよ。首と耳の裏側と、顔だけ」

さっそくもっと賞めてもらおうと思って、ピーターは目を寄り目に寄せ、舌を出して耳のうしろや上に届かせようと骨を折ってみたが、もちろんどうすることもできなかった。ピーターは大声を出した――「こりゃいかん。これこそ全部の中で一番むずかしいにちがいない」

「その反対よ」ジェニィはにっこり笑った、「きわめて簡単よ。前足の横を湿してごらんなさい」ピーターは言われたとおりにした。「それで耳の上から、首の裏側をこすりまわせばいいのよ」

こんどは自分を笑うのはピーターの番だった。「ぼくはなんてばかなんだろう。これならぼくが家でやっていたのとおなじこっちゃないか。ただし手拭《てふ》きを使うことと、そばにばあやが突っ立っていて、ぼくが耳のうしろを拭くのを確かめるため、見張っていたことだけは違っているが」

「でも」とジェニィは言う、「あたしが今ちゃんとあんたを見張っているじゃないの……」

そこでピーターはまず片足を湿し、つぎにもう片方を湿し、足裏の横も真ん中も湿して、まず両方の耳をこすりまわし、そのつぎには顔の両側、首のうしろ、ほおひげ、それからあごの少し下までと、鼻の上から目の上へと、すっかり身づくろいを完了した。

そして今や頭の先から足の先まで、体じゅうの身づくろいをすますと、実にすばらしい慰めとくつろぎの感情が、心に押し寄せて来るのであった。それは前にジェニィに身づくろいをしてもらって、どういうわけかそのため、自分のまだ幼くて、母に抱いてもらっていた時代を思い出したときの気持とは、まったく違った気持である。

このときは、自分の皮膚が何かしら燃え立つような思いがしたし、自分の筋肉の中に、まるでその一つ一つが適度に使われて引き締ったとでもいうような、一種の幸福感がみなぎるのを感じた。倉庫の窓からちょうど射《さ》し込んで来た、最後の日の光の名残りに照らし出されて、自分の体の真っ白い毛が、たった今自分に手入れしてもらったために、まるで絹のようにすべすべとやわらかく、なんという輝き方をしているのだろうと、われながら見ほれるくらいである。

ピーターは甘美な眠けを感じた。そして目を閉じはじめた。すると、まるで遠くからでも聞えてくるように、ジェニィのしゃべることばが聞えてきた——「身づくろいをしたあと、昼寝するのはとてもすてきよ。あたしもいつもやるの。しかもあんたははじめて自分でやったんですものね。あたしもいっしょに昼寝するわ。ふたりで少し休んだら、そのあとでたぶん約束どおり、あたしの身の上話をすることよ」

うとうとと眠りにはいろうとしていた直前、ピーターはジェニィが自分の体に背中を押しつけて、いかにも暖かそうに、いかにも安心しきったように、丸くなって寝ているのを感じた。そのつぎの瞬間、ピーターは甘い、夢のないまどろみにはいって行った。

目を覚ましたとき、ジェニィ・ボウルドリンが自分の横で、背のびしたり、あくびをしたりしていた。ピーターもいっしょになり、彼女の動作を真似て、まず前足をのびるだけ前にのばし、のばしたところからさらに後ろにのばし、つぎに背中を細長いUの字をさかさまにしたように曲げた。

それをすますとジェニィは「ああすんだ」と言った。「今どんな気持？」

「とてもひどくいい気持だよ」と答えたピーターは、本当に生れ変った男の子のような、いや、猫のような気分を感じた。それからピーターは、彼女が約束したことを忘れていなかったので、ことばをつづけた――「さあ、これからきみ自身のことを話してくれないか？　ねえ、お願い、ジェニィ。とても聞きたくてたまらないんだよ」

ジェニィはピーターの真心のこもったことばを聞くと、小さくのどをごろごろ鳴らさずにはいられなかった。「ほんとなのよ」とジェニィは言った、「あたし生きているかぎり、誰にもこんなことを話そうなどとは夢にも思っていなかったのよ。でも、あんたが心から望んでいるなら、しかたがないわね」

そして彼女は話しはじめたのである――

6　ジェニィ

「あたしの名前は前にも言ったとおり、ジェニィというの。ジェニィ・ボウルドリン。あたしたちには幾分かスコットランドの血が流れているんだわ、ほんとうに——」とジェニィはかなりの誇りと満足感のこもった声で言い添えた。「母はグラスゴウで生れ、あたしもそうなの。

「あたし『幾分かスコットランドの血が』と言ったでしょう。なぜかと言うと、ずっと昔、あたしたちは大陸から来たからなの。つまりアフリカからなんだけれど。そこから海を渡ってスペインに行ったの。一族の中であたしたちの分家の者は、だいぶスペイン無敵艦隊の船に乗っていた船猫だったわ。あたしの母の先祖はスコットランドの海岸で難破したの。そういうわけであたしたちはそこに落ちつくようになったのよ。おもしろいでしょう？」

「ああ、とてもおもしろいよ」とピーターは返事した。「ぼくはドレーク卿《きょう》がスペイン無敵艦隊を破り、暴風が起って敵のガレオン船のことごとくが難破したという話を、ものの本で読んだことがあるよ。だけど、その船に猫が乗っていたという話は知らないなあ……」

「本当に乗ってたのよ」とジェニィ・ボウルドリンは言った。「そうなの、それには――数十匹の猫が乗ってたのよ。事実あたしたちの先祖はそれよりずっと昔にさかのぼって、ほんとにアフリカ生れのカフィル猫だったのよ。ヌビアとか、アビシニア――こんな地名はきっと聞いたことはおありね。ジューリアス・シーザーとかいう人が、紀元前五五年から五四年にかけて、あたしたちの幾匹かをイギリスに連れて来たということになってるのよ。しかしそれは一族のあたしたちの分家ではなかったの。このあたしたちの先祖は、それより二千年前にエジプトにいたの。あんたはきっと本で読んだでしょうけれど、そのころエジプトでは猫は神聖なものとされていたのよ。大勢の人たちは神聖なものになろうとしたり、神聖なもののように振舞おうとしたりしていたけれど、事実あたしたちは神聖なものであり、社殿や祭壇や、かしずいてくれる僧侶《そうりょ》まで持っていたんだもの。きっとあんたは、あたしの頭がどんなに小さいか、気がついたでしょう。エジプトの血統なのよ。それにまたもちろん、これ」

と言ってジェニィは、わき腹を横にしてころがり、足裏をピーターが調べてみられるように、足を持ちトげてみせた。「何だ、真っ黒じゃないか」とピーターは言って、それから自分の足裏を見てまた言った、「ぼくの足裏は全部ピンク色だよ」

「当然よ」と、いかにも満足そうにジェニィは言った。「黒い足裏にぶつかった場合はいつも——そうなの、エジプトの血統なの。大英博物館にある、アモン＝ラーの墓から取ってきた浮彫りを見たことがおあり？　神聖な猫がそれに彫りつけてあるんだけれど？　あたしがその猫にそっくりだと言われているのよ」

「ぼくはばあやと大英博物館へ行って来たことがあるけど」とピーターは言った、「見たような記憶はないなあ——」

「いいのよ、気にしなくたっていいの」とジェニィは話をつづけた。「それほど重大なことでもないんだもの。特に近ごろでは、問題になるのは先祖ではなくて、本人がどういう人間かということなんだから、なおさらよ。もっとも、自分がどういう人間であるかわかれば慰めになるものだ、と言わなければならないとは思うんだけれど。特にあらゆるものごとが、自分にたいして盛んに敵対しているような場合、もしその人が自分の先祖がどういう者であり、どういうことをした人かということが、いくらかわかっていたら、その人はそうやすやすとあきらめる必要はないんだもの、ね。特にかつては先祖は事実神聖な存在であり、世間の人たちがその神聖な存在にたいし、願いごとをかなえてくださいと拝みに来るような場合はなおさらのこと。でも」そこでジェニィ・ボウルドリンはいったんことばを切り、自分の尾の先をあわただしく四回ほど舌で清めた。

　ピーターは彼女が先を話さないのではないかと心配し、なだめるような語調で言った——「それで、君が生れたあとは……」

「あら、そうだったわ」とジェニィは舌を前後に動かすことをやめ、再び話にはいった。「あたしたち汽車でグラスゴウから、籠《かご》に入れられてロンドンに来たの——あたしの母と、男兄弟や女姉妹たちと、あたしと。あたしたちは夜行列車で、しかもあたしはしじゅう籠の中だったもんだから、何も見えなかったわ。いずれにしても、あたしはまだ生れたばかりで、目が開いていなかったのよ。それがあたしのはじめての思い出ってわけ。

「あたしたちの兄弟は雄が三匹、雌が二匹で、ブルームズベリ街のとある下宿屋さんの地下室で暮すことになっていたの。あたしの母親はある印刷屋さんの飼い猫だったんだけれど、グラスゴウで働いていたその人が、ロンドンへ帰って来たというわけ。そしてブルームズベリ街の下宿屋さんをやっていたのは、その印刷屋さんの母親だったというわけ。あたしの話で、はっきりおわかりになったかどうか、わからないけれど……」

「いや、はっきりわかるよ」とピーターは答えた。

「あたしたちの母親は利口で、申し分のない猫だったの。食事はあてがってくれるし、身づくろいしてくれるし、叱《しか》るときはひどく叩いたし、必要と思われるだけの教育はしてくれたの。母は自分たちの一族と血統を誇りに思い、かねがねこう言ってたの――あたしたちには品位があり、先祖の血が流れているのだから、どこへ行って住まおうと、自分たちを飼ってくれるどんな人たちにも尊敬されるだろう――と。母は下宿屋で暮そうと、印刷屋さんに飼われようと、少しも恥じる必要はないと思っていたのよ。あんたはどう思う?」

ピーターは思いがけない質問に、いささかどぎまぎしたが、自分も恥じる必要はないと思うし、特にその人たちが親切な人である場合、なおさらのことだと返事した。「ほんとにそうね」と言ったジェニィは、いかにもほっとした様子である。「母はこう言ってたわ――あたしたちの中には、乾物屋さんの飼い猫、というような低い身分になっているものもあるし、中には煙突掃除屋さんや、日雇い雑役婦の飼い猫になっているものもあり、一方ではメイフェア街の金持ちの家や、宮殿にさえ暮すものもあるかもしれないが、大事なことは、そういう相手の人たちは要するに、結局はみんな人間であり、一方あたしたちのほうはみんなこういう動物なんだから、もしあたしたちの間に愛と尊敬さえあれば、それ以上のことを何も望む必要はないのだ、と。

「ある日、あたしが生れてから七カ月たったころ、変ったことがもちあがったの。どこかの人たちがあたしたちの家へ来て、あたしを家から連れ出してしまったの。つまり、あたしは貰《もら》われて行ったのよ。

「自分はなんて幸福なんだろうと、とにかくそのときはそう思ったわ。あたしの行った家は、ケンジントン・ハイ・ストリート近くにあって、ご主人と、奥さまと、かわいらしいお嬢さんのいるペニィという一家だったの。あたしはそこの家で育てられ、三年のあいだ何の苦労もなかったのよ」

「そのかわいらしいお嬢さんってのは、どんな人だったの？」とピーターは尋ねた。

ジェニィがしばらくためらっているあいだに、また涙がそのひとみを濡《ぬ》らした。けれどもこんどジェニィは、ことさら身づくろいなどでその涙を隠そうとはしなかった。

「ほんとにかわいらしいお嬢さんだったわ」と返事したジェニィの声は、美しくて親切だった誰かを思い出す人のような、優しい口調だった。そしてきらきら光るジェニィの目は、懐《なつ》かしい過去をじっと見つめていた。「お嬢さんの髪の毛は長く波うっているようだったし、とてもかわいらしい顔をしていたわ。その声は優しくて、一度も耳ざわりになったことなんかないの。名前はエリザベスというんだけれど、いつもバフと呼ばれていた、十歳のお嬢さんだったの。あたしはとてもそのお嬢さんを愛していたので、そのことを考えただけでも、ごろごろのどを鳴らしたくなるくらい。

「そこの家は金満家というほどではなかったけれど、たいへん裕福だったわ。あたしはクッションこそ敷いてないけれど、自分の寝るバスケットをあてがわれていたし、バフの部屋で寝ることを許されていたの。ご両親は自分たちの食べる肉を、少しずつあたしに残してくれるように気を使ってくだすったし、一日おきには魚もいただけたし、牛乳などは飲めるだけ飲ましてもらったことよ。バフが午後学校から帰って来ると、あたしはいつも玄関に待っていて、その両腕の中に飛び込み、ほおを相手のほおにこすりつけ、やがてその肩に乗り移ると、バフはまるで毛皮でも巻いているように、あたしを連れて歩き回ってくれたの」

ぼくはその話を聞いているうちに寂しくなった。というのは、彼女の話していることは、ぼくが自分の家でそうあってほしいと思ってたとおりだったからである――つまり、ぼくが学校から帰って来たとき、優しい、かわいらしい猫が待っていてくれて、ぼくの肩に飛びつき、ぼくの体にその体をこすりつけ、撫《な》でてやるとのどをごろごろ鳴らす――つまりそういったようなことである。

ジェニィは楽しい時代のことを話しながらため息をついた。毎朝いの一番に女中さんがカーテンを開けにはいって来ると、小さな猫はベッドに飛び上がり、のどを鳴らしてはようの挨拶《あいさつ》をすますと、バフに、二人とも大好きな飛びつきゲームをやろうとせがむのである。これはその女の子が毛布の下で手の指を動かすゲームで、一方ジェニィのほうは、毛布の下での、その指のあやしげな、じれったいような、もぞもぞした動きを見まもり、最後に、うしろ足で突っ立って、その場所の上にひょいと飛び乗るのであるが、ジェニィはいつも注意して爪《つめ》を使わないようにしているので、バフは笑い声をたてながら、興奮して金切り声をあげるわけである。一日のはじまりとしては、何というすばらしいはじまり方だったことだろう。

「ああ、それにクリスマスと新年には」とジェニィはことばをつづけるのであった、「いろんな贈り物が薄紙に包まれて来るのよ。あたしはそれの空いた箱にはいることを許されるんだけど、家中がおいしいものの匂《にお》いでいっぱいになってしまって。あたし自身の誕生日には、これは覚えておいてくださるなら、四月の二十二日なんだけれど、いつもあたしは新しいおもちゃや贈り物をいろいろいただくし、バフはあたしのためにパーティーまでやってくれたのよ。もちろん甘やかされ、わがままになってはいたけれど、あたしはそれが大好きだったの。嫌いな猫ってあるかしら?

「それがあたしの生涯での、いちばん幸福だった三年間だったの。バフとその両親が家にいるかぎり、あたしはいっときもみんなから離れたことはなく、心の底から家族の人たちを愛し、しまいにはその人たちのことばさえ、少しずつわかるようになってきたのよ。もっとも、むずかしくて、耳ざわりで、音楽的ではなかったんだけれど。今ではそんなことばは大半忘れてしまったけれど、わかったかぎりのそのことば、ことばのあいだに、そしてその言い回し方や、声の調子で、家族の人たちが満足しているか、不満に思っているか、あたしにどうしてほしいと思っているか、自分にはちゃんとわかっていたの。

「ある日、今から二年ほど前の五月のはじめ、気がついてみると、みんながいかにも忙しそうに取り乱し、何かで頭がいっぱいになっているらしく、家の中に何か変ったことが起きていることがわかったの」

「大変」と言って、ピーターもそわそわしはじめた。「何かが起るんじゃないかと思って、心配になってきたよ。これまですべてが、何もかも申し分なかったのに……」

ジェニィはうなずいた。「そうなの。ものごとって、すべてそんなふうになるものなの。あたしは何とかしてみんなの顔をのぞきこんで、何が起ったのか確かめてみようと思ったの。ところがある朝、トランクや、バッグや、旅行用の手提げカバンや、がっさい袋や、キャンバス袋などが、突然屋根裏部屋から現われてくるし、木箱や、木枠や、わらとかおが屑《くず》がいっぱいはいった樽《たる》などが家に運び込まれるし、粗末な服に前垂れをつけ、ひさしのついた帽子をかぶった男たちが、荷造りにやって来たので、それでやっとわかったの。一家は引越しするのよ。だけど行く先はおなじ市内なのか、郊外なのか、それとも外国なのか、あたしには知る方法も、みつけ出す方法もなかったの。

「ねえ、ピーター、あんたも自分が猫になり、そうした経験をするまでは、そういう気持はわからないわねえ――つまり、来る日も来る日も、ただそばに坐《すわ》っているだけなのに、一方では見慣れたものや、自分が大好きだった家具やら、マントルピースやテーブルの上に置いてあったものが、つぎつぎ箱や木枠の中に消えていくのに、全然何もわからないという気持――」

「何がわからないの？」とピーターは尋ねた。

「自分は連れて行ってもらえるのか、どうかということよ」

「なあに、もちろん君は連れて行ってもらえるさ」とピーターは大きな声で叫んだ。

ピーターにしてみれば、もし自分がジェニィ・ボウルドリンのような優しくて気立てのいい猫を飼っていて、それとおなじような状況になったら、自分ならどうするか、ということを考えてみたからである。「だって、誰にしろ君を残して引越しなんかするものか、たとえ――」

ピーターはそのことばを中途でやめた。なぜならジェニィがふいに体の向きを変えて、激しい勢いで身づくろいを始めたからである。彼女のその動作には、一種のやけっぱちなところがあり、それがピーターの心に伝わり、彼女の悩んでいる気持が、ことばよりもっとはっきりわかったわけである。ピーターは叫んだ――「ほんとにかわいそうなジェニィ・ボウルドリン！　ぼくは残念でたまらんよ。そんなことってあるものか。そんな残酷なことは、誰にだってできるはずはないんだが。とにかくどういうことが起ったのか、話しておくれよ」

ジェニィは身づくろいをやめた。その目は涙ですっかりかすみ、顔はいつもより瘦《や》せて骨ばって見えた。「許してくださいね、ピーター」と彼女は言う。「たぶん話はしばらくやめにしたほうがいいと思うの。昔を思い返して、あんな楽しかった時代の思いにふけるのは、容易なことではないのよ。さあ、いらっしゃい。これからいっしょに歩いて、この倉庫に慣れておくため、少し回って、せんさくしてみましょう。そうすればあんたにも秘密の出口がわかるし、ここの倉庫の裏表《うらおもて》がわかるようになるわ。そのあとならたぶん、あの運命の五月の日に、あたしの身の上に起った話のつづきをしてあげられると思うの」

ピーターは中断されたことにひどく失望したが、ジェニィにそんなことは知らせたくなかった。彼女の身の上に起った悲劇には、ピーターはいたく同情した。もっとも、ペニィ一家のように善良で親切な人たちが、どうしてジェニィを置き去りにして、引っ越してなど行けたのか、想像することもできなかったのだが。しかしピーターは自分の考えは胸に秘め、ジェニィがベッドを飛び降りると、自分もその後から飛び降りた。ピーターは今ではもう体もずいぶんしっかりしてきたので、ジェニィが物置のはしの隙間《すきま》をすり抜け、左へ曲って上の通廊に出たときも、すぐその後について行くのに、いささかも困難を感じなかった。

彼らは長い、暗い廊下をぶらぶら歩いて行った。その廊下の両側には、たった今出て来たところとおなじような物置が並んでいる。彼らは幾つもの通路を通り抜けて、階段を降り、角を曲ってとある部屋にはいったが、そこは天井の電線から吊《つる》されている電燈《でんとう》に照らされた、だだっ広い物置になっていて、天井の高さがわずか彼らの高さの三倍くらいしかなかった。そしてその物置の上から下まで、各種各様の飾り物だけではなしに、方々の十地を表わしたものが、実に奇妙なふうにいっぱいに積み込まれている。

何か燦然《さんぜん》と輝く御殿のようなものがあるかと思うと、すぐその隣りにはスコットランドの荒れはてたハイランドに、巨大な岩や丸石が積み上げられ、おびやかすような木立が、黒ずんだ太い枝を空に向って突き上げている。また遠い山々が遠景に見える青い海の景色のようなものや、格子垣《こうしがき》に囲まれた庭園もあれば、草ぶき屋根の田舎家もあり、アラビアの遊牧民のテントが並んでいるかと思うと、一面にさまざまなつる植物の垂れている、陰鬱《いんうつ》なジャングルの一部もあり、そのほか停車場、ギリシャの神殿の一部……

ピーターは叫んだ、「もちろん、これは何だか知ってるよ。クリスマスの劇に使われるような、舞台の背景だよ。ここにしまっておくんだね」

「そうなの？」とジェニィ・ボウルドリンは言った。「知らなかったわ。だけどあんたには興味があるだろうと思ったの。気分を変えたいと思うとき、あたしもよくここへ来るのよ。あっちへ行って、ハイランドの岩にこしをおろしてみましょうよ。なぜかって、あたしたちの生れ故郷を思い出させてくれるからよ。少なくとも母が以前よく説明してくれたようなことを思い出させてくれるんだもの」

もちろん彼らは、実際にはその岩の上にこしをおろすことはできなかった。なぜなら、それはキャンバスの上に、まったく本物のように描かれているだけだからである。けれども彼らがすぐその岩のそばで、それぞれの尾を体に巻きつけてしゃがんだとき、ピーターは、ばあやもよく話してくれたスコットランドのハイランドに、本当にいるような気さえした。

自分もジェニィも落ちついてきたとき、ピーターは言い出した、「ねえ、ジェニィ……もう話をつづけてもいいんじゃない……?」

ジェニィは自分にとってあれほどつらかった思い出に、もう一度立ち戻るための役に立てるかのように、一瞬目をつむった。やがてその目を開けたとき、ため息をついて、話をつづけた——

「それはとても大きな家だったの」とジェニィは言う、「すべての物を荷造りしたり、封印したりして、引っ越せるようにするまでには、まったく何日も、何日もかかるように思われたほど大きな家だったの。

「あたしは歩き回っては、あらゆる物の中にはいってみたり、その上にあがってみたりして、匂いを嗅《か》いだり、嚙《か》みついてみたり、触ってみようとしたりしたの——あたしたちがほおひげの先で触ってみるだけで、どんなにちょっとした知識のはしくれや、参考になることのきれっぱしを、知ることがよくあるかということは、あんたもご存じでしょう——(ピーターは知らなかったが、今話のこしを折りたくなかったので、返事しなかった。それでジェニィは話をつづけた)——でも、ほおひげも役に立たなかったの。これだけたくさんの荷物がどこへ運ばれて行くのか、およそその見当さえつかなかったの。もう間もなく荷物が送り出されるというころになってさえ、見当もつかなかったのよ。もうすぐ送り出されるということがわかったのは、すでに四、五日前から、一家の者がそこに寝泊りしていなかったからよ。ベッドがすっかり取り払われて、木枠につめられてしまったからなんだけれど。ペニィの奥さんとバフは昼の間は帰って来て、もちろんあたしに食事を与えてくれたことはくれたのよ。

「夕方になるとお二人は、あたしのバスケットを二階の上の、屋根ののき下にあるいちばん上階のミシン部屋に運び、夜中のためのミルクと水のはいった台皿といっしょに、あたしを置き去りにして帰って行ってしまうの。そのミシン部屋にはもはや、物一つ置いてなく、がらんとして、あたしのおもちゃさえ一つもないんだもの。自分の身の上のことがわからないために、あれほど心配してうろたえてさえいなかったら、あたしだってそんなことはちっとも気にしなかったはずなんだけれど。もちろんあたしはペニィ一家は、どこかしらないけれど新しい家の準備がととのうまで、お友達の家かホテルに泊っているので、あたしを連れて行けないのだろう、と想像していたわ。ところが一方では、この一家があたしを連れて行けない、どこか外国の遠いところへなど行くはずはないと思いこんで、どうして自分は安心していられるのかしら、という疑問もわいてきてはいたのよ」

　ピーターは引越しのことなら何でもよく知っていた。軍部関係では誰だっていつでも、さっさと自分たちの家財を荷造りして、インドや、オーストラリアや、アフリカに出発して行くからである。またピーターはジェニィが感じたにちがいない恐怖も、自分なら理解できると思った。というのはピーター自身も、夜中に理由もない恐怖に突然襲われて、恐ろしい夜をこらえていた記憶があるからである——たとえば「もしママがぼくのところへ決して帰って来ないとしたら、どうしたらいいだろう？　もしぼくが朝になって目を覚ましたとき、ママが帰っていないとしたら？」などと考えて、恐ろしくてもう眠られぬまま、暗闇《くらやみ》の中でじっと全身を耳にして、玄関のドアの鍵《かぎ》の音や、自分の部屋の前を通って、廊下を歩いて行くママの足音の、聞えてくるのを待っていたときのことを思い出したからである。そしてそういう恐怖がおさまるまで——おさまるのはたいていい、真夜中をずいぶん過ぎるまではめったにないことだったが——ピーターは不安な苦しい眠りにさえつけなかったのである。

　ジェニィの声で、ピーターはそうした思い出からわれに返った。「ある日の朝」とジェニィは悲しそうな声でしゃべっていた、「お二人はとうとう戻って来なかったの。もう二度と帰って来なかったの。あたしはもう二度と愛するバフにも会えなかったし、ペニィの奥さんにも、ペニィのご主人にも会えなかったの。一家の人たちは血も涙もなく、あたしを棄《す》てて行ってしまったの」

　ピーターは思わず同情の大声を出して、「ああ、気の毒なジェニィ・ボウルドリン！」と叫んだ。そしてやがてつけ加えて言った――「ぼくにはとうてい信じられないよ。何かがその人たちの身の上に起ったにちがいない……」

「あたしもそう思えたらいいんだけれど」とジェニィは語調を強めて言った、「でも歳《とし》をとってくれば――つまり猫の身の上になってしばらく時がたてば、人間というものはいつだってそういうことをするものだ、ということが誰にだってわかってくるはずよ。人間はあたしたちが何かにつけて便利で、あまり手数をかけないでいるあいだは、あたしたちを飼っておくけど、やがて、少しもあたしたちの罪でも何でもないのに、ただ飼っておくことが都合悪くなると、突然あたしたちを、飢え死にでも何でもしなさいとばかり、置き去りにして、出て行ってしまうものなのよ」

「ねえ、ジェニィ」とピーターは、そんな残酷な話を聞いて、すっかりおびえながらも、またもや大声をはりあげるのであった、「ぼくは決して君を置き去りにして出て行ったりはしないよ……」

「あんたならたぶんしないだろうけれど」とジェニィは言う、「でも人間はするものなのよ、現実にその一家がやったじゃないの。その朝のことを覚えているわ。はじめのうち、時間が来ているのにあの人たちが来ないということは、とても信じられなかったの。あたしは窓を見まもり、ドアの音に耳をすましていたわ。時刻はどんどん過ぎていくし、そのうちあたしは大声を出して泣きはじめたの。ひょっとしたらあの人たちは、自分の知らぬ間に何とかしてそっと、家の中にはいって来ているのではないか、とも思ったものだから。

「あたし声がかれるまで泣いてみたわ。ドアに体をぶつけてみたわ。必死になって開けてみようとしてみたわ。しかしドアには、あたしに何とかできそうな掛け金《がね》がついていないで、すべすべしたドアノッブがついていたの。朝が午後になり、午後が晩になってしまったの。あたしは全然眠ることもできずに、空き部屋になったミシン室の床を、一晩じゅう行ったり来たりしながら、明日になったら、あの人たちも来るかもしれない、という空頼みをしていたの。

「朝になると、いっそう肝をつぶすようなことが起ったの。あの人たちは全然姿を見せずに、やって来たのは引越し屋さんたちだったの。引越し屋さんの幌《ほろ》つきトラックが、家の前にとまるのが窓から見えたわ。その人たちは一日じゅう、家の中にはいったり出たりしながら、家具や、木枠や、箱や、樽などを持ち出していたわ。午後遅くなってから、荷物はすべて積み込まれ、ロープでうしろにくくりつけられ、引越し屋さんたちは前の座席に乗り込んで、そのまま走り去って行ったの。そしてその夜は、もうミルクも水も残っていなかったので、あたしは食べることも飲むこともできなかったのよ。そのつぎの日も、そのまたつぎの日も」

「かわいそうな、かわいそうなジェニィ！」とピーターは口をはさんだ。「さぞ腹がへったんだろうね？」

「苦しいのはおなかじゃなかったのよ」とジェニィは答えた、「心の中だったの。あたしはただ人恋しくて、情けなくて、寂しくて、悲しくて、いっそ死んでしまいたいと思っただけ。何よりもあたしはバフに抱きしめてもらいたかったの。バフはあたしを愛していたから、いつも少しくらいは、痛いほどぎゅっと締めつけてくれたの。

「やがて、自分がバフを憎んでいることがわかり、急にはッとしたわ。バフはあたしを棄てたんだもの、思いっきり嚙みついてやり、ひっ搔《か》いてやり、爪《つめ》を立てて殺してしまいたいと思ったの。そうよ、あたしも人を憎むことを覚えてしまったのよ、ピーター。その憎しみは、病気になったり、飢えたり、のどが渇《かわ》いたり、あるいは苦しんだりすることより、いっそう痛烈なものなの。あたしがバフに感じていたあれほどの愛も、みんな憎しみに変ってしまったのよ。その部屋から自分が生きて出られる望みもなかったのだけれど、もしも万が一にも出られたら、今後は二度と人間は信用しないし、人間に愛情なんか感じないし、人間といっしょに暮すことなど絶対にすまいと心に誓ったの。

「やがてある朝、もう死の一歩手前まで来ていたとき、救いの手がさしのべられたの。誰かが玄関に来たと思う間もなく、足音が聞えてきたの。あの人たちの足音でないことは知っていたけれども、ひょっとしたらそれは自分の聞きちがいで、あの人たちが現実にやって来たのではないかしら、と思ったの。それでペニィ家の人たちを迎える準備をして、のどをごろごろ鳴らし、もうバフを許してあげたことを見せるため、その肩に飛びついてあげようとさえ思ったの。そうよ、あたしはバフの顔に手をのせて、接吻《せっぷん》してあげようとさえ思ったの。もしもバフがあたしを忘れないで、戻って来てくれたのだとしたら」

「ほんとに戻って来てくれさえしたら、ね、ジェニィ……」とピーターはことばをはさんだ。

「もちろん、そうじゃなかったの」とジェニィはことばをつづけた。「それは何でもないただの人間で、女の二人連れだったの。きっとその家を見に来たにちがいないんだわ。その中の一人は、同情するような声を出してあたしを抱き上げたの。でもあたしはもう体も弱りはて、飢えて目もくらみ、心配のあまり気もへんになりかけ、自分のしようとしていたことがどういうことかもわからなかったの。つまり、あたしはその女の人に噛みついてしまったの。女の人はあわててあたしを下にほうりつけたので、あたしは恐ろしさのあまり駆け出す勇気を得て、そのままその部屋から飛び出し、階段を駆け降りたの。いや、駆け降りたというより、飛び降りたの。そして階下に出て玄関から飛び出すまで、駆ける足をゆるめなかったの。それがはじまりだったのよ……」

「何の?」とピーターが尋ねた。

「人間から独立していくということのはじまりよ。二度と人間から恩恵を受けまいということのはじまりであり、誰かが手をさしのべて撫《な》でようとしたり、抱き上げようとした場合は、必ずつばを吐きかけて唸《うな》るということのはじまりであり、もう二度と人の家に飼われて、いっしょに暮したりはしないということのはじまりだったの」

すべてがあまりにもひどい結末になったことを、自分がどんなに気の毒に思っているか、ジェニィに知らしてやりたいと思ったが、ピーターにはどうしても言うべきことばがみつからなかった。なぜなら、もしバフの一家が、あれほど冷酷にジェニィを棄てたことが事実なら、その人たちがおなじ人間であることを、ピーターは大いに恥じたからである。だからピーターは立ち上がり、ジェニィのそばに寄って、ことばではなしに、そのほおの横を二、三度なめてやった。

ジェニィはほれぼれするような笑顔をピーターに向け、しばらくのどをごろごろ鳴らしていた。

「ああした生活も楽しいけれど」とジェニィは言う、「今ではあたし、さすらいの生活が好きになったの、ほんとよ。なるほどつらい生活だし、時には容易な生活ではないわ。だけど少なくとも、誰もはやあたしを傷つけることはできないのよ。あたしの言うのは、心を、の意味なの。心の中へは誰もはいって来られないものなの。そして心の中に受けた傷は、決して治ることはないものなの。この過去二年のあいだに、猫にも参加できることで、あたしがこの目で見たり、実際に手を出してやってみなかったことなど、この世の中にはもう大して残っていないはずよ。この住居《すまい》は、今から数カ月前、あたしがみつけ出したの。ここはすばらしい住居よ。世間の人はめったにここにはいって来ないんだもの。さあ出かけましょう、あたしの秘密の出口を見せてあげるわ……」

彼らはハイランドの風景を離れ、ピラミッドやスフィンクスの前を通り抜け、ニューヨークの高級アパートの屋上特別室の屋根の上のへりを通り、メイフェア街の応接間や、ライン川のほとりの城に、うまくはいり込んでは出たりしながら、歩を返して、長い、暗い、かびくさい廊下を渡って行った。

ところが角を曲って、ジェニィの住居になっている倉庫の一隅にはいろうとしたとき、ジェニィは立ちどまり、低い唸り声をたてた。ピーターはその尾が平素の二倍の太さにふくれ上がるのを見た。そしてピーターも彼女のうしろに立ちどまったが、さまざまな人声や、足音や、こすれる音や、ぶつかる音が聞えたので、何をしているのか見ようと、角を曲って駆け出そうとしたとき、ジェニィが囁《ささや》いた――「伏せるのよ、ピーター！ もしあの人たちにみつかったら、大変よ。あら、あれはあたしたちの住居なのに！ あの人たちはあれを運び出そうとしているのよ。あんたの友達のナポレオンさんが、自分のベッドを取りに来たらしいのよ」

ピーターは今もし自分が、ナポレオンが死んでからもう百年以上もたっていると打ち明けたら、ジェニィは当惑するかもしれないと思ったが、とにかく今は、そんなことはどっちでもいいことだと思い直した。それより大変なことは、ナポレオンのベッドがもはやそこにないということである。そしてその置場にあったほかのすべてのものも、売りに出すのか展覧会に出すのかはわからないが、やはり運び出されていた。

「残念ね」とジェニィは言った。「りっぱな住居だったのに。あのベッドがずいぶん好きになってしまったというのに。特にあんたのお友達のベッドだったんですものね。

でもいいわ、どこかほかで、またべつなものがみつかることよ」

「ぼくたちが今通って来たところに、居心地のよさそうな置場が、まだ数十もあるはずじゃないか」とピーターは言った。

「だめよ。この倉庫の中じゃ、もうだめ」とジェニィはきっぱりした口調で言った。

「ひとたび人間が顔を出したら最後、万事もう終りよ。利口者だったら、さっさと出て行くわ。引越し屋さんたちが、あのベッドを明るい日に当ててみたら、あたしたちがそこで暮していた証拠をみつけ出すにちがいないことよ。あんたの毛だの、あたしの毛など。それにネズミのこともあるし。そうしたらあたしたちを追跡して捜し出す、大げさな作業がこの倉庫の中で行われるわ——電燈を全部つけ、埃《ほこり》の渦を巻き上げ、男たちは懐中電燈や棒を持って、そこいらじゅうをつつき回すわ。そうなのよ、ピーター、あたしにまかしといてね。あたしにはわかってるのよ。あの人たちの運び出しがすんだら、あたしの非常口を使いましょう。今晩泊るところを捜すのに、まだ十分お日さまが残っているわ。あたしが指図するまで、みつからないようにしていてね」

ピーターはジェニィに言われたとおりにした。というのはジェニィのほうが経験ゆたかであるし、何でものごとをよく心得ているにちがいないことは、よくわかっていたからである。

やがて、一つにはあたりに埃が巻き上がっているし、一つにはあれだけロンドンじゅうを駆け抜けて来たあとで、身づくろいを習ったり、話を聞いたりして、何も飲み物を飲んでいなかったので、ピーターはものすごいのどの渇きに悩まされた。そしてもしもすぐに、何か冷たくて湿ったものがのどを通らないかぎり、自分がくたばってしまうだろうということを、突然感じた。

7　出口で必ず立ちどまること

「すごくのどが渇いているんだよ、ジェニィ」とピーターが囁いた。

二匹の猫はもう一時間近く、運送屋たちが置場から家具を運び出す仕事の終るのを待ちながら、倉庫の廊下の曲り角近くにしゃがんでいたのである。

ジェニィは体を伏せて曲り角のほうをのぞいてみた。「もうすぐよ。家具は二つ、三つしか残っていないから」

「ああ、大きなグラスで、冷たいミルクを一杯飲みたいなあ」とピーターは言った。

ジェニィは向きなおってピーターの顔を見た。「お皿でミルクを、と言うつもりだったんでしょう？　ミルクはグラスからなんか、飲めやしないじゃないの。それにミルクと言えば——あたしがミルクを見たり、味わったりしてから、もう何年くらいになるかご存じ？　あたしたちのような生活をしているものにとって、つまり、人間から遮断された生活をしているものにとって、ミルクなどというようなものは存在しないのよ。もしのどが渇いたら、何とか雨水を捜すとか、溝《みぞ》の汚水を捜すとか、置き忘れられているバケツの中を捜すとかするものよ。さもなければ、夜中に人が寝しずまってから、石段を降りて川の船着場へ行くのよ、もし水が少し油臭くて、塩気のあるのを気にしなければ」

これからそういうことになるのかと思うと、ピーターはすっかりいやけがさしてきた。自分がもはや家も家族もある男の子ではなくて、住む家も何もない白猫であり、友達といっても瘦《や》せた宿なし猫のほか何もないという事実に、ピーターはまだ慣れていなかったのである。

死ぬほどのどが渇いていたし、ジェニィの話してくれた先の見通しが、あまり暗くて気にいらなかったので、思わずピーターはわッと泣きださないではいられなかった、「だってぼく、ミルクに慣れているんだもの！　大好きだし、ばあやは毎日飲ましてくれたんだもの……」

「シイッ！」とジェニィが注意した。「聞えるわよ」それからつけ加えて言った、「宿なし猫にミルクの皿をくばりながら、歩き回っている人間なんかありゃしないわ。あんただってしまいには、飲まないことに慣れてくることよ」

しかしピーターは慣れてくるとは思えなかった。そして小さな声で、ひとり泣きつづけていた。一方ジェニィはピーターのことがだんだん心配になり、当惑しながらその顔を見まもっていた。彼女は明らかに、自分のやりたくないと思っていた何事かについて、肚《はら》を決めようとしているように見えた。そして最後に、ピーターのみじめな様子にもうこれ以上我慢ができなくなったらしく、こう囁いた、「さあ、いらっしゃい……そんなに悲しむもんじゃないわ！　あんたのために、ミルクの一皿を貰《もら》ってあげられるところを知ってるのよ。そこへ行きましょう」

ミルクが貰えると思うと、ピーターは泣きやみ、すぐ機嫌をなおし、「そう？　どこなの？」と尋ねた。

「紅茶積みおろしの船だまりのそばの小屋に、老人の番人が住んでいるのよ」とジェニィは説明した、「その人はひとりぼっちで、猫が大好きで、いつもおいしいもの一口くらいは、大丈夫くれるのよ、特にあたしには。もう幾月も前から、自分のところに来ていっしょに暮さないかと、あたしをくどいているんだけれど。もちろんあたしはそんなこと、夢にも考えてやしないわ」
「しかし」とピーターは言った。せっかく貰うことになったミルクを、議論などして
ふいにはしたくなかったが、ただ、自分たちの守ることになっていた条件は、一体ど
うなるのか、それをはっきり理解しておきたかったので、こう言った、「それじゃ人
間から恵んでもらうことになるんじゃないか?」
「物は貰うんだけれど、こちらから何も与えてやるわけじゃないんだもの」とジェニ
ィは、いつも人間に関係のあることを話し合う場合、感情が激しく高ぶる、あの不思
議な、強引な口調で言った、「それを貰ってから、おじいさんを見捨てるのよ」
「それは正しいことかしら?」とピーターは尋ねた。そのことばは、しゃべった本人
も知らないうちに、思わず口から飛び出してしまったのである。ミルクはほしくてた
まらなかったし、ジェニィを怒らせたくはなかったのだが。しかし人間はどう振舞う
べきかということは教わっていたし、本能的にもことの善悪はわきまえていたので、
ジェニィのやり方は、人の親切にむくいるやり方としては、好ましくないやり方のよ
うに思われたからである。あんのじょうピーターはジェニィを怒らしてしまったよう
である。なぜなら彼女は身をこわばらし、これまでピーターに見せたことがないほど、
冷やかな目つきをしながら、こう言ったからである、「両方いいようにするってわけ

にはいかないでしょう、ピーター。もしもあんたがあたしのような生活をしようと思ったら、今の場合、好き勝手なことは言っていられないと思うんだけれど——」

「もちろん君のような生活をしようと思っているよ」とピーターはあわてて弁明した、「ただぼくはまだ、猫の感じ方と人間の感じ方の違いを、あんまりよく知らないというだけのことなんだよ。本当にぼく、君の言うとおりにするよ、そしてぜひ早く覚えたいと思っているんだが……」

その表情から察するに、ジェニィは今のことばも、あまり気にいらないようだったが、そのことについて、まだ何も言いださないうちに、運送屋が大声で呼びかけている声が聞えてきた——「じゃ、それでおしまいだな」するともう一人の声が返事した、「オーケー！」ジェニィは曲り角をのぞいて言った、「終ったらしいわ。あの人たちが戻って来ないことを確かめるまで、しばらく待ってましょう。それから出かけるのよ」

あたりがもとどおり静かにおさまったことを確かめてから、ジェニィが先に立ってふたりでいっしょに出かけ、空になった置場を通り越え、廊下を降りて運送屋たちの通って行った方向に向った。しかしそれほど行かないうちに、ジェニィは右にそれて新しい通路を行き、ついに倉庫の外側の壁近くにある置場に出た。その置場には、すごく新しくてモダンな、クロム革や、厚い詰め物をした絹ビロードの家具がいっぱいはいっていた。ジェニィはピーターの先に立って置場の裏手に回った。そこの壁の基部に回したはば板に、かなり大きな穴が一つあいていて、穴の奥は暗くて無気味に見えた。

「こわがらなくたっていいの」とジェニィは言った。「あたしについて来さえしたら。右へ行って、それから左へ行くんだけれど、すぐに明るくなるわ」

ジェニィが先になってそっとはいり込み、間もなく真の暗闇《くらやみ》となってしまったが、そうなるとジェニィの姿は目に見えなくとも、自分のほおひげの先の感じで知ることのできることがわかったので、後について行くことはちっともむずかしいことではなかった。特に自分たちが地下道のようなものの中にいることが、間もなくわかったほど明るくなったので、なおさらたやすかった。その地下道の中を直径三十センチほどの太さの鉄管が通っていたのである。やがてどこからか明りが射《さ》し込んできているのが、ピーターにもわかった。鉄管の一メートルほど錆《さ》びついているところに穴ができていて、そこから道路に出られるようになっていた。

明らかにその鉄管は空気の取入れに使われていたか、あるいは換気装置に何か関係があるらしかった。というのは、その鉄管のはしの上のほうに、以前鉄格子《てつごうし》がとりつけられていたからなのであるが、それの留め金の金具がいつの間にかはずれて、鉄格子がとれてしまっていたので、ふたりの出口を妨げるものは何もなかった。

ピーターは再び日の当る外に出られるのかと思うと、すっかり嬉《うれ》しくなって興奮していたので、ジェニィの先になって駆け出し、そのまま道路に飛び出そうとしたが、そのとたんに、ジェニィの警告するような叫びを聞いたので、思いとどまった。

「ピーター！　待って！」とジェニィは叫んだのである。「そんなことしちゃだめじゃないの！　猫というものは、どんなところからでも、決してそのまま飛び出すものじゃないのよ。『出口で立ちどまること』とか、『しきいでは急がぬこと』とかいうことは知らないの？　でも、もちろん、まだ知るわけはないわね。まあ、あたしとしたことが――いつもあんたにああしろとか、こうしろなどと指図するつもりはないんだけれど。しかしこれは本当に重要なことなの。規則第二号と言っていいくらい。どんな場所からも、決して急いで飛び出しちゃいけないのよ。特に戸外の場合は」

ピーターはジェニィがすっかり気立てのよさをとり戻し、自分に腹を立てさせられたことなど、忘れてしまっているらしいことを知った。それでピーターはきいてみた、「よくわからないよ、ジェニィ。はいる前には立ちどまる必要はないが、出るときにはいつも、立ちどまらなくちゃいけないっていうの？」

「もちろんよ。ほかにどういう意味があるっていうの？」と返事しながらジェニィは、出口の内側にすっかり落ちつき払ってしゃがみこみ、そこから道路に飛び出そうという気配は少しも見せなかった。「はいるときには、自分がそこから出て来たんだから、中にどんなものがあるかわかるでしょう。だけど、外にはまだ出ないのだから、そこに何があるかわからないじゃないの。誰にだってそれくらいのことは、普通の常識だと思うんだけれど」

「それはそうだけれど、一体外にこわいものなんか、何があるというの？」とピーターは尋ねた。「つまり、自分の住んでいるところはちゃんとわかっているんだし、通りも、並んでいる家も、みんな決して変りゃしないんだし――」

「まあ、ずいぶん妙なことを言うのね」とジェニィは言った、「こわいものなんか、数えきれないほどあるじゃないの。まず犬でしょう、人間でしょう、走っている車もあるし、それにお天気のこともあるでしょう、気温の変化もあるし、通りの状態ってこともあるでしょう。たとえば濡《ぬ》れているとか、乾いているとか、きれいにかたづいているとか、汚れているとか、置き忘れられたものが残っているとか、歩道のふち石に駐車している車があるとか、こちらにやって来る人間がいるかどうかとか、その人がどちら側を通って来て、どんな急ぎ方をしているとかっていうことがあるでしょう。

「ところが、実際にこわいのはそんなものじゃないのよ。そういうものこそ知りたいと思わなければいけないのよ。もし自分が自分のまわりのものに、つまり、目が、耳が、鼻が、ほおひげの先が伝えてくれるすべてのものについて、抜け目なく注意していたら、それがわかるはずよ。だからまず立ちどまり、あたりを見回し、耳をすまし、肌で感じてみるのよ。猫の世界には諺《ことわざ》があるのよ、『天国は子猫たちでいつも満員――まず立ちどまりもせず、少しも考えもせず、ドアからそのまま飛び出した子猫たちで』

「また近所に、何か悪さをしようとしている猫とか、喧嘩《けんか》を捜している猫とかがいるかもしれないのよ。予期もしていない何かの中に飛び込んで行く前に、そういうことだって知っておく必要があるのよ。そのほかに天気のことだって知っておかなければならないでしょう。今天気がどうかということだけではなしに、あとで、たとえば一時間あとで、どうなりそうだとか、今にも雨か雷雨が来そうだとか――そういう場合はあまり家から遠くに出かけてはいけないでしょう。ほおひげとか、肌が、ちゃんとそういうことは教えてくれるわ。

「それに、いずれにしたところで」とジェニィは結論を出した、「原則として、あわてて物ごとに飛び込まないということが、いい考えなの。外へ出るとき、すぐ五分後にはそこになくなる、というような場所はまずないはずだから、どうせそこへ行きつけることは大丈夫なんだもの。さあ、ここへ来て、あたしのそばにしゃがんでいらっしゃい。ちょっといっしょに眺めてみましょう」

ピーターが言われたとおり、足を下にたくし込んで、ジェニィのすぐそばにしゃがんでみると、そうすることがきわめて自然のように思われてきた。そしてジェニィに引きとめられて、自分が何も知らないものの中に飛び出して行かなかったことを、すぐによかったと思いだした。

人間の足が、間を置いては通って行く。見ているうちに、靴の大きさについて少しわかるようになった。それはたいてい労務者たちのはいている、重そうな編上靴であったが、それぞれの歩き方の速度もわかったし、倉庫の壁のすぐまぎわまで来ることもわかった。車輪のある乗り物はすべてひどくけんのんである——馬の曳《ひ》く大きな荷馬車、無気味な大きな音をとどろかして行くトラック、それから馬の脚、もじゃもじゃのけづめ毛を垂らしているその大きな脚も危険の一つである。遠くのほうでピーターはビッグ・ベンが四つ時を打つ音を聞いた。その音はもしピーターが人間だったら、たぶん聞えなかったのだろうが、その音は国会議事堂から、はるばる遠いところを伝わって、猫になったピーターの耳に届き、時間を知らせた。

こんどピーターは鼻孔を使って、鼻に伝わって来るさまざまな匂《にお》いを嗅《か》いでみて、それが何であるか理解しようと努めてみた。紅茶の強い匂いと、何だか奇妙な匂いがしてきた。その匂いはどうしても正体がつかめなかったが、自分が好きでないことだけはわかった。ほかに穀物や、機械や、ジャコウや、香料の匂い、あるいは燃えるガソリンや、排気ガスや、タールや、やわらかい石炭の煙、つまり機関車から出るような煙の匂いなどはすぐわかった。

ジェニィはこんど立ち上がり、出口のはしに顔だけ出して突っ立った。少し震えているほおひげを前に突き出し、鼻に少ししわを寄せるような動かし方をしながら。しばらくそういう格好をしていたジェニィは、やがてすっかりくつろいだ顔をピーターに向けて言った、「万事異状なし。もう出かけてもいいわ。あたりに猫はいないし、犬が一匹そのへんにいるけれど、たぶん自分の影におびえるような、きたならしいのら犬にすぎないようよ。たった今紅茶船が一艘《そう》船だまりに着いたわ。そのほうが好都合よ。番人の老人はその船が荷おろししてしまうまで、実際には何にも用がないんだから。雨がすっかり上がったことよ。たぶん雨は少なくともあと四十八時間は降らないわ。貨物列車がたった今船だまり地区にはいって行ったわ。うまい具合よ。そうすればゲートはみんな開いてるだろうし、そのうえ無蓋《むがい》貨車を隠れ場所に利用できるもの」

「すごいもんだなあ！」とピーターは驚嘆した。「ちょっと一度、鼻をうごめかしながら回しただけで、どうしてそれだけたくさんのことがわかるのか、どうしてもぼくにはわからないが。ぼくでもそのうちには――？」

「もちろん、できるようになるわ」と言ってジェニィは笑い声をたてた。そしてちょっとのどを鳴らしながら、つけ加えて言った、「ただ慣れるという問題にすぎないのよ。そして猫がするように、いろんな物をよく見ること。ほんとに何でもないことよ」そしてここで、彼女は二、三度、人前を気にしながら自分の体をなめまわした。

というのは、実を言えば、彼女はほんの少しばかりうぬぼれが強く、ピーターの目に自分が利口に見えることが、何よりも嬉しいらしいのである。もっとも、そのほうがいかにも猫らしいのだが。

「でも、ぼくにはわからないなあ――」とピーターが言いかけた。というのは、相手の望みどおりのことを言いだせば、彼女が必ず急いでその後を引き受けるにきまっていることが、よくわかっていたからである。

「きわめて簡単なことよ」と彼女は説明した、「たとえば紅茶の匂いがするでしょう。それはこの前、あたしが外へ出たときは、していなかった匂いなの。つまり紅茶船が着いて、ハッチが開けられたという意味よ。あたりに猫がいないと言ったでしょう――あたしの受信機に、つまりほおひげに、少なくとも敵意ある信号は少しも感じられなかったからよ。犬が通れば、ほんとに誰にだってその匂いは嗅げるでしょう。もしその犬が猫を追いかけるかもしれないような、優秀な、あるいは自尊心のある犬だったら、体は清潔だろうし、清潔な犬なら違った匂いがするでしょう。ところが今いる犬はきたならしいのよ。だから心配する必要はないと言ったのよ。あんな犬なら裏町の路地をこそこそ歩いているんだろうし、ほうっておかれるほうが好きなのよ。通って行った貨物列車のことなんだけれど、あんただってこの界隈《かいわい》がわかってくれば、すぐわかることなの。ねえ、煙の匂いが左手から来るでしょう。船だまりのある左手から。だからもちろん貨物列車はそっちへ行ったのよ。それに貨物列車だとわかるわけは、貨物に積まれているすべての物の匂いがするからなの。ほうらね、どんなにたやすいかわかったでしょう？」

ピーターはまたもや相手の望みどおりのことを言った。どうしたらジェニィを喜ばせることができるか、覚えてしまったからである。「君は実に途方もないほど利口だと思うよ」とピーターは言ってやったのである。彼女のごろごろのどを鳴らす音は、今通り過ぎて行った荷馬車の音を消してしまったほどである。やがてジェニィはピーターに浮き浮きした口調で叫んだ、「さあ、行きましょう、ピーター！　出かけるのよ！」そしてふたりの友達は丸石敷きの通りへ出て行った。

8　善良な老人をだます

二匹の猫は連れ立って目的地に向いながら、せわしない商店街の通りを過って行ったのであるが、決して歩いたり、跳ねたり、速足を使ったり、走ったりさえしたわけではなく、短い距離を急いで突進するという方法を、くり返し、くり返しして行ったのである。つまり、点から点へとダッシュする方法をとって行ったのである。そして再びピーターは、友達もなく、自分の身は自分で守らなければならない、都会の宿し猫の生活と身の処し方を、幾らかでも覚えたわけである。

というのもジェニィが説明したとおり、冷酷で敵意のある都会においては——そこにはあらゆる種類の走る乗り物が充満し、急いで歩く人間や、自転車や、配達用の手押し車や、荷車や、トラックや、荷馬車などが少しもお互いに注意も払わすにひしめき合っている都会においては——ましてや地面のそば近くを歩かなければならないような動物にとっては、不注意に歩いたり、むやみに急いだりして、押しつぶされるような真似《まね》をすることは、絶対に避けなければならないということが、ピーターにもよくのみこめたからである。

「あんたが自分の行こうとしている前方に、つぎの隠れ場所をみつけ出すまでは、決して前の隠れ場所から飛び出してはいけないのよ、万が一にもどんな災難にめぐりあわないともかぎらないんだから」というふうにジェニィはピーターに説明してやるのであった。「つぎに一番大事なことは、そこまで突っ走って行く途中、絶対にぐずぐずしないことよ。もちろん自分の住んでいる近所だったら、急いで駆けこめるどんな場所でも知っているわけだから、少しは気をゆるめてもかまわないんだけれど。しかし知らない地域を通り抜けるときは、必ず大事をとって行動しなければならないのよ」

そういうふうにして彼らは、ピーターが実におもしろくて、気分も浮き立つように感じた短距離の突進を、点から点へ、隠れ場所から隠れ場所へと重ねて行くうちに、ついに船だまり構内の出入口に到着した。そこでは万事がジェニィの予言したとおりであった。大きな鉄のゲートはもうちゃんと開けっ放しになっていたし、貨物列車ももう構内にはいってしまい、列車はすでに停車しているのだが、最後の貨車の一輛《りょう》と制動車が事実ゲートにはいっていなかった。それほど長い列車だった。そしてここまで来れば、もう彼らも短距離の突進を、楽しんでいる必要もなくなってしまった。なぜなら貨車や、手荷物車や、タンカー車や、有蓋貨車や、冷凍車などが、申し分のない隠れ場所を提供してくれているので、彼らはまったく安全に、急ぎ足で、それらの下を伝って行くことができたからである。

その小屋ははるか下のほうの、船だまりの一番はしっこにあったが、倉庫などのある陸側にあり、一部屋だけの小さな木造の家で、入口にドアがあり、両側に窓が一つずつ、ただし窓ガラスが二、三枚割れていて、ぼろ布が張りつけてあった。それと曲りくねったストーブのパイプが、トタンぶきの屋根から煙突代りに突き出している。

コイル巻きのロープやケーブルや、錆《さ》びついた鋼鉄のレールや、はんぱものの木材などに囲まれた、いかにもくすんだ環境の中にあって、風雨にさらされ、かしいでいるとはいえ、その小屋は実に楽しそうで、家庭の雰囲気さえあるように見えた。なぜなら入口の両側の地面に、土を盛った緑色の細長い箱が並べられ、その箱の中に真っ赤なゼラニュームが植え込まれていたからである。ピーターとジェニィが近づいて行くと、開いた入口からレバーをいためているような、うまそうな匂いがただよって来た。

「おじいさんは家にいて、夕方の食事をこさえているのよ」とジェニィが言った。「何よりもまず、あたしたちが来たことを、おじいさんに知らせなきゃ」そう言いながら、ジェニィは哀れっぽい、悲痛な感じを与えるような声で、「ミーヤーオウ！」と鳴いた。

間もなくみすぼらしい服を着て、むさくるしく汚れた口ひげをつけた老人が、手に深鍋《ふかなべ》を持ったまま、戸口に現われた。

「やあ、こんちは！」と老人は言った。「このビル・グリムズ老人を、かわいいとら毛ちゃんが訪れて来たんじゃないかな。それにこんどはお友達まで連れて。さあ、さあ、おいで、おいで」

その老人の肩のへんまで垂れている真っ白い髪の毛は、長いあいだ散髪もしていないらしいことに、ピーターは気がついた。そして白くて毛深い眉《まゆ》は、ピーターがこれまで見たこともないほど柔和な青い目をふちどり、その目はいかにも優しくて、同時に悲しそうな表情をたたえていた。白い無精ひげのけば立っているほおは、小屋の暖かさでリンゴのように赤くなっていて、両手はごつごつ節くれ立って、とてもきたならしかった。

ピーターは心の中で思った――「なんておかしなことだろう。この人は確かに老人だ、そうだ、とても歳《とし》をとっている――けれども本当にこの人が一番似ているのは、まだ幼い男の子だ。事実ぼくよりそれほど歳上ではなさそうだ。この人ならぼくも好きになれそうだ」

老人がシチュウ鍋をかたづけ、身をかがめて――「これは、これは、おまえは実にりっぱな猫だね！　さあ、こっちへはいって、おまえの顔をよく見せておくれ」と言ったとき、その表情はとても人なつっこそうだったので、たとえ服や手がきたなくとも、ピーターはすぐこのおじいさんのそばへ行きたいと思った。しかしジェニィが注意してくれた――

「いけない、いけないわ！　あたしにうまくやらして。もしあんたがすぐ折れてしまったら、ミルクなんか貰《もら》えないじゃないの」そう言いながら、ジェニィはまた哀れっぽい声をはりあげて、ミヤオ、ミヤオとつづけざまに鳴いた。その声の調子には、ピーターの耳にも、いかにもごまかしの、見えすいた哀感がこもっているように聞えた。

しかしその鳴き声は明らかに、老グリムズさんの然《しか》るべき、いなみがたい心の琴線に触れたようである。なぜなら老人はすぐこう言ったからである――「おまえたちはどちらも、ミルクがほしいと言うんだな？　帰っちゃいけないよ、すぐ持って来てやるから」と言いながら老人は小屋のなかに戻った。

「アハア！」とジェニィは、その顔に勝ち誇った表情をうかべながら言った、「わかった？　あたし『ミルク』ということばを聞いたわ。ほかのことばはわからなかったけれど」

「ぼくはわかったよ」とピーターは言う、「おじいさんはぼくたちに、帰ってはいけないと言ったんだ。ミルクはすぐ持って来てやるからって」

ジェニィは自分の耳を信じられないというように、じっとピーターの顔を見つめた。

「ピーター！　あんたはあの人の言ったことが、みんなわかると言うの？」

「もちろんわかるさ。当り前のことじゃないか。はっきり英語で言ったんだもの。フランス語とか、ドイツ語で言ったのなら、ひとこともわからなかったかもしれないけれど。もっとも、パパは、来年はフランス語の勉強を始めさせてやる、と言ってたんだけれど……」

「でも、まさか！」と言ってジェニィはこしをおろし、五、六度、目ばたきをした。

「あたし少し考えてみなくては。とても信じられないんだもの。じゃあんたは、本当に男の子なのね……」

「だって、そうだと言ったじゃないか」

「もちろん聞いてはいたけれど」とジェニィは言う、「そしてあんたの言うことを信じたわ、一から十まで信じたわけじゃなかったけれど。でも、これこそきっぱりした証拠だわ。だって、もしあんたが生れつきの猫だったら、おじいさんのことばが、全部が全部わかるわけはないいんだもの。それに……」

しかしジェニィがつづけようとしたことばも、グリムズさんが片手に大きな平らな台皿を、もう片手にはミルクの瓶を持って、戻って来たという事実によってもみ消されてしまった。

「さあ、持って来たよ」と老人は二匹に呼びかけた——「さあ、おまえたち、おいしい新鮮なミルクだよ……」と言いながら、老人は台皿にたっぷり注いで、その皿を持ち上げた。

ピーターののどはからからに渇《かわ》ききっていたので、それに飛びつきたいという気持を、なかなかおさえつけられそうもなかった。首を伸ばせるだけ伸ばしながら、ピーターは哀れっぽい声でミヤオ、ミヤオと鳴いた。

ジェニィは言う——「おじいさんが外で飲ましてくれるように、あんたにできるかどうかやってみてよ。できるなら、あたしはなかへははいりたくないんだもの」

彼らはどちらも尾を突き立てて、ドアの前を行ったり来たりしながら、首を伸ばしては鳴いた。しかしグリムズさんは言った——「ほしかったらなかへはいっておいで。

わしはちょうど夕方の食事をするところだったんだよ」

ピーターはジェニィに翻訳してやった、「おじいさんは、ほしかったらなかへはいらなくちゃいけない、と言ってるんだよ」

ジェニィはため息をついてあきらめた。「じゃ、しようがないわ……はいりましょう」用心深くしきいをまたぎ、一、二度鼻をくんくんいわせながら、ジェニィは後について来るピーターといっしょになかにはいった。

グリムズさんはさっそく彼らのはいったあとのドアを閉め、床にミルクの台皿を置いた。するとピーターは、半ばのどを鳴らすような、嬉《うれ》しそうな叫び声とともに、身を投げかけるようにして台皿の中に顔を埋《うず》め、ミルクを吸い込もうとした。つぎの瞬間ピーターはくしゃみするやら、咳《せ》き込むやらで、鼻の頭から、目の中、肺の中まで吸い込んだミルクで、息もとまりそうになった。

「あれあれ、まあまあ！」とグリムズさんはピーターが皿から身を引くと叫んだ、「ゆっくりやればいいのに……」

「まあ、大変！」と言ったジェニィは、笑いだすまいとしてやっきになった。「何も言いたくなかったんだけれど、こんなことになりゃしないかと、内心心配していたのよ。かわいそうなピーター……もちろんミルクはそんなにしたら飲めないものよ。馬なら吸い込むことができるけれど、あたしたちはぺろぺろなめなければいけないのよ」

「うわあ！」ピーターは咳き込んだり、くしゃみしたりしながら、肺や鼻から最後のミルクを吐き出した。そして骨を折ったので、目からまだ涙を流しながら頼み込むのであった、「どうしてやるのか教えておくれよ。ジェニィ、お願い！　まだ一度もやったことがないんで……」

ジェニィは台皿の横にしゃがみこみ、皿の上から頭をミルクとおなじ高さまでさげた。やがて彼女のピンク色の舌が現われたかと思うと、信じられないような速さでその舌は消えた。台皿の中のミルクの水位はさがりはじめた。

もちろんグリムズさんは、今の出来事をすっかり誤解して、笑いだした。「ホ、ホ、ホ！　ガール・フレンドからお行儀のお稽古《けいこ》を、少しつけてもらわなくちゃいかんのかい、白ちゃん？　どんなお行儀のいい人にも、たまにはあることだよ。さあ、こんどはおまえさんの番だよ」

ところがピーターがいざ皿からミルクを飲もうとしたとき、やはりおなじように運がなかった。こんどミルクはみんな、皿のまわりの床の上に跳ね出してしまって、渇いたピーターののどには一滴もはいらなかった。もはや絶望の一歩手前まで来たとき、さきほどからじっとピーターを観察していたジェニィが叫んだ――

「わかったわ！　なめるとき、舌を下に巻かなきゃいけないのよ。あたしたちは舌を上や、まわりに巻き上げないで、下に巻くのよ、ぐるりと」

「だって、そんなことしたって意味をなさないじゃないか」とピーターは不服をとなえた。「舌を巻き上げれば、舌がスプーンのようになるもの。ただし、みんな床の上にこぼれてしまったけれど。だけど、舌を下に巻いたって、何もはいらないじゃないか。それに、ぼくにはとてもそんな真似《まね》はできないし、覚えられもしないよ。ぼくたちの舌は、絶対にそんなふうには曲らないものなんだもの」

「あんたの舌ができなくたって、猫なら誰にだってできるものなの。それにあんたは以前、どんなものであったにせよ、今は大丈夫猫になったんだから、ためしてみるのよ。自分の舌は下に巻けるのだと思って、どうなるかやってみてごらんなさい」

そこでピーターはもう一度やってみた。懸命に下に巻こうと念じてみた。するとたちまち舌がその方向に曲ったので、すっかり驚いてしまった。まるで生れてから、ずっとそのようにしてミルクを飲んででもいたように、冷たい、甘いミルクが、ぴしゃり、ぴしゃりとうまく口にはいり、のどを通って行くではないか。ピーターはいくら飲んでも飲み足りない思いで、いつまでもがぶがぶ飲んでいたが、突然飲んでいる最中に、かねてジェニィから、猫はがつがつするものではなく、何でもみんなと分け合うべきものだ、と言われていたことを思い出し、少々恥ずかしいと感じた。そこで、渇きはまだまったく癒《い》やされたというわけではなかったが、皿から身を引き、ジェニィにいんぎんな口調で言った――「もう少し飲まない？　どう……？」

ジェニィはそのことばに、ほれぼれするような笑顔で答えながら、こう言った――「まあ優しいことを言ってくれるのね、ピーター！　喜んで頂戴《ちょうだい》するわ」そこでジェニィはもう一度皿に戻り、もっぱらそのほうに没頭していたので、おかげでピーターはまわりを見回し、自分が今どんなところにいるのか、調べてみる機会にありついたわけである。

その小屋は実に質素で、隅っこにくしゃくしゃの毛布ののっかっている、木造のベッドが一つと、生活の必需品がわずかにのせてある棚が二つ、三つ。使い古した、何も塗ってないテーブルが、一方の壁に押しつけて置いてあり、その上には小さなラジオと、ガラスがこわれたままはまっていない目覚まし時計が置いてある。はかに、寄りかかりの小割り板が大半とれている、がたがたの椅子《いす》が一つ。それと、部屋のちょうど中央に、大きなだるまストーブがあり、それに連結している錆びついた煙道管《パイプ》が、屋根まで突き抜けている。ストーブは今燃えていて、へこんだ紅茶のやかんが、その上のはしっこのほうで音をたてている。あとのあいているところは、グリムズさんが紅茶といっしょに食べようと思っている、レバーの切り身の料理の仕上がるのを待って、今使われている。

ピーターが気づいたことは、なるほど小屋の中のすべての備品は貧弱で、みすぼらしく、使い古しではあったが、その部屋はまるで宮殿のようにはなやかで、楽しそうに見えることであった。なぜかと言えば、部屋じゅうどこかしこにも植木鉢を置く場所があり、出っ張りがあり、棚があり、平らな所があって、そのすべての上には一つ、一つ、咲き誇っている花の植木鉢が置いてあるからである——ありとあらゆる種類や変種のゼラニュームで、純白のものから、このうえもなく黒ずんで光っている深紅色のものまで、中にはリンゴの花のように、ピンク色や白色のものもあり、また中にはピンク色から、サモン・ピンクまでのあらゆる色合いのものや、暗紫褐色のものや、煉瓦色《れんがいろ》から、ブラッド・オレンジ色、日没色までの、あらゆる雑多な種類の赤色のものがある。そしてそれらの匂《にお》いは小屋じゅうにこもり、レバーをいためている匂いより、いっそう強烈な匂いを放っている。

そしてジェニィが、ミルクの自分の分け前を飲み終るのを待っているあいだに、ピーターはグリムズさんはどんな人間で、どんな人生を送ってきた人なのだろうかと考えてみた。この人が人生の終りを、みじめな小さな小屋で、番人として迎えなければならなくなったのは、どういう事情によるものなのだろうか、この人の家族は一体どうなっているのだろうか、などと。人の顔を見ただけで、その人がどういう人間かということを考え当てることは、ピーターの大好きなゲームの一つであった——しかしグリムズさんについては、大変な年寄りで、孤独な人だということと、身寄りが一人もいないらしいということ以外、何にも考え当てることができなかった。身寄りがないということは、壁にどんな写真でも、一つもかかっていなかったからである。

ピーターはまた、いつかジェニィの言ったことばを思い出した。グリムズさんがジェニィに家庭を提供するから、何カ月でも自分のところに来て、いっしょに暮さないか、と盛んに勧めたというのである。するとどういうわけかわからなかったが、突然心が重くなり、耐えられないほど悲しくなってきたのである。ピーターは激しい勢いで、自分の背中の下のほうの、身づくろいをする仕事にとりかかった。ジェニィがいつか言ったとおり、それで少しは気分が爽快《そうかい》になるかどうか、ためしてみようと思ったのである。かなり効き目はあったが、完全に気分が直るというほどのことはなかった。

「身ぎれいにしているってわけかい、ええ？」とグリムズさんが優しい声をかけた。

「たぶんそうやって、もうしばらく待っててみようと思ったんだな……」老人は棚のほうへ行ってパンを取り、自分の食べる分を四、五切れ切り取り、紅茶をつぎ、フライパンから欠けた一枚の皿にレバーを移した。「わしは夕方の食事に相手のあることなんか、めったにないんでね。せっかく来てくれた相手に、レバーを少しくらいは分けてやれるかもしらん。おなじように何でも分けてやる、というのがわしの主義でな」そう言いながら老人はナイフを取り、レバーをおなじ大きさに二つに切り、その一つのほうを小さく刻みはじめた。

「おじいさんはぼくたちにレバーを分けてくれるつもりだよ」とピーターはかなり興奮しながら、ジェニィに伝えた。前に家で暮していたころ、ビタミンが不足するといけないというので、ばあやに無理にレバーを食べさせられたときは、特にうまいと思ったことはなかった。しかし今その匂いを嗅《か》いだり、この目で見たり、こさえているところまで見てしまったので、ピーターは期待と喜びにすっかり興奮してしまった。

ジェニィもまた、老人がレバーを小刻みにしているテーブルのそばを、行ったり来たりしながら、その顔に、「ほうらね、ここへ来ればおいしいもの少しくらいは、大丈夫貰えると言ったでしょうが」と言わんばかりの、満ち足りたにやにや笑いを浮べていた。

ついに分け前の準備もできた。グリムズさんはそれを二つの等分の山に分け、それを一つの皿の両側にのせ、皿を床の上に置いた。ピーターとジェニィは嬉しそうに、すぐさま皿の両側にそれぞれしゃがみ込み、そのままむぞうさに食べはじめた。

グリムズさんのほうでは、まず自分のコップに紅茶をつぎ、パンの一切れにマーガリンを塗りつけ、ナイフとフォークを持ってテーブルに向い、残り少ないレバーをいかにもうまそうに食べはじめた。そして、べつに誰にともなく、と言っても一つにはこのふたりの訪問客に向って、るると話しかけながら説明を加えるのであった。

老人はレバーの一切れを、フォークに刺して口に持って行きながら、おしゃべりを始めた、「大してたくさんはないが、わしの言いたいことは――わしの手に入れたものは、何でもおまえたちにやるということさ。今どきこんな新鮮な肉を見ることは、めったにないことなんだ。おまえたちは、どうしてわしがこんなものを手に入れたか、さぞ不審に思っているにちがいない」老人はそこで首をゆすった。「実はなあ、このグリムズじいさんにも、まだ友達の一人や二人はあるんだよ。

「肉屋のチュークスさんがわしに言ったんだ、『さあ、グリムズさん、あんたのためにとっておいた、新鮮なイギリスの小羊のレバーですわ。というのは、おまえさんはいつも大した肉は食っていないはずだ、と思ったからなんで』

「わしは言ってやったよ――『おおせのとおり。わしのほうも、いつかおまえさんのためにに、何かしてやれることでもあればいいが、と考えていたんで』
「すると肉屋はこう言うんだ――『ところで、おまえさんが言いだしたから言うわけだが、グリムズさんや、ちょっと頼みがあるんだよ。わしに波止場で働きたがっている甥《おい》が一人いるんだが、仕事のことで親方に頼みたいというんでね、わしは言ってやったんだ、そのことならグリムズさんが手を貸してくれるよってね。どうだい、グリムズさん？』
「で、わしは言ってやったよ――『昔っからクィッド・プロ・クオっていうだろう。いいことをすればお返しがあるもんだよ。クィッド・プロ・クオだよ、チュークスさん。ほんとに肉はありがとう』というようなわけで、わしたちはバッキンガム宮殿の王様みたいに、夕方の食事ができるってわけさ。
「ここに住んでいると静かで、気持がいいんだよ、猫ちゃんたちや。もし船荷の積み換えだとか、荷おろしだとかの用事さえなければ、邪魔しに来る人間なんか、何週間もつづけて一人もないんだからなあ。といっても、時には寂しいと思わんこともないわけじゃないんだよ。そういうとき、わしたち三人がいたら、お互いにしゃべることもいろいろあると思うんだがなあ。

「わしたち三人で、ここで陽気に暮したらどうだろうなあ。といっても、おまえたちが花をとても好きだ、とすればの話なんだが。もっとも、わしは花の嫌いな猫なんか見たことがないが。猫というものは花をいためんように、足の踏み方もとても気にしながら、しょっちゅう鼻をくんくんいわせて、花の匂いを嗅ぎ回っているじゃないかね」

ここで老人は立ち上がり、棚のそばへ行ってジャムの瓶をおろし、ナイフで瓶の底までさらってみたが、いくらひっかいてみても、ナイフの先にはどんなわずかのジャムの残りさえついて来なかった。瓶はまったく空っぽだった。

「まあ、いいさ」とグリムズさんは、それでもなお上機嫌な口調でつづけた、「有るものはなくなるものさ。だが、おまえたちふたりが、面倒みてもらえないなどと、決して心配するんじゃないぞ。このビル・グリムズじいさんが、ちゃんと心得ているからな。それに、ときどき船がアルゼンチンからはいって来れば、まこと、生きた牛からでも切り取ってきたような、本物の肉だって少しは食えるんだよ。それにわしは波止場じゅう、保管倉庫の中だって出入りは自由だし、どんな小荷物でも、木箱でも、俵でも、勝手に調べてみられるからなあ！　そんなものがみんな、どこからやって来るか知ってるよ。インド、中国、南アフリカ、オーストラリア、それにニューヨーク……」

老人は値ぶみでもするように、その小さな部屋を眺めまわし、ことばをつづけた——「これからわしは自分のベッドを、あっちの隅っこに移すからな。そうすればおまえたちは反対側の隅っこに、何かやわらかいものを積み上げた上にやすめるし、お互いに出たりはいったりするのに、誰の干渉も受けないですむからなあ。といっても、猫ちゃんたちや、それもおまえたちが、ここでしばらく暮そうという気になったら、の話なんだが。ここは大したとこじゃないが、それでも三人のためには楽しいわが家になるよ。それにこのことはおまえにも言ってるんだよ、白ちゃんや、おまえがこのとら毛ちゃんの友達になっているかぎりは、な」

滋養分のあるおいしいレバーをご馳走《ちそう》になり、満腹するほどミルクを飲み、すっかり暖かく、居心地がよくなったピーターは、グリムズさんといっしょに暮し、グリムズさんの世話になることは何よりだと思った。べつにおじいさんがきたならしいことも、すべての物が貧弱で、欠けたり、こわれたりしていてみすぼらしいことも、ちっとも気にならなかった。いや、むしろそのほうが気がらくだった。なぜなら、物をこわしたり、いためたりする心配も何もなかったからである。これが自分の家だったら、ピーターはしょっちゅうこの家具、あの置き物と注意しなければならなかった……

「おじいさん何と言ってたの？」とジェニィはピーターに尋ねた。彼女も食事を終り、まず右手をなめまわし、その手でほおひげや、口や顔の横をていねいにこすったりしていた。

ピーターは自分の覚えているかぎり、くわしくその話の要点を伝え、特に自分たちふたりがこの小屋にとどまって、おじいさんといっしょに家庭を作るよう、誘われたという事実を強調した。ジェニィは身づくろいを一時中止して言った――「わかったでしょう。あたしの言ったとおりでしょう。あの人があたしたちのはいったあと、ドアをぴったり閉めてしまったときなど、ほんとに気にいらなかったのよ……」

「でも、おじいさんはとても親切でいい人なのに……」とピーターは抗弁した。

「人間ってみんなそうよ――はじめのうちは」とジェニィは返事した。「ほんとよ、ピーター。あたし知ってるの。だからあたしの言うことを信じなければいけないわ。ふたりでいいチャンスの来るのを待つのよ。チャンスが来たら、あたしの言うとおりやってね。わかったら、あんたも身づくろいを始めなさいよ、ここに残ることにすっかり満足しているような格好して」

ピーターはジェニィの言いつけにそむこうなどとは、夢にも思っていなかった。なにしろ命は助けてもらっているし、何もかも彼女の知恵や、親切や、気前のよさのおかげをこうむっているのだから。

そこでピーターもまた顔やほおひげの手入れにとりかかった。するとグリムズさんはさも嬉《うれ》しそうに言うのであった、「わしの見たかったのはそれなんだよ、猫ちゃんたちや、すっかり気持よく家に落ちついて、ちょっとばかしそうやって、身だしなみをするところをな」

老人は皿を集め、それをバケツの中に入れて表に持って出た。「水道をまだ引いてないんでな」と老人は二匹の猫たちに説明するのであった、「だが近いところに水道の栓があるから、ちっとも面倒なことはないんだよ。みんなで体でも洗おうよ」老人は出たあとのドアをていねいに閉めたが、出て行ってしばらくすると、水のいっぱいはいったバケツを持って帰って来て、それをストーブの上にかけた。しかしこんどはドアの掛け金《がね》が、あまりよくかちりとはかからなかった。ピーターは気がつかなかったが、ジェニィは気がついて、ピーターのところにいざり寄って囁《ささや》いた――「用意するのよ」

ピーターが「何の用意をするの?」と今にも囁こうとしたとたんに、外から吹いて来た風がドアをゆすって、ほんの三十センチほどドアが開くということが、たまたま起ったのである。

「さあ、ついて来るのよ」と叫びながら、ジェニィは尾を流線型にまっすぐ立て、耳を頭のうしろにぴったりつけて、ドアの隙間《すきま》から脱兎《だっと》のように飛び出した。

ピーターはあんまり不意をつかれたので、自分が何をやっているのかわからないうちに、立ち上がって、彼女のすぐ後にくっついてドアを抜け出し、まるで命からがら逃げ出しでもするように駆け出した。

うしろでピーターはグリムズさんの呼ばわる声を聞いた——「これ、これ！　いけないよ、いけないよ！　行かないでおくれよ！　さあ、戻っておいで！　このつぎにはレバーを全部やるからな。とら毛ちゃんや！　白ちゃんや！　戻っておいで！」

ジェニィにおくれまいと懸命に駆けてはいたが、ピーターはそれでも何とか首を回して、肩ごしにふり返ってみた。グリムズさんは、両側に赤いゼラニュームの植木箱の並んでいる、小屋の戸口に立っていたが、とてもこしが曲っていて、白い髪の毛と、垂れ下がった口ひげと肩をしているところなど、いかにも年寄りじみて寂しそうに見えた。

やがてジェニィは、ドラム罐《かん》がうずたかく積み上げられているうしろに、ひょいと曲り、その後にピーターもついていたものだから、グリムズさんの姿は見えなくなってしまった。それから二匹連れはなおも走りつづけながら、ドラム罐からこんどはなま材木の山、つぎには銅と錫《すず》のインゴットの積んである横を通り抜け、最後にレールが積み上げられている、まったくだだっ広いところへ出た。ここなら、みつかりたくないと思う者は、誰だって絶対にみつかりっこないところである。そして老人もまた、何も聞えないところに遠く離れてしまった。そこにはいるとようようジェニィも立ちどまり、ひと休みしながら、「うまくいったわ、ピーター」と言った。

しかしどういうわけか、ピーターにはどうしてもそんなふうには思えなかったし、自分だってちっともうまくやったとは思わなかった。

9　密航者たち

「おもしろかったじゃないの?」ジェニィはそう言って笑いだした。「おじいさんのあのときの顔の表情ったら、決して忘れられないわ。あたしたちが駆け出したとき、とてもばかなような顔してたわね。あんた、おもしろくなかったの?」

「おもしろくなんかなかったよ」とピーターは返事した。

彼らはウォピング・ウォール通りのすぐそばの、ロンドン・ドックスと呼ばれている船だまり近くの、テムズ川沿いの下のほうの横げたの上に坐って、三艘《そう》の曳《ひ》き船が灰色と白の細長いエッソのタンカーを、桟橋の横の停泊位置につけようと、懸命にがんばって押したり引っ張ったりしているのを見まもっていた。そのとき急にピーターがはッとしたのは、尾のことであるが、自分にはもともとそんなへんなものはついていなかったが、何とか早く慣れなければいけない、と思ってはいたものの、べつにそれまで何にも意識していなかったのに、その尾が、自分とは関係のない別の生き物か何かのように、のたくり、びくつき、くねり曲りながら、しきりに前後に激しく揺れ動いていることに気がついたからである。

ジェニィはピーターが尾を振り動かすと同時に、そのことに気がついた。おそらくさっきの自分の問いかけにピーターがそっけない返事をしたことに、少々ショックを受けていたからなのであろう。ジェニィは言った、「まあ、ピーター、あんたの尾っぽ！　きっとあたしに腹を立てているの、ね。あたしが何か悪いことでもしたの？」

「そんなことはないよ」とピーターは返事した。「少なくとも、君が本気にそう思ってたんじゃないと思うよ。ぼくの尾っぽのことは、すまないと思うよ。だが、ぼくがやるまいと思っても、何かひとりでに動いているらしいんだ。きっと自分がとてもろくでなしのような気がしているからなんだろうよ」

「でも、なぜなの、ピーター？　つまり――」

「つまり」とピーターは返事した、「おじいさんはたぶん、自分もとても腹が減っていたんだろうが、自分の食べる分の半分を、本当にぼくたちに分けてくれたじゃないか。それにおじいさんはぼくたちが逃げ出したとき、ちっともばかのような顔もしていなかったし、おかしな顔もしてやしなかったよ。いかにもがっかりしたような、寂しそうな、みじめな顔をしていたじゃないか」

「でもね、ピーター」とジェニィは反対の意見を述べた。「わからないの？　あの人はあたしたちに何かやってもらいたがっていたってこと？　だからこそミルクやレバーをくれたんじゃないの。あたしたちを買収して、あんなきたならしい、息のつまりそうな小さな家に、いっしょに住まわせようとしたんじゃないの。あんただって買収されるのはいやなんでしょうが？」と、ひとりよがりと言いたいほどの言い方をして、ジェニィはことばを結んだ。

「あれは買収じゃないよ」とピーターはいささか腹立たしそうな語気で言った。「おじいさんはぼくたちを好きだからこそ、ああいったものをくれたんだよ。ぼくたちに話した、あの真心のこもった話し方が聞えなかったのかい？　それなのに、ドアが少し開いたとたんに逃げ出すなんて、卑怯《ひきょう》だったと思うよ」

ジェニィ・ボウルドリンの目が奇妙にきらめきだし、その耳は頭の上にぴったり押しつけられ、その尾は無気味にびくびくし始めた。「あたしたちが出られないように、ドアを閉めきるなんて、あの人ずいぶん卑怯だと思うわ。それだけでも、あの人が何をやろうとしているか裏書きしてるじゃないの。ほかに他意はないとしても」

ピーターもあくまで言い張った。「たぶんおじいさんは花が大事だから、ドアを閉めただけなんだよ。べつにおじいさんが意地の悪いはずもないし、ぼくたちに悪意のあるはずもないじゃないか。あんなにたくさんの花を大事に育てている人なんだもの」

ジェニィは低い唸《うな》り声をたてた。「すべて人間というものは意地悪なものよ。あたしは人間とはちっとも関係したくないの。はじめてあんたに会ったとき、そう言ったでしょう、その理由もいっしょに。いまだってあたしおなじ考えよ」

「じゃ、なぜ君は相変らずぼくにかかわりあっているの?」とピーターは尋ねた。

「ぼくは人間だし、それに——」

「違うわ!」とジェニィは叫んだ、「あんたは普通の白猫よ。そのうえあんまり思いやりのある猫じゃないわ。あたしがこれほど努めているのに——あれまあ人変、ねえ、ピーター、あたしたちにはじめて意見の食い違いができたんだってことに、今やっと気がついたわ。しかも人間のことで！　自分たちの生活の中に、人間がはいり込んできた場合、どういうことになるか、これでわかったでしょう？」

ピーターも自分が今ジェニィと喧嘩《けんか》しているんだということに、つくづく気がつき、実に恥ずかしいことをしてしまったと思った。なぜならジェニィはあれほど自分に親切にしてくれたし、自分が怪我《けが》をして弱っていたとき、あれほど親身になって看病してくれたからである。そこでピーターは言った、「大好きなジェニィ・ボウルドリン、ぼくが悪かったよ。あんたに腹なんか立てるつもりじゃなかったんだ。君はぼくにとても親切で、優しくしてくれているんだもの。それにもし人間のことやグリムズさんのことを、考えたりしゃべったりしたことで、気をとり乱したりしたのだとしたら、ぼくたちこれからもう二度と、そんなことを考えたりしゃべったりすることはよそうよ」

その目はなごみ、その尾もおだやかになったジェニィは言う、「ピーター、あんたはかわいいひとだわね。そのあんたに耳をぴったりくっつけたりして、ほんとに悪かったわ」ジェニィは身をそらし、激しい勢いで身づくろいを始めた。そして間もなくピーターも、自分もいっしょに身づくろいしなければいけないような気持になった。

彼らはお互いに感情をむき出しにしたことに当惑し、身づくろいすることによって、その当惑から抜け出してさっぱりしたのであったが、そのあとでピーターは、ジェニィがその優しい白い顔に、実に奇妙な表情をうかべて、自分をじっと見つめていることに気がついた。それは、もしピーターが猫ではなくて男の子だとしたら、きっと、ネズミを呑《の》みこんだ猫のような表情だ、と言ったにちがいないような表情であった。彼女は何か嬉しくて興奮するような、すばらしい思いつきでも浮びかかっている、とでも言ったような顔をしていた。

淡黄色と緑色の煙突のある一隻《せき》の汽船が、川の曲り角を曲って現われ、太い汽笛の音をたてたとき、「ピーター」とジェニィは口を開いた、「あんたは本当にかしこいんだから、人間のしゃべることが何でもわかるとおなじように、書いたものも読めるかしら？」

「もちろんさ」とピーターは返事した。「だってそうじゃないか。二年も学校にかよってたんだもの。たいていのものなら読めるよ。もっとも、ことばの綴《つづ》りがあまり長たらしくて、不可解なものでないかぎりは、という意味なんだけれど」

「ねえ、ピーター、読んでみせて！　あたしのために読んでみせてよ。たとえば、あの船には何と書いてあるの――あの、今曳いている、あの小さな船なんだけれど……」

「モード・F・オレリイ号、ライムハウス街、テムズ曳船《えいせん》会社」ピーターはすらすら読んだ。

「それから、それに曳かれている船は？」

「エッソ・クイーン号、ニュージャージィ州、ベイオン市、スタンダード石油会社」

「それから川の真ん中にいるあの船、今通って行くでしょう……？」

「リンダム号、アムステルダム。だけど、あと何と書いてあるのか読めないんだよ……」

ジェニィは大きなため息をついた。そしてピーターに向けたその顔は、たしかに相手にほれ込んでしまったような顔である。「ああ」とジェニィは言った、「あんたはまさかそんなものをいちいち、頭の中で作り出しているわけじゃないんでしょう？」

「そんなばかなことがあるもんか」ピーターはいささかあきれて返事した。「読んでくれというので、読んだまでのことじゃないか。もし信じられなければ――」

「あら、信じているわ、ピーター、ほんとに信じていることよ」とジェニィはすっかり感動した声で言った。「あたしこれまでどうしても、ちょっと思いきってできなかったのよ。ほんとに運がよかったわ。これ、どういう意味かわかる？」

ピーターはその意味を考えてみようとしていたが、ジェニィは相手がはたと困ったような顔をしているのを見て、これではわかるはずはないと思ったので、自分で説明した。「それは、あたしたちが自由だという意味なの。世の中にはあたしたちが行きたいと思ったら、行けない所もないし、やりたいと思ったら、やれないことなど何もない、ということ……」

しかしピーターにはやはりよくわからなかった。

そのとき太陽は、ロンドンの西空に低く沈んで行く真っ赤な玉となり、ピーターたちの背後にある船だまりにはいっている船舶の、林立するマストや煙突や、遠くのタワー・ヒル広場からそびえているロンドン塔の、黒ずんだ小塔や城壁などに、燃えるような夕焼の背景を与えていた。やがて太陽が、街の尖塔《せんとう》や煙突の背後にその姿を没しはじめると、冷たい風が川から立ちのぼり、ピーターの毛なみを波立たせ、ピーターに自分たちはまだ、暖かくて安全な、今夜泊る場所をみつけていないことを思い出させた。

ピーターはジェニィにきいてみた、「もうすぐ暗くなるよ。今晩ぼくたちどこへ行くの……？」しかしジェニィはそんなことばに耳をかさなかった。その顔にはうっとりしたような表情をうかべ、その目ははるか遠方を見つめていた。やがて彼女はこのうえもないほど一本調子の声で言った――

「ピーター……あたしといっしょに、ちょっとした旅に出てみない？」

たちまちピーターは興味をそそられた。いや、それ以上、魂を奪われてしまった。もともとピーターは方々の土地を回ることが大好きで、旅をしているとき、何よりも楽しい気持になるからである。

「旅だって？　すてきだね！　大好きだよ！　どこへ行くの？　いつ？」

「これからすぐよ。つまり今晩か、とにかく船の出しだいいつでも。今晩じゅうにそんな船がみつかると思うわ。スコットランドへ行くのよ。もう一度グラスゴウへ行ってみたくてたまらないのよ。あたしの生れた町。それにバロックの町や、ゲアロックヘッドの町や、バルマハの町へ行けば、親戚《しんせき》がみんないるんだもの。ねえ、ピーター、ピーターったら、こんなおもしろいことはないでしょう……」

ピーターはよくばあやから、グラスゴウのことをいろいろ聞いていたので、そんな遠くにある、そんなおもしろそうな町の名に聞きほれているとき、その目はジェニィの目とおなじように、興奮で大きく見開かれていた。「でも、ジェニィ、どうやったらぼくたち行けるの？」とピーターは叫んだ、「ぼくたちお金なんか一文も持っていないし、切符も持ってないし……」

「あら、そんなこと簡単よ」とジェニィは言った、「仕事をみつけて、船内で働きながらグラスゴウまで行くのよ……」

「仕事を？」とピーターは面喰らって、おうむ返しに尋ねた。「でも、ぼくたちに一体何ができるの？」

「いくらだってあるわよ」というジェニィの返事である。「まずグラスゴウ行の船をみつけ、船猫として登録してもらうのよ――もっとも、あたしたちが乗り込んだことが、めっかったあとのことだけれど。何でもないことなのよ」

こんど驚嘆と讃美《さんび》の目で相手を見るのは、ピーターの番であった。「ジェニィ」とピーターは尋ねた、「君はもうそんなことをやったことがあると言うの？　船に乗ってどこかへ出かけたことがあると言うの？」

「もちろんあるわよ、幾たびか」とジェニィは、ピーターに賞《ほ》められるたびごとにとらないではいられないらしい、あの何気ない無とんじゃくなふうをよそおって、答えたのである。「でも困るのは、自分の行くところがわからないことなの。あたし自分の先祖のお墓参りに、とてもエジプトに行きたかったんだけれど、着いた先はエジプトではなく、オスロに上陸してしまったの。あそこで干し魚ばかり食べて、ほんとにあきあきしてしまったことよ！　それに一度、はるばるニューオーリーンズまで行って、帰って来たことがあるのよ。そのときの船旅では、いつまでたっても終りが来ないと思ったわ。なにしろ海上に二十八日間もいたんですもの。とても、とても退屈してしまって……でも、もうあんたが船の名前が読めるし、どこへ行く船かわかるということがわかったんだから……」

突然ピーターはあることをひょいと思い出し、「でも、ジェニィ」と言った、「船に乗るってことは——結局それは人間といっしょに暮すってことになるんじゃないの？　つまり、君が大きらいだと言ったことは、自分でも覚えているはずだけれど——」

「まるで違った話よ」とジェニィは冷やかな返事をした。「それとこれとはまるで違った話じゃないの。あんたは自分の生活のために働くのよ。本当よ、あんたは働くんじゃないの。たとえばネズミどもをおさえつけたり、天気の予報をしたり、水漏りや、いやな匂《にお》いのする個所をみつけたり、そのほか自分に期待されているもの、たとえば幸運をさずけてやったり、そういったいろんなことまでして働いて、得たものはすべて、自分の力で稼ぎ出したものなんでしょう。堂々としているじゃないの。水夫たちや、航海士たちや、船長たちには、それぞれ忙しい仕事があるわ。それでもたまにはちょっとした貴重なひまができるので、そのひまを利用して、あんたでも相手にして感傷にふけろうとするものなのよ。あんたにもあんたなりの忙しい仕事はあるわ。だけどきりのない忙しさってほどのことはないのよ。食事も結構だし、それより大事なことは、きまった時間にきちんきちんと食事ができることとなの——食事の心配なんかちっともしなくていいのよ。一日か二日もすれば、よろけないで甲板の上を歩けるようになるし、あまり長いあいだ陸地を見ないでいるときは、ちょっと退屈するけれど、そのことをのぞけば結構な生活よ。どお？」そしてピーターを見たジェニィの目は、いどむような目でもあったが、同時に熱のこもった、頼みこむような目でもあった。

「オーケー！」とピーターは叫んだ。「出かけることに大賛成」

「ブラボーよ、ピーター」と言ったジェニィは、嬉《うれ》しそうな小声でちょっと歌を口ずさんだ。「あんたが賛成してくれることは、わかっていたのよ。まずこの近くの船だまりから捜してみましょうよ。あんたの仕事は船の名をいちいち読むこと。あたしたちの乗りたいと思う船は、あたしが選ぶわ」

彼らはすぐさまウォピング・ウォール通りから、ロンドン・ドックスに出た。旧係船地や、新係船地やちょっと見たところ限りもなくつづいている、その船だまりに停泊している一隻一隻の船のそばを通るごとに、ピーターはその船尾の上部に金色で書かれている、すばらしい魅力的な船名と、その所属港名とを見上げて、それをいちいちジェニィに読んでやるのであった。

「レイモーナ号——リスボン」とピーターは読んだ。

「リスボンには猫がうんといるのよ——あたしのような種類の」とジェニィは説明を加えるのであった。

「ビルヒアルマール号——ヘルシンキ……」

「干し魚はもう結構よ」と彼女はいささか冷やかな口調で言った。

「イシス号——アレキサンドリア……」

それを聞くとジェニィはすっかり夢見心地になり、今にも決心を変えるのかと思われたほど、しばらくのあいだためらったようにさえ思われた。しかしやがて言った、

「そこはいつか、ね、たぶん。でも今はやめにしておきましょう。あたしたちが帰って来てから、ね、たぶん。アレキサンドリア、カイロ、それからナイル川をさかのぼって行くんだわ。ナバスティスという町まであたし行きたいの。そこであたしたちは本当に神聖なものとしてあがめられていたんだもの……」

つぎからつぎへと彼らは船名をいちいち調べていった。それぞれの所属港は、スエズからカルカッタまで、シンガポールからコロンまで、メイン州のバンゴーからジャマイカや、西インド諸島や、メキシコのタンピコにいたるまで、地球上の全地域にわたって広く点在していた。やがて彼らは、一番大きな係船地のちょうどはしっこに——そこは隣りのセント・キャザリン・ドックスと呼ばれている船だまりの入口にあ

たるところであるが——一隻の小型の船が、自分の停泊位置にずんぐりした船体を横づけにして、低くしゃがみこむような格好をしているのに、ひょっこり出会った。その船の文字は金文字ではなく、ただの白色で書かれていて、しかも煙やすすですっかりよごれていたので、ピーターはなかなか判読できず、二度目には、深まる暗がりの中で、目をすがめてよく見きわめなければならなかった。ところがようやく判読できたとき、ピーターの心臓は興奮で飛び上がりそうになった。

「ジェニィ！『カウンテス・オブ・グリーノック号——グラスゴウ』と書いてあるよ！」

「わあい！」ジェニィはいささかあまり上品でない叫び声をあげた。「あれがあたしたちの船よ。あの船が、これから三、四週間ほどのあいだ、あんたの新しい家になるわけよ」

その船を眺めてみたとき、ピーターの興奮もいささかさめた。それはとうてい美しい船などといえるしろものではなかったからである。船体は黒と、ところどころは黄褐色に塗られていて、ぶざまな醜い格好をしているし、ずんぐりしたへさきから短いマストが突き出し、そのマストにとりつけたクレーンの、ものすごいほど大きな張出し棒は、ちょうどそのとき、木枠や、包装ケースや、樽《たる》やドラム罐《かん》のいっぱいはいった網を、突堤から吊《つ》り上げて、それを船内におろしているところであった。

その船の中央部に突き出ているブリッジの上は、操舵室《そうだしつ》になっていたが、それがさまざまな色合いの褐色に塗られているので、ピーターはチョコレート・レーアー・ケーキの切り口を思い出した。そのうしろには、忙しく働いている張出し棒のとりつけてある、もう一本のマストが立っている。そこの二番船艙《せんそう》の裏手には、形ばかりの並んだ船室が張り出している後甲板があり、その両側に二艘《そう》の救命ボートがつながれている。その上に突き出ているのが、上部が黒で、一部が淡黄色に塗られた、細長くてきたならしい煙突である。その煙突から濃い煙が吐き出されている。そしてそこから、生焼けのような、とても鼻を刺すぴりっとした、黒炭の匂いが襲ってきたので、ピーターは四、五へん、激しいくしゃみをした。

「大変な船ね」と言ったジェニィは、やがて感慨をこめてこうつけ加えた、「この船に乗ったら、自分の体をきれいにしておくことが仕事になりそうね。でも、もちろんあんたも知ってるわね、船がこんなに煙を吐いているのは、どういうわけかということ。おそらく今晩出帆するので、かまをどんどん焚《た》いているんだわ。ちょうど間に合ってよかったこと。大急ぎで積荷をやっているのがわかるでしょう」

ジェニィはしばらく状況をさぐっていたが、やがてこう言った――「この船は方々の荷主から引き受けた、一般の船荷を積み込んでいるようだわ。それはあたしたちの仕事がうんとあるという意味なのよ。特に食品類が多いだろうから。さあ、ピーター、船に乗り込む準備はいいの？　出帆前の、船の人たちが忙しがっているあいだに、あたしたちのもぐり込む場所を捜しておいたほうがいいのよ」

ピーターはまったくの興奮のため、歯がかちかち鳴るのをおさえられないほどであった。しかしジェニィに聞いてみないではいられなかった、「もしめっかって、船の人たちが腹を立て、ぼくたちを海にほうり込もうと決めでもしたら、どうするの？」というのは、出帆後船内に密航者がみつかった場合、よくひどいめにあわされるということを、本で読んだことを思い出したからである。

「何ですって？」とジェニィはいささか軽蔑《けいべつ》する面持で言った、「水夫たちがあたしたちを海に棄《す》てるんですって？　まああきれたわ。あんたはあたしたちが猫であるということも、水夫たちが迷信深いものだということも、すっかり忘れているようね。さあ、では出かけましょう！　積荷をしているところで、踏みつけられるというような危険は、おかしたくないわ、ね。船尾に高級船員たちの船室に通じている、第三渡り板があるはずよ」ジェニィのことば使いが、急に船員ことばに変るのに、ただこの船を眺めまわすだけで十分だったらしい。ジェニィはことばをつづけた――「この不定期貨物船の船内規律の守られ方を見ていると、この船には全然当直というものはなさそうよ。乗組員たちはみんな上陸していて、最後のはめをはずしているらしいわ。さあ、出かけてちょっと調べてみましょう」

彼らは暗くなった桟橋のほうから、そっと伯爵夫人《カウンテス》・オブ・グリーノック号の船尾に近づいた。あんのじょうそこには、桟橋から、下甲板の狭い昇降口階段の上り口に、小さな渡り板がわたしてあった。そしてジェニィが予言したとおり、そのどちら側にも当直の水夫は立っていなかった。事実そのあたりには人の影すらなかった。

ジェニィはあたりの気配をくまなく調べまわしてから、いかにも元気な声で、「今のような絶好のチャンスはないわ」と言って、さらにまわりじゅうの匂いを、鼻をくんくんいわせて二、三度嗅《か》ぎまわり、やがて、あとは事もなく、とんとんと渡り板を上って行った。ピーターはもちろんすぐその後について行った。

10 グラスゴウ行の二枚の船切符の代価

ひとたび船に乗り込むやいなや、ジェニィの船の経験と知識は大いに役立った。ジエニィは点から点へ移るというやり方を、再びピーターに要求した。なぜなら彼女は、船が出帆しないうちは、どんな人間にも絶対に会うまいということを、特に強く望んでいたからであり、自分自身は方々の隅っこや物の陰に溶けこむことはできたが、一方、ピーターの真っ白い体の毛が目立つことが、とても心配だったからである。しかし彼女は自分の鼻と本能に頼り、これまで乗り込んだことのある、ほかの汽船内での記憶に従ったので、間もなくピーターの先に立って、狭い食堂に通じる昇降口の階段を降り、そこから調理場にはいることができた。

晩飯はもうずっと前に終り、乗組みの水夫や高級船員たちはみんな甲板に出て、船荷のことや出帆の準備に忙殺されていた。だからジェニィは、誰も人間が残っていないと考えて、調理場を選んだわけである。調理場の火の気は消えていて、すぐにはコックや流し場の人間が来そうな気配はなかった。また、どこのドアも閉っていなかったので、ジェニィはこの船がどういう船かというおよその見当をつけることができた。そしてピーターの先に立って、調理場を出て食器室を通り、狭い貯蔵室にはいった。そこにはすぐ使う食器類がおさまっていた。その部屋のはしに出入口があり、狭い鉄の階段が下のもう一つの廊下に通じていた。その廊下の片側には冷凍室があり、その向い側には乾物食品貯蔵用の、広い囲い部屋があり、船の糧食が大量に保管されていた――小麦粉袋や、豆袋や、干しエンドウマメ袋や、フルーツや野菜の罐詰《かんづめ》、ビスケットや紅茶や、コーヒーなどの箱である。

この囲い部屋の木ずり板のドアも開け放たれていて、中は暗かったが、廊下のずっとしも手についている電燈《でんとう》が、十分の明りを与えていたので、目のよくきく彼らは間もなく慣れて、まるで明るい昼間とおなじように、箱や、紙函《かみばこ》や、樽のまわりを、自由に歩き回ってみることができた。

そしてピーターがはじめてみつけたネズミをつかまえそこね、せっかくの自分たちの計画の、致命的な弱点になるかもしれないものをさらけ出したのは、この貯蔵室の中だったのである。ピーターにしてみれば、うまくトマトの罐詰のケースのうしろに隠れて、やったつもりだったのだが。これまでピーターには全然思いもよらなかったし、ジェニィもそんなことはつい忘れて、考えてみようともしなかったことは、あれほど猫のように見えるし、猫のように振舞おうと懸命に勉強しているにもかかわらず、ピーターには、ネズミをつかまえるというむずかしい大事な仕事を、どうやったらいいか、まだ全然見当もついていないということである。

ところが最後の瞬間になって、さらに船荷がぞくぞくはいり、カウンテス・オブ・グリーノック号はその晩出帆しなかったし、その翌晩も出帆しなかったという、実に幸運なチャンスに恵まれたおかげで、彼らはその欠陥を、少なくとも一部分は矯正することができたのである。というのは、迷信かどうかはわからないが、どろぼうネズミを全然とらえることができないとわかった猫は、こうした船ではさっさとかたづけられてしまうかもしれなかったからである。

困ったことが発見されたのは、ジェニィが貯蔵室の奥から聞えてきた、ちょっとしたひっ搔《か》くような、かじるような音に、ピーターの注意をうながし、「シッ！　小ネズミよ！　ほら、ビスケットの箱の向うにいるわ。つかまえられるかどうか、やってごらんなさい」と囁《ささや》いたときのことである。

ピーターは精神を集中して、暗がりをじっとのぞきこんだ。たしかにそこにネズミはいた。ちょうど、リーディング市、ハントリー・エンド・パーマー会社と書かれている、大きなブリキ箱の角を曲ってにじり出て来たところである。貪欲《どんよく》そうな顔をして、しゃらくさいほおひげをつけ、ビーズのような黒い目をした、小さいながら体のひょろ長い、灰色がかったネズミである。

もしチャンスがあったら、自分の腕前をジェニィに見せてやろうと、とても切望していたピーターは、ほとんど飛びかかる身構えもせず、あるいは距離や、障害物や、そのネズミの逃げ出せそうな道を、ゆっくり見きわめることもしなかったのである。

一瞬の考えも計画もなしに、ピーターは手足をひろげ、くわえてやろうと口を大きく開け、宙に身を躍らせて、すごい勢いで飛びかかったのである。

もちろんピーターの着地したところには、ネズミなどいやしなかった。

それだけではなしに、歯を嚙《か》み合せて嚙んだものは空気であり、手足の下には何もなく、さらに距離を誤測したのか、あるいは全然計らなかったためか、そのブリキの箱の角に、いやというほど頭をぶちつけてしまい、どれ一つとして、自分がまったくばかな真似《まね》をしてしまったという気持を、救ってくれるものはなかったのである。

しかし一時は助かったものの、そのネズミのほうでもまた、ブリキ箱のほうにひらりと体をかわすことができなかった、という致命的な過《あやま》ちをおかしてしまったのである。それどころか、あわてたあまり、そのネズミは一声鳴いて反対側に逃げたのである。つぎの瞬間、まるで稲妻のように、爪《つめ》をむき出しにして両方の前足をのばしたジェニィは、ぱっと宙に身を躍らせ、宙を飛んでいるあいだでさえ、連続的に激しいフックの構えで、左右に打ちまくっていた。着地したとき、そのネズミはまず横倒しに打ちのめされ、ついで逆の横倒しに打ちのめされ、目もくらんでうろたえているところを、こんどは宙にほうり上げられ、落ちて来るまでに二、三度連打され、そのときにはすでにジェニィの口にくわえられていた。ピーターがまだ狼狽《ろうばい》から立ち直りもせず、体の平衡さえとり戻せないでいるうちに、すべてが終ってしまったのである。

「まあ困ったわ」と、その小ネズミを下に置きながらジェニィは言った。「それほどへたとは思っていなかったのよ。もちろん、あんたはつかまえ方は知らないはずだわね。知るはずもないんですもの。でも、あんたが少しも知らないうちに、もしここであたしたちがつかまったら、あたしたち、ずいぶんまずい立場に立たされてしまうのよ。それまでにどれだけ時間の余裕があるか、わからないんだけれど。でも……」

ようよう口をきくことができるようになると、ピーターはくやしさと、無念の叫び声をあげた。「一体、ぼくのできることは一つもないの？　万事が万事学ばなければならないの？」

「本当に練習なのよ」とジェニィは説明した。「あたしたちでさえ、たえず練習をつづけていなければいけないのよ。そのことと、こんなことばを使うのは大嫌いなんだけれど――『こつ』なの。ほかのなにごとにせよ、おなじことなの。まず正しいやり方と、間違ったやり方とがあるのよ。正しいやり方は自分の手でつかまえることなの。口でではないのよ。それにもちろん、準備することがすべてなの。よく見ててごらんなさい、あたしの言う意味を実地にやってみせるから……」

ここでジェニィは、その死んだネズミから十二、三センチ離れたところでしゃがみ、やがてゆっくりしりを左右に振りはじめ、しだいにその振り方の速度をはやめ、振り幅を縮めていった。「まずはじめに、こういうことをやってみなければいけないのよ」とジェニィは説明した。「これはおもしろ半分にやるわけではないし、いらだっているからやるわけでもなく、ただ自分の体に動きを与えるためなの。立ったまま始めるのは、動きながら始めるより、はるかにむずかしいし、飛びかかり方が正確でなくなるものなの。今自分でやってみてごらんなさい。そして動かないで始めるより、動きながら始めるほうが、どんなにたやすいか確かめてごらんなさい」

ピーターのしりの振り方は、はじめはぎごちなかったが、間もなくそのリズムがわかりだしてきた——それは大体において、「一、位置について、二、ヨーイ、三、ドン」という徒歩競走に似ているが、こっちのほうがずっとうまくいくのである。というのは、ピーターにはジェニィの言っていることが、まったく正しいことがわかったし、ちょっとでも動きをつけておけば、矢のようにすばやくスタートできるからである。

つぎにピーターは、宙を飛んで着地するとき、手を信じられないようなスピードで、左右を打つように動かすことを学ばなければならなかった。これは見た目よりは、はるかにむずかしい芸当である。なぜならピーターは、着地するためにその両手を使うことができず、体の前面で突進するあいだ、それに合わせて、しりのほうを持ち上げなければならなかったからである。

二度目の小ネズミは、ピーターがあまり心配しすぎたため、間一髪の差でとり逃がしてしまった。しかしジェニィはその手さばきと、その飛びかかり方を賞《ほ》め、失敗したのは、ただ距離の判断を誤ったことと、急ぎすぎたためだと注意した。「もう少し待ってやりさえすれば、めったにネズミはのがさないですむものよ」と彼女は説明してくれた。「なぜなら、ネズミというものは、一つの考えにこりかたまっているもので、自分のやろうと思い立ったことは、それが妨害されないかぎり、どこまでもつづけて行くものだからなの。もし妨害を受けると、ネズミはただその場にじっと坐《すわ》ったまま、震えているので、こちらは実際、いくらでもゆっくりしていられるというわけなの……」

しかしピーターは三度目の小ネズミは、ちゃんとつかまえて殺した。しかも、まるで一、二、三と、号令でもかけるような、あざやかな手ぎわだった。ジェニィは自分でもそんなにうまくはやれないだろうと言った。そしてピーターがそのネズミを贈り物としてさし出したとき、彼女は丁重にそれを受け取り、嬉《うれ》しさを顔にあらわしてそれを食べてしまった。しかしあとのネズミは、みんなしまっておいた。なぜなら、自分たちがみつかった場合、どういう仕事が自分たちにできるか、という見本のあるほうが、どんなに都合がいいかわからないくらいだから、とジェニィが言ったからである。

こういうわけで、その後ピーターはせっせと練習したり、つかまえたりしていた。そしてジェニィは、できるだけ長いあいだ、ネズミを殺さないで、宙ぶらりんにしておくようにと助言した。それはネズミを苦しめるためではなく、腕前を磨き、正確さを加えるためであり、かつ、どんなわずかな相手の動きにも、すばやく反応を示すように自分の筋肉を訓練するためだと言った。

ピーターが何か寝心地のよくないような気がして目を覚ましたのは、出帆前の二日目の夜中のことであった。貯蔵室にこれまでなかったような、気持の悪い臭《にお》いがする。吐きけをもよおさせるような臭いである。そして突然ピーターは奥の隅っこに、いかにも不吉そうにぎらぎら光っている、二つの真っ赤な目玉を見たのである。まだ自分が身動きもしないうちに、ピーターはほおひげの感じで、ジェニィも起きていることを知った。音をたててはいけないので、ほおひげという伝達機関をはじめて使いながら、ジェニィは注意を与えてくれた――「大きな本当のネズミよ！　大変なことなのよ、ピーター。それにとても危険よ。これはあんたに教えたり、助けたりしてあげられないことなの。あんたはただあたしをよく見ながら、できるだけ学びとるように努めなければいけないの。一番大事なことは、何が起きても、身動きしてもいけないし、筋肉一つ動かしても、物音一つたててもいけないということ。どんなに音をたてたいと思ってもだめよ。さあ、よくわかったでしょう。では始めるわよ」

影を投げかけているうす暗がりをすかして、ピーターは獲物に忍び寄って行く、その姿を目で追っていた。胸をどきどきさせながら。なぜなら小ネズミをねらうときのような、気楽といっていいほど浮き浮きした気持とは、まったく違ったものだったからである。その身のこなし、前方に平らに伸ばしたその顔の表情、目の輝き、ゆっくりしてはいるが、流動的で、驚嘆するほど抑制されたその体の動き――そのジェニィの近づき方、姿勢のとり方のすべては、完全な精神集中のそれであった。しかもジェニィのどこかしらに、ピーターがこれまで見たこともないような、心づかいがあり、警戒心があり、まったく真剣そのものに感じられるのであった。ピーターは自分ののどの渇《かわ》くのを感じ、自分の皮膚も、口ひげも、興奮してびくびく動くのを感じた。しかしジェニィに言われたとおり、全力をあげて自分をじっとおさえつけ、身動きしないようにしていた。ふとした自分の過ちが、ジェニィに迷惑をかけたらいけないと思ったからである。

大ネズミの意地悪そうな赤い目は、今や二つの燃えている石炭のように赤熱し、ピーターの鋭敏な耳は、そのいやらしい鼻をふんふん鳴らす音や、その足指が貯蔵室の床をひっ掻く音を聞きとることができた。ジェニィはいつの間にか、体をぺったり横たえた姿勢になり、床板に腹をすりつけながら這《は》い寄って行く。彼女は一瞬這うことをやめ、体を長く伸ばして緊張し、目は相手にくぎづけにして、何ごとかを測定している、しきりに測定している……

やがて彼女はじりじり体を起し、飛びかかる用意にその体を、毛でおおわれた鋼鉄の筋肉の玉のように丸めた。ネズミは彼女にわき腹を見せている。一度右に、一度左に、わずか二度体をゆすっただけで、やにわにジェニィは宙に躍り上がり、そのネズミのわき腹をねらった。

しかし彼女のほうが電光石火のようにすばやかったとしても、大ネズミのほうはそれよりもっとすばやかったようである。というのは、ネズミは頭を肩越しに回し、白い歯をむき出して、今にも噛みつきそうな動かし方をしたからである——ピーターはジェニィに、「あぶないよ、ジェニィ！」と叫びたいと思ったが、どんなことがあろうと、決して音をたててはいけない、とジェニィに戒められていたことを思い出したので、自分をおさえつけていた。

やがてピーターはまるで奇跡と思えるようなものを見た。というのは、まだ身を躍らして宙に上がっていたジェニィは、ネズミのすばやい動きを見て、それよりもすばやく相手の鋭い歯を避けて、宙でわずかに体をひねり（そのひねり方は、ピーターがいつかの夏、ウェンブリーのプールで見た、高飛込み選手たちのする、半ひねりのようなひねり方であった）、そしてネズミの背後に着地し、即座にネズミの頭の真下の背骨にその歯を埋めたからである。

やがて、どすん、ばたん――やがてキーキーという悲鳴のあがる恐ろしい一瞬がつづき、ネズミはぱッと噛みつく鋭い歯の音をさせながら逃げ出そうとじたばたするし、一方ジェニィのほうは、必死にがんばって、だんだんあごで締めつける力を強めていき、ついにポキリという音がしたかと思うと、つぎの瞬間ネズミの体はぐたりと傾き、けいれんを起して、二、三秒するうちに万事が終ってしまった。

ジェニィはいささかぐらつきながら興奮して、その大ネズミの死骸《しがい》のそばを離れて来て、こう言った、「ペッ！　けがらわしい、むなくその悪くなるけだものだこと！　あたしは大ネズミは大嫌い――人間のつぎに大嫌い……みんな不潔で病気持ちなんだもの。もしあんただってどこか噛まれたら、すぐ病気になるのよ。あいつらの歯はみんな毒を持っているんだもの。それでよく死ぬ者もあるのよ。いつもあたしはそれがこわくて……」

ピーターは心からの誠意をあらわして言った、「ジェニィ、君はぼくがこれまで会ったこともないほど勇敢で、すばらしい人だと思うよ——いや、猫だと思うよ。誰だって君のやったようには、とてもできやしないよ」

こんどだけはジェニィも、ピーターの前で身づくろいもしなかったし、気取った真似もしなかった。というのは、ピーターをこんな冒険の旅にそそのかして連れて来たのは、自分だったので、今になってそのことが心配になってきたからである。彼女は言った、「まさにこういうわけだったのよ、ピーター。あたしたちは小さなネズミにやったようにして、あんな大きなネズミを相手にした場合を練習したり、学んだりはできないのよ。危険すぎるからなの。万一、一度間違ったら、そうよ——そういうことは起ってほしくないの。ただ体をひねることは教えてあげられるわ。なぜかというと、あいつらに嚙みつかれるのを避けるため、そのやり方はぜひ知っておかなければならないからなの。だけど飛びかかり方や、距離、タイミング、特にあいつらの背骨にこたえるように、首のうしろに嚙みつくその正確な場所——そうなのよ、いざというときが来たら、あんたは一〇〇パーセント正しい場所に嚙みつかなければいけないのよ。それが何より大事なことなの。もし頭の高すぎるところに嚙みついたら、あいつらは蹴《け》りまくって身をふりほどくこともできるし、逆にこちらを振り落すことだってできるのよ。大きなネズミの中には、ほとんどあんたとおなじくらいの目方のあるものもいるし、またもしあんたが、背中のずっと下のほうに噛みついたら、あいつらは首を回して、逆にこちらに噛みついてくるわ」

「じゃ、ぼくどうやって覚えたらいいの？」とピーターが尋ねた。

「当分のあいだ、ああいう大ネズミはあたしにまかしといてね」とジェニィは返事した。「そしてあたしが一匹殺すたびごとに、あたしのやることをよく見ていたら、少しはわかってくるわ。それでももし、あんた自身がいざやらなければならないときが来たら、一回目のときちゃんとやって、それを以後忘れないようにするか、それとも——」ジェニィはそのことばの結末をつけないで、その代りおきまりの身づくろいを始めてしまった。そしてピーターは自分の背すじを冷たいものが走るのを感じた。

二匹の猫がついに発見されたのは、出帆してから七時間ほどたったころのことである。カウンテス・オブ・グリーノック号は河口の川幅の広い水域を、ごとごと音をたてながら、のろい船足でとぼとぼ進んでいた。奇妙な三角形の顔をしたジャマイカの黒人で、ミーリーという名前のコックが、コーンビーフの罐詰を取りに貯蔵室にはいって来たとき、二匹の猫は身元証明書と船賃の代りに、八匹の小ネズミと、三匹の大ネズミの獲物を並べておいた。小ネズミのうち三匹はピーターの獲《と》ったもので、ピーターはものすごくそれを誇りに思い、それに何か、獲った自分の名前をつけておく方法が、あればいいのにと思ったほどである。本に自筆で署名するように、たとえば――「カウンテス・オブ・グリーノック号貯蔵室にて、ピーター・ブラウンの捕獲せるものなり。一九四九年四月十五日」とでもいうように。

黒人は大いににやにや笑ったので、ますます三角顔の効果を強めてしまった。というのは、彼の顔と頭は、下のほうより上のほうが細くなっているからである。彼は言う――「驚いたなあ、もう、それで結構。それだけ広告すりゃ、船賃には十分。このこと船長さんに話してくる」コックはジェニィとピーターの見本を持って、さっさとブリッジのほうへ上がって行った。この船は、コックでも船長と話したいような気になったら、のこのこブリッジに上がって行くといったような、そういう船であった。ブリッジで黒人は船長に、二匹の密航猫を発見した話をして、こうつけ加えた――「ところが、驚いたなあ、もう。ちゃんと船賃払うとりますがな。これ見てくだせいよ！」そしてエプロンをひろげて二匹の猫の成果を船長に見せた。

サワリーズという名前の、太ったスコットランド人である船長は、それを見ていやな気持になり、ミーリーにそんないやらしいものは船ばたから海に棄《す》てて、自分の調理場に早く帰れ、と、少しもあやふやでないことばで命令した。とにかく船長にとって、今は一番いやな気持のする時期のはじまりだったわけである。というのは、この船長は海と、海に関係のあるあらゆるものが大嫌いで、港にいるときとか、港に近づいているときとか、あるいは両側にうんと陸地の見える入江か川を、上ったり下ったりする時期になると、ようようどうにか満足するといった人物であった。

この人はそういう奇妙な考え方を、船長の制服を着ることとさえ拒むという点まで発展させて、霜降りのツイードの背広を身にまとい、金の懐中時計の鎖を大きくでばった腹に巻きつけ、つばの全部そり上がった中折帽かソフト帽をかぶって、伯爵夫人号《カウンテス》のすべての仕事を処理するのであった。

しかしミーリーが帰ろうとしたとき船長は、とにかく猫どもはすでに船に乗り込んでしまっているらしいし、船賃代りに働きたがっているらしいのだから、そのまま乗っていてもかまわないが、そのうち一匹は水夫部屋《フォクスル》に住まわせてやれ、その部屋にネズミが出ると水夫どもが苦情を言っているから、と、はっきり命令した。

しかしミーリーは船尾に戻ることはべつに急ぎもしないで、会う人ごとにその獲物を見せては、逐一話をしたので、その結果貯蔵室に戻ったときには、まるで委員会みたいなものができあがって、みんなぞろぞろついて来た。その顔ぶれは、一等航海士《チーフメート》ストローン氏、二等航海士《セカンドメート》カーリユーク氏、マクダンケルド機関長、その名がただアンガスというだけらしい水夫長《ボースン》、以上である。

彼らはミーティングを開いた。その話の要点をピーターが、急いでジェニィに通訳してやろうと努めているうちに、知らぬ間に二匹の親友同士は、自分たちがはじめて引き離されることを知った。ジェニィは水夫たちといっしょに暮すよう、船首にやられ、ピーターは主としてストローン氏の主張で、高級船員室に残ることになった。

ジェニィはピーターに、「心配しなくたっていいのよ。何とかしていっしょになれる方法を考えましょう。もしネズミに出会ったら、ちゅうちょしてもいけないし、ふざけたりしてもいけないわ。すぐ殺してしまうのよ！」と、それだけしか言うひまがなかった。

やがて水夫長《ボースン》は彼女の首ったたまをつかんで、船首のほうへ連れて行ってしまった。

11　伯爵夫人《カウンテス》号と乗組員

ピーターがまだ家庭の男の子であったころ、ばあやがよくグリーノックの港や、グーロックの港に繋《つな》がれていた、さまざまな船の話をしてくれた。この二つはどちらもグラスゴウの郊外にある港町で、ばあやが小さな娘だったころ住んでいたところである。しかし伯爵夫人号《カウンテス》のようなこんなおかしな船は、そのころだって決してなかったはずだし、それに乗り組んでいるこんなおかしな人たちだって、決していなかったはずだ、とピーターは決めてしまった。なにしろカウンテス号ときたら、イギリスの南部や西部の海岸沿いを、のろのろぶらつくような進み方をしているくせに、どんなちょっとした機会でもあれば、いや、ときには寄港する、何ら筋の通った理由もないらしいときでさえ、すぐにそのずんぐりした、錆《さ》びついた船首を、港に向けたがるのであったが、そうこうしているうちにピーターの知るようになった、この船の種々雑多な高級船員、甲板員、船荷係たちほど、不思議な各種の人間をとりそろえた乗組員も、世の中にあろうとは思われなかった。

というのは、ピーターの知ることのできたかぎりでは、船内の誰一人として、まともな人間はいないらしかったからである。ただし二等機関士だけは例外である。この人だけは、何とかしてカウンテス号に、くらげのような船足ながら、とにかく英仏海峡の荒海を、今なお乗り越えさせている、やかましい音をたてる時代ものの機関とは、絶対に切り離せない人物である。この人をのぞけば、あとの人たちはどれもこれも、何か風変りな癖なり、道楽なりを持っているらしく、そのほうに気をとられて、自分の時間の大半をそれにつぎこみ、かんじんの、船を海に浮べて目的港まで導いて行くということに結びついた、大事の仕事のほうは、おろそかにするといったていたらくである。

まず第一は船長のサワリーズ氏である。ピーターとジェニィは午後のひまの時間をみはからっては、よくブリッジの真うしろにある積荷船艙《せんそう》の中で会ったり、あるいは船尾でランデブーしては、むだ話をしあったり、自分たちの仕事のことや、冒険したことや、これまで会った人たちについて、いろいろ話し合うのであったが、彼らがこれまで見たり、聞いたりした、あらゆることから考えてみても、この船長ほど奇妙な人間には、これまで会ったことがない、ということに意見がいつも一致するのであった。

この船長が海と、海と関連のあるあらゆるもの、あらゆる人間が大嫌いだということは、ピーターが高級船員たちやその他の乗組員たちが、船長を論じているのを聞いているうちに知ったのであるが、その原因は機関長マクダンケルド氏の説によれば、サワリーズ船長は代々つづいた船乗りの家系の出だ、という事実に由来するのだそうである。ところがその家系に生れて、いざ船乗り稼業《かぎょう》にはいる順番になったとき、この人はグラスゴウの家から逃げ出して、どこかの農園に行ってしまったのだそうである。というのは、サワリーズ氏が本当の興味を寄せているのは、農業だったわけである。

マクダンケルド氏がこの話を無線技師のフェアリー氏にしたわけなのだが、フェアリー氏は、農園の少年が船乗りになりたさに逃げ出した、という話はよく聞くことだが、船乗りになるべき少年が農園に逃げ出した話など、生れてからまだ一度も聞いたことがないと言った。ピーターがなおも聞いていると、やがてマクダンケルド氏は、自分の知るかぎりではそれは本当の話で、サワリーズ船長の父親は、自分の息子がたくさんの牛や、鶏や、豚にとり巻かれているのを見て、すっかり腹を立て、さっそく家に連れ帰り、船に乗せて海に送り込み、無理やりに船長の免状を取らせたのだと話した。この父親は他界するに先立って、カウンテス・オブ・グリーノック号の権益を管理しろ、と遺言することによって、息子の首のまわりに最後の錨《いかり》を巻きつけてしまったのである。もともとスコットランド人らしい倹約な生れつきと、商売のぬけめなさとを身につけていたサワリーズ船長は、この船を他人の手にまかせるのを見るに忍びなかったので、結局あれほど陸を愛していた船長も、海上の生活を送るように運命づけられてしまったのだそうである。

あくまでカウンテス号を沿岸商売に使い、ロンドンからグラスゴウのあいだにあるかぎりの、ほとんどすべての港に寄港することによって、船長はできるだけうまく海を避け、同時に手広く商売から儲《もう》けをあげていたが、船が港から港へまわる途中にあるあいだは、いつもむっつり無口になって、怒りっぽい、みじめな気持になり、船室にこもっては農業関係の問題を研究するのであった。ブリッジにはめったに顔を出さなかった。港と港のあいだの海上で、たとえばエンジンの故障とか、ガスとか、向い風といったような遅延事故が起ると、どんな事故の場合でも、船長はしばしばドアから顔を出して、その事故の原因を尋ね、やがてその事故の原因が何であろうと、すごいむかっぱらを立てて船室内に戻り、そのとき、たまたま手の届くところにあったガラス器であろうと、瀬戸物であろうと、手当りしだいに叩《たた》き割っては、かんしゃくを爆発させるのであった。

ピーターとジェニィは船長の体重をおよそ二十二ストーンとふんだ。つまり百三十七、八キロである。目は豚の目のように小さめで、ややひっこんでいて、りこうそうであり、小さなすねたような口から、幾重にも波紋のように突き出ているあごは、ピーターに、水中に石を投げたとき池にできる、同心円の輪を思い出させた。しかし何よりピーターとジェニィを驚かせたのは、こんな図体《ずうたい》のでかい、大きな胸から出る声は、さぞ太い、雷のとどろくような声だろうと思われるのに、そうではなくて、この人のしゃべるときの声は、かん高くて、鳩《はと》の鳴くような声だったことである。しかも、何かのことで腹を立てれば立てるほど――この人は海上にいるときは、たいていのことで腹を立てるのだが――ますますこの人の声はかん高くなり、ますますかわいらしく、ますますやさしい鳩の鳴き声のようになるのであった。また船長はブリッジに顔を出すときも、甲板のどこに顔を出すときも、カラシ色のソフトをかぶらずに出たことは一度もないし、また悪天候や雨降りの場合、ほかの船員たちのように、黒の防水合羽《がっぱ》と暴風雨帽は身につけずに、必ず黄褐色の防水外套《がいとう》を着て甲板に出るのであった。カウンテス号がどこかの川をさかのぼっているときとか、入江で陸地に囲まれているときだけ、はじめてこの人は晴れやかな顔をして、ときどきの食事に船尾に顔を出すのであった。

それとまったく反対なのが一等航海士ストローン氏である。これは赤い髪の毛と、細い青い目と、狭いひたいをした、背の高い、まだ中年には間のある人で、ジェニィが指摘したように、それほどほがらかな人ではないが、海を愛し、海上なり、海に関してなり起ったあらゆることを、大冒険とか小冒険とかと考える人であった。当然これでは船長と衝突を起さざるを得ないわけであり、事実この二人はあまり仲がよくなかった。けれども、とにかく海上においては、サワリーズ船長は事実上、船の運転や諸事万端の運営の全部を、ストローン氏にまかせてある以上、そんなことは大した問題ではなかった。

ストローン氏が自分の職業のほかに、人生に二つの大きな興味の対象を持っているということを、間もなくピーターは発見した。一つはフェンシングの道楽である——そしてこの人はグラスゴウとロンドンのどちらに上陸したときも、フェンシング・クラブの練習には忠実に出席した——もう一つは、「信じてもらえんかもしらんが」的の趣のある、あまり当てにならない話をするということに、たまらない情熱を持っていたということである。とにかくこの人は海上や、方々の外国の港で、自身の生活の中に起った、奇跡的な話や冒険談を語るということに、うつつをぬかしていた。

聞いている人が、これは怪しいとか、そんなことが起るはずはない、などと疑いをさしはさんだ場合、ストローン氏はその出来事の、いわゆる証拠なるものを取り出すのであった。たとえば燃えきったマッチ棒一本とか、小石一つとか、紙切れ一枚を見せて、「……で、君たちにここで今見せているこの紙切れは、この事件が起きた、まさにそのとき、わたしのポケットにはいっていたものだ」と言うわけである。そうした目的に使うため、この人はいつも忙しく、そのようなおかしなちょっとしたものや、紙切れなどを集めるのであった。だからこの人は、コックのミーリーがついにサワリーズ船長の命令に従って、せっかくピーターとジェニィのつかまえた大ネズミや小ネズミを、海に棄ててしまったとき、すっかり当てがはずれてしまったわけである。なぜならこのネズミどもの死骸《しがい》こそ、二匹の猫が密航者として船内にもぐり込み、みつかったとき、船賃代りのものをこういう形で持っていた、と話をする場合、議論の余地もない証拠になると思っていたからである。

男の子であったころ、フェンシングの物語を読んだり、絵を見たりすることが大好きだったピーターにとって、きわめて魅力のあったのは、航海中ストローン氏がフェンシングの稽古《けいこ》をすることであった。それは船の木工ボックス氏に作らせた、標的人形を攻撃するという形で行われた。そして天気のいいときには、ストローン氏はそれを船尾の積荷船艙の上に立てて、剣でしきりに突いていた。

この標的人形はカウンテス号船内のすべての人たちに、「オールド・サワリーズ」という名で知れ渡っていた。というのは、木工がそういうつもりでこさえたかどうかはわからないが、とにかくその人形は顔から姿まで、太った船長にとてもよく似ていたからである。オールド・サワリーズ、つまりその標的人形はキャンバスをかぶせた木製の腕を持ち、その手首には強力なバネがついていて、そこに針のように鋭い小さな三つの切っ先がついたエペを握らされていた。ストローン氏がその人形に、攻撃を加える準備に一突き突くと、まるでオールド・サワリーズが積極的に身を守るかのように、そのエペはしきりに揺れるのであった。

そういうわけで非番のときには、こしの上ははだかになり、手に剣を握ったストローン氏が、キャンバスの張られた船尾船艙の上に現われ、自分に向い合って立てられた無言のオールド・サワリーズに向って、「ハア！」とか、「ヘエ！」とか叫ぶのであった。そして剣の切っ先で人形のキャンバスの体を刺しながら、飛び込んでは身を引くとき、「ええ、来るか、来るか？　じゃ、これだぞ、これだぞ、これだぞ！」と叫ぶのであった。一方ピーターとジェニィは、どちらもたまたま同時に非番になったときは、やって来て少し離れたところに坐り、胸をときめかせながらストローン氏を見まもるのであった。彼らの目は閃《ひらめ》く切っ先にくぎづけにされ、彼らの頭はその切っ先の動くにつれ、まるでテニスの試合を見ている観客のように、前に、後ろに、右に、左に動くのであった。

あるとき、この航海のごく初期のことであったが、ストローン氏が特に激しい攻撃を加えて突いたとき、どうした拍子か、たしかに人形の突き返しをそらしそこねたのであった。そのときエペがはね返り、オールド・サワリーズの切っ先が、ストローン氏の腕の、手首からほとんどひじのあたりまで切りつけて、ひどい怪我を負わせたのであった。カウンテス号のすべての乗組員や高級船員たちは、そのときどんな仕事をやっていたかはわからないが、全員さッと仕事をやめて見物にやって来た。その中に応急手当箱を持ったサワリーズ船長も混っていて、船長はさっそくストローン氏の腕を六針縫ってやった。ピーターには船長がずいぶん満足そうな顔をして縫ってやったように思われた。事実ピーターとジェニィは、船長がその傷ついた腕を消毒して縫ってやったとき、これがストローン氏にいい見せしめになればいいがとつぶやきながら、ストローン氏にそういう傷を負わせたのは、実は人形ではなくて自分であったかのように、振舞っていたように思われたのであった。

しかしストローン氏にとっては、おそらく自分こそ、標的人形に負けてひどい怪我をした、世界でただ一人のフェンサーであるという、またもう一つの奇跡的なほら話の種ができたわけである。しかも都合のいいことに、その話の証拠は、ちゃんと自分の腕に、墓場へ行くまで消えないで残っているではないか。

しかし高級船員たちの中で、一番ピーターの気にいったのは、小柄な二等航海士のカーリュークであった。この人はちょっと悪気のない白テンに似た人で、ひまなときには安っぽい三文雑誌に、西部ものや、カウボーイものや、インディアンものを書いては、一つには収入の不足を補い、一つには船乗り生活から隠遁《いんとん》した場合、文学の道に身を捧《ささ》げる日のための準備をしていたわけである。カーリューク氏はインディアンは映画の中でしか見たことがなかったし、遠いところといっても、イングランド南西端沖にある、小さなシリ諸島より西へ行ったことはなかったのだが、カウボーイや、その風習については本でずいぶん読んでもいるし、また、たとえば劇的な場面を書く場合などは、紙に書きおろす前に、当直と当直のあいだの、船室でひとりっきりになれる時間を利用して、その場面の演技を、実際に自分でやってみたりするのであった。

　彼は猫が大好きである。だからピーターはカーリューク氏が物語を書いているとき、テーブルの上に坐って、心をときめかしながら、いくらでも楽しい時間を過すことができた。まるで映画を見に行っているほどおもしろいんだよと、ピーターはあとでジェニィに話すのであった。というのは、小柄なその二等航海士は、ペンを置いて突然芝居がかりに飛び上がり、皮のホルスターから二梃拳銃《にちょうけんじゅう》を抜き取る仕ぐさで、さッとこしに両手を当て、六連発の撃鉄のように曲げた親指と人さし指を突き出し、緊張した声で言ってみるのであった——「こら動くな、ちびリューク野郎！　ろくでなしの馬泥棒めが！　動いたらきさまのどてっ腹に、この四五口径が火を吹いて、風穴をあけてやるぞ！」そう言ってから急いでデスクに戻り、いま言ったとおりのことを書きおろすのであるが、ピーターはそれをとても奇跡的なことだと思った。また彼はよく台所包丁を取り上げて、仮想のインディアンの頭の皮をはぐ動作を、ちゃんとやってみたりするし、また騎兵隊が救援に追いかけて来る音を真似《まね》て、脚を両手でパカ、パカ、パカと拍子をとって叩いたりするのであった。

ジェニィの活動領域は水夫部屋だったので——夜の当直中、そこに住んでいるばかでかいネズミどもに囲まれ、恐怖そのものにさらされる役を買って出ては、そこに暮している乗組員たちをおもしろがらせていたわけであるが——船首にいる乗組員たちとはますます懇意となり、船のこちら側にいる四、五人の不思議な人たちの噂《うわさ》を、何とかしてうまく拾い集めては、それをピーターに伝えるのであった。

彼女の語ったところによれば、一人の水夫はかつては世捨て人であって、十年間もほら穴の中で暮していたが、ついにある日、考え直してほら穴暮しをやめてしまったのだそうである。またある水夫は、エジンバラのある美容院でパーマネントの機械を扱っていたが、ついにその機械が何か不運な故障を起し、お客さんの髪の毛をじりじりに焼いてしまい、その髪の毛がすっかり抜けてしまったので、とうとうその美容院を首になったのだそうであるし、また三番目の水夫は、以前ブライトン海水浴場で、息をとめて長時間水にもぐっているという芸を、見世物にしていたそうである。

人と盛んにつき合ったために、ジェニィはまた昔のように、人間のことばがわかるようになっていたが、彼女の話した中で一番すばらしい話は、水夫長《ボースン》のアンガスのことで、この人が当直とか、ほかの仕事についていないひまな時間を、どんなふうに使ったかということである。ピーター、あんたはその人がどんなことをしていたと思うの？　とジェニィがきいたのである。

ピーターもアンガスには会ったことがあるが、ものすごくでかい巨人みたいな男で、スコットランドの高地人みたいなほおひげを生やし、腕はまるでかしの木の太枝のようであり、骨ばった赤いこぶしの硬い手をしていて、指などはまるで豚の血で作った腸詰ほど太くて大きかった。ピーターが、その人の道楽でやっていることなんか、ぼくとても想像もつかんよ、と返事したのにたいし、ジェニィは——「刺繍《ししゅう》なのよ」と教えてくれた。アンガスはいろんな色の糸で、木の丸枠に張った麻布に美しい花を刺繍するのであった。その花は本当にとても美しく、ジェニィはある日など、午前中半日のあいだ見ていても、見あきなかったそうで、その匂《にお》いが嗅《か》げるほど本物の花そっくりだったそうである。

船内にいた新顔の一人が、おろかにもせせら笑って、アンガスをからかったことがあった。たちまちアンガスはその男に一発くらわせて気絶させ、甲板にのばしてしまったので、その後もう笑う人はいなくなったそうである。その男がバケツに四、五杯水をかけられて、意識をとり戻したとき、まわりの人たちがその男に言ってやったそうである――アンガスをからかうとは、おまえもばかだったよ。のされたからばかだというわけじゃないんだ。カウンテス号がグラスゴウに着いて、アンガスがその刺繡をある店に持って行けば、それで三ポンド十シリング貰えるんだ、ということくらい知らなかったから、ばかだというんだ――という話である。

へんな趣味や道楽を持った、変った人間の寄せ集めだったにもかかわらず、カウンテス・オブ・グリーノック号の乗組員も高級船員も、船長と一等航海士をのぞけば、みんなお互いに和気あいあいとして暮していたし、海岸に沿って港から港へと、あまり故障も起さず、坐礁《ざしょう》もせず、行方不明にもならずに、船を進めるという仕事は、どうにかうまく遂行していたのである。ジェニィはこれまでずいぶんいろんな船に乗ったこともあるけれど、この船の水夫たちほどばかげた、無能の集まりは見たことがないと言った。それも当然のことかもしれない。なにしろ船長以下ほとんどすべての人間が、内職か趣味を持っていて、カウンテス号をいつも清潔にきちんとしておくひまなど、とうていないし、また、そうしておきたい気持になっている人間など一人もいないのだから。しかしサワリーズ船長は、自分の船が豚小屋に見えようと見えまいと、少しも気にしていないらしかったし、ほかの人たちもやはり少しも気にしていなかった。それでみんなは、そんなごった返しの中できわめて楽しく、満足して暮していたのである。ジェニィはそれをずいぶん嫌っていたが、半分男の子だったピーターは、どうしてもそれ以上きたなくすることのできないような場所のあることを、むしろ楽しいことだと思っていた。すでにもう十分きたなくなっていたからである。ただしピーターは自分の体だけは、ジェニィをがっかりさせないよう、いつもきれいにしておこうと心掛けていた。

しかしそのほかにもジェニィには少しは不平があったが、ピーターには一つもなかった。船内の日常の仕事についていつかジェニィの言ったことは、まったくそのとおりである。みんなは自分の仕事なり、あるいはたまたまそのとき一番おもしろそうだと思った、めいめいの私用なりに心を向けていて、誰一人として二匹の猫を相手にして、かわいがってみようとか、センチメンタルな気持になってみようなどという気もなければ、ひまもなかったのである。カーリユーク氏だけはピーターが自分のデスクに坐っているとき、ときおりピーターの頭を優しく撫《な》でてくれることもあったが、そういうことがないかぎり、彼らはまったくひとりっきりにほうっておかれた。

ピーターとジェニィは、自分たちのつかまえたものを食べる必要はなかった。一日に二度、朝と晩には、ジャマイカ人のコック、ミーリーが、おいしい食べ物の鍋《なべ》を出してくれるからである――缶詰《かんづめ》のミルクをかけたオートミールとか、刻んだ塩漬け肉とか、野菜を少し混ぜた冷凍の輪切り肉を、ちょっと切り取ったものなど。ピーターとジェニィはまた、コック、ミーリーのしまっておくものを、ネズミどもの略奪から守っていてやった。コックはそれをありがたいことと思い、それぞれの仕事をしている正規の乗組員に払うべき敬意をもって、彼らを待遇していた。朝になって調理場に火を入れにやって来ると、コックは下にいるピーターに、昇降口の階段から呼びかけるのであった――「ホー、白ちゃんや！　ゆうんべは何匹とりおったんや？」そしてピーターが一晩の小ネズミの獲物を、階段の上り口にきちんと並べるのを見おろすのであった。

コックは笑いだして、下に向って呼びかけるのであった。「ホー、ホー！　白ちゃんや、おまえってやつはほんまに上手な仕事をするやつやな。今朝はおまえと、おまえのガール・フレンドに、おいしい朝飯をやるぞ。フライ・ベーコンはどうやな？」

ピーターとジェニィは夜のあいだしか当直に立たなかった。昼のあいだは用心深いネズミどもが姿を見せなかったからであり、特に、一匹どころか二匹の猫が乗り込んでいるというニュースが広まってからは――そのニュースは実にまたたくまに広まったのであるが――なおさらのことであった。そこで彼らは朝飯を食べてしまうと、午前の大半は寝て暮し、午後遅くなってから、二つある中央積荷船艙《せんそう》のどちらかの中で会うか、それとも空が晴れて日が照り、海もおだやかなときには、船尾の甲板の上で会うのであった。そこに出ると、新鮮な、元気づけられるような潮風を吸うことができたし、一方、カウンテス号が煙突から黒煙と燃えかすを吐き出しながら、イングランド海岸のエメラルド・グリーンの牧場や、黒ずんだ岩に近づくほどのところを波にもまれているうちに、彼らはハマベンケイソウの咲いている、広々とした土地の上にかかっている、紫色のもやを見ることもできたし、それより南の、黄色いサクラソウが点々と咲いている、絶壁の頂上を眺めることもできた。

しかし彼らはレッスンも忘れていなかったし、練習することも忘れていなかった。そして風が吹くとか、雨が降るとかいう天候の悪いときには、彼らは二号積荷船艙の中の空いている場所に退いて、ジェニィはピーターに、もしもピーターがりっぱに自活できる猫になろうとするなら、知っておかなければならないあらゆることを教えてやろうという、好意ある作業に再びとりかかるのであった。

12 海中へ！

ものすごく大きな荷箱のすべすべした横を練習場に使いながら、ピーターはジェニィのコーチで長時間練習したのち、二度飛び上がりというのか、二度登りというのか、何と呼んでいいのかわからないが、とにかくそういったものの秘訣《ひけつ》をついに覚えこみ、突然それができるようになった。その垂直の荷箱の横を登ろうと試みて、一瞬滑り落ちて仰向けにころがったが、つぎの瞬間、うしろ足を電光石火的に押し出すと、こんどはそれがどうにかうまく箱の横にはりついて、それがさらに登るはずみを与えたわけで、それからは何度やってもうまくできるようになった。

ジェニィはピーターにこのうえもなく満足した。というのは、彼女の説明によれば、足掛りを与えるような、割れ目もでこぼこも何もない、壁の横を飛び上がるということの独特の芸当は、猫特有のものではあるが、これがまた、完全には説明することも、実演してみせることも、教えることもできかねる芸当だからである。彼女として言ってやれることは、せいぜい――「自分には上まであがれる見込みがある、と、まず思うのよ、ピーター。やっているうちには必ずできるようになる、という確信を持つの。そうしたらできるわ」と言うくらいしかなかったのである。

ところで、老朽船カウンテス号が一度波くぼにはいって、ちょっと横揺れしたことがあった。それが少しは役立って、ピーターに自信を与えたのである。そしてこのつぎには必ずやれる、とピーターは確信した。そしてはたしてそのとおり、やりおおせたのであった。

ジェニィはピーターに、宙にあるときの体のおさえ方を教え込むのに、はてしもないほどしんぼう強く、くり返し、くり返し教え込んだ。というのは、そうした幾つかのことは、猫にとってこのうえもないほど重要なものなのだ、とジェニィは主張していたからである。ジェニィといっしょにピーターは、ひとたび地上を離れても、スムーズに方向を変えることができるよう、宙の途中で体をひねることを研究した。そしてアクロバットか高飛込み選手のように、宙で体をひねるときの威力感と解放感が、とてもピーターの気にいったので、何よりも熱を入れてこれを研究した。ピーターはまた、普通の高さなら、どんな高さのところから飛び降りても、必ず四つ足で着地できるように、飛び降りる途中で、体をひねることも学ばなければならなかった。間もなくジェニィの援助で、ピーターはとても熟練してきたので、一メートルにも足りない高さのところからころがり落ちても、なお四つ足を甲板につけて落ちられるよう、電光石火的に体を回すことができるようになった。しかも物音一つたてずに。

しかしひまな時間は、必ずしもむずかしい研究や練習に、すべてを捧《ささ》げていたわけではない。ピーターとジェニィは甲板昇降口の上に並び合い、毛並みをととのえながらゆっくり休んでいる、というようなおだやかな時間もいくらもあったのである。そういうときにピーターはジェニィにいろいろと、たとえば、なぜジェニィはいつも高いところにこしをすえて、下を見おろしているほうが好きなのか、というようなことを尋ねてみるのであった。するとジェニィは、何千何百万年も昔から、猫の心の底に残っている、根強い本能のことを説明するのであった。そのころは疑いもなく、すべての猫は形も大きさもおなじくらいだったので、生き残るためには自分の身を守らなければならなかった。地上や、地上近くにひそんでいる、這《は》いまわったり、するする滑ったり、踏みつけたりするものからの危険を避けるため、猫は高い岩のほら穴の中に暮したり、あるいは下を見おろして、自分たちに近づいて来るあらゆるものが見えるように、木立の太枝の上にこしをすえることを好むようになったのだそうである。

それとおなじように、猫は箱の中や、大机の引出しの中に寝ることが好きなものだ、とジェニィは説明した。なぜかといえば、そういう中で寝れば、ほら穴の奥深くにいたときのように、四方がまったく高い岩壁にとり囲まれているように感じられるので、気が落ちついて、安心して寝られるのだそうである。

またあるときピーターは尋ねるのであった——「ジェニィ、なぜ君は自分が気にいったときとか、楽しいときとか、気が落ちついたようなときとかに、爪《つめ》をあんなふうに出したり、引っ込めたりするの？　前にもいつか家にいたとき、つまりぼくたちがあの倉庫で暮していたとき、君がまるで寝床でもこさえているように、しきりに手を上げたり、下げたりしているのに気がついたことがあるんだが。ぼくはそんなことはしないね、もっとも、楽しいときはのどを鳴らすけれど——」

ピーターが質問したとき、ジェニィは昇降口のキャンバスのカバーの上に横向きに寝ていたが、やおら顔を上げ、ピーターに実に優しい視線を投げてから返事した——「わかるわ、ピーター。そのこともまた、たとえ姿かたちが猫のようでも、あんたは本当は人間であり、おそらくいつまでもそうだろう、ということをあたしに教えてくれることの一つなの。でもたぶんあんたにその説明はしてあげられると思うわ。ねえ、ピーター、あたしに何か優しいことを言ってよ」

そう言われてピーターに考えつくことのできたのは、こういうことばしかなかった——「おお、ジェニィ、ぼく何から何まで、すっかり猫になれたらいいのに、と思うよ——そうすればもっと君に似てくるかもしらんから……」

ジェニィの顔にいつの間にか、世にも幸福そうな微笑がひろがった。そしてのどをごろごろ鳴らしながら、彼女の白い手足は動きだし、まるでパン粉でもこねているように、爪が出たり、はいったりした。

「わかったでしょう？」とジェニィは言う、「楽しいと思うことに関係があるのよ。その原因はあたしたちが子猫で、母親に乳を飲まされていたころにさかのぼるの。あたしたちははじめのうち、目さえ見えず、ただ触るだけなの。だってはじめ生れたとき、あたしたちは目が見えなくて、目の開くのは数週間たってからなんですもの。でもあたしたちは触りながら母親の胸に近づき、乳を捜すために、自分たちの体を母親のやわらかい、優しい匂いのする毛の中に埋《うず》めてしまうの。そうしているとき、あたしたちは手をそっと上下に動かして、ほしくてたまらない乳がたっぷり出るように手伝うの。たっぷり出ると、あたしたちはのどの奥で、乳が暖かく申し分ないことを感じるの。乳はあたしたちの飢えも渇《かわ》きもとめてくれるし、あたしたちの心配も欲求もなだめてくれるの。ねえ、ピーター、あたしたちはその瞬間、何とも言えないほど嬉《うれ》しくて満足なの。とても安心だし、おだやかな気持にはなるし、それに……そうだわ、まったく仕合せなの。あたしたちは母親といっしょのその瞬間を、決して忘れないの。

その気持が、それから先の生涯のあいだ、心に残っているのよ。そしてあとで、大人になってからも長いあいだ、何かのことであたしたちがとても仕合せな気持になると、幼いころの、はじめて本当に仕合せだったころを思い出して、あたしたちの手も、足も、爪も、自然にそのころとおなじように、出たりはいったりするのよ。そのことについて説明できることはそれだけ」

ピーターはその話が終ると、しばらく激しい身づくろいをする必要が、自分にあることに気づいた。それがすむと、ジェニィの横たわっているそばに近寄って、彼女の顔の身づくろいをしてやり、やわらかいあごの下と、鼻口部の横に沿ったあたりを、五、六度愛撫《あいぶ》してやった。そのことがことばよりもっと多くのことを伝えたはずである。ジェニィは優しくのどを鳴らした。そして彼女の爪はいつもよりせわしなく、出たりはいったりしながら、昇降口のキャンバスのカバーをこねくりまわしていた。

またそのうえ、のんびりした航海の長い一日じゅう、特に黄色い濃霧のため、まる二日間ダートマス港に閉じこめられていたあいだなどには、万一ピーターが何か厄介なことに巻き込まれた場合の身の守り方を教えてやるため、とっ組み合いの真似《まね》ごとが行われたし、そのほかジェニィが知って覚えているもので、教えてやることができるような、猫のすべてのスポーツや、ひとり、あるいはふたりでやれるような遊戯も行われた。そしてピーターとジェニィは長時間ころがり回ったり、唸《うな》り合ったり、つばを吹きかけ合ったり、組み討ちをしたり、待ち伏せては相手を驚かせたり、かくれんぼうをしては飛び出す遊戯をやったり、めちゃくちゃに船内の狭い通路や、甲板下の通路を追いかけ回したりしながら、彼らのやわらかい足の裏は、ギャロップするごく小さな馬のように、老朽船カウンテス号の鉄の床板に、奇妙な音を響かせるのであった。

ここでもまたピーターは、遊びごとだけではなく、猫と猫のあいだのこれより重大な出会いには、これを規制する厳重な規則や方式があるということを、学ばなければならなかっただけではなしに、そういうゲームの一部となっている感覚やリズムのくり返しを、身につけるため、ジェニィといっしょにそれを研究し、練習しなければならなかった。

このようにしてジェニィはピーターにコーチするのであった――「あたしがあんたを攻撃する行動を起すわよ。たぶんあんたの尾っぽを突くとか、どちらかの足を打つふりをするわ。そうしたら左手をあげて、その手で打ち返す構えの姿勢をするの。そう、それよ。そう来られたら、こちらはかかって行く前に思い直すわ。だめ、だめ、ピーター、ただこちらが思いとまったからというので、あたしから目を離しちゃだめじゃないの。あたしが緊張しているかぎり、構えのそなえをしていなければいけないわ。でもあたしが気を変えて、少しリラックスしたときには、それを感じ取らなければいけないの。左手をおろしてもいいわ。でも用心はつづけるのよ。ほら！　ちょっとあたしが目をそらしたでしょう――さあ、そのあいだに身づくろいをするの！　それですべては一時中止よ。あんたが身づくろいをすますまで、あたしは何もできないわけなんだもの。それでつぎの動きはあんたが握ったことになったでしょう。だからあんたのほうが有利なの」

ピーターにとって一番むずかしかったのは、目と体の姿勢でしじゅう優勢を保っているということと、リラックスして目をそらしながら休むのは、どんなときが安全かという感覚を、経験によって身につけることであった。また、身づくろいすることによって、相手の計画をやめさせる方法もむずかしかったし、また、目をそらしたふりをして相手をおびき寄せ、引きつけておいて、やがて相手がバランスをくずし、構えのそなえをしていないとき、自分の攻撃のタイミングをきわどい一瞬に合わせて、しかも規則にはずれないようにすることは、実にむずかしかったし、ピーターにとってそういうことをすることは、ときによると全然リズムにも、理屈にも合っていないことのように思われるのであった。

男の子のピーターだったら、生れつき、全然やらないようなことばかりだったので、猫になったピーターは、そういうことを全部ジェニィから、きりもないほどくり返し、くり返し教わらなければならなかった。ときどきピーターはくり返し、くり返し自分を訓練してくれているジェニィのしんぼう強さに、驚嘆するのであった——「しゃがむのよ、ピーター。こんどはすぐ上体を起して、目をそらすの……さあ身づくろいをするのよ！　身づくろいをしながら、目の片隅で状況を判断するのよ。あんたが身づくろいを済ましだい、あたしは飛びかかる用意をしているわ。つぎに体を回して構えのそなえをする。さあ行くわ。背中をつけて、構えたままころがるの。両方の前足であたしをおさえつけ、うしろ足で蹴《け》るの。もっと激しく……もっと激しく……だめ、そのままの姿勢でいてちょうだいよ、ピーター。二度目にあたしがかかっていくわよ。あたしにのどをやられないように、あごはさげるの。蹴って。さあ、ころがって半身を起す。手を構えてそれでおどかす。もしあたしがまばたいたり、うしろに身を引いたら、すぐ身づくろいを始めて。さあこんどはあんたが、そこに実際にはない何かに、興味をそそられたようなふりをするのよ。ああ、それよ。もしあんたがそれを、あたしも見ようという気にさせることができるほど、本当のようにやれたら、あたしが見ようとしたとたんに、飛びかかって来るの！」

ジェニィはそういう勝負に採点するという方式をとった。打撃には何点、打ち倒したり、ころがしたりすれば何点、接近戦からぱっと分れたり、身づくろいをしたことにも何点という点を決め、また、追いかけたり待ち伏せしたことにも、吹き飛んだ毛の量にも（あとでその毛の数をかぞえて）、さらにまた相手を蹴り返した度数にも、相手をおどしたり、楽に勝った勝負にも、また見せかけの攻撃にも、身のかわし方にも、みんなそれぞれ点を決め、また姿勢にも、攻勢に立っていた時間の長さにもそれぞれボーナスを加え、ゲームがプラス百点になると、いつでも一方が相手ののどもとに、ぐッと歯を立てるような姿勢に移ることが命じられた。

はじめはほとんど気がつかないくらいだったが、しだいに勝負は五分五分に近くなり、間もなくピーターは、船首船艙《せんそう》の木枠や箱のあいだにこさえた練習場で、自分がいつもジェニィに勝っていることに気がついた。そしていつもピーターが勝つという事実がはっきりしてくると、そのことを誰より誇りにして喜んでくれたのはジェニィであった。「間もなくあんたは一〇〇パーセント猫になれるわ」と彼女はいかにも満足そうな顔をして言った。

けれども悲劇が起きてみると、やはりピーターがそんな申し分のない猫になっていないほうがよかったのではないか、とも言えるようである。

ある意味ではその悲劇のはじまりは、ピーターが生れてからはじめて、大きなネズミを取ったことが原因だったのである。カウンテス号はマン島とカンバランド沿岸のあいだの、アイルランド海をごとごと進んでいた。それもあまり沿岸に近づいていたので、海から遠いカンバランド山脈の、一つ一つの山頂が日に輝いているのが見えたくらいである。海はおだやかで波ひとつ立たず、空にある雲といえば、カウンテス号が自分の吐き出す黒煙を、海面近くを吹いている微風が追風だったため、傘のように自分の頭上にいっしょに運んでいるものがただ一つ、雲といえないこともなかった。船はリバプールと、スコットランドの玄関口に当るカールアイルの港との中間にさしかかっていた。そしてサワリーズ船長は夜にかからないうちに、その港に入港しようと急いでいた。だからこそカウンテス号は多量の黒炭の煙を吐き、急ぐエンジンの振動のためにがたがた震えながら、無理やりな航海を強行していたわけである。

ピーターはジェニィと後甲板で、午後の早番当直の始まる六点鐘に、すなわち三時に会う約束になっていた。ピーターはブリッジの見張りが打ち鳴らす鐘の音で、船の時間はいちはやく覚えていた。この時間はカウンテス号船内では、いつも一種の自由時間になっていた。というのは、この時間が来ると、サワリーズ船長は昼寝で自分の船室にこもってしまうし、カーリユーク氏は、自分で『黄金峡谷の山賊』と題して書いている、最近の文学作品から無理に引き離されて、ブリッジに当直に立つ番であり、あとの連中はみんな自分自分の趣味や道楽にふけるとか、甲板へ出て手すりのあたりでうろつくとか、あるいは日向《ひなた》ぼっこしながら昼寝する時間であった。そして一等航海士ストローン氏は、腕を縫われてまだひどく痛がっていたので、彼の標的人形は面目を失い、隅っこに隠れるように立っていたが、今日は赤毛のこの航海士は、木工のボックス氏を相手にして、戦時中ジブラルタルで自分の身に起ったエピソードについて、また例のほら話をやっていた。そして話の証拠として、その冒険の起ったときたまたま身につけて持っていた、一八九〇年のビクトリア女王の顔のついたペニィ銅貨を取り出していた。

ジェニィは船尾の手すりの上にしゃがみ込んで、優しい春の日射《ひざ》しの中ですでにまどろんでいた。彼女はそこにこしをすえることが大好きであった。なぜならそこはかなり高い位置にあって、何でも見渡せたからであり、さらに自分が卓越した猫であるということを誇示するためでもあった。というのも、いつかジェニィはそこから海におっこってしまうだろうと、みんながいつも予言していたからである。しかしもちろんジェニィ・ボウルドリンは足もともしっかりしているし、こんな頼もしい猫はまたとあるまいと思われていた。

ピーターは三時十分前にちゃんと目を覚ました——彼は今では自分が望んだとおり、

どんな時間にもきっちり目を覚ますことができることがわかったのであるが——そして舌でざっと身づくろいをすました。そして背のびしてから、のんきに下甲板の貯蔵室からぶらぶら歩きだした。その貯蔵室は彼の寝所であり、またそこに害をなすものを寄せつけないでおくことが、彼の仕事でもあった。これまでは小さなネズミどもしかいなかったので、ピーターはそんなものは手軽にかたづけていた。

ピーターはその大ネズミをみつける前に、その匂《にお》いくらいは嗅《か》ぎわけていなければいけなかったはずである。彼の嗅覚《きゅうかく》は猫のそれであって、きわめて鋭敏なのであったが、彼の心のほうはまだ人間の心であり、その心でさっそくジェニィに、黒い肌の連中の一人のことを話さなければいけないと思っていたのである。それはかまを焚《た》いている火夫の一人で、ウィンストン・チャーチルのすごいファンだったので、自分の胸にチャーチルの似顔を、葉巻きも何もかも、ほりものにしている男であった。だからピーターはすっかり油断していた。その大ネズミをみつけたとき、ピーターはとても具合の悪い状態にあったわけである。

ほとんどフォックステリアくらいの大きさのそのネズミは、たまたまフフイビーンズの罐詰《かんづめ》の箱がたくさん積み上げられて、その真ん中から幾つかの箱が取りのぞかれたところにできた、狭くて引っこんだところにいた。しかも今は明るい昼間であり、ピーターは忍び足などで歩いていなかったので、ピーターがみつけると同時にその大ネズミもピーターをみつけ、敵意の怒りの叫び声をあげ、黄色い長い歯をむき出した。その歯はとても不潔で、そんなものにひと嚙《か》みされただけでも、もう助からないような毒を受けるかもしらん、ということはピーターも知っていた。そして生れてはじめて、世間の人が「窮鼠《きゅうそ》かえって猫を嚙む」と言っていることばの真の意味を理解した。かねがねジェニィから、広々としたところでないかぎり、決して大ネズミなど追いかけるものではない、と注意されていたにもかかわらず、ピーターはこいつをやっつけて、自分の真価をためしてみるつもりだった。

ピーターはそんな危険な瞬間になって、自分がこれまで習ったレッスンのことなど考えてもいないし、自分がこれまで見たり聞いたりしたことも、ジェニィに言われたことばも考えておらず、自分の心がかねてからこんなことは予期して待ちかまえていたとでもいうように、途方もないほど澄みきった心境で落ちついていて、つぎつぎプランが心の中で自然に展開していくことに気がついて、われながらびっくりした。あとになってようよう、これはやはりジェニィの命令を守って、今まで訓練と、研究と、練習と、しんぼう強さとを積み上げてきた、結果の賜物《たまもの》であるということに気がついた。

ピーターが相手にまともにぶつかって、飛びかかろうとしたことは、見たところでは、まったくばかげたことをするように思われた。相手のネズミも真正面からピーターを迎えて、うしろ足で立ち上がりながら、敵意むき出しに打ってかかってきた。しかしピーターだって、床からひと飛びしただけで、すべすべの壁をするする登る秘訣《ひけつ》を、これまでむだに覚え、むだに練習してきたわけではない。ネズミよりほんの一瞬早く、ピーターの前足と後足が、積み上げられた木箱のすべすべした横に触れたかと思うと、たちまちその体は空中高く躍り上がっていた。そのため、昔の回教徒が使った、先の彎曲《わんきょく》した恐ろしいクリスのような、ネズミの二枚の門歯がピーターの足のあいだをさっと掠《かす》めたが、諺《ことわざ》に言いふるされた、いわゆる間一髪のきわどい差で、それてしまった。

身を躍らしてはずみのついたピーターは、今や半ひねりどころか、体を一回転させて回れ右をするだけのスピードと勢いを得て、そのままネズミの背後に着地し、自分の歯を相手の耳の真うしろの背骨に深く埋めた。

恐ろしい一瞬ピーターは、これでもまだ自分が負けるかもしれないと思った。というのは、ネズミはものすごい力で体をふくらませたり、うねらせたりしながら、必死になって左右にあばれ回ったからであり、ピーターの体もあちこちの箱の横に、つづけざまにどしんばたんと打ちつけられ、しまいに気持が悪くなって目もくらみ、もはやこれ以上がんばっていられるかどうかも怪しくなってきた。しかし一度放したら最後、この大ネズミは自分に向って来て、自分の体を八つ裂きにしてしまうにちがいない。

ピーターも必死になり、あらん限りの力をあごに集中して、がぶッと嚙みついた——一度、二度、三度と激しく嚙みついた。そして三度目にネズミの体はこわばった。大体のゆさぶりも、のたうちもやんだ。うしろ足が二度蹴る格好をしたかと思うと、大ネズミは動かなくなった。もう二度と動かなかった。ピーターは締めつけていた自分の痛むあごを放し、急いで坐《すわ》りなおし、少しばかり身づくろいした。ひどく体が震えていたので、きっぱりと落ちつきをとり戻す必要があった。

それでもやはりピーターが口にその大ネズミをくわえて、いや、むしろ引きずって後甲板に速足で現われたのは、きっちり六点鐘の鳴る時刻であった。ネズミの体は、ピーターがその胴中をくわえていると、頭と尾は甲板まで垂れるほど大きかった。口で持ち上げていられないほど重かったが、もちろんピーターは何とかしてうまくくわえたまま運んだ。なぜなら彼はそれを、どうしてもジェニィと、誰でもその辺に居合せた人に、自慢して見せないではいられなかったからである。

ピーターを最初みつけて大声をはりあげたのは、ボックス氏であった——「すごいぞ、あれ見ろよ！　白公が象ほどでかい奴《やつ》をつかまえたぞ」

ストローン氏もまた叫び声をたてた。というのは、ピーターが自分のすぐそばを通ったとき、自分の足の上を引きずられて行くその大ネズミに、足を刺されたように思い、思わず飛び上がったからである。その叫び声で、離れたところにいた五、六人の甲板員が走って見に来た。その叫び声でジェニィ・ボウルドリンも目を覚ました。

ジェニィはそんなにぐっすり寝込んでしまうつもりではなかったのだが、おだやかな海と、暖かい午後の日射しに誘われて、ついいつの間にかうとうとしてしまい、そんなつもりではなかったのに、すっかり寝込んでしまったわけである。ところがいま突然の叫び声を聞いたので、その驚きで全身がわくわく興奮した。目を開けてその視線を、ピーターとその巨大なネズミに向けたとき、何よりもまずすっかりあわてさせられてしまい、大ネズミがピーターをくわえているのか、それともその反対なのかどうかも、そのネズミがまだ生きているのかどうかも、また、ピーターがなおもその大ネズミと格闘しているのかどうかも、はっきりのみこめなかった。あわただしく走る人たちの足音が、いよいよ彼女をあわてさせ、わからないことや、はっきりしないことや、ひょっとしたらピーターの身に危険が迫っているのではないかという思いから、ジェニィは後じさりした。

しかし船の手すりという、あぶなっかしいとまり木のようなところから、後じさりする場所はなかった。ものすごい叫びとともに、ジェニィは四本の足を大きくひろげたまま、空中でいったんもんどりをうって、海の中に落ち、推進器の通ったあとの海水の泡の中に押し流されてしまった。

「猫が海に落ちたぞ！」と一人の甲板員が叫び、やがて笑いだしてしまった。

「さよなら、猫ちゃんよ」とボックス氏が言った。「自分から求めてやったようなもんさ。あんな高い所にあがっていたんだもん」

ストローン氏は口を開けたまま目をみはっていた。

かつて世捨て人であった水夫がピーターに言った、「白ちゃん、おまえのお友達はあんなところへ行っちゃったぞ。サワリーズ船長どんは、たかがちっちゃな猫一匹助けるために、船を回したりしやしないからな――」

しかし、もうピーターはそこにはいなかった。ピーターは大ネズミを下におろし、手すりに飛び上がり、そこから体を長くのばして低くかがめ、さっと海に飛び込んでジェニィの後を追った。

13　ストローン氏のととのえた証拠

ザブン！　とピーターは海中に飛び込んだ！

海面のすぐ下は、カウンテス号の推進器の強力な回転で、かき乱され、沸き立ち、あたり一面がしゅうしゅう泡立つかと思うと、そこへ寄せ波が来て体は持ち上げられ、前に押し出されたと思うと、また引き波にさらわれてしまう。しかも水はゾッとするほど冷たかった。

ピーターは自分の体が、どうにも抵抗できない渦巻に巻き込まれたことに気がついた。体が引きおろされるかと思えば、ころがされ、まっさかさまに突き落されるかと思えば、こんどは海面に突き上げられ、つまった息を吐き出せないでいるうちに、また緑色の深みに吸いこまれていく。空気の欠乏のため、破れそうになった胸を抱えながら、四本の足全部で水をかいて浮き上がろうと懸命にもがき、ようよう海面に浮き上がったところは、船の航跡も消えてしまったはるか後方で、ありがたいことに、もはや船のエンジンのかき立てる、さまざまな力は受けなくてすんだ。渦巻もやみ、のどをつまらす白い泡も消え、ピーターはようよう、冷たい、緑色の塩水の、おだやかな海面に顔を出して泳いでいた。

はるか遠くの沖のほうの、おそらく四、五十メートルくらい離れたところで、小さなピンの先のようなものが、水中に動いているのが見えたので、ピーターは――「ジェニィ！　もうこわがらなくていいんだよ！　がんばって！　ぼくだよ、ピーターだよ、今行くからね」――と呼ばわろうとしてみたが、その結果は口いっぱい塩水を飲まされただけで、ものすごく辛かった。もう以後は口をしっかり閉めたまま、彼女のほうにたどり着くことだけに専心しようと肚《はら》を決めた。しかしジェニィが答えるかすかな叫びを聞いたように思ったし、もう今では水に浮んでいることが、少しもむずかしくないとわかったので、あごをあげて海面から顔をさし出したまま、彼女のいる方向に向って、四本の足で水を搔《か》けるだけ搔きながら、急いで泳いで行った。

ジェニィのそばまでたどり着いたら、どういうことになるのかわからなかったが、とにかくそんなことは考えてみようとも思わなかった。なぜなら、さきほどの水夫の言ったとおりで、船を回して停めて、貴重な時間をむだ使いすることなど、サワリーズ船長が絶対にやるはずもないことだからである。それもたかが、全然呼びもしないのに船に乗り込んだ、二匹ののら猫を、海の墓場から助け出してやろうという、くだらない目的なのだから、なおさらやるはずもないことである。しかし少なくとも、どんなことが起ろうと、自分たちはいっしょになれるのである。最初にこの自分の命を助け、それから自分にあれほどつききりになって世話してくれた、あの親切な、おとなしいジェニィと、自分がいっしょになれるのである。ふたりでいっしょに、あの遠くに、あんなに青々と心をそそるように輝いている、本土まで泳いで行こう。またもしもそこまでたどり着けなければ——結構、それでもいいではないか。そのときは少なくとも最後の瞬間まで、お互いを慰めあうことができるし、もう二度と引き離されはしないのだから。

もはやピーターは、自分とジェニィとのあいだの距離を半分に縮めてしまったのに、ジェニィのほうでは、自分のほうにほとんど前進していないのを見て、すっかりうろたえてしまった。すべすべした濡《ぬ》れた耳が、だらりと投げ返されている彼女の小さな頭は、かろうじて海面に浮いていたし、泳ぐことも泳いではいたのだが、いかにも弱々しい泳ぎ方をしているにすぎなかった。それでも彼女がこちらに呼びかける声は、聞きとれないくらいの声ではあったが、とにかく聞きとれた——「ピーター、引き返して！　来ちゃいけないのに。あたしもうこれ以上がんばれないの。さようなら、あたしのピーター」

そう言うとともに、ジェニィの頭は水面から消えた。その頭がもう一度現われたときには、それがまたもぐってしまわないうちに、ピーターは、ジェニィの目に絶望の表情が浮んでいるのが見えるほど、近づいてはいたのだが——彼女の姿はまた見えなくなってしまった。ピーターは倍以上も骨を折って、手足で水中にかなりの泡を立てながら、胸骨が両側に矢形に、あるいは逆Vの字形に水を分けるほど、狂気のようにがんばって、間に合ううちに彼女のそばに行ってやろうとしたのだが、そのときにはもう彼女の姿を見ることもできなかったし、どこへ行ってしまったのかも知ることができなかった。もしその瞬間、ジェニィの尾の先がブイのように水面に浮んで、彼女のありかを教えてくれなかったら、ピーターは永遠に彼女を失ってしまったかもしれなかったのである。つぎの瞬間、猫よりは人間のような気持になったピーターは、目を大きく開いたまま水中にもぐり、ジェニィの首のうしろの皮をそっとくわえたまま、急いで水面に浮び上がった。

こんどはゆっくり泳ぎながら、つまり、ただ足を動かすだけの泳ぎ方をしながら、自分の頭と、ぐったりして感覚のなくなってしまった彼女の頭を、水の上にあげていることはできたが、たっぷり四、五キロも離れている本土にふたりが泳ぎ着くなどということは、もはや問題外だということがピーターにわかった。事実さし迫っている問題は、一体いつまで自分の力がつづいて、ふたりとも海上に浮んでいられるかということである。というのは、たった今気づいたことなのであるが、自分はあの巨人のようなネズミとの格闘で、ひどく体力を消耗してしまったということである。方々の箱の横に、体をどすん、ばたんと打ちつけられてできた傷が、さらに自分の力を奪い去ってしまったということである。はじめてピーターは、はたして自分たらは、何とかしてうまく死なないでいられるかどうか、という真剣な疑いをいだきはじめた。いっそのことあきらめて、ジェニィ・ボウルドリンと並びあったまま、波の底に永遠に沈んでしまったほうが、らくなのではないだろうか。それとも、もがきながら泳ぎつづけて、「命のあるかぎり望みあり」という古くからの諺を、ためしてみる価値があるのかどうか——というような疑いに身をまかしてしまおうか、といった反逆的な瞬間も経験した。

その瞬間までピーターは、カウンテス・オブ・グリーノック号をふり返ってみようとさえしてみなかった。というのは、残酷にも自分たちを見捨てて、遠くに小さくなって行く船の姿など見ても、かえって耐えられないほど苦しい気持になるにちがいないからである。しかし今ジェニィをかかえているという、余分の困難な負担がかかっている以上、自分の力もあとわずかで尽きはててしまうだろうということがわかったので、自分が甲板から海に飛び込んでから、一体船がどれほど遠くまで進んだか、見てもかまわんだろうという、やけっぱちな気持になって、小さな輪を描いて泳ぎだした。

　ピーターがあきれるほど驚き、そして狂喜したのは、九十メートルも離れていないところで、船が煙突から黒い煙の柱をまっすぐ空に吐き上げているほか、全然動かずにじっと浮んでいる姿が目にはいったからである。舷側《げんそく》をまともにこちら側に向けて、静かな海面から壁のようにそびえているその船体は、いつかピーターの見たクイーン・メアリ号の写真より大きく、その倍も美しく見えた。それより十倍も美しく見えたのは、八名のはりきった水夫が乗り込み、ボースンのアンガスがそれを指導し、へさきにはストローン氏がこしをすえている救命ボートが、すでにカウンテス号の錆色《さびいろ》の船体と、自分とジェニィとのあいだの途中まで来ている光景であった。ただしその漕《こ》ぎ方は、見ていられないほどへたであった。というのはどの二本のオールも、同時に水の中にはいらないし、同時に引かれないし、同時に水の上にあがらなかったからである。だから救命ボートは、海は鏡のように静かなのに、心配になるほど揺れて、今にもアンガスとストローン氏を海にほうり出しそうである。まるでヤマアラシが、ガラス張りの温室の天井をひょろひょろ通ろうとするのに似ている、といったら、これほどよく似ているものはないだろう、と思われる漕ぎ方である。それでもやはり救命ボートは前進していて、奇跡が起きたということを納得させる証明は、ちゃんと与えている。とにかくカウンテス号は船首をひと回りさせて、そこで停止して救命ボートを出したわけであり、ジェニィとピーターはいまにも救出されようとしているわけである。

しばらくするうちに、アンガスの叫び声と、へさきからストローン氏が与える指図にせきたてられて、救命ボートはそばに近づいて来た。ストローン氏は一本の長い竿《さお》をかまえている。その先にはたも網がとりつけられている。船ばたから身を乗り出したストローン氏は、その竿を水中のピーターとジェニィの下に突っ込み、「ハア！つかまえたぞ！」という誇らしげな叫び声とともに、二匹を水中からすくい上げ、ボートの船底に入れた。船底でピーターは、たも網の目にからみついた手足を抜き出そうと、力なく動きながら、まったくの安堵《あんど》の思いと感謝の念に、泣きだしたいような気持になっていたが、ジェニィは全然身動きもしなかった。

「全員用意！」とアンガスがどなった――「オールを返して！　左舷は漕ぐ、右舷はそのまま！　さあ、始めるぞ、突っ込んで引け！」

乗組員全員は好き勝手に、それぞれ思い思いの漕ぎ方をしたが、救命ボートは方向転回する途中、もう少しで転覆の一歩手前までいきはしたものの、それでもどうにかちゃんと一回りして、ただちに待っているカウンテス号に戻るコースを、ジグザグながら進みはじめた。

へさきにしゃがんでいたストローン氏は、ピーターと、まだぐったり身動きもしないでいるジェニィとを、愛情のこもった目で見やりながら、こうつぶやいた――「これこそ天性というものの驚異の一つの奇跡であり、一つの見本じゃ。これでグラスゴウの『王冠とアザミ亭』へ出かけて行って、この話をすれば、よもやこの話のこの証拠物まで疑う奴は、一人としてあるはずはない」やがて一等航海士《チーフメート》はその話のリハーサルを始めた――「自分のかわいい恋人が、残酷な海にさらわれて溺《おぼ》れようとしている光景を見るに忍びず、そこにいあわせた雄々しくもたくましい雄の白猫は、生れつき水が嫌いな天性に打ち勝って、昂然《こうぜん》と舷側から海に飛び込み、自分の心から愛するものを助けんものと泳いでいったのである……」

整調櫓《ろ》を漕いでいた木工ボックス氏は、せせら笑って口をはさんだ――「船に戻ったら、さぞおやじさんに叱《しか》られるこったろうよ。サワリーズおやじさんが昼寝から目を覚まし、一等航海士が自分の船を停め、時間も、石炭も、金もむだにして、満潮の入港時間をのがしたことを知ったら、さぞ、さぞ、皿もコップも、何もかもめちゃめちゃに叩《たた》きこわすこったろうよ」

かつて世捨て人だった水夫は言った──「それはそうなるこったろうが、かわいいこの猫ちゃんを溺死《できし》させたとなったら、縁起の悪いことが起ったはずじゃよ。そう言ったからといって、おらだってストローンさんが救い出してやった、その動機と目的には満点をやるわけにはいかんがのう。だがとにかく問題は後始末じゃよ。もっとも、おらはこのかわいい猫に、まだ息が残っているかどうか心配なんだが」

ピーターもそれとおなじことを真剣に心配していた。というのは、ジェニィはまるで濡れ布巾《ぶきん》のように、びっしょり濡れてぐにゃぐにゃに横たわっていたが、その痩《や》せたあばら骨の下には、息の残っていそうな気配は少しも見られなかったからである。

またボックス氏も言ったとおり、カウンテス・オブ・グリーノック号で自分たちを待っているものが、暖かい歓迎でないことは明らかである。なぜなら、救命ボートを海中からダビットで引き上げるに先立ち、ボートから乗組員たちが甲板に戻れるよう、吊《つ》り綱のすぐそばにおろされている、タラップの上に待ちかまえていたのは、あんじょうサワリーズ船長だったからである。まだ落さずに、腹にかかえられるだけたくさんの雷と稲妻とをかかえ込んでいる、途方もなくふくらんだ雷雲のような剣幕で、船長は立っていた。霜降りのツイードの服のボタンをきっちりかけ、首のまわりのセント・バーナード犬の首輪のようなセルロイドのカラーからは、紫色のネクタイが突っかかるように飛び出し、カラシ色のソフト帽は頭の真ん中にちょこなんとのっかっている、といったいでたちで。その小さな目は怒りで吊り上がり、その小さな口もとは、想像もできないほど小さな「O」の字に引き寄せられている。そして重なり合ったあごはみんないっしょになって震えていた。

乗組員たちが救命ボートを舷側に引き寄せるとき、カウンテス号にがたぴしぶつけたり、途中でオールを一本折ったりするという、申し分のない滑稽《こっけい》な騒ぎを起しても、べつに船長の機嫌は直る気配もなかった。しかし救命ボートはアンガスの盛んなどなり声に助けられて、ついに無事甲板におさまった。

ピーターは自分がストローン氏につまみ上げられて、一方のこわきにかかえられたことに気がついた。もう一方のこわきには、無意識になって頭をだらりと垂れているジェニィがかかえられていた。ジェニィの体からは水がだらだら流れ落ちている。やがてチーフメートはタラップを上り、カウンテス・オブ・グリーノック号の甲板に立って、船長と向い合った。

しかしこみあげてくる憤怒《ふんぬ》をおさえつけていた船長は、口を開く前にひとまず一息深く息を吸いこんだ。そこから猛烈な勢いで吐き出されるものすごい怒声は、煙突の支え綱をがたつかせ、後檣《こうしょう》の起重機の張出し棒を倒し、この海のドラマの遠景の背景になっているカンブリア連峰の峰々まで、ストローン氏を吹き飛ばすくらいのことは当然だろうと思われた。

　ところが出て来た声はかん高くてか細い、かん走ったような声であり、あし笛のような美しい音色のきいきい声であった――「さて、ストローン君！　おうかがいするが、なぜ君はせっかくマクダンケルド君が、満潮に間に合せようと必死になって、ボイラーというボイラーが、みんな破裂しそうになるまで火を焚《た》いているというのに、このわしの船に停船を命じ、海上で漕ぎっくらの稽古などやらせたのか、はっきり君の言い分を聞かせてもらおうじゃないか……？」

　不運なことにストローン氏は、自分たちの船がグラスゴウに着いたら、さっそく上陸休暇をもらって、ストブクロス通りのなじみの『王冠とアザミ亭』に出かけ、そこで話してやろうと思ったほら話の案を、たまたまねっていたところであった。そこでジェニィが海に墜落したいきさつから、まず船長に知らしてやろうと思って――「自分のかわいい恋人が、残酷な海にさらわれて溺れようとしている光景を見るに忍びず……」と語りはじめ、その話をつぎのことばで結んだ――「そういう状況のもとでは、船を停めてボートをおろし、その救助に赴くことこそ、正しい適切な処置だと思われます」

サワリーズ船長はもう一度さらに大量の息を吸い込み、やがて鳩《はと》の鳴き声のようなかわいらしい声を出した——「ストローン君、それは一体全体何のためじゃね？　たかが二匹のきたならしい宿なし猫のために——」

ストローン氏はしゃんと胸を張った——「天性というもののまことの奇跡の証拠ですぞ。あの猫がわざわざ気楽で無事にいられるこの船を見棄《みす》てて、無情な海で溺れようとしている相棒といっしょになりに行った、と話しただけでは、一体誰がその話を信じてくれるでしょう？　ところが、ここにちゃんとその二匹がいるじゃないですか？　誰がこの証拠に文句をつけられるでしょう？」

「証拠！　証拠だと！」船長の吸い込んだ酸素の量と、その形相の紫色に染まったところを見れば、少なくともカウンテス号を真っ二つに裂くだろうと思われたその声は、まるでキジ鳩の鳴き声のようであった。「証拠だと！　このくず籠頭《かごあたま》めが！　君に死んだ猫一匹と、死にかかったもう一匹の猫以外、一体何の証拠があるというんじゃね？　この図体《ずうたい》ばかり大きい、赤毛のまぬけ野郎めが！　今から九月末のミカエル祭まで、この二匹の猫を市場広場にさらしものにしたところで、それが君のばからしいおとぎ話の証拠になんか、これっぽっちもなるはずはないじゃないかね……」

ピーターはジェニィが死んだという船長のことばで、悲しくなって胸もはり裂けんばかりの思いだった。ストローン氏のこわきにかかえられながら、ピーターは一等航海士が船長の論法を理解しようとしたとき、その顔に当惑したような表情のひろがるのを見た。

「しかし船長」とストローン氏は異議をとなえた、「みんなの目の前のその場に、その二匹を海から釣り上げた当のご本人が立っていて、やはりその場にみんながいま聞いたばかりの当の二匹の猫がいるという以外に、誰が一体どんな証拠をほしがるというんですか――」

「ストローン君！　ストローン君！」と言ったサワリーズ船長の声は、極度の憤《いきどお》りと怒りでむかっ腹を立てたため、ただの震え声のガーガー声に弱まってしまった――「君はわしの命令を実行してくれたまえ。たった今すべての仕事から解放してあげるから、自分の部屋に引きさがってくれたまえ。途中その死んだ猫を海に棄て、ついでに、これはわしだけの考えだが、もう一匹もいっしょに棄ててくれたまえ。グラスゴウに着いたあかつきには、君の持っている船舶関係書類はすべてわしに引き渡し、この船とこれ以上の関係はすべてたち切ってくれたまえ。君を解任する」

気の毒なジェニィを海に棄てろという船長の命令を聞いて、ピーターはストローン氏の腕から、何とかうまくもがいて甲板に降り、もちろんこの人が船長の命令など、どんな命令であれ、これっぽっちも実行する意図のないことを知らなかったものだから、そんなばかげたことを止めるために戦う覚悟であった。ほかならぬこの瞬間一等航海士は、自分が即決で自分の仕事から解任されたという事実は、それほど苦にしていなかったようである。それよりも船長が、自分の証拠の本質と有効性について、投げかけた疑いのほうをよけい苦にしていた。なにしろ自分自身が事実、その中に暮して、しかも一つの役割を果した、すばらしい物語の証拠なのだから。

命令を言い渡してしまうと、サワリーズ船長はくるりと回れ右をして自分の船室に帰り、その部屋からはそのあとすぐに、ガラス器や瀬戸物をうちこわす音が聞え、その音は長いあいだ、正確に言えば四分四十五秒間つづいた。それはボックス氏がいつもズボンのポケットに入れて歩く、革紐《かわひも》つきの銀時計で計ってみたからわかったのである。ミーリーがその日はまだ、昼飯の食器も、そう言えば朝飯の食器もかたづけていなかったので、船長はいつもよりよけい、投げつける材料にはことかかなかったわけであり、さらにまた、これまでにないほどひどく腹を立てていたわけである。

カウンテス・オブ・グリーノック号のエンジンはとどろき、うち震え、ごとごと騒がしい音をたてはじめ、推進器は荒波を押し分け、きたならしい黒煙の柱はまっすぐ空に立ちのぼり、平らにひろがって再び船が傘をさしたようになった。その船はずんぐりした船首を再び北に向け、最後の目的港に向って、のたうち回るような進行をはじめた。

　まだこわきにジェニィをかかえていたストローン氏は、船尾の自分の部屋に戻りはじめた。ピーターはその足もとに速足でつきそい、ジェニィを棄てるような気配を少しでも示したならば、さっそくその首のうしろに飛びつき、大ネズミにやったように、噛《か》みついて麻痺《まひ》させてやる心の準備をしていた。しかし一等航海士の心はひどく迷っていて、いろいろのことを考えるゆっくりした時間を必要としていた。そのあいだこの人には、船長が何と言おうと、自分の大事な証拠物を棄てようなどという意図はみじんもなかったし、いずれにしても自分は解雇されたのだから、自分が何しようとおなじことではないか、とも思っていた。

　そこで、また足もとについてくるピーターを連れて自分の船室に戻ったストローン氏は、ジェニィ・ボウルドリンの体を隅っこのマットの上にほうり出し、自分は考えてみようと思ってデスクに向ってこしをおろした。しかしデスクに向ってみると、すべてのことは不当ではないか、サワリーズ船長のやることは矛盾しているではないかという考えと、自分が職を失ってしまったのだという事実とが、突然身に襲いかかってきた。そして自分はまだ若いのに、こんなことがこうした時期に起るということは、実に重大なことだと思われたので、ストローン氏は頭を腕にもたせかけ、不運な事のなりゆきを、本当に悲しんでみるという楽しみに身をまかせた。

しかしピーターは自分の懐《なつ》かしい、親切だった友達の死を心から悲しんだ。そしてあれほど元気で活発で、冒険心と独立心にあふれていたジェニィのかたわらに坐《すわ》って、その彼女が今では、何という小さな体になって動かないでいるかということを見て、ピーターの目から落ちた涙は、かわいそうな彼女の体の毛をもつれさせている海水に劣らないほど、にがかった。

そしてピーターは亡《な》くなった友達に最後の敬意を表するため、身づくろいをしてやろうと思い立った。

ピーターはジェニィの頭と鼻の先から始めて、なめまわせるだけ舌でなめまわした。そしてその舌の一つひとつのくり返し運動の中には、愛と落胆と、せつなさとがにじみ出ていた。それと、愛するものが亡くなったとき襲ってくる、激しい孤独感の寂しさとが。すでにピーターはジェニィが生きていたときには考えられなかったほど、彼女のいないことを寂しく思い、彼女に会いたいと思い、彼女がどうしても必要だったのだと思いはじめていた。

ジェニィの毛についている塩がピーターの舌を刺した。そのうえ、休みなしの頭のくり返し運動が、その日海中で行なったもう一つの奮闘につけ加えられたので、ピーターは目を閉じ、はら這《ば》いになって、そのままいつまでも寝てしまいたいとも思ったのであるが、自分の身はいつの間にか、おやみない身づくろいの運動のリズムのとりこになっていたので、ひょっとしたら、こうやってつづけて身づくろいをしてやったら、ジェニィの命をとり戻すことができるのではないか、という気持になっていた。

暗闇《くらやみ》が訪れてきた。がたごと動いているカウンテス号のほかの船室では、みんな急に明りがともされたが、ストローン氏は両腕に頭をかかえたまま、身動きもせず、いつまでもデスクに向って残っていたし、ピーターもまた、いつまでもつづりて身づくろいをしてやっていた。

ピーターはジェニィの肩と首のマッサージをしてやり、動かない心臓のおさまっている、骨ばったうすい胸もとも、長い痩せたわき腹も、やわらかくて白い鼻づらも、目も、耳のうしろも、みんなマッサージをほどこしてやっているうちに、舌の往復運動が一種の催眠術のようなリズムになってしまったので、ピーターは、今もし自分がやめようと思っても、とうていやめることができないように思われた。

舌の動き、舌の動き、舌の動き。暗くなった船室には、ストローン氏のなだらかな息使いと、ジェニィの毛皮に当る、ピーターの舌のこすれる音のほか、何の物音もしない。

ついに誰かがくしゃみをした。

ピーターは自分の心臓が止るかと思った。というのは、それは自分のくしゃみでないことは確かだし、ストローン氏がやったにしては、あまりにも小さすぎるくしゃみだったからである。

万一……という途方もないことも思ってはみたものの、きっとそうだという自信もないまま、ピーターはさらにいっそう馬力をかけて、ジェニィの肩の下あたりから胸の上にかけて、懸命に舌でなめまわし、こすりまわし、もみまわしているうちに――胸の下から小さな鼓動の音がしてくるではないか。やがてさらに二度、きわめてはっきりしたくしゃみが聞えてきたかと思ううちに、ジェニィがかすかな声で呼びかけた――「ピーター……あんたそこにいるの？　あたし生きてるの、それとも死んでるの？」

船室じゅうがそのため鳴り響き、ストローン氏がそのため、はッとして組んだ腕から頭をあげたほどの、嬉《うれ》しそうな叫びをあげながら、ピーターは言った――「ジェニィ！　ぼくのジェニィ！　君は生きてるんだね！　嬉しくてたまらないよ、ジェニィ。みんなは君が死んだものと思ってるんだ。でもぼくには君が死んだんじゃないとわかってたんだ。死ぬはずはないと思ってたんだよ」

その物音でストローン氏はデスクから飛び上がり、船室の明りをつけた。すると自分がさっき生命のなくなったジェニィをほうり出したマットの上に、ジェニィが明りの中でまばたきし、肺から最後の塩水の残りを吐き出してしまうため、さらに二、三度くしゃみをし、一瞬力なく自分の足のほうにぐらぐらとよろめくようにして、その足を二、三度なめたりさえしているではないか。しかもそのかたわらには、大きな白い猫がまだジェニィに身づくろいをしてやったり、いろいろと奉仕してやったりしているではないか。

のどに妙な音をたてながら、ストローン氏はジェニィの上にしゃがみ、やさしく撫《な》でてやり、そして言った、「とても信じられんことだ。これこそわたしの最後を飾る奇跡であり、すばらしいしめくくりというものだ。これで白分たちの目の前にある、この証拠を信じられんという奴《やつ》があるだろうか？」そしてやにわにジェニィを両手ですくい上げ、彼は船室から、ピーターをあとに従えて駆け出して行った。

通路を上り、階段を降り、船尾船艙《せんそう》を駆け抜けて鉄の段々を上ったストローン氏は、自分の広い胸もとにジェニィを抱きしめながら——ジェニィは人間にこんなにぴったり抱きしめられたのははじめてなので、もがこうとしてみたものの、もがく力もないまま、おとなしくあきらめていたのだが——ブリッジに急いだ。ブリッジに駆けつけると、ストローン氏は、「船長、サワリーズ船長、これを見てください！」と、まるで二人のあいだに何事もなかったように叫んだ。

そして船長が、もう一度かんしゃくを破裂させる覚悟で部屋から出ると、ストローン氏はその目の前にうやうやしくジェニィをさし出して見せたのである。ジェニィは背のびして、小さな抗議の音をたてながら、ピーターがどこにいるかと首を伸ばして見回した。ピーターはストローン氏のすぐ足もとにいた。そして一等航海士はまるで宗教問題でも論じる人のような声で言った——

「これでわたしに証拠がないなどと言えますか？　自分の友達の優しい奉仕によって、わたしの船室のわたしの目の前で、この雌猫は死から蘇《よみがえ》ったんですぞ。あんたの目の前にいる、あくびをして背のびしているこれが、証拠でなくて何でしょう？　そんなことは嘘《うそ》だと誰が言おうと、その人の前にちゃんとその証拠が、しかも二匹までそろっているじゃありませんか……」

不思議なことにサワリーズ船長は心の中ではもはや、自分はストローン氏に腹を立てることができなくなったことに気がついた。なぜならこの男は、ある事件が起きてしまったずっとあとになって、一つの物がその事件の起きた証拠になるなどということは、めったにしかないものだという単純なことが、どうしても理解できないことが明らかにわかったからである。しかしさきほどジェニィがこの男の手につかまれていたとき、体からぴしゃぴしゃ水を垂らしながら、頭をぐったりさげて、あれほどみじめな格好をしていたのを思い出し、それがいま、その目には再び輝きが戻り、その鼻にも再びピンク色が戻り、ほおひげもまっすぐしゃんと突き出しているのを目の前に見て、船長は急にこれまでなかったほど気分がよくなったし、そのうえカールアイルの港の灯も真正面に見えて、結局船は満潮に間に合うことになったわけだから、なおさらのことであった。

また不思議なことに、ジェニィは死んだのではなく、生きているのだという噂《うわさ》が船内にひろまり、チョコレート・レーアー・ケーキみたいなブリッジの真下の、船首積荷船艙の中で、乗組員たちの集会のようなものが開かれていた。そしてストローン氏が降りて来て、みんなの前にジェニィを見せたとき、盛んな拍手喝采《かっさい》が起り、みんなは急に陽気になり、仲間の肩を叩《たた》き合い、お互いに「よかった、よかった」とか、「不思議なことだ」とか叫び合い、まるで何かすばらしい事件でも自分たちの身に起ったような騒ぎ方である。

かつて世捨て人であった水夫は、白君に万歳を三唱しようと言いだし、それにたいしボックス氏が「賛成、賛成」と言ったので、みんなは本気になって万歳を三唱した。ピーターは生れてからこんなに誇らしく、仕合せな気持になったのははじめてであった。

そして船長はストローン氏を許し、関係書類を手渡して、船を出て行けというようなことは、二度と口にしなくなり、一等航海士は、ミーリーに命じてコンデンスミルクの罐《かん》を開けさせ、ジェニィにたっぷり振舞ってやったあと、ジェニィを自分の船室の、しかも自分の寝棚に寝かしつけ、自分はカウンテス号のブリッジに再び立って船の指揮をとり、ピーターは嬉しそうにその足もとでのどを鳴らしていた。そしてカールアイル港のパイロットが、船を港内に導き入れるため乗り込んできたのは、そういう状態のブリッジだったのである。

14　ストローン氏の証拠の猫の身に災難がふりかかる

カウンテス・オブ・グリーノック号が、グラスゴウのウォアロック通りのたもとにある、係留地に移動されたときには、すでにジェニィはつらかった体験からすっかり回復し、事実これまでよりいっそう元気になったように、ピーターには思われた。海の空気と、規則的な時間と、つぎの食事がどこから来るのだろう、などという心配の全然なかったことが、彼女に合ったにちがいない。

ジェニィは肉付きがよくなってきたので、今ではもう、あばらやわき腹が情けないほどくっついているようなことはなくなり、その顔も前よりは丸っこく肥えてきて、それが耳の大きさをやや小さく見せ、彼女にずいぶん人好きのする風貌《ふうぼう》を与え、それにもちろん、一つには彼女が毎日丹精して、自分の身をみぎれいにしているため、今ではその毛並みはぐんとりっぱな状態になり、ビロードよりやわらかく、しかもみごとな光沢と輝きを見せていた。

もし今ピーターに尋ねたとしたら、きっとジェニィを美しいと答えるにちがいない。こころもち斜めにつり上がった東洋的なその目、耳から鼻づらにかけて、貴族的な長いその頭の下向きの傾斜具合、その鼻のかわいらしい優美な三角形の、優しいピンク色が、耳の半透明なバラ色とマッチしているところなど、実に美しいからである。ある人にとっては頭が小さすぎると思われるかもしれないが、今ではその頭が体によく釣り合っているのである。そして尾をみごとに彎曲《わんきょく》させて体から離しながら、まっすぐに立ったとき、彼女はただ愛らしいというだけではなく、目立つほどりっぱであり、その長い優美な曲線美には、いかにも育ちのよさが現われていた。

船がクライド入江をさかのぼり、角を曲ってクライド川にはいり、その南岸に点在しているグーロックやグリーノックの、すすけた赤煉瓦《あかれんが》の町や、青々とした丸みを帯びた丘陵地帯が北岸に盛り上がっているあたりを過ぎて行ったとき、ジェニィはすでにピーターに、グラスゴウに着いたときの要領を、あらかじめ授けておいた。カウンテス号がつながれて渡り板を出すまで、自分たちはいっしょに隠れていることになっていた。それから荷物の積みおろしに伴うどさくさを利用して、誰も見ていない最初の瞬間をつかまえるか、あるいは渡り板が岸に引き上げられる瞬間をつかまえて、逃げ出すのである。ある意味ではピーターは、船や乗組員たちと別れると思うと残り惜しいような気もしたが、新しい土地を見物したり、新しくておもしろい冒険に出会うことを考えてみると、どんな残り惜しい気持も完全に埋め合せがつくし、川幅がだんだん狭くなって、両岸に並んだ大きな工場などが過ぎて行き、造船所やめざす灰色の街が近づいてくるにつれ、ピーターは自分をおさえきれないくらいになり、ジェニィにいつ見つからないようにして、岸に上がる機会をつかまえるつもりかと、幾度も幾度も尋ねたりするのであった。

ところがストローン氏にはまたべつな考えがあったわけである。というのは、カウンテス号が岸から呼べば答えるほどの地点に近づいたとき、一等航海士はブリッジから降りて来て、ピーターとジェニィをつかまえ、自分の船室に閉じこめてしまったので、ふたりは乗組員たちの、例によって能率のあがらない、だらしのないやり方で行う、陸揚げ作業のせっかくのおもしろさも、舷窓《げんそう》というやや限られたところから、やむをえず眺めざるを得なかったのであった。

しかし渡り板が桟橋から上げられて、カウンテス号の船腹に渡されるか渡されないうちに、もうサワリーズ船長はそれにのっかって、駆け降りて渡ったため、渡り板はその重みと降り方の速さでぐらつき、跳ね上がり、がたごと音をたてたのである。岸に着くや否《いな》や、船長はすぐ通りかかりのタクシーを呼びとめ、それに飛び乗り、おかげでタクシーは片側に傾き、斜めに傾いたそのまま走りだし、船長はカウンテス・オブ・グリーノック号を一度もふり返ってみもせず、あるいは船内の何をも誰をもふり返ってみもせず、突っ走って行ってしまったのを、ピーターとジェニィは見ることができたわけである。

「さあ、ぼくたちはどうするの？」とピーターはいらだった。「もしストローンさんが、いつまでもぼくたちをここに閉じこめておくとすると、いつまでたっても出られやしないじゃないか……」

しかしジェニィはくよくよせず、こう言った――「あの人だってあたしたちを、永久に引きとめておくわけにはいかないでしょう。とにかく今にそっと忍び出せることよ。自分が残っていたくない部屋に、猫を飼うことができる人間がいるなんてこと、聞いたことがないもの。それにあの人は、あたしたちをここに飼っておくつもりなんか、全然ないと思うわ。あの人は何か企《たくら》んでいる人間のように、あたしには思えるのよ。いずれにしても、間もなく何か方法をみつけて、逃げ出すチャンスをつかまえましょうよ。あたし自分の親戚《しんせき》たちと早く連絡をとりたくて、うずうずしているのよ」

ストローン氏が、仕事をカーリュークに氏にまかして船尾に戻って来たのは、四点鐘が夕方の六時を知らしてから間もなくのことであった。ストローン氏は急いで船室にはいって来たので、ピーターにしても、ジェニィにしても、どちらも、この人の足のあいだをひょいとくぐり抜けるチャンスもなかったし、そのうえ、どうせ一方だけが一方を残して、逃げ出そうなどとは、お互いに夢にも考えていなかったので、ふたりともいっしょに逃げ出せるチャンスを、待つよりほかしかたがなかった。

ストローン氏は二匹の猫にことばをかけた――「ああ、いたな、君たち。わたしが上着を着かえてカバンを持ったら、さっそくみんなで出かけるとするが、君たちもちょいと上陸休暇をとることに異存はないだろうな。ほんのしばらく、一杯飲みに『王冠とアザミ亭』に立ち寄るが、そのあとで家へ連れて行って、うちのおかみさんに引き合せてやるからな。こんどの出来事を話してやったら、うちのおかみさんもさぞ鼻を高くすることだろうよ」

ピーターは今の話をさっそくジェニィのために通訳してやった。ジェニィは考え込むような顔はしたが、あまり心配する様子もなかった。「人間て必ず家へ連れて行きたがるものなのよ——最初に蹴《け》るとか、物をぶつけたがらないかぎりは、ね。もちろん家へなんか連れて行かれたら、困るわ。できるだけ早く逃げ出さなければ」

しかし機会をつかまえることは、容易にはできそうもなかった。ストローン氏は着ている上着を、上陸用の、背中にベルトのある少しはましなものと着かえ、赤髪の頭に紺のふちなし帽をのせ、左手に古ぼけた旅行カバンを持ち、右のこわきにピーターとジェニィをいっしょにかかえこみ、船室を出て渡り板を降り、流しのタクシーを呼びとめ、運転手に、クイーンズ船だまり近くのストブクロス通りにある、『王冠とアザミ亭』という酒場までやってくれと指示を与え、二匹の猫をしっかりかかえたまま乗り込んだ。

ジェニィは前にも酒場というものの中にはいったことがあるので、そういう店には豊富な施し物があることを知っていた。特に店じまい近い時間になると、お客たちもほろ酔い気分になって、パンのやわらかいところや、肉の切れはしなどふんだんに、いくらでも投げてくれることを知っていた。しかしピーターは酒場なるものは外からしかのぞいたことがなかった。ところが今ジェニィといっしょに『王冠とアザミ亭』の、マホガニーの長いすべすべしたカウンターの上にのせられたとき、見るもの、聞くもの、匂《にお》って来るものすべてに、自分がすごく好奇心をひかれていることに気がついた。

その店はかなり広くて、騒々しいが気持のいい店で、テーブルから椅子《いす》から羽目板にいたるまで茶色ずくめで、カウンターのうしろには大きなきらきら光る鏡がはめこまれ、幾列も幾列も並んだ酒瓶がそれに映っている。ビール樽《だる》のポンプはどれも、カウンテス号の機関部からでも取ってきたような、何かのテコみたいな格好をしているし、天井から房になって吊《つる》されている電気の丸いシェードは、やわらかい黄色の光を投げている。部屋は粗末な作業服を着た男たちで満員である。中には水兵もいるし、陸上勤務の人たちもいる。その人たちがテーブルのすべてを占領し、カウンターの前も満員である。それにもちろん部屋の一番奥の木盤では、投げ矢遊びも行われていた。

ジェニィは鼻にしわを寄せたが、ピーターのほうは、その部屋の暖かさも、気持のいいビールの匂いも、人間の匂いも、服の匂いも、舞台裏の料理の匂いも、自分には気にいっていることに気づいた。その店はとても忙しかったので、一人の男と、顔の妙なところから毛がもじゃもじゃ生えている、胸もとのゆたかな、中年の女とが、カウンターの中でサービスしていた。コール天のチョッキを着て、袖《そで》をまくり上げた男のほうは、カウンターの上に二匹の猫がいるのに顔をしかめていたが、女のほうはかわいい猫だと思い、そばを通るたびごとに足をとめては、二匹のあごを撫《な》でてやっていた。部屋はビールや、エールや、スタウトや、黒ビールなどの美しく印刷された極彩色の広告や、一流の船会社のカレンダーや、船の色刷り石版の絵などで上品に飾られている。今のところまだジェニィには、自分たちがいっしょに逃げ出す合図を出すチャンスはみつからなかった。なぜかというと、ぬくぬくした暖かさを逃がさないように、ドアはいつも閉めきってあったし、またたとえ、ドアが開いて閉るわずかな時間をねらって飛び出したにしても、人間の足もとに踏みつけられるという危険が、ありすぎるほどあったからである。

もう大ジョッキの黒ビールをおなかに入れ、もう一杯を手もとに置いたストローン氏は、細い鼻をして、ひさしのついたツイード帽をかぶった、小柄な工員の隣りに立っていた。その工員のそばには、まだズボン吊りにバッジをつけたままの、体のばかでかい沖仲仕がいたし、ほかにも外交員が一人、駆逐艦から降りて来たらしい五、六人の水兵と、ビール飲みの定連らしい人たちや、えたいの知れない人たちがいた。

ストローン氏が待ちかまえていたきっかけを、ついに与えてくれたのは、細い鼻をしたその小柄な男であった。ピーターとジェニィのほうをあごで指しながら、その男が言った、「おまえさんのそこにいる猫は、二匹ともりっぱな猫だね。さぞ大事にかわいがっているんだろうが……」

「そうとも」と返事したストローン氏は、やがてこころもちさらに大きな声でつけ加えて言った――「おまえさん、そこに立って眺めていて、あの二匹の猫のどこかに、とても並みはずれた何かがあると思わんかね？」

その問いにあおられて、当然大男の沖仲仕と外交員もふり向いてみたし、一番近くのテーブルにかけていた人たちもふり向いてみた。返事をうながされた工員は言った、「そうだなあ、はっきりあの二匹に優劣をつけるようなことは言いたくないんだが、どうも白いほうが優秀なしろものだ、と言ったほうがよさそうだなあ。ところでおまえさんは一体、何のことを考えているのかね？」

「ほんとだと思わん人もあるかもしらんが」とストローン氏はさらに大きな声で口を開いた。その声で、自分の吹いた吹き矢の行方を見まもっていた人たち以外の、事実すべての人たちの注意が集まった。「もしわたしがお前さん方に、そこにいる二匹の猫が……」と、聞き手がさらに何か言いだすのも待たずに、彼はピーターとジェニィの物語を、熱のこもった声で話しはじめた。

二匹の猫が、出帆前のカウンテス・オブ・グリーノック号の食糧貯蔵室に忍び込み、船賃代りに小さなネズミや、大きなネズミをとりそろえて用意していた話からまず始め、ピーターの打ち倒した巨大なネズミの大きさのことから、それにつづいて起ったジェニィの不運な災難や、その彼女を助けようと後を追って、舷側《げんそく》から海に飛び込んだピーターの、猫らしからぬ人間的な英雄的行為や、それを救命ボートで助け出したが、ジェニィは死んだものと絶望視されたこと、そして最後にピーターの力で、死んだと思ったジェニィが生き返ったことまでの話を、るるとして述べたのであった。

ピーターにはストローン氏のその話しっぷりは、とても上手なように思われた。そしてそれを聞いているうちに、自分までその話がおもしろくなり、そのうえ自分が大勢の興味をもった視線の中心になっていることに気がつくと、何だか誇らしい気持にさえなるのであった。もっとも、話のそこここにつけ足してもらいたいと思うようなことも二、三あったし、もう少し念入りに話してもらいたいと思うようなところもあったが、大体においてこの人の話はりっぱであり、しかも自分たちを公平に見てくれたと思った。それに正直言えば、ジェニィもやはりおなじように、自分がみんなの注目の的になっていることが、まんざらでもなさそうである。いや、事実少々得意にさえなって、身づくろいをしたり、首をあちらこちらへ回したりしていたので、部屋の奥にいた人たちも、ストローン氏が美辞麗句で物語のしめくくりをつけるとき、首を伸ばしてもっとよく見ることができた——「……このように、動物界における義務観念の要求を、はるかに超越した、前代未聞《みもん》の誠実さと、愛情と、献身のよき手本を示したわけであり、その証拠は、すぐ目の前のカウンターの上に立っていて、おまえさん方の見られるとおりである……」

ひさし帽をかぶった細鼻の工員は、やおらビールを一口飲み、手の甲で唇を拭《ふ》きとり、吐き棄《す》てるように一言どなった。それは残念ながら「ばからしい!」という一言であった。

「ええ?」とストローン氏は聞き返した。「おまえさんの言ったことが、よく聞きとれなかったが」

「ようく聞えたはずじゃないか」と細鼻は言った。この男は実に不愉快な顔をして、寸のつまった疑い深い目をした人間だ、とピーターは決めてしまった。「おれは『ばからしい』と言ったよ。それに『くだらん』ということばと、『たわごとぬかすな』ってことばを、喜んでつけ加えてやるよ。それにさらに、このおれは生れてからまだ、こんな嘘《うそ》っぱちの作り話は聞いたことがないって言ってやるよ……」

見物人の中で五、六人の人たちはせせら笑ったが、中で一人の男はこう言った、

「おれは以前、これよりもっと不思議な話も聞いたことがあるが、この人の言うとおり、目の前にいる猫はまさにその証拠で……」

その支持こそストローン氏にとっては、サワリーズ船長にあれほどひどくぐらつかされた自信を、とり戻すためにほしかった、何ものにも代えがたい味方であった。そこで彼はぐっと身をそらし、「くだらんだって？　たわごとをぬかすなだって？」と切り返しに出た、「もしおまえさんが、自分の目で見たこの証拠を信じられんと言うなら、このわたしが、海の中で死ぬまいと必死に奮闘していた、この二匹に近づいて行った救命ボートの、指揮をとっていたという事実をべつとしても……」

細鼻はそのとき向きを変えて、実に不愉快きわまるせせら笑いを宿したその顔を、ではしさいに調べてやるぞと言わんばかりに、ジェニィとピーターに近づけた。

ジェニィは突然身をそらし、ドアのほうに頭の向きを変えながら、カウンターの上にしゃがみこみ、そっと囁《ささや》いた——「ピーター、この人たちのしゃべっていることが、みんながみんなまでわかるというわけじゃないんだけれど、あたしには人間たちがこれからどう振舞うものか、そのきざしは見えているのよ——今にもここでばたばた騒

ぎが起りそうよ。あんたがどんなことしようとかまわないけれど、みんなが喧嘩《けんか》しているあいだ部屋を出てはいけないことよ。お巡りさんたちが来るまで待っててね。来たらあたしについて来て」

調べを完了した細鼻は、ストローン氏に再び顔を向けて言った――「おまえさんの猫たちを調べてみたがね、その顔にはどこにも、しかじかの日、しかじかの出来事が起ったという趣のことなんか、手で書いたものでも、印刷したものでも、なんにもみつからないようだね。そういうことがわかりやすく書かれている時が来るまでは、『ばからしい』と言ったことばは、かんべんしてもらわなくちゃ」

ストローン氏は完全にやられてしまった。まるで赤肌をすりむかれる思いである。彼はすでに船長にこっぴどく心を動揺させられ、すっかり自信を失ってしまっているのに、いままた悪意ある下品なことばで、自分がこれまで話したものの中で、一番傑作の冒険談まで台なしにされようとしているわけである――しかもりっぱな証拠まであるのに。「ああ、そうかね」と、ため息に近い息をもらしながら、彼は落ちついた声で、「おそらくこれでおまえさんの目も、はっきりしてくるだろうよ」と言いながら、まだ飲まないでいた大ジョッキの黒ビールを、ごていねいに細鼻の頭の上からぶっかけてしまった。

バッジをつけて隣りにいた大男の沖仲仕は、あきれてさっそくストローン氏のほうに向きなおり、おだやかな、たしなめるような声で言った、「まあ、まあ、よしなせい。おまえさんの背中にも届かんような、こんな小男のスコットランド男にたいし、そんなことをするもんじゃない。そんなことするなら、おまえさんにもお返ししてやろう」沖仲仕はうむも言わさずストローン氏の頭に、自分のビールをぶっかけたし、それと同時にストローン氏は細鼻から、いやというほど腹にパンチをくわされてしまった。

はじめストローン氏の肩を持った見知らぬ男は、こんどは沖仲仕のほうに手を伸ばそうとしたが、そうする拍子に手が二人の水兵にぶつかり、二人の飲んでいた強い酒をこぼしてしまった。ストローン氏はスコットランド男に仕返ししてやろうと、握り拳《こぶし》を振り上げてねらったが、ねらいははずれて、代りに外交員を殴ってしまった。外交員はすぐ近くのテーブルに倒れ、その拍子に隣りの男が、ひっくり返ったジョッキのビールを全身に浴びてしまった。

つぎの瞬間、酒場じゅうの客がみんなほかの客と、殴り合いを始めたように思われたので、ピーターはぞッと身震いした。一方バーテンの男は、樽の栓を叩《たた》く木槌《きづち》で殴る頭を捜しながら、カウンターの中で右往左往したし、バーテンの女のほうは、あらんかぎりの声をはりあげて、人殺し、人殺し、と金切り声でどなった。

「しっかりするのよ」とジェニィは注意した。「カウンターから押し落されちゃだめよ。落されたら最後、踏み殺されてしまうわよ。もうそう長くはつづかないわ」

殴り合い、叫び合いはいよいよ激しくなり、椅子はがたぴし倒されるし、テーブルはひっくり返って、めちゃめちゃにこわされるし、一方ピーターとジェニィは、誰をねらうともなく振り回された腕を避けるため、ときどきあちこちに飛びのかなければならなかった。部屋じゅうの半数の客はストローン氏に味方して戦い、あとの半数は自ら細鼻の支持者だと名乗り、戦いの形勢はまず一方に有利に傾いたかと思うと、つぎには反対側に有利になったりしていた。誰かが投げた瓶が、窓を破って表の通りでがちゃんと割れた。やがてドアがぱッと開いて、ピーターがこれまで見たこともないほど大男の警官が一人、堂々とはいって来た。もう一人小さなほうの警官は、開けられた戸口に立っていた。

「おい、おい、おい、おい」と最初の警官が、低くとどろくような声を出した。「これは一体どうしたというんだね？」

その声は実にすばらしい効力を発揮した。ピーターがいつか見たお伽芝居《とぎ》で、魔法使いが呪文《じゅもん》をとなえて杖《つえ》を振ると、みんなはたとえどんな位置に立っていようと、どんな姿勢をとっていようと、また、どんな仕事をしていようと、その場にじっと動かなくなったが、それとそっくりおなじであった。

五秒ほどのあいだ、酒場の中で誰一人動かなかった。両手をうしろに引いたままの男もいるし、頭をひょいとさげようとした途中の男もいるし、また、手の指を相手の髪の毛にからましたままの者もあった。そしてピーターが最後に覚えていたのは、細鼻のスコットランド男が、いつの間にかストローン氏の体の途中まで抱きついて登り、枝の上の猿のようにそこでとまっていたことだったが、そのときジェニィが――「今よ！」と言った。

あッという間に二匹の猫はカウンターから床に飛び降り、ドアの外に出て一目散に通りを駆け出して行った。

15　殺し屋たち

ジェニィ・ボウルドリンに何か変化が起ってきたらしいということに、ピーターもだんだん気がつくようになってきた。ジェニィはもはや以前のような、陽気な、おしゃべりの彼女ではなくなり、よくふさぎこんだり、長いあいだ黙りこんだりするようになり、何かもの思いにふけって、あらぬかたをじっと見つめているのを、ピーターは五、六ぺん見かけたこともあった。一度など、ピーターが何をぼんやり考え込んでいるんだい、と言ったところ、ジェニィは返事もせず、突然その尾がびくびくッと振り回されたので、ピーターもそんなことを追及してはいけないのだとさとった。それはきっと、彼女がカウンテス号から海に落ちて、もう少しで溺死《できし》しようとしたときのショックのせいだろうと思った。

と言っても、ピーターに対する彼女の態度が変ったというわけではない。ピーターが主人持ちでない、独立した猫になるために必要なことを、ますます覚えるようになり、男の子だったころの記憶に、ますます頼らなくなってくるにつれ、ジェニィの愛情も優しさもますます深くなり、いくらか逆に頼りにするようにさえなってきた。命を助けてもらってから、ジェニィはピーターを尊敬するようになり、尊敬していることを楽しむようになったことは、疑う余地もなかった。ピーターのほうでは、こんどの新しい、おもしろい自分たちの生活の中で、よく早まったことをしでかしては危険を招いたりする経験もつんできたので、いつも喜んで利口な、かわいらしい相棒の言うことをよく聞いていた。そしてそれがいつも大いに役に立ったのである。ほんとに彼女こそ、人間の助けをかりないで、どうしたら自分の身に気をつけていられるか、ということをよく心得ていた。

こんな遠くに離れた町なのだから、何かしら魅力のあるものがあるにちがいないと期待していたので、グラスゴウにおけるいっしょの生活で、ピーターのほうは大いに失望していたが、ジェニィのほうは少しも失望などしていなかった。というのは、何の特権も持たないみじめな者にとっては、どこの町のスラム街でも、寂しい裏町でも、船だまり街でも、結局はおなじことだということをジェニィは知っていたからである。またピーターも今では経験から、そのことを知るようになった。

両親といっしょに新しい町や、新しい土地に来て、その両親がさっそく二人乗りか、四人乗りの馬車なり、乗合馬車なり、タクシーなりを雇って、名所を見物しながら乗り回したり、有名な英雄や科学者たちの記念に建てられた銅像のある公園や、きらびやかな店のショーウィンドウの並んでいる繁華街や、美しい邸宅や大きな飾りたてたホテルなどの並んでいる住宅街や、博物館や美術館や、展覧会や、教会や、遺跡や、あるいはバンドが演奏されている、ストランド街やモール街のようなところを訪ね回ることと、ただ一人一文なしで、食べる物も、宿る所も、友達もなく、見知らぬ町で何とかして露命をつないでいかなければならないこととは、全然問題にならないほど違った話である。特にジェニィのように、食べ物や、宿るところや、家庭まで貰《もら》う代りに、自分の大事な自由を犠牲にするという代償を払うことなど、絶対にいやだという場合はなおさらの話である。

そういう境遇にあれば、誰だって町の人目につくような中心部には近寄らないようにしているものである。そんなところをうろつけば、宿なし猫は十中八、九、罵《ののし》られたり、蹴《け》られたり、ぶたれたりするくらいがおちだし、ひょっとすればお役所の野犬収容所に連れて行かれて、ガス処刑室で命を落すかもしれないわけである。だから誰でも町のあまり恵まれていない界隈《かいわい》に、うろつく範囲を限定しているものである。そういう界隈なら住んでいる人たちは、何もわざわざ動物界のおなじ不幸な仲間たちを、追い回したり、いじめたてたりしなくたって、自分たちが何とかして生きていくことを考えるだけで、せいいっぱいなのだから。

ピーターにとってはクライド河岸《がし》の船だまりは、その匂《にお》いといい、騒音といい、建物といい、巻上げ機、デリック、高い起重機の並んでいるところといい、さてはロープやケーブルの積み上げられているところから、幾キロも鉄道線路のつづいているところまで、ロンドンのテムズ川の船だまりと実によく似ていたし、スラム街も、倉庫街も、その界隈の手きびしい町がらも、そっくりそのままであった。

ジェニィはピーターに、ごみ箱の蓋《ふた》をうまく開けて、食べ物の残りや、処分された台所の残り物にありつく方法を教えた。それはうしろ足で立って、鉄の蓋のふちの下へ鼻を当てて、上へ押しあげればできるはずである。この芸当はジェニィの考えによれば、最初の試みで動かせなくとも、あきらめてしまうに及ばないそうである。全面的に箱のまわりに当ってみれば、遅かれ早かれついには、蓋の閉め方がゆるくなっていて、ちょっと押しただけで開くところがみつかるわけである。開くということがわかりさえすれば、もうそれを開けるのは、単に根気と気力だけの問題である。

間もなくピーターはその道の達人になった。ピーターは男の子として、小さなときから丈夫な体をしていたし、今は猫としてわき腹は長くてすらりとしているし、肩は頑強でどっしりした、実にたくましい骨組だからである。ピーターはまた、のら猫の仲間なら、すぐ一目で見分けがつくようになった。それはしじゅう鉄の蓋のふちを押し上げているために、鼻柱の上に毛がすっかりすり切れて、小さな禿《は》げたところがあるからである。

ひとたび蓋が開いてしまえば、二、三度匂いを嗅《か》いだだけで、メニューを見たとおなじように、その中身のものがわかるし、その古さの程度もわかるので、すぐ手で取り出すこともできたが、もしおいしそうで、滋養のありそうに見えるものが、奥深くのほうにはいっているような場合、ジェニィは、自分とピーターのあいだに見られるような提携の仕方で協力する二匹の猫に可能な、手の込んだ方法を考え出したのであった。つまりそれはただ、二匹がいっしょに、できるだけ体を寄せ合って飛び上がり、ごみ箱のおなじ側にしっかりしがみつくという方法なのである。そうするとたいていの場合、二匹の合わせた体重で、大丈夫ごみ箱は、がちゃんというすごい音をたててひっくり返り、中身のものが地上に吐き出されるというわけである。

また彼らは肉屋とか、魚屋とか、八百屋とか、あるいはレストランやホテルの裏通りとかに、卸売り問屋からの大型トラックが、配達に来たときをねらうことも覚えた。そういう場合、トラックと店屋とのあいだに、半ぱものが落ちていることがよくあるので、それをかっさらうチャンスをねらって持ち帰り、いつもそれを自分たちのあいだで、おなじように分け合っては食事にするのであった。こうやって彼らは手に入れることのできるときには、肉や魚を少しずつ食べたり、古い骨の切れはしをかじったりしただけではなしに、野菜や果物の半ぱものから、ビスケット、パン、すえたオートミールにいたるまで、そのほかありとあらゆるもの、つまりかじったり、呑《の》み込んだり、消化したりすることのできるありとあらゆるものを食べることができた。

そしてここでまたピーターは、食べ物のことで気むずかしいことを言ったり、ばあやがラム・チョップのあぶらみを、全部取らなかったと言っては文句をつけたり、細かい砂粒が一粒はいっていると言っては、ホウレンソウを食べなかったり、たっぷり砂糖とミルクをかけたオートミールに、のっかっているバナナがうすく切られていると言っては、なかなか食べなかったりすることと、腹いっぱい食べたことは一度もなく、つぎの食事がいつ、どこから来るのかわからないということとは、天と地ほどのへだたりがある話だということを発見した。ジェニィはまたつぎのことを指摘した――普通に甘やかされていた飼い猫が、町にほうり出され、自分の身は自分で守らなければならなくなった場合、もしその猫が何でも、どんなものでも食べて生きていくことを学ばないかぎり、間もなく飢え死にしてしまうだろうと。

彼らは古くなった人参《にんじん》や玉葱《たまねぎ》も食べたし、メロンの皮の切れっぱしも、古いパンの皮も、煮たカブラやキャベツの芯《しん》も、カクテル・パーティーの不可解な残り物や、五時のお茶のケーキ屑《くず》も、タラの皮や、燻製《くんせい》ニシンの頭と尾や、白くなるまでゆでられた牛肉の軟骨や、小羊の骨も食べた。彼らはコーンビーフの空罐《あきかん》の脂《あぶら》がほしくて、罐の中をなめまわしたし、波止場へ出かけることを覚えて、スウェーデンや、ノルウェイや、フィンランドや、スペインや、ポルトガルから来た外国船が、舷側《げんそく》から棄《す》てる、ずいぶんおもしろいいろんな食べ物屑を拾ったり、桟橋の石段の横に浮いている、何かの切れっぱしや屑を、腹を立ててきいきい鳴いている鷗《かもめ》と奪い合いすることも覚えた。彼らなら手を出して海中からしゃくり上げることができたからである。

しかし冒険的な生活ではあったが、ロンドンにいたころとおなじように、実に暮しにくいし、苦しいし、あぶなっかしい生活であり、それが何かおだやかなこととか、ぜいたくなことでやわらげられるということは、めったになかったのである。ピーターとジェニィがブルーミィロウ通りや、アンダソン通りや、税関波止場を通って、大きな鋼鉄のグラスゴウ橋を渡り、町の南部地区にはいってあちこちぶらついてみているうちに、これにくらべたら、カウンテス・オブ・グリーノック号の船上の生活は、宮殿の生活みたいなものであったことがわかってきた。グラスゴウは工業の町で、煤《ばい》煙《えん》が下のほうまでただよって来て、彼らの毛や皮の中にまではいりこみ、体をいつもきれいにしておくことはむずかしいことであったし、そのうえとても雨がひどくて、体を濡《ぬ》らさないようにしておく場所をみつけることは、なかなか困難な仕事であった。

それにもかかわらずジェニィは、それをきわめてあたりまえの生活だと思っているらしく、文句も言わなかったし、べつに気にしている様子もなかった。ただし前にも言ったように、ふさぎこんでいるときとか、何かのことを思いつめている場合は例外であったが。

またジェニィの親戚《しんせき》捜しも、これといって特にうまくいったことはなかったし、これからもうまくいきそうにも思えなかったが、とうとうある日、遠い親戚らしく思われる、傷跡だらけの、灰色の、雌のとら毛のマルタ猫にひょっこり巡り会った。

その日はスコットランドのこの町がそれで有名な、冷たい、肌に食い込むような、霧のかかったにわか雨が降っている日で、ピーターとジェニィはクライド河岸にかかっている橋の、アーチの下に、濡れていない場所を探し出したところであったが、そのとき警告を与えるような低い、しわがれた唸《うな》り声が聞えたかと思うと、不機嫌な、気むずかしそうな声が言った、「気をつけな。無断で立ち入ったりしちゃいかんぞ！」

「まあ、すみません」とジェニィはていねいな口調で言った、「そんなつもりじゃないんですけれど」

ピーターはジェニィに約束したとおり、ほかの猫と交渉する場合、何か間違ったことを言ってはいけないので、いつものように口をつぐんでいた。しゃべった相手は、相当日焼けしている黒ずんだ灰色のマルタ猫で、黄色い目を光らせ、耳と鼻には喧嘩《けんか》の傷跡があり、もちろん有名な、ごみ箱跡のついた鼻すじをしていた。その雌猫は特に大きいというほどのこともないし、恐ろしそうな顔つきもしていないので、ピーターとジェニィが力を合わせれば、十分こんな猫は追い出すことができたであろうが、ジェニィはいつも、たとえときに余計なことと思われる場合があろうと、猫は猫らしく、ていねいな、好ましい態度で振舞うべきだと主張していた。そのアーチの下にはこの十倍も、百倍の猫でも収容できるほどの余裕はあったのだが、その灰色の猫が最初にそこにはいっていたのだから、特にわざわざそのことを宣言すれば、このなわばりは、どんな規則や慣習から見ても、この猫の所有地である。ピーターにはそんなことはすべてばかげたことに見えたが、ジェニィにしても、もし先にここに来ていれば、おなじようにその権利を主張しただろうということはわかっていたし、これも猫であるということの知恵の一つであることもわかっていた。

「もちろんあたしたちはすぐにここを出て行きますわ」とジェニィは言った。「ちょうど自分の親戚を捜していたところなんですの。あたしの名はジェニィ・ボウルドリンと言い、こちらはお友達のピーターですの。もちろんボウルドリン家は父方の系統で、何代もつづいている純粋のスコットランド猫で、しかもハイランド出なんですの。母方はほとんど一〇〇パーセントのカフィルの血統なんだけれど、そのことなら、当然もう気づいていらっしゃるわね。道筋はおきまりの道筋で、中央アフリカからエジプト、モロッコ、スペイン、そこから例の無敵艦隊に乗り込んだというわけ」

灰色猫は大して感心もしなかったようで、こう言った——「さて、わたしたちのほうだが、はじめはボスフォラス海峡を渡って来たんだよ。だが、あの辺がトルコ人に包囲されるずっと前のことさ。聖ヨハネ騎士団がやって来たときには、わたしたちはすでにマルタ島に来ていた。ネルソン麾下《きか》の艦長の一人がマルタ島を占領したあと、その艦長といっしょに、わたしの一族はこのスコットランドに渡って来たんだよ。わたしとおまえさんのあいだには、たぶんボウルドリン系で、遠い縁つづきになっているんだろうがなあ。ところでおまえさん、どこから来たと言ったかね？」

「実は」とジェニィは答えた、「あたしたちはロンドンから遊びに来たんだけど、でもあたしの母は、この近くのマルタ島生れなの。それにもちろん、ボウルドリン一族はみんなグラスゴウ猫だということは、知っていらっしゃるわね……」

マルタ猫はそれとわかるほど身をこわばらした。「ええ、ロンドンからだって？この町のほうが倍もいい町だが、この町にない何がロンドンにあるんだね？」

ピーターは口をはさまずには、とても我慢しきれなかった――「そうですね、まず一つには、ロンドンのほうがずっとはるかに大きな町ですし、それに――」

「大きさがすべてじゃないよ」とマルタ猫はそっけなく言ってから、こうつけ加えた――「おまえさん方のほうには、わたしたちのほうのものに太刀打ちできるような造船所だって、絶対に一つもあるもんかね。わたしたちはロンドンくんだりの猫なんかに、ここへ来て大きな顔してもらいたくないんだよ……」

「でも、ぼくたちは大きな顔なんかするつもりもないし――」とピーターが異議をとなえだそうとしたとき、ジェニィがそのことばをさえぎって言った――「もちろんグラスゴウは一番美しい町で、あたしこの町に生れたことを誇りにしてますの。ほかに一族の誰かがどこに住んでいるか、ご存じ？」

マルタ猫は目を落して自分の鼻の横を見た。「わたしはあんまり気にしていないほうでな。みんなこの町じゅうにひろがってはいるが、その多くはいかがわしい暮しをしているよ。ある分家の一族がエジンバラへ行ったということになっているんだが、わたしたちは東海岸にいるもんとは、何の関係も持ちたくないんでなあ。いなかっぺだよ。それより、なぜおまえさんはこの町から出て行ったんだね？　おまえさんにはこんな町は暮す価値もないというんだな」

「あら、そんなことはないわ」とジェニィは返事した。「あたし籠《かご》に入れられ、連れていかれてしまったの。それからもちろん、そちらで育ったもんだから、つい……いろいろ違っているものごとにも慣れてしまったのよ。でも、誰だって戻って来たくなるものでしょう。だから――」

「……そうして大きな顔をするってわけかね」とマルタ猫は不愉快そうに、相手のことばをしめくくった。「だが、一族というものは、結局はそういうふうになるもんだ、と世間では言ってるよ。一族でもわたしたちの血統のものは、いつもグラスゴウは自分たちにはとても結構な町だと思ってるよ……」

「じゃ、あたしたち帰ったほうがいいと思うんだけれど……」とジェニィは言った。「まだいいじゃないか」とマルタ猫は言ったけれども、ちっとも優しい言い方ではなかった。「しばらくいてもかまわんよ。わたしはちょうど出かけるところだったんだ。とにかくおまえさんはロンドンにいても、作法は忘れないでいたね。それは大したことだ。もっとも、おまえさんの友達のほうは、そうは賞《ほ》められんがね。じゃ、さよなら」と言ってマルタ猫は出て行った。

ちょうどよい時に出て行ったわけである。ジェニィの尾は激しく震えて波うっていたのだから……

「ああ！　何てつくづくいやらしい猫でしょう」とジェニィは大きな声を出した。「もしあたしの親戚がみんなあんなふうだったら、もう親戚などには会いたいとも思わないわ。それにあんたも聞いたでしょう――『この町のほうが倍もいい町だが、この町にない何がロンドンにあるんだね？』だって。それにあの猫、誰かのことをいなかっぺ、と失礼なことまで言ったでしょう。もちろん、あんなのは決して本当のスコットランド猫じゃないのよ、あれだけイタリアの血がうんとはいっているんだもの。スコットランド猫は親切で、もてなしがいいものよ、相手のことがわかってきさえしたら……」

「親切」ということばと、「もてなしがいい」ということばを聞いて、ピーターは急に悲しい気持になった。というのは本当のところ、ピーターはカウンテス・オブ・グリーノック号の、おかしな乗組員たちとの親しい交わりがなくなったことを、寂しいと思いだしたからである。たとえピーターは今、自分で自分の面倒をみることを学んでもいるし、相手にはいつもジェニィがそばについていてはくれるけれども、何かそこに欠けているものがあるということがわかったし、また、猫というものは、人間たちが暮しているようには、暮せないようにできているものだ、ということもわかったからである。

そのうえ寒いし、湿っぽいし、霧雨がしとしと降っているし、今のところ雨も降りこめないような、とても大きな橋のアーチの下にはいってはいるのだけれど、風は川から湿気を吹き送っているし、運の悪いことにふたりはこの十二時間というもの、何も腹に入れていなかったのである。ピーターは家のことや、父や母やばあやのことではなしに、妙なことに、自分がいま人間の誰かに飼われたら、どんな気持がするだろう、ということを考え始めていた――自分のために、暖炉のそばに居心地のいい場所を用意してくれるような人で、自分の頭や背中を撫《な》でてくれたり、あごの下をこすってくれたり、きちんきちんと食事を与えてくれて、クッションの上に寝かしてくれるような人――とにかく自分を愛してくれるし、自分も愛することができるような誰かに飼ってもらいたい――ということを考え始めたのである。

「ジェニィ！　ぼく、あの……ほんとにぼくたち、誰かに飼ってもらいたいと思うんだけれど……」ということばがわれにもあらず飛び出してしまった。しかもジェニィが人間のことをどう思っているか、人間と関係をつけることをどう思っているか、ちゃんと知りながらも、思わず口から出てしまったのである。ところが妙なことに、ジェニィはそんなぼくに腹も立てずに、ただ長いこと、探るような視線をぼくに向けていただけである。彼女は何か言おうとして口を開けたが、やがて、明らかに思いとどまったらしく、一言も言わないうちにまたその口を閉じてしまった。

それに勇気づけられてピーターが「ジェニィ、もう一度だけ、ためしてみてもいいと思わない？――」と、今にも言いだそうとしたとたんに、何の前触れもなしに、つり橋のアーチの石と鋼鉄の橋台のあたりの暗がりから、唸ったり、吠《ほ》えたり、よだれを流したりしながら、三匹の犬が急に飛び出して来て、ピーターとジェニィがまだ動きだせないでいるうちに、間近に迫って来た。
歯をかちりといわせる音がしたかと思うと、ジェニィがかん高い金切り声をあげた
――「ピーター！　逃げるのよ！　こいつらは殺し屋なんだから……」ジェニィがものすごく大きな闘犬に足もとをねらわれながら、パッと上に飛び上がったのが見えた。そのとたんに、ほかの二匹が自分に襲いかかろうとしているのを見て、ピーターはまったく恐怖と狼狽《ろうばい》のとりこになってしまった。ずっと後になってからピーターの思い出すことのできたのは、ただ、がっちりした胸もとと、はしを切りつめられた耳と、つり上がった目と、小さくて長い、蛇のような頭とを持った、恐ろしいほどたくましい二匹の犬が、獲物を目の前にして、ぎらぎら燃える目を怒らしている、その形相だけであった。大きな口を開け、舌をだらりと垂らし、剣のような白い歯を光らせながら、その足が石を踏む音と、その指の爪《つめ》が石をひっかく音とは、何とも言えないほどぞッとさせられる音であった。そのときピーターはアーチの石の橋台を回って、命からがら逃げ出したのである。その橋台の中から、つり橋の高い鋼鉄の南側の塔がそびえ立っていた。
ジェニィがどうなったのか、ピーターにはわからなかったし、狼狽のあまり、考える余裕さえなかったのだが、彼女があれだけの急場の中で、警告を発してくれたのは、

このピーターを助けたさに、よほどの骨折りだったにちがいないことは、よくわかっていた。というのは、もしあの犬たちに嚙《か》みつかれたら、自分とジェニィがネズミどもを殺していたように、自分たちもたちまち、みごとに殺されてしまったにちがいないからである。パッと嚙みつかれ、体をねじ折られ、ほうり出されたら、それで万事が終りになってしまったにちがいないからである。

その脚の長い、獰猛《どうもう》な闘犬どもが、ピーターに一歩、一歩近づいて来るにつれ、あれほど恐ろしい唸り声はないと思われるほどの唸り声と、あれほど残忍な吠え声はないと思われるほどの吠え声が、いよいよ近づいて来た。歯を嚙み合せる音がして、ピーターのうしろ足の片方が、何かに触れたが、それでもうまく足をとられないですんだ。ピーターには犬たちの恐ろしい息づかいを感じることができた。

それから以後のことはただ、上へ上へとまっすぐ空中を上って行ったことのほかは、ピーターの記憶には何もなかった。ピーターの足はまずざらざらの石に触れ、やがて鋲《びょう》で留めてある、すべすべした鋼鉄に触れた。鋲留めになっているその鋼鉄は、傾斜して交差し、いわば鉄の網細工になって、雲にそびえていた。そしてピーターの足は、それに触れたか触れないうちに、もう離れて上に向い、その動作で新たにはずみがついて、さらにどんどん高く上り、そのため、もう登っているような気がしなくなって、むしろ鳥のように飛びながら、いつまでも上に向っているような気になった。

霧と雨にすっぽり包まれてしまったので、ピーターは自分がどこから上って来たのか、下のほうも見えなかったし、上のほうも二、三メートル以上見えなかったが、それでもなお、足をとめることも許さぬような恐怖に追いたてられて、ますます上に登って行った。そのうちしだいにわかってきたことは、恐ろしい唸り声や吠え声が、もう耳に聞えなくなったという事実である。それに追いかけて来る犬の足音も聞えなくなったし、そういえば、どんな物音でも、音と名のつくものは何も聞えなくなったという事実である。ただ例外は、遠くのどこかで汽船の汽笛の鳴るのと、はるか遠い彼方《かなた》で、車の往来する騒音がかすかに聞えてくることだけである。

そのときになってようようピーターは、耳をすましてみるため、思いきってスピードをゆるめた。それでも大事をとって、さらに二、三歩、発作的に上に登り、そこで手足を休めたが、頭の先から足の先まで震えていた。もう追跡して来るものも、犬も、何もかもいなくなった。

ピーターは、渦巻く霧の中からジグザグに上に伸びてきて、さらにいっそう濃い上方の霧の中に消えている鋲留めの鋼鉄の中の、あまり長くない五、六本が交錯して、角のようなものをこさえている中に、自分がくさび締めにされているように思われた。

四方から肌を刺すような風が吹いて来て、自分をむしり取ろうとするように思われた。ピーターには今自分が地上にいるのか、それとも天上にいるのか、それともひょっとしたらその中間にいるのか——あるいはどうやって自分がここまで上って来たのか——全然見当もつかないということに気がついた。彼はいっそうぴったり、その鋼鉄の角の中に体を押し込め、四本の足でしっかりそこにしがみついていた。

16　雲の中に迷いこんで

時間がたっていく。どれほどたったかピーターにはわからなかった。やがてそのうちに、遠方でどこかの時計が六時を打つ音が聞えてきた。やがてほかの時計も鳴り、またほかの時計も鳴り、まるで何かの理由で、急に世界じゅうの時計が時を告げるのを聞くことができたような気がした。しかしそれが夕方の六時か、それとも朝の六時か、ピーターには知るすべもなかった。突然襲撃されて逃げ出したショックで、すっかり度肝をぬかれてしまったからである。

しかし、もうピーターは正気をとり戻し始めた。時間がどちらの六時であろうと、暗闇《くらやみ》と、霧と、雨の中が見通せなかったので、自分が狼狽のあまり、ひたすら急いでたどり着いたところが、一体どこかということを決めることができるまで、今いるところにこしをすえているよりほか、しかたがないということがわかりかけてきた。

その瞬間かすかな呼び声が耳にはいった。懐《なつ》かしい、よく聞き覚えのある声が暗闇の中から聞えてきた。たしか少し自分の下のほうからである。「ジェニィ！」とピーターは叫んだ。「ジェニィ、君はどこにいるの？　大丈夫怪我《けが》はなかったの？」

ジェニィはすぐ返事をした。ピーターはその姿は見ることができなかったが、その声の中にほっとした思いが震えているのを聞きわけることができた。「ピーター……ほんとに嬉《うれ》しすぎて、泣きたいくらい。あんたがあの犬どもにつかまったのかと思って、死ぬほどびっくりしたのよ。あんたこそ大丈夫怪我はないの？」

「全然ないよ」と彼は返事した。「ただひどく肝をつぶしただけだよ。だけど君はどこにいるの？　そう言えば、ぼくもどこにいるのかなあ？　君んとこへ行きたいよ」

一瞬返事がなかったが、やがてジェニィの声が、霧を通してきわめて緊張した語調で聞えてきた。「身動きしちゃだめよ、ピーター。あたしたちははね橋の塔の中にいるのよ。それもずっと上のほうだと思うの」

「塔の中？」ピーターはあきれて、おうむ返しに言った。「だって、ぼく何も覚えていないんだもの。ただ駆けていただけ――そう、そう、一時ちょっと、自分が鳥のように飛んでいる思いがしたよ……ほんとだよ、どんなにわくわくしたことか……」

「ピーター……」こんどのジェニィの声は、いささか哀れっぽい声であった。「あんなふうにあんたを置き去りにしたこと、許してくれる？　しかたがなかったのよ。猫というものが無考えになる、ある瞬間というものがあるのよ」やがてまだピーターが返事できないでいるうちに、ジェニィはことばをつづけた――「みんなあたしが悪かったの――あんなマルタ猫のことで取り乱すなんて。トルコ人とか、聖ヨハネ騎士団とか、ネルソン卿《きょう》なんかの話を持ち出すんだもの。もちろんあんな猫は決してマルタ島の出じゃないわ。えらそうなこと言って、人をだますなんて。あんな短い毛の灰色猫のことを、世間でただマルタ猫と言ってるだけよ。それにあんたのことを、あんな言い方するなんて。でもそれにしても、あの犬たちにあんなに近づいて来ておどかされないずっと前に、あたしが匂《にお》いを嗅《か》ぎわけなきゃいけなかったのよ。そうすれば打つ手があったはずなんだけれど。あたしがこの二、三日、全然いつもの自分でなかったのがいけなかったのよ。ねえ、ピーター、あんたにこれほどの迷惑をかけて、ほんとにすまないことをしたと思ってるのよ」

「迷惑……」ピーターはあきれておうむ返しに言った。「でも、ジェニィ、君は何も……」

「ピーター」と叫んだジェニィの声は、こんどはすっかり絶望したような声であった。

「あたしがやったこと、あんたは何もご存じないのよ。何もかもあたしが悪かったの」

ピーターは何も知らなかったし、そのうえ、ジェニィが自分にまだ話してくれない何かのことで、心を悩ましているということ以外、一体何のことを言っているのか、想像もつかなかった。それ以上ジェニィが話してくれないのだから、ピーターのほうでも黙っているのが一番いいことだと思ったので、そのまま傾斜している鉄骨の上にこしをおちつけ、寒さのためにけいれんを起したり、震えたりしながら、そこにしがみついていた。

一時間そうこうするうちに雨はやみ、急にそよ風が吹きだしてきたので、ピーターのまわりの霧は渦巻いてうすれ始め、ちぎれ雲のようになって流れ始め、おかげでピーターにあたりが見えだしたと思うと、また押し寄せて来たりしたが、ようよう最後に、昇る朝日の黄色い光線が射《さ》し込んできた。やがて頭上に青空が現われ、最後のとぎれとぎれのもやも退散し、ピーターはあらゆるものを見ることができた。ジェニィの言ったとおりである。自分たちはクラーク通りのはね橋の対の塔の上にいるのである。

自分たちはしかも上のほうの、ほとんど頂上にいるのである。ジェニィは自分より三、四メートル下の、自分が今いる塔と並んで立っている、隣りの対の塔の、上向きに傾斜している鉄骨のけたの上に、手足をのばして横たわっているのである。自分たちの下にはグラスゴウ全市が、地図のようにひろがり、その市中を灰色のリボンのようなクライド川が、縫うようにして流れ、中央停車場と聖イーノック通りの停車場の不格好な区画が、汚点のように印されている。そしてその二つの停車場から鉄道線路が何本も、包みからはみ出したスパゲッティのように出ている。

これこそ完全な鳥瞰図《ちょうかんず》ではないか、いや、もっと現代的に言うなら、飛行機のパイロット瞰図ではないか、とピーターは思った。町の東には気持のいいエメラルド宝石のように、グラスゴウ共有地の草原がひろがり、西には川幅の広くなったクライド川や、船だまりや、たくさんの船舶が見え、その中にピーターは、カウンテス・オブ・グリーノック号の、みすぼらしくはあるが、懐かしい輪郭を見分けることができた。そしてピーターはその細い煙突が黒煙を吐き出しているのを見た。それは出帆の準備をしていることを意味していた。ピーターの目は、地理の本のページをめくっているように、つぎつぎとそれらを見渡していた。もやのかかった北方には、青い山々や湖水が見える。ピーターは、ベン・ロモンドの物語は、ああいうところから発祥した話にちがいないと思った。

ところが、こんな高い所に上っているのに、そのために自分は目まいもしなければ、おびえもしないことに気がついたとき、ピーターはびっくりしてしまった。そして動きだそうとしないかぎり、そうやって景色や周囲を眺めまわして、楽しむことができたのである。ところが、いざジェニィのいる高さのところまで、降りてみたいと思って動きだしてみると、どうにも身動きもできない、困った状態にあることに気がついた。自分は上にも、下にも行けないことを発見した。

ピーターは彼女のほうに向って呼びかけた——「ジェニィ——ぼくは元気だよ。だけど、どうやったらぼくたちは下に降りられるだろうね？　今ごろはもう、犬たちは立ち去ったにちがいないよ。もし君が先に行ったら、ぼく後について行くよう、やってみるよ」もしジェニィの降りるやり方を見たら、自分も気を取り直して、いつもほかのことでジェニィのやり方を真似《まね》ていたように、真似てみたら、あるいは降りられるかもしれない、とピーターは思ったわけである。

ジェニィから返事のあったのは、それからしばらくして、ようようのことであった。その沈黙のあいだに、ピーターは彼女が妙に絶望したような目で、自分を見上げている姿を見ることができた。ようようのことで、彼女は彼に呼びかけた——「ピーター、すまないけれど、あたしにはできないのよ。猫にはこういうことが、時によって起ることがあるものなの。あたしたちは高い場所に上ると、途方に暮れてしまって、降りることができなくなるのよ——たとえ自分たちの手足で何とかうまくしがみついていられる、木立や電信柱からでさえそうなの。ところでこれは恐ろしい、すべすべしている鋼鉄ときているでしょう——うわあ！　もうだめ。とても降りることなんか考えられないわ。あたしのことはほうっておいてね、ピーター。降りられるかどうか、やってみてごらんなさいよ」

「たとえできたとしても、君を置き去りになんかしておけないよ、ジェニィ」とピーターは返事した。「ところが、ぼくにはできないんだ。君の言う意味はよくわかるよ。ぼくもおなじようなんだもの。ちょっとだって動けないんだ。ぼくたちはどうなることだろうなあ？」

ジェニィはとても恐ろしそうな顔をして、目をそむけた。「あたしたちはのっぴきならない破目におちいっているのよ、ピーター。あたしたちは飢えて死ぬか、おっこって、下で粉々につぶされるかするまで、この上にじっとしていましょうよ。ああ、もういっそのこと、死んだほうがましだわ。とてもみじめな気持なのよ。でも自分のことなんかどうでもいいの。あたしがあんたにやったことを考えると、あんたがかわいそうで……」

ピーターは自分が今すぐ心配しているのはジェニィのことであって、自分たちが置かれている危険な立場のことは、それほど心配してもいないことに気がついた。というのは、今のジェニィは確かに、自分がこれまで知っているような、大胆な、落ちつきのあるジェニィではなかったからである。これまでのジェニィなら、どんな困難におちいっても解決策を見いだすし、どんな疑問にも、間違いのない答えを出すことのできるジェニィだったではないか。明らかに何ごとかが彼女の心を悩まし、こうした非常の場合になって、考えたり行動したりする勇気と気力を、彼女から奪ってしまったにちがいない。それがはたして何であるか、ピーターには思いも及ばなかったが、そういうことである以上、リーダーシップの重い責任を、引き受けなければならない立場にあるのは、自分しかなかった。だから少なくとも、これまで自分がしじゅう力づけてもらっていたように、こんどは自分が彼女に力づけてやるよう、努力しなければならないはずである。ピーターは言った——

「さあ、さあ。ともかくぼくたちはまだ生きているんだろう。それにぼくたちにはお互いというものがあるじゃないか。大事なことはそれだけなんだよ」

ピーターのそのことばは、たちまちむくいられたのである。ジェニィはかすかにほほえみ、小さなやさしい音をたてて、ごろごろのどを鳴らした。そして弱々しい声で言った、「それだからあんたが好きなのよ、ピーター」

「そのうえ」とピーターは力強い口調で言った、「遅かれ早かれ、誰かがこんな上に置き去りにされているぼくたちをみつけて、おろしてくれに来るにきまってるよ」

ジェニィはのどの奥で、絶望したような音を少したてた。「ああ、また人間なの！　ねえ、ピーター、あんたには人間てどんなものかわかってないのよ――」

「ぼくにはわかってるさ」とピーターは強く言いきった。「ぼくは新聞に写真の出ているのを見たことがよくあるんだもの。大勢の人たちが集まって、消防士たちがはしごを登って、木の上から猫をおろすところを――」

「たぶん木の上だったからよ」とジェニィは言う、「だけど、こんな高い所にいるあたしたちのことなんか、人間は決して心配しちゃくれないわ……」

たとえ人間が自分たちをみつけても、わざわざ助けに来てくれるようなことは、まずあるまい、とは思ったものの、「でも、ぼくはとにかく、誰か人間の注意を引くように、一生懸命やってみるよ」とピーターは言った。そして胸いっぱいに空気を吸い込んで、長く尾を引く、哀れっぽいサイレンのような唸《うな》り声をたてた。ジェニィは、そんなことしても大して役には立たないだろうとは思ったが、ピーターに合わせてときどきいっしょに唸った。

また事実、ジェニィの悲観的の考えが正しかったように思われた。はるか下の地上では、忙しい町の生活が蘇《よみがえ》ってきた。通りという通りには往来する人と車があふれ始め、そこから弱音器《ミュート》をつけたような遠いとどろきが、あぶなっかしい場所にくぎづけにされている、二匹の猫のところまで押し流されて来て、せっかく自分たちに注意を引きつけようと吠《ほ》えたてている叫びを、かき消しがちであった。はね橋を渡る歩行者たちは、ポートランド通りと聖イーノック通りとのあいだを、ひきもきらぬ流れのようにつづいている。堤防沿いにも大勢の人たちが歩いているし、どこの横町にも人が忙しそうに歩いている。しかし上の空と、塔の頂上に目を向けるような人は一人もいなかった。その日の長いまる一日じゅう、いつになってもおなじことであった。

そしてその夜は一晩じゅう、ピーターは下のほうにいるジェニィに、勇気づけのことばをかけ、気を落さないでいるようにと彼女を慰めていた。しかし翌朝になると、すでにふたりとも目に見えて元気がなくなっていた。その声も、叫びとは言えないような情けない声になってしまった。ピーターは鉄骨のけたを握っている自分の手足に、前ほど力がはいっておらず、あやふやになりかかっていることに気がついた。それでも決してあきらめようとはせず、ジェニィにこう叫びかけた――「ねえ、君。ぼくたちは何とかやってみなくちゃいけないよ。ぼくが先に降りるから、ぼくの降り方をよく見ておいて、後から何とかして降りておいでよ」

しかしジェニィはうめきながら、こう言っただけである、「だめ！　だめなの！　あたしにはできないの。とてもできないの。とても、とても。いっそのこと、犬たちにつかまったほうがよかったと思うくらい。こんな高い所から降りるなんて。やってみることだってだめなの……」

こうなったら、最後までここに踏みとどまっているよりほか、しかたがないことがわかった。ピーターは目を閉じた。少し休んで、できるだけ力をたくわえておこうと肚《はら》を決めた。

ピーターは寝こんでしまったにちがいない。というのは、突然下のほうからのあわただしい叫び声や、エンジンやサイレンの音、からんからん鐘を鳴らす音などで目を覚ましたのは、それから何時間もたってからのことだったからである。川の南岸の、橋の入口広場には、大勢の群集《しんちゅう》が集まり、人々はトラックのまわりに蟻《あり》のように群がり、運搬車に積まれた機械や真鍮器具は光り、新しい機械装置はぞくぞく到着し、消防車はポートランド通りから突っ走って来るし、警察車もやって来るし、電気会社、電話会社、橋梁《きょうりょう》整備会社から備品を積んだトラックもつぎつぎやって来た。

「ジェニィ！　ジェニィ！」とピーターは叫んだ。「下を見てごらん。地上を見たら、何が起っているかわかるよ」

下を見たジェニィからは、力のない返事がピーターの耳にとどいた。「あれが何だっていうの？　橋の上に事故かなんか起ったにちがいない、だけのことでしょう。それがどうしたっていうの？」

やがて気をつけて見なおしたジェニィの目に、こんどはすべてがはっきり見えてきた。そこに集まった黒山の群集の白い顔は、みんな上に向けられているし、みんなは手を伸ばして、上にいる自分たちのほうを指さしているし、いろんな人たちが走り回っているし、警官たちは対の鋼鉄の塔が突き出している、橋台のまわりから群集を追い払っているではないか。たくさんのはしごは上に伸ばされ、さまざまな機械装置は、所定の位置にすえられたではないか。

「ほうらね、見えただろう？」とピーターは得意気に言った。「みんなぼくたちのためにやっているんだよ。ねえ、ぼくたちえらいだろう！　みんなぼくたちを助け出すために出て来てくれたんだよ……」

ジェニィは鉄骨のけたの上で身動きした。そしてピーターのほうを見上げたその顔には、まったく相手を崇拝するような表情がみなぎっていた。「ああ、ピーター、あんたはほんとにすばらしいのね。みんなあんたのやったことなのよ。あんたがいなかったら、あたしたちふたりとも、ここで死ななきゃいけなかったのよ、それもこれもみんなあたしのせいで……」

ピーターはジェニィに賞《ほ》められて嬉《うれ》しかった。もっともピーターにしてみたら、自分は、そのうちにふたりが救い出されるかもしれないと言ったり、望んだりしたほか、べつに何もやらなかったのだから、ジェニィが多少割引きした、大ざっぱな言い方をしたということは、はっきり感じてはいたのだが。しかしピーターがまだ返事できないでいるうちに、空から急に轟音《ごうおん》がとどろいてきて、小型の飛行機が今にも衝突しそうなほどまで近づいて来た。そしてその機体から身をのり出した若い男が、自分たちに箱のようなものをつきつけたかと思った瞬間、飛行機は再び上空に旋回して飛び去り、つぎの瞬間、もう見えなくなってしまった。

ジェニィは小声の金切り声をあげた。「あら！　あれは何だったの？」

「きっと、新聞に出すぼくたちの写真をとったんだよ」と、わくわく感動していたピーターが説明した。

「まあ、どうしましょう」とジェニィは言う、「一番とりすました顔をしていなきゃいけないときに、あたしったら、ふた目と見られない格好してたんだもの。あの人、また戻って来ると思う？」そして体のバランスをくずさないように注意しながら、ジェニィはできるかぎり念を入れて、身づくろいを始めた。

しかしピーターは救助作業の始まったことで、すっかり興奮して魂を奪われていたので、そんな場合、一瞬たりとも、身づくろいなどに当てる、心の余裕は持ち合せていなかった。

まず最初に現われたのは、電気会社と電話会社の作業車である。彼らは作業車のやぐらをできるだけ高く伸ばそうと、懸命にクランクを回していたが、やぐらはピーターとジェニィのところまでは、とうてい届きそうもなかった。

整備車がすごい音をたててわきへどかされると、つぎに現われたのは消防はしご車である。彼らは一番高いはしごと、消火用給水やぐらとをいっしょに伸ばした。そして真鍮のヘルメットとベルトのバックルを、きらきら日に光らせた二人の消防士と、紺の制服に身をかためた、体の大きな赤ら顔の警官を一人送り出した。

しかし消防士たちと警官のどちらも、ピーターとジェニィの二十メートルほど下までしか行きつくことができなかった。もちろんはしごがそこまでしか届かなかったわけである。そしてジェニィが今にも絶望しそうになったとき、かつてない愉快な思いをしていたピーターが、下の人混みの中で、さらにべつな用意がいま始められているのを、指さして注意をうながした。

こんどは、登山靴と、引っかけかぎと、安全網と、滑りベルトと、手袋、ヘルメット、袋、ロープに身をかためた、二人の橋梁整備員である。ついに準備のととのった二人は、どちらも対の鋼鉄の台脚のけたに、同時に足をかけ、かすかに聞える喝采《かっさい》の声に送られて、いっせいに登りはじめた。

まるで木登り競争みたいなものに発展してしまったその競争で、はじめ一方がリードしていたかと思うと、つぎにはもう一方がリードした。間もなく群集の中の勝負好きの連中は、激励の叫び声をあげて応援しながら、どちらかに賭《か》けた――「そこだぞ、ビル！」「勝ったぞ、タマス！」「そこでもう少し足を上げるんだ、タマス！」「タマスがかわい子ちゃんをつかまえないうちに、ビルが白ちゃんをつかまえる勝ち目が十分あるぞ！」「タマスのほうが先に自分の猫をつかまえることに、三対二で賭けるぞ！」「ブラボー、タマス！」「よく登ったぞ、ビル！」「しっかりやれ！」

「ぼくたちは助かるんだ！」とピーターは嬉しそうに、下のほうのジェニィに呼びかけた。「こんどはうまくいくよ」

「ああ、どうしましょう、ああ、どうしましょう」とジェニィは嘆いた。「あたしあの男が来たら、自分が嚙《か》みついたり、ひっ掻《か》いたりすることが、よくわかっているの。

そんなつもりはちっともないのに。そういうことをするから、猫が悪《あ》しざまに言われるんだけれど、あたしたちはそれをどうすることもできないの。ただ今のあたしは、いらいらと、ヒステリーの標本みたいなの。それにまたあのいやらしい飛行機が来て、あたしがタマスの髪の毛に爪《つめ》をからませた瞬間、写真をとるんだろうと思うのよ。いや、いや、いや！　放して！　行くのはいや！　ムムムフフフ！」

この最後のことばは、タマスがジェニィの横の鉄骨のけたの上に現われ、両手を自由にするため安全ベルトをぱちんと締め、つばを吐きかけたり、爪をひっかけたりしてもがいている彼女を、つかまっていた鉄骨のけたから無理に引き離し、袋の中へほうり込んだときの、首を締められながらの抗議であり、袋をしめられたときの叫び声だったわけである。

ピーターがジェニィに——「勇気を出すんだよ！　ジェニィ！」と今にも叫びかけようとしたとたんに、ビルがその首ったたまをつかまえて袋に入れ、そのままピーターを連れて降り始めた。

暗くて息がつまるうえに、恐ろしい下降の動揺が加わるものだから、袋の中では実にぞッとするような気持だった。しかしピーターは、自分自身が今なめている不愉快などんな経験よりも、気の毒なジェニィが、どんなにかそのことをつらく感じているにちがいない、ということのほうをよけい心配していた。しかし間もなくそういう苦しみも終り、どよめく拍手喝采の音が高まったことで、自分たちが地上に近づいたことがはっきりわかり、やがておめでとうという叫び声にとり囲まれて、ピーターが袋から出されると、ジェニィがタマスにしっかりかかえられて震えているのが見えたし、一方自分はビルに抱かれていた。警官や、消防士や、市民たちがまわりをとり囲み、男たちはみんなにやにやして笑っているし、女たちは甘ったるい声を出していた、「まあ、どちらもかわいらしいこと。小さなほうは優しそうじゃないこと？　一晩じゅうあんな高い所にいたなんて、なんて気の毒なんでしょう。一体どなたが飼っているのかしら……」

ピーターは、もしジェニィのことがそれほど心配でなかったら、自分がこれほど注目の的となっていることを、大いに喜んだはずである。ところがジェニィは、自分が助かった今になっても、相変らずその顔に実に情けなさそうな、みじめな表情をうかべているではないか。そのあいだにカメラマンたちは、さらにまた写真をとりにやって来るし、報道員はタマスとビルにインタビューを求めにやって来て、二匹の迷い猫を助けるために、生命の危険をおかして、百四、五十メートルもある、あんな高い所に上った感想はいかがですか、と尋ねていた。タマスは、「あの猫がわしのこの皮膚に爪を立てたほか、何とも感じませんでしたなあ」と答えたのにたいし、ビルは、「なに、何でもなかったですわ」とひかえ目に返事していた。

しかし思いがけない事件もついに終りに近づいてきた。消防夫たちははしごをまとめ、消火用給水やぐらをたたみ、応急整備車はそれぞれクランクを回して台をおろした。今やすごいエンジンの唸りや、軋《きし》りや、排気音をたて、ベルを鳴らしたり、サイレンを響かしたりしながら、機械装置運搬車も、トラックも、パトカーも、ことごとく引き上げを開始し、見物人たちからいろいろ口添えを受けながら、バックしたり、ターンしたりして出発した。

タマスとビルはカメラの前で、頼まれたさまざまなポーズを取らされたあとで、ジェニィとピーターを地面におろし、二匹の猫が人間に踏まれないように、石の橋台に近づいてしゃがんでいるあいだに、それぞれの車輛《しゃりょう》に乗り込んで走り去ってしまった。そして群集は集まったときとおなじような早さで、こんどはたちまちのうちに退散を始め、すべての興奮が終ってしまったので、人々はそれぞれの仕事に戻って行った。ときどき立ちどまっては、手を伸ばしてピーターの頭を撫《な》でたり、ジェニィのあごの下を軽く突いたりして――「もう元気になったかい？」とか、「おろしてもらうとは、運がよかったたな、おい、君たち……」などと言っては、やがて行ってしまう人々もあった。はらはらさせられた事件もおさまり、二匹の猫が無事助け出されてしまったうえは、もはや誰も彼らに何か食べ物や、飲み物や、宿る場所など与えようと考える人もなく、数分もたたないうちに、数千人の見物人はみんなちりぢりに姿を消してしまった。ただときどき橋を渡ろうと通りかかった人たちもあったが、その人たちは遅く来たので、何があったのかも知らないまま、アーチの下の歩道にうずくまっている二匹の猫に、注意を払うこともなかったので、二匹の猫はすっかりしょんぼりして、そこに取り残されていた。

「大変だったねえ」とピーターは言った、「でも、ほんとにおもしろかったよ……」

しかしジェニィからは、長い、深いため息しかもれて来なかった。ジェニィは、二晩前に自分たちの恐ろしい体験の始まった、大きな石の橋台のすぐそばに、無事助け出されてうずくまっている、運のいい猫というには、あまりにも縁のない顔をしているではないか。不思議に思ったピーターは、「ジェニィ」と呼びかけた。「何もかもうまくいって、ぼくたちが助かったことや何か、君はちっとも嬉しくないのかい?」

ジェニィは大きなうるんだ目をピーターに向けたが、ピーターはその目が再び、いまにも泣きだしそうなことと、彼女がこれまで、そんな必死になって訴えるような目は、めったにしたことがなかったことに気がついた。

「ねえ、ピーター」と彼女はうめき声を出した、「あたし生れてこのかた、こんな情けない、みじめな気持になったことなどなかったのよ。だって何もかも、みんなあたしが台なしにしてしまって……」

「ねえ、ぼくのジェニィや！」ピーターはジェニィのそばに寄り、慰めるようにわき腹が相手のわき腹に触れるほど、ぴったりその横に坐《すわ》った。「どうかしたの？　ぼくに話してみない？　ずいぶん前から、君は何か心配ごとで取り乱してばかりいるんだもの」

ジェニィは自分をおさえるために、急いで二、三度体をなめ、ピーターにぴったり寄りそった。「あんたがいなければ、あたしどうしたらいいのかわからないのよ、ピーター。あんたはあたしにとって、とてもいい慰めになってくれてたのね。本当のことなのよ。あたし自分が決心を変えたことで、あんたにとても重要なことを話さなければいけないんだけれど、自分が話にならないほどのばかだったような気がしてならないの。だからこれまで話さなかったんだわ。だけど今はもうそのことを何日も、何日も考えたし、あんないろんなことも起ってしまったので、もうこれ以上黙ってはいられなくなったの……」

「そうなの、ジェニィ」ピーターは一体何のことかしらと思いながらも、思いやり深く、なだめすかすような口調で言った、「何のことかなあ……」

「あたしに腹を立てないと約束してくれる？」

「約束するよ、ジェニィ」

「ピーター、あたし帰って行って、グリムズさんといっしょに暮したいの」と言いながらジェニィは、体をぴったりピーターに押しつけて、小さな声で泣きだした。

17　ジェニィの告白

ピーターは自分の耳が信じられない面持で、ジェニィの顔をじっと見た。

「ジェニィ！　ほんとにそう思ってるの？　ぼくたち帰って行って、グリムズさんといっしょに暮していいの？　ぼくはぜひそうしたいな」

ジェニィは泣きやみ、ピーターのわき腹近くに頭を垂れ、ピーターから半ば隠れてしまったので、彼女がどんなに取り乱して恥ずかしがっているか、見ることもできなかった。

「ねえ、ピーター、じゃ、あんたはあたしに腹を立てていないのね？」とジェニィは低い優しい声で言った。

「君に腹を立てるって？　もちろん、そんなことあるもんか。ぼくグリムズさんはひどく好きだよ。あの老人はとても快活で、上機嫌で、親切で、あんな小さな家にあれだけたくさん花を育てているし、紅茶のやかんがストーブの上で歌っているあの音、持っているものは何もかも、ぼくたちに分けてくれるというあのやり方——何もかも好きだよ。そのうえ、とてもひどく寂しそうに見えるんだもの——」

「ピーター、もうよして」ジェニィはピーターのことばをさえぎって泣いた。「あたし、もうこらえられないのよ。あたしたちがあの人の家から逃げ出してからずっと、そのことで良心にとがめられているの。あたしのやったことは恐ろしいことだったのよ。歳《とし》とった人間というものは、常に世の中の誰よりも、いっそう寂しいものなのに。あの家の戸口に、途方に暮れ、うなだれて立ちながら、あたしたちに帰ってくれと頼んでいたときの、あの顔は決して忘れられないの。胸がはり裂けそうなの……」

「でも、ジェニィ、ふたりで逃げ出したあとで、ぼくがそれとおなじことを言ったとき、君はぼくに腹を立てたじゃないか。自分がろくでなしのような気がするって言ったこと、君も覚えているだろう……」

「もちろん覚えていることよ、あたしのピーター」と、やはり顔を隠しながらジェニィは言った。「なぜって、あんたの言うとおりだってこと、あたしにもわかってたんですもの。あたしは下劣で、いやらしくて、猫らしくなくって、無情で、まったく嫌《けん》悪《お》すべき存在だったわ。それなのに、あんたは優しくて、親切で、すなおで、いつも正しいことをやりたがっているでしょう。もちろんそれだからこそ、ますます自分が恐ろしい猫のように感じられるし、そう見えるのよ。だからこそあんたに、あたしといっしょにグラスゴウに出かけるように仕向けたの……」

ピーターはそのとき、もうすっかりまごつきながら言った――「だって君は親戚《しんせき》の者にも会いたいし、自分の生れた町も見たいし、と言ったと思ったんだがなあ、それに――」

ジェニィは頭をぐっと起して言った、「あら、あたしの親戚のことなんか、わざわざ言い出さないでよ。偶然出会った一匹が、どんな奴《やつ》だったか、あんたもごらんになったでしょう。この町には、あたしの親戚がほんとに数千匹もいると思うんだけれど、そんな猫たちはあたしが何とも思っていないように、あたしのことなんか何とも思っていないんだもの。だけど、もしあたしたちがいっしょに旅に出たら、あんたはグリムズさんのことも、あたしがやったことも、忘れてくれると思ったの。それに――あらまあ、本当はこのあたしが忘れられるだろうと思ったくせに。あたし自分が、まったくのいやらしい猫であることから、逃げ出したというわけなの」

ジェニィはさらにいっそうピーターに寄りそいながら、告白をつづけた。「そしてもちろん、あたしついに逃げ出せなかったの。どこにいようと、どこへ行こうと、あんたといっしょに下甲板の食糧貯蔵室にいようと、暗やみの水夫室でネズミを待っていようと、帰ってくれと頼んでいたときの、あの老人の顔の表情が、またもや目の前に思い出されるし、どんなひどい騒音がしている最中でも、あの老人の声が聞えてくるし、自分がどんな振舞いをして、あの老人の歓待に応《こた》えたかということを思い出すの。そしてあたしがあんな振舞いをした理由は、バフがあたしにやった仕打ちのせいだ、と自分に言いきかせようとしてみるの。するとあんたが――あの娘さんは君にそんなことをするはずはない、きっと何か事情があったので、あの娘さんが悪いわけではない――と言うのを聞くと、あんたの言うことが正しくて、あたしがはじめっから思いちがいしていたわけであり、バフはいつかあたしを捜しにあの家へ行って、たぶん翌日にでも行って、あたしを捜せないので、どんなに泣いただろう、などと思ってたまらない気持になるのよ……」

ピーターはジェニィをかわいそうだと思った。しかしある意味では、ほっと安心もした。というのはジェニィが、おしゃべり好きで、しゃべっては説明していた、昔のジェニィに戻りかかっていたし、それにジェニィがグリムズさんのところへ、しきりに帰りたがっていることで、ピーターもとても嬉《うれ》しかったからである。

「それから」とジェニィは、息をたっぷり吸い込み、自分のわき腹を行き当りばったりにひとなめして、ことばをつづけた、「海に落ちたとき、あたしは、それは自分のすべての罪に与えられた、刑罰だと思ったし、自分が死ぬのは当然だと思ったの。だから水の中にいる自分に気がついても、もうどうなってもかまわないと思ったし、浮き上がろうなどという努力も何もしなかったの。だって船は決して引き返してあたしを助けになど来てくれないことが、よくわかってたんですもの。そこへ思いもかけずあんたが来てくれたでしょう。あたしもうこらえきれなくなったの。なぜって、あたしのおかげで、あんたまで命を落すことがわかっているんですもの。それからあとのことは、自分がストローンさんの船室にいて、あんたがあたしの身づくろいをしてくれるまで、何も覚えていないの。でもそのとき、あの部屋であたし決心したの——帰ってグリムズさんといっしょに暮し、あの人を仕合せにしてやり、しじゅうあの人の相手になってやろうと。だってそうするまでは、もう二度と自分の心のやすまるときがないことが、わかっていたからなの」

「わかっているよ」とピーターは言った、「ぼく自身もあの人のことばかり懐《なつ》かしく思っていたんだもの」

「ところがあんたの前に出ると、恥ずかしくなってしまうのよ」とジェニィは言う、「あまり恥ずかしくって、いつ、どこで、どういうふうに話を切り出して、帰りたいということをあんたに打ち明けたらいいのか、わからなくなってしまうのよ。塔の上に置き去りにされていたとき、たえずあたしは考えていたの——万一自分たちが生きて下に降りられたら、すぐあんたに打ち明けて、これからはもう、あんたをあんな恐ろしい災難や、危険なことに、引きずり込むことはやめようと——」

ピーターがそのことばをさえぎった——「そうだろうけれど、ぼくたちはいつも災難や危険から、まぬがれていたじゃないか」

「まぬがれられないこともあるのよ」とジェニィはきびしい顔つきで言った、「猫には命が九つあるという、勝手な想像をしたおかしな諺《ことわざ》が、人間の世界にはあるんだけれど、そんなことはもちろん、まったくのナンセンスな話よ。猫はどんな猫にせよ、生涯のうちに何回でも、九死に一生を得る資格はあることはあるんだけれど、やがてそのうちには、罰を受けるものなの。あたし、やがてそのうちには、というようなことは、あってほしくないの。万一あたしたちに、何とかロンドンに帰る方法がみつかったら、そのときはすぐに……」

「ジェニィ！」とピーターは興奮して叫んだ。「今じゃいけないの？——今すぐじゃ？　もし遅すぎなかったらの話なんだけれど」

「それどういう意味、ピーター……？」

「なあに、カウンテス・オブ・グリーノック号だよ。塔の上にいたとき、その姿を見たんだ。今朝もまだ、ぼくたちがロンドンで乗り込んだときとおなじように、煙突からしきりに黒煙を吐き出していたよ。船はきっと帰るんだよ。もし急いだら、たぶん出帆する前に間に合って、乗り込めるかもしらんよ」

ジェニィは大きなため息をついて、一瞬ピーターに体をぴったりこすりつけながら言った、「ああ、ほんとに、どうしたらいいかということを、ちゃんと心得ている男性がいてくれるってことは、とてもありがたいものね」やがてジェニィは飛び上がった。「さあ、ピーター、走って行きましょう。いつ出港するかもしれないんだから」

二匹の猫は出かけたのであった。猫の世界にあるどんな規則をも投げ棄《す》て、風向きにたいする猫の用心も忘れ、点から点へと物陰にひそんで行くという方式も取らずに、どんな障害物をも飛び越えて突っ走ったのである。なにしろ猫のスピードと敏捷《びんしょう》さがあるうえに、胸から重荷をおろした者の手足に作用する、特別の何かが加わっているものだから、大した勢いである。

彼らは鉄橋も、ジョージ五世橋をも突破し、船客たちがグリーノックやグーロックへ出かけるために、一列に並んでいる蒸気船波止場をも通り抜け、たくさんの船がいろいろ変った土地へ運ぶ貨物を積み込んでいる、あわただしいブルーミィロウの船だまりをも通り越え、一瞬もぐずついたりしなかった。なぜなら、煙突から黒煙を吐き出しているときは、カウンテス号がいつ出港するかもしらんということを、彼らは知っていたからである。

クライド通り、チープサイド通り、ピカデリー通りとつぎつぎに通って、彼らは岸壁めざして飛ぶように突っ走った。すると、はたして彼らの九十メートルほど前方に、カウンテス・オブ・グリーノック号が、黒炭の煙を吐いているのが見えてきた。その黒煙は一瞬のうちにやみ、吹き出す白い蒸気がそれに代り、それが煙突のまわりに羽毛のように渦を巻いた。とたんに汽笛の鳴るのが彼らの耳に聞えた。

「あッ、船が出るよ！　もっと急いで、もっと急いで、ジェニィ！　ありったけの力を出して」とピーターは叫んだ。そして彼らは耳をぴったり頭のうしろにはりつけ、尾をまっすぐ流線型に突き出しながら、まるで白とこげ茶色の、ぼうっと見える二つの玉ころのように、一気に突っ走った。何と速く駆けたことか！

そんなに駆けてさえ二匹の猫は、もしもカウンテス号の乗組員が、渡り板を桟橋に引き戻してやるため、舷側《げんそく》からそれをはずそうとした最後の瞬間に、どうしたわけか渡り板がはまり込んで、動かなくなってしまわなかったら、ついに間に合わなかったかもしれなかったのである。

　木工のボックス氏が、ハンマーや、たがねや、大槌《おおづち》や、のこぎりや、スパナーや、きりや、らせんぎりや、のこぎり歯車や、てこを持って、呼び出されなければならなかった。呼び出されたボックス氏は、顔を真っ赤にして、つづけざまに「しまった」とか、「ちえッ」とか、「おや、おや」と言いながら、どんどん叩《たた》いたり、こじ上げようとしてみたり、引き起そうとしてみたり、押しつけようとしてみたりしたが、全然渡り板をどうすることもできなかった。一瞬カウンテス号は船の寿命の終るまで、そうやって渡り板によって桟橋にくぎづけにされているか、それとも渡り板を船体から突き出したまま、出港しなければならないかの、いずれかのように見えた。

　その時点で、ボックス氏はすっかりかんしゃくを起してしまい、それまでひざをついて、突いてみたり、のこぎりやのみを当てがってみたり、こじ上げようとしてみたりしていたところから、やにわに立ち上がり、そのいまいましい渡り板めがけて、猛烈な勢いで、必死の力をこめて、どんと蹴《け》りつけた。そのために渡り板は、はじめっからそうしてもらいたかったのだと言わんばかりに、らくらくはずれてしまった。もっとも、ボックス氏の靴と足指の受けた損害は、あとでかなり莫大《ばくだい》なものと評価されたが。

「はずれたぞ、若い衆！」と彼は桟橋に待っていた労役夫たちにどなった。「引き上げてくれ」

そしてピーターとジェニィが、鉄砲玉のように桟橋に飛び込んで来て、渡り板に上ったちょうどその瞬間、労役夫たちはそれを引き上げたのであった。すでに渡り板と舷側とのあいだには、二、三メートルの隙間《すきま》はあいてはいたが、ピーターとジェニィの駆けていたスピードを考えてみれば、そんなことは何でもないことであって、彼らはまるで二羽の鳥のように、その隙間を飛び越え、ボックス氏の胸もとにいきなり着陸して、ボックス氏を仰向けに突き倒してしまった。ちょうどそのとき彼は、痛くないほうの片脚でぴょん、ぴょん跳んで歩き回っていたので、とにかくバランスがとれていなかったからである。

「しまった！」とボックス氏はうめいた――「しまったこっちゃ。こいつらが戻って来たぞ！」

事実彼らは懐かしい、だらしのない、臭いカウンテス号の鉄の甲板に戻って来たのである。すべては彼らが飛び出して行ったときとおなじであり、ある意味ではまったく家庭的でもあった。サワリーズ船長の船室からは、相変らずおはこの、ガラス器や瀬戸物類の割れるピシン、ガチャン、ガラガラという音が聞えて来た。ストローン氏はブリッジに上って指揮をとっていたが、その紺のキャップが煉瓦色《れんがいろ》の赤毛の、かなりうしろのほうにのっかっていたので、まだ見えている、目のまわりがすっかり黒あざになったにちがいない激戦の名残りを認めることは、むずかしいことではなかった。船尾の調理場から、ミーリーが出航の哀愁を歌にしてうたっている、哀れを誘うような調べがただよって来た。カーリユーク氏は右手の指を、ピストルの引金を引くように曲げ、左手は目の前にない投げなわを、投げて手ぎわよくさばく真似《まね》をしながら、ちょうど今、自分の船室から出て来たところである。

そして船首のウィンチのそばで、どなりたてているアンガスの手下の水夫たちは、間違ったロープやケーブルを投げたり、間違ったロープを締めてみたり、手元へ引き寄せるべきものをわきにそらしたり、チェインにつまずいたり、もう少しで逆に錨《いかり》をおろしそうになったり、カウンテス号の船尾が、潮流に足をとられるようなぶざまな真似をして、そのためマン島行きの遊覧船ともう少しで衝突しそうになったり、その船の船長から小言を言われたり――いやはや、実にいとも美《うる》わしい出航のどさくさ騒ぎであった。そうして汽笛をボーボー鳴らし、黒い煙を吐きながら、船上にまったく混乱に近い状態を現出させたまま、船はとにかく何とか桟橋を離れ、バックしてクライド川にはいり、ついに川を下って再び外海に向う針路についた。

ピーターとジェニィはぐずぐずせず、さっそく船尾のミーリーに会いに行った。ミーリーは叫び声をあげて彼らを歓迎し、そのあとで新しいエバ・ミルクの罐《かん》に穴をあけ、肉の貯蔵室にはいっていた輪切り肉から、コールド・ラムを少し切って来て、「よく間に合ったなあ、おまえたち。さぞおなかがぺこぺこなんだろうなあ？　また船賃代りでも持って来たのかい？」と言って大笑いしながら、さあ、食べな、と言ってくれた。「小ネズミ、大ネズミ合計何匹で、一体片道切符になるのかなあ？　だが、おまえたちにはもういらんと思うわ。おや、おや、もっとラムがほしいのかい？　一体どれだけおなかにはいるんだい？　好きなだけやるよ……」そう言って、またもや少し切って来て、ついには、やはり笑いながら、ふたりに骨まで持ち出してきてご馳《ち》走《そう》してくれた。その骨をピーターとジェニィは、それぞれその片端を噛《か》みながら、船を離れて以来はじめてのおいしい食事を、満腹するまでご馳走になったのである。

ロンドンに向う帰りの航海は何の事故もなく、彼らはただ食事したり、眠ったり、休息をとったり、日向《ひなた》ぼっこしたりして、大半の時間を過していた。ほとんどやる仕事もなかったからである。グラスゴウにはもうちゃんと、カウンテス号には恐怖時代が現出しているという噂《うわさ》が——言うまでもなく生き残ったネズミがひろめた噂だろうが——すっかりひろまって、小ネズミや大ネズミの集団は、きれいさっぱり船を棄ててしまい、陸にいて次の航海に乗り込む予定をしていたネズミたちも、乗船をキャンセルし、おかげでどんな寝棚の隅も、広々とせいせいしていたからである。

ピーターとジェニィにたいする自分の行為と、起った出来事について、罪悪感を感じていたストローン氏は、彼らにたいしていかにも自信のない態度をとり、まるで誰かがこの二匹の口から、どこで、どういうふうにし、どういうわけで、自分の日のふちが黒あざになったかということを、聞き出すかもしれないと恐れてでもいるように、できるだけ二匹の猫から遠ざかっていたが、カーリュークク氏のほうはこの二匹に、とても愛想よく振舞うようになり、彼らのあごの下を搔《か》いてやったり、頭を撫《な》でてやったりしていたので、ピーターとジェニィはたいていの時間をこの人の船室で過すようになり、この人が西部騎馬名手物語という雑誌のために、新作をものしている姿を見まもっていた。その作品には、『ラビット渓谷のはりきりロジャー』というような題がつけられたようである。ロジャーというその主人公は、鏡の中をのぞきこみながら、肩越しにピストルを撃って、敵を奇襲するのである。ピーターはカーリューク氏がひげ剃《そ》り鏡の前で、それを実際にやってみていたとき、ジェニィにていねいにそれを説明してやったので、ジェニィもピーターとおなじようにすっかり感激していた。

船がノース・フォアランドの岬を回り、左舷にブロードステアズや、マーゲートの海水浴場をはっきり見るのも、すぐ間近になったように思われた。やがて左舷の船首の彼方《かなた》に、ネズミ燈台《とうだい》をみつけることができたが、その名前のせいでピーターとジェニィには特に興味があるらしく、燈台の灯がついたり消えたりするのを、いつまでもあきずに眺めていた。間もなく船はテムズの河口にはいり、やがて川幅の広いテムズ川そのものをさかのぼった。こんどピーターとジェニィは大事をとって、船が終着地に着く三時間前に、石炭貯蔵庫のずっと下の、推進器のシャフトのそばにいっしょに身を隠したので、誰にもみつからないですんだ。

彼らはカウンテス号がロンドンの船だまりにはいってからも、長いあいだそこにじっとしていた。そして午後の五時に、船尾に誰もいないのを見すましてから、渡り板を渡ったが、例によって渡り板には見張りは一人もついていなかったので、ピーターとジェニィはこっそり上陸して、再び大地に足を踏みつけた。興奮と期待に震えながら、ピーターとジェニィは、いつか自分たちが棄ててきた、ゼラニュームの匂《にお》う、寂しいグリムズさんの小屋をめざして、懐かしい故郷に帰る思いで出かけたのである。

18　グリムズさんは寝ている

カウンテス・オブ・グリーノック号の帰りの航海中、ピーターとジェニィは、グリムズさんが自分たちの戻って来たのを見たとき、しかも自分たちがいつまでもいっしょに暮すつもりなのを知ったとき、どんなに驚き、どんなに喜ぶだろうということを、しじゅう話し合っていた。

一体どんなふうになるだろう、ということを彼らは話し合っていたが、ジェニィは、自分たちが最初に訪ねて行ったときのように、夕方の食事どきころまでに帰って行くことができたら、さぞすてきだろうと言った。おじいさんはきっとまた、自分たちを招《よ》んでくれるにちがいない。ただしこんどは、たとえおじいさんがドアを開けっ放しにしておいても、あるいは外に出かける用があったにせよ、自分たちはあくまで小屋の中に残っていて、帰って来たら、たぶんおじいさんに体をこすりつけるなり、あるいは隅っこに体を丸めて落ちつくなりしていて、自分たちはもうおじいさんの飼い猫になったのだということを、見せてやろうなどと話し合った。

ピーターは、グリムズさんが船だまりや、貨物の置場を見回りに、小屋を留守にしているほうが、かえっておもしろいかもしれないと思った。その場合は、掛け金《がね》をかけてないドアからはいるなり、窓からはいるなり、とにかくはいることができるかもしれないから、とにかく中にはいって、おじいさんが帰って来てドアを開けたとき、ぼくたちふたりが、一つずつの窓のゼラニュームの鉢のそばに坐《すわ》っているとしたら――などという自分の空想もジェニィに話してやった。

またピーターはグリムズさんが外から帰ったときは、目がまだ光線の変化に慣れていないので、もし自分たちがじっとしていたら、おそらくはじめのうちは自分たちのいることに、気がつかないにちがいない。そこでぼくたちふたりが声をそろえて、「突然で驚いたでしょう！」とミヤオ、ミヤオ鳴きたてたら、さぞおもしろいにちがいない、とジェニィに話した。実はいつかの誕生日にピーターは、突然の押しかけパーティーを開いてもらった経験があったからである。

ジェニィはその思いつきがとても気にいった。特に最後におじいさんが、自分のめぐりあわせた運命に、はじめて気がついたとき、その顔に現われるにちがいない喜ぶ表情や、楽しそうな表情を、ピーターが懸命になって説明してくれたものだから、なおさらのことであった。やがて彼らは、自分たちが落ちついて、全面的にグリムズさんの飼い猫になったとき、自分たちの生活がどんなふうになるだろうかと、話し合ったり、計画を出し合ったりした。

男の子だったものだから、ピーターのほうは、グリムズさんが夜間の支配権を持っている領域を探険したほうが、どんなによけいすばらしいか、ということをくわしく述べたてた。そこには探険できる、数百の違った種類の俵や、箱や、袋や、木枠や、ばら積み貨物があるだろうし、東洋の神秘的な香気に満ちている、編んだわらで包装された、東方からの船積み貨物もあるだろうし、その中で遊んだり、滑ったりすることのできる、ブラジルからのナッツの積み上げられた山や、袋詰めのコーヒーや、くしゃみの出そうなタバコの山積みや、酔わされるような紅茶もあるだろう、などと話すのであった。ジェニィのほうはさすが女らしく、家庭内の整頓《せいとん》や配置のほうによけい関心を持ち、グリムズさんを家で居心地よくさせるには、どうしたらいいかとか、自分たちをおじいさんの生活に慣らすには、どうしたらいいか、ということを話した。というのは、誰か人の飼い猫になるということは、ただ食事をあてがってもらったり、ときどき家のまわりにいて、気が向いたらネズミを一匹か二匹とって来る、ということ以外に、大事なことがあるからだということを、ジェニィはピーターに知らせたのである。ジェニィは、自分たちはおじいさんの起きる時間、寝る時間、仕事をする時間、休む時間に、それぞれ慣れるようにしなければいけないと説明した。そして自分たちの時間を調節して、おじいさんがいてほしいと思うときは、いつも手近にいてやらなければいけないものだと言った。またおじいさんは、自分たちにベッドにはいってもらうのが一番好きか、それともひざに乗ってもらうのが好きか、それとも足もとにいてもらうのが好きか、それとも自分たちがストーブのそばに体を丸めているのが好きか、窓に上っているのが好きかどうかも研究しなければならないし、おじいさんが自分たちをかわいがって、頭を撫でたりしてくれるのが好きかどうかも、自分たちがおじいさんの足もとに身をこすりつけるのが好きかどうかも、また、おじいさんのひざの中に飛び込んで、その体を押しつけてやるのが好きかどうかも、みんな研究しなければならないのだと説明した。とにかく自分たちみんなが仲よく暮していくためには、学ばなければならないこともたくさんあるし、加減しなければならないこともたくさんある、とジェニィは言うのであった。

今ではせわしない町通りや、混雑している人や車の往来をうまく通り抜けるのに、ジェニィとおなじほど上手になったピーターといっしょに、ふたりが並んでいる船だまりを通り、裏通りを抜けて急いで行くとき、そうした楽しいプランや夢の実現が、すぐ目の前にあるように思われた。

しかしジェニィがすごく心を張りつめて、しきりにめざす家に早く行きつきたがっているのを見ると、ピーターは急に心配な予感に襲われた。もしグリムズさんがもうそこにいなかったとしたら？　もしあの人がひょっとして首になり、どこかへ行ってしまって、その行方をどうしても捜すことができないとしたら？　それよりさらに心配なことは、あの人の身に何か間違いが起きて、病院へ連れて行かれてしまったとしたら？　あの人はとても歳《とし》をとっているのだから、いつなんどき転倒するとか、何かにぶつかるとか、あるいはちょっとした病気に見舞われるかもしれない、ということをピーターは思い出した。船の上でいろいろ話し合ったり、プランをねったりしていたとき、自分もジェニィも、そんな万一の場合のことは考えたこともなければ、話し合ったこともなかった。そしてピーターの考えたことはただ、何か間違いが起きたとしたら、ジェニィにとって何という恐ろしいショックになり、失望になるだろうかということだけであった。

そういう気持の幾らかは、自然にジェニィにも伝わったようである。なぜかといえば、彼女の足は丸石敷きのでこぼこの道や、石の歩道をどしどし歩いて来たため、今ごろは痛くなって疲れているはずなのに、こんどはいっそう速いスピードで急ぎだしたからである。ついに彼らは日の暮れたすぐあとで、めざす船だまりの鉄のゲートに到着した。ゲートは閉っていた。そのことはゲートの中に、どんな積荷も到着していないないし、分配するためにおろされている荷物もない、休止時間だということを示していた。ピーターとジェニィにとって、ゲートに鍵《かぎ》がかかっているということは、何の問題でもなかった。下のほうの飾りの鉄格子《てつごうし》の隙間から、無理にすり抜けることができるからである。たちまちのうちに彼らは広々とした船だまり地区の中にはいった。待避線に五、六台の貨車がつながっているほか、船だまりは空っぽである。半月の月明りと、早目に空のあちこちに顔を出した四つ、五つの星明りで、物置小屋が弓形に長くつづいているのが、まるで山脈のつながりのように見える。

　ジェニィはすでに何かをみつけて足をとめ、興奮しながら、「ほら、ね、ピーター、ほら！」と小さな声で叫んだ——「あの下のほうのさきっぽよ」

　ピーターはジェニィの指さしたほうを見た。はるか彼方の構内の一番はしっこに、ピンの頭のような黄色い明りが一つ、暗闇《くらやみ》を突き刺している。

「あれよ」とジェニィは息を殺して言った、「あの小屋の明りよ。おじいさんが留守でないことが、あれでわかるじゃないの。ねえ、ピーター、ほっとしたわね」

　しかしあれほど心を張りつめて、急いで向ってきたゴールが、目の前にはっきり見えてきたにもかかわらず、彼らはそれに向って一直線にすっ飛んで行くようなことはせずに、その招く黄色い明りに向って、落ちついてゆっくり歩きだしたのである。どういうわけかその理由は、ずっとあとになるまでつきとめることはできなかった。

事実その明りは、彼らが戸口に近づいてからわかったことなのだが、小屋の天井から吊《つる》されている、たった一つの裸電球の明りだったのである。近づいてみると小屋の中から、何かしきりに議論でもしているような、大きな声が聞えてきた。しかし小屋の中には人の姿は全然見当らなかった。その人声のほかは、小屋はどの点から見ても、彼らが出て行ったときそのままである。ドアの両側には赤いゼラニュームの咲いている、細長い箱が二つ置いてあるし、窓からのぞくと、ピンクや、白や、サモン・ピンクや、オレンジ色の鉢が幾つも見える。しかし、グリムズさんの声らしいものは混っていない、その不可解な人声のほかに、小屋のあたりには人間のいそうな気配もなかった。

しかし彼らが入口に近づくと、その人声は突然音楽に変ったので、小屋の中で誰かがしゃべっているという謎《なぞ》は解けた。その音楽は陽気なミュージカル・コメディの行進曲の小曲であった。

「ラジオだよ。おじいさんは出かけたが、たぶんすぐ戻って来るつもりで、明りもラジオもつけっ放しにして行ったんだよ。結局ぼくたちは、おじいさんをふいにびっくりさせられるわけだね、ジェニィ。ほんとにドアが開けばいいんだが……」

しかしジェニィは返事の代りに、のどの奥から低い唸《うな》り声を出しただけだったので、ピーターがふり返ってみると、彼女の尾はふわりとふくらみ、首のうしろの毛が逆立っているのが見えた。

「ジェニィ！」とピーターは叫んだ――「一体どうしたの……？」

「あたし……自分でもわからないの」というジェニィの返事である。「ねえ、ピーター、あたし何だかこわいような気がするの……」

「ぼくはそんなことないよ」とピーターは男らしく言った。もっとも、言った本人もあまりそのことに自信はなかったのだが。「こわがることなんか、何もないじゃないか。ぼくが先にはいるよ」と言いながら、ピーターはドアに近づき、肩で寄りかかってみた。掛け金がちょうどはずれそうになっていたのか、寄りかかった重みで、かちりと音をたててはずれ、ピーターがなかをのぞけるほど、ドアは静かに開いた。

部屋の中はきちんとかたづけられ、今晩おじいさんはまだ何も食べていないと見え、食卓には何ものっかっていない。そこいらじゅうにある鉢植えのゼラニュームは、どれもこれもよく育って美しい花をつけ、厚ぼったい葉はビロードのように光り、ひとつひとつの花が香気を放っているので、部屋じゅうに甘ったるい、刺激するような、こころもち胡椒《こしょう》のような、ゼラニュームの匂いがみなぎっている。

やがて、頭上の一つっきりの電燈の明るさに目の慣れてきたピーターは、グリムズ氏をみつけた。老人はベッドの中に寝ていて、全然身動きもしない。しなびた、ふしくれだった両手を掛けぶとんから出しながら、たしかに熟睡しているらしい。どうしたわけかそれを見て、ピーターの心はゆり動かされた。涙に近いものが目もとにあふれてきた。こんな美しいものを見たことがないように思えたからである。

はじめに「聖者のような顔をしている」という考えがピーターの心にうかんだが、やがてその考えは、それよりもっと大胆な考え方に変った――「いや、いや、おじいさんは、まるで神さまのような顔してるじゃないか」というのは、そのひたいからは、真っ白い髪の毛がうしろに垂れているし、その口もとのあたりや、こんな目には優しい親切が宿っているものだ、とピーターが知っているその目もとをおおっている、まぶたのおだやかな閉り方にも、このうえもない優しさがただよっていたからである。唇のあたりに、二つに分れて垂れている白い口ひげと、おだやかなアーチ形の鼻と、枕《まくら》にのせられているその頭の風情《ふぜい》とは、その顔にいかにも長老らしい威厳のある、愛情のこもった風貌《ふうぼう》を与えていたと同時に、あくまでおだやかな、おごそかな感じを与えていた。何の心の乱れも見えない清らかなそのひたいから、ゆったり置かれているその手にいたるまで、自分の運命にたいするうらみや不服を刻みつけたような、しわ一つ見えないではないか。何か崇高なものが訪れて来て、グリムズさんの体に触れていったのであろうか。

ピーターは自分が一体どれほど長いあいだ、そうやって見つめていたのか、自分でもわからなかった。やがて、そのときまでしじゅう音を出していたラジオが、一瞬やんだので、ピーターはわれに返った。そして自分のうしろにいたジェニィをふり返り、幼な児《ご》が眠っているとき、人が出すような低い声で言った。

「シィ――ッ。おじいさんは寝ているんだよ。ぼくたちやっぱり、ふいに驚かしてやることができるんだよ。目を覚ましたとき、ちゃんとここにいて……」

しかし、ピーターの思いちがいであった。グリムズさんは寝ていたわけではなかったのである。

一晩じゅう電燈の燃えるような目を頭上に受けたまま、ジェニィは隅っこで情けなさそうにうずくまりながら、あれほど心から自分をかわいがってくれたのに、今自分が帰って来たことも、ついに知らないでいる老人のために、嘆き悲しんでいた。ピーターはそのそばに坐って、ことばで慰めようとしてみたり、ときどきは思いやり深く、

一、二度身づくろいしてやったり、あるいはただ黙って、体をぴったり押しつけたりしながら、しきりにジェニィを慰めてやろうとしていた。ピーターはジェニィが悲しみで、体を震わせているのを感じることができた。そしてもっと何かしてやることがあればいいのにと思った。ある意味では、グリムズさんがあんなに満足そうに、あんなにおだやかそうにしているのに、ジェニィがあんなに情けなさそうに震えているのは、おかしなことだと思った。

ラジオは真夜中までたえず鳴りつづけていた。そしてやんだかと思ったのに、また朝っぱら早くから鳴りだし、思わず寝込んでしまった、せっかくの眠りからピーターを起してしまった。そして夜明けとともに、ドアの外に人声や足音がしたかと思うと、誰かが叫んだ――

「おーい、ビル。こんな時間に明りをつけっ放しにしたり、ラジオを鳴りっ放しにしたりして、一体どうしたんだい。おれたちは鍵を貰《もら》いに来ただけなんだが」

それは二人の波止場人足を連れて来た親方の一人だったが、ドアの開いているのを見て、みんなではいりかけたとき、親方が言った――「おはよう、おはよう！　ちょっと待ってろよ、おまえたち。どうも何だか様子が気にいらんな。おい、ビル！　ビル・グリムズ、病気なんかい？」

波止場人足の一人が言った、「わたしゃどうも、気の毒におじいさん、死病だったんだろうと思うんですがなあ」

「そのとおり、おまえの言ったことは本当だよ」

三人はかぶりものをぬいで、今さらそんなことをする必要もないのだが、それでもグリムズさんの眠りを妨げやしないか、心配だといわんばかりに、ためらいながら、困ったような様子をして、なかにはいった。親方はしわだらけのたくましい顔に、同情と憂慮の厳粛な表情をうかべて、その不思議な場面や、ベッドにもの静かにしている人の姿や、すべてあざやかな、上品な色をしている花や、二匹の猫をつらつら眺めていた。一匹は小さな頭をして、とら毛の縞《しま》があり、うるんだきらきら光る目と、真っ白なのどと顔をした猫で、もう一匹は大きな頭と肩をした、白色の雄で、体じゅうただの一点の斑点《はんてん》も、汚点もない猫である。

やがて親方はラジオのスイッチを切り、同時に電燈を消したので、窓から早い明け方の光がはいって来るだけになった。「うん、そうか」と親方は言った。「お迎えが来たとき、自分の臨終の寂しさを慰めてくれたのは、忠実な二匹の猫のほか、誰もいなかったというわけだな」

親方のそのことばで、ピーターの心は締めつけられるような思いがした。しかし親方の言ったことばの全部が、必ずしもジェニィにわかるわけはないのだと思うと、いくらか気がらくになったし、そんな慰めさえグリムズさんにはなかったのだということも、お迎えが来たとき、おじいさんは自分で寝床にはいっていて、その迎えをひとり寂しく受けたということも、親方が知らなかったことが、やはり嬉《うれ》しかった。

親方は掛けぶとんを引っぱって、グリムズさんの肩と頭にかけてやり、やがて、少しばかりそこいらを整頓するという、最後のつとめを果すため、部屋じゅうを歩き回っていた。親方が出て行く前に、波止場人足の一人はしゃがんで、しばらくピーターの耳をこすってやっていた。「猫ちゃんたちや、おまえたちにはわかっているんだろう」とその人足は言った、「こうなったら、新しい家庭も必要だし、食事をあてがってくれたり、面倒みてくれる、誰かほかの人が必要なんだよ。それはそうとして……まず、このおじいさんの後始末を、ちゃんとするようにしなければならんから、そのあとでおまえたちをどうするか、考えてやるよ。ビルじいさんは、自分の友達のことを考えてほしい、と思っているだろうからな……」

親方と二人の波止場人足は、ドアを開け放したまま出て行った。

ピーターは言う――「おじいさんはちゃんと後始末してもらえるよ。親方がそう言ってるのを聞いたから、君はそんなに嘆かなくていいんだよ。ぼくたちは急げるだけ急いで来たんだけれど……」

しかしジェニィはそんなことばでは慰まずに、こう言った——「おじいさんは自分の食べ物は分けてくれるし、パンもいっしょに割ってくれたのよ。おじいさんは優しく、親切にことばをかけて、あたしたちにいっしょに暮してくれと頼んだのよ。それをあたしはあざ笑い、あんたまで逃げ出さしてしまったのよ。ピーター、ピーター……どうしてこんなあたしを許せると思う？　もしあたしがあんな振舞いをしないで、あたしたちがずっとここにいたとしたら、すべてが違ったふうになったと思わない？　おじいさんは病気になんかかかって、寝たまま死んで行くようなこともなく、また何か生きる当てができたかもしれなかったんだわ。そうしたら、たとえ病気になっても、あたしたちがそばについているから、たぶん、さっそく駆け出して行って、誰かおじいさんを助けてくれる人を呼んで来たかもしれないのよ。ああ、あたしなんか死んだほうがましよ……」

ジェニィはまた黙りこんでしまったので、そばにしゃがんでいたピーターは、どうしようかと考えてみた。何かその心をそらしてやれるような方法がみつからないかぎり、ジェニィはここで、もはやどうすることもできないことをいつまでも嘆き悲しんだり、くよくよ考えたりして、あげくのはて、ひょっとしたらそのため、飢え死にしてしまうかもしれないように思われた。ピーターは自分とジェニィのどちらも、そのことは一生涯忘れないだろうということは知っていたし、また、無考えの残酷な行為は、後悔しても後の祭だということも知っていたし、また、過去の過《あやま》ちの償いをしようと、どんなふうに思っていようと、そのためにどんなことをしたいと思っていようと、人の世というものはそんなこととは無関係に、容赦なく動いていくものだということも知っていたし、また、いくら心配して苦しんだところで、「ちょうど間に合ってよかった」という場合より、「遅すぎた、もう遅すぎた」という場合のほうが多いことも知っていた。りっぱな行為や、正しい行動というものも、それをすぐさま実行に移さなければ、何の役にも立たないものなのだから。ピーターはまた、自分はただちにジェニィを救わなければならない、ということも知っていた。

ピーターは最後に言った、「ジェニィ……ここにいても、これ以上ぼくたちにやれることは何もないんだよ。ところで、ぼくに一つお願いがあるんだ……ぼくは家へ帰ってみたいんだよ……」

「家へ？」と、まるでそのことばが不思議な、聞き慣れない響きでも持っているかのように、彼女は聞き返した。

「キャベンディッシュのうまや町へ、だよ」と言ったピーターは、やがてつけ加えて言った――「ちょっと行ってみるだけでいいんだよ……おそらく外からパパや、ママや、ばあやの、顔が見られるかもしれないよ。ちょっと前を通って、のぞくことができるかもしれないよ……」

「いいじゃないの。それならあんたは、行かなくちゃいけないじゃないの」とジェニィは気を悪くしたような、沈んだ声で言った。

「でも、ぼくひとりじゃ行けないよ、ジェニィ。思いきって、出かけて行けないよ。君がいっしょに行ってくれなきゃ。どうしたって君が必要だもの。わからないの？……君がグラスゴウへ行くのに、ぼくが必要だったように、ロンドンではぼくは君の助けが必要なんだよ。ぼくはまだ、ひとりでロンドンの町を歩き回るほど、すっかり猫にはなりきっていないんだもの。道さえはっきりわからないかもしれないから、迷子《まいご》になってしまうだろうし、食事をとることも、夜になって寝る所をみつけることも、まだあまり自信がないんだ。ジェニィ、お願いだから、ぼくを助けてくれよ。どうしても家の人たちに、もう一ぺん会ってみたいんだよ……」

ジェニィに変化が起った。そのしなやかな体は、病人らしい、不活発な、ぐったりした、しゃがんだ姿勢をかなぐり棄てて、再びしゃんとした元気をとり戻した。そして盛んに動き回っているとき、いつもやっていたように、ジェニィは半身を起して、背中に二、三度、舌を回した。そしてやがて言った、「ほんとにあたしが必要だと思っているのなら、ね、ピーター……」

「もちろん、本当に必要だと思っているんだよ……」

「じゃ、いっしょに行ってあげるわ、あんたが行こうと言ったら、いつだってすぐに」

ピーターはさっそく飛び上がって、窓の外を眺めてみた。ずっとしも手の待避線の貨車のあたりから、ひとかたまりの人たちがこちらにやって来るのが見えた。例の親方と、二人の波止場人足と、黒いカバンを持った一人の人と、あと五、六人の人たちである。

「ぼくたち、今すぐ出かけたほうがいいと思うよ。あの人たちが戻って来ないうちに」とピーターは言った。

ジェニィは一言も言わないで立ち上がり、ピーターといっしょにドアから抜け出した。ただし、こんどは先に立っているのがピーターで、その後につづくのがジェニィだった、ということは意味深いことである。彼らは急いで小屋の裏手から抜け出し、船だまりと、並んでいる物置小屋の水辺を、駆けたり歩いたり交互にしながら、間もなく波止場のゲートにたどり着き、ちょうどゲートが開いていたので、そこを通って再び町通りに出た。

19　再びロンドンの街

ピーターが家へ帰ってみたいと言ったのは、半分しか本当のことではなかった。というのは、男の子と猫とがあまり混同するようになってしまったので、ピーターはもはや、どちらが本当の自分であるか、はっきりわからなくなってしまったからである。

カウンテス・オブ・グリーノック号に乗って航海していたあいだも、ピーターが父や、母や、ばあやのことを考えたことは、一再ならずあった。みんなは元気でいるかしらとか、自分のいないのを寂しがっているかしらとか、自分が不思議な失踪《しっそう》をしたことに、何か説明がついたかしら、などと考えてみたのであった。というのは、誰にせよ、そのときすぐそばについていたばあやでさえ、自分がその目の前で、突然男の子から真っ白い雄猫に変り、そのばあやに迷い猫として、通りにほうり棄てられたのだなどということは、とても見当さえつけられない話だからである。

ピーターは家の人たちが、警察へ届けたかもしれないとも思ったし、あるいはたぶん、自分が家出したのだと思って、タイムズ紙上の人事欄に――「ピーター――至急帰宅を待つ。すべては許す。父、母、ばあや」という広告を出したかもしれないし、あるいはもっと月並みな書き方で――「ロンドン、キャベンディッシュ、うまや町一番地A号より失踪した、ピーター・ブラウン君の所在をご存じの方は、前記住所のアラステヤ・ブラウン大佐夫妻にご通報ありたし。薄謝を呈す！」と広告したかもしれないとも思った。

しかし家の人たちのことを考えると、ばあやのほかの人たちは、大体ぼくのいないことを、それほど寂しがっているとは、とても思えなかった。ばあやだったらもちろん、ぼくが学校に行っている時間をのぞけば、ほとんど朝から晩まで、ぼくのことで忙しがっていたのだから、ぼくがいなくなったら、やる仕事が何もなくなってしまうはずである。父は夕方たまに、いっしょに遊んでくれるほかは、たいてい家を留守にしているから、ぼくがいようと、いまいと、そんなことにはほとんど気がつかないくらいだろうと思う。そして母はどうかといえば――ピーターは母のことを思うと、いつも悲しくて気が重くなるのである。なぜかといえば、母はとても美しい人で、ピーターはその母をとても愛していたからである。しかしその悲しみは、何か遠い昔の思い出に関連したような悲しみであった。今はぼんやりしか思い出せない、そのころの生活が、どんなであったか思い返してみると、母はぼくの行方不明になったはじめのころこそ、多少みじめな気持になっただろうが、結局母はいつも忙しがっている人だから、ぼくのいなくなったことにも、すぐ慣れてしまうにきまっていると思った。

事実ピーターにとっては、ジェニィがますます家庭そのもののようなものになってしまい、今では助言を求めるにしても、あるいは助力や、友情や、信頼や、または愛情でさえ求めるのに、何でもジェニィに頼るようになっていた。なるほどジェニィはおしゃべりだし、世の中で一番美しい猫だと言えないことは事実としても、彼女のどこかしらに、心を引きつけるような、魅力のある暖かみと上品さがあって、そのためお互いにまといついて寝ていると、ピーターは気楽で仕合せな気持になるのであった。あるいはまた、ときどき彼女のほうを見て、その優しいものごしや、いかにも親切そうな目や、おてんばらしい顔や、すべすべしたその白いのどもとを見ているだけでも、仕合せな気持になるのであった。

猫の品評会があるときなどの、グラビア雑誌に出ているのを見たことがあるが、そんな入賞した猫や、さまざまな種類の美しい猫は、世の中にたくさんいるわけである。そんなものにくらべたら、ジェニィはどちらかといえば、あまり器量はいいほうではないが、人の心に訴えるような、その不器量さを、世界じゅうのすべての美と引き換えにしようと言われても、ピーターは決してそんな引き換えには応じなかっただろう。

また泊る場所を捜しに、キャベンディッシュのうまや町に帰ってみたいと思ったのは、決してピーターが、新たに身につけた猫の本性のせいではなかったのである。もっとも、ある程度は、ピーターの中にある猫の本性が、自分のいないうまや町は、どうなっているだろうということと、みんなが何をしているのだろうということを、知りたいと思う好奇心の、とりこになってはいるわけであったが。しかしピーターは、自分の父と母とは、動物というものにはほとんど関心を持たない人たちで、動物をほしいなどとは決して思っていないことを、はっきり知っていた。だから裏町あたりからうろついて来た二匹の猫、つまりジェニィと自分に、安息所など与えてくれそうな見込みはまったくないわけである。

ピーターがキャベンディッシュのうまや町の家へ帰る旅行に、ジェニィに同行してくれと言いだしたのは、おそらく、はじめて会ったグリムズさんを、自分たちがあんな扱いをしたことで、自分が情けない気持で心を乱していたとき、ジェニィがスコットランドへ旅行しようと言いだして、うまく自分の気持をそらし、興味を持たせてくれた、その記憶から生れたどんなものより、深刻なものがあったのである。ジェニィが気の毒な老人の運命にたいし、悲しみと罪悪感の深みに沈んでいるのを見たとき、ピーターは過去の自分の経験のあれこれを思い出し、そうしてやったら彼女の心をその悲劇から、特にその悲劇に自分が一役買っているという気持から、引き離してやれるだろうという希望を持ったわけである。ピーターは、自分が彼女を必要としていることを、ことばに出して言いださないかぎり、事実何ものをもってしても、彼女をあの悲劇の現場から、連れ出せなかったであろうということを、本能的に知ったのである。

何はともあれ、彼らがキャベンディッシュのうまや町をめざして出発したあとは、ジェニィはずいぶん元気な気分になり、ピーターを助けて目的を果させてやろうと、いきごんでいることははっきりわかった。

猫が大都会の中を歩き回るということは容易なことではない。特に遠くまで出かけるというときはなおさらのことである。それにキャベンディッシュのうまや町に戻る道を捜す場合、ジェニィはピーターの何の助けにもならなかった。なぜかといえば、ジェニィはそこに住んだこともなければ、行ってみたこともないから、自分の帰家本能に頼ることができなかったからである。これは一種の自動方向探知器のようなもので、自分がしばらくでも一度住んだことのある場所なら、どんな場所へでも、敏感なそのほおひげを通じて、猫がそこへ戻れるように知らせてくれる本能である。

ピーターは少なくとも、まわりの人間たちが何をしゃべっているかわかるという、無類な——猫の見地から見れば——才能を持っていたし、たとえばバスの前面についている、漠然とではあるが、どこ行きかということを示す記号のような、さまざまな標識を読む才能も持っていた。だからその方向に向って歩きつづけてさえ行けば、ついにはその終点なり、その終点の界隈《かいわい》なりにたどり着くことができるわけである。自分がはじめて猫になって、表の通りにほうり出されたときは、ピーターは狼狽《ろうばい》のあまり、一体自分がどの角を曲って、どの道をどういうふうに回って来たのかというようなことは、少しも念頭におかないで、家から遠いところまで逃げ出したのであった。しかしピーターは自分の住んでいた界隈ならよく知っていた。だからひとたびオクスフォード通りなり、リージェント通りなりに出さえすれば、あとの道は自分でちゃんと捜すことができることを承知していた。

しかし、いざ町の知識や、どうやったら怪我《けが》しないですむかとか、どうやったら食べたり、飲んだり、寝たりすることができるか、という問題になると、やはりジェニィは、このうえもないほど貴重な存在だということがわかった。

みちみちピーターはジェニィから、犬について知るべき重要なことのすべてを学んだ。どういうふうにして犬に対処したらいいか、たとえばテリアは、どんな種類のものにせよ、用心しなければならないとか、通りで普通に見られる雑種犬などは、軽蔑《けいべつ》してかまわないというようなことも知った。皮ひもでつながれている犬は、たとえどんなにすごく騒ぎたてようと、吠《ほ》えかかろうと、また唸《うな》り声でおどしてこようと、また皮ひもを引っ張って向ってこようと、無視しても大丈夫な犬である。そういう犬は、自分たちが皮ひもでつながれていること自体が、もちろん威厳を損ずるので、もし自由な身になればどうすることができるか、ということを大げさに誇示しなければならないからこそ、そうするだけのことなのである。そういう犬はほかの犬に会っても、やはりおなじことをやって見せるわけである。ジェニィに言わせれば、そんなものはみんな、こけおどしにすぎないのだそうで、ジェニィ自身はそんなものには少しも注意を払わなかった。

「できるだけこらえて、犬から逃げ出すようなことは、決してやらないようにするものよ」とジェニィはピーターに注意した。「なぜかというと、たいていの犬はとにかくヒステリーになりがちで、半分目が見えないようなもので、動くものなら何でも追いかけようとするものなの。でも、もし走らないでがんばっていれば、犬のほうで、すぐあんたのそばを通って行きながら、あんたを見もしないし、あんたの匂《にお》いも嗅《か》がないようなふりをして行く場合が多いものよ。特にその犬が、以前あたしたちの仲間の誰かと、争いをした経験のある犬なら、なおさらのことよ。犬というものは、もの覚えがいいものなんだから。

「小さな犬だったら、あたしたちが拳闘《けんとう》ごっこして遊ぶときみたいに、ぴしゃりとやっつけてやれば、おとなしくなるものよ。ただし爪《つめ》をむき出しにして、さッと激しくひっ掻《か》いてやらなきゃいけないわ。たいていの犬は目をひっ掻かれることを、こわがっているからなの。犬は体がやわらかいものだから、鼻もひっ掻かれることは嫌いよ。ちょうど喧嘩《けんか》したがっているような格好の見本が、そこにいるわ。あたしの言う意味を、実地にやってお目にかけるわよ」

彼らがホワイトチャペル街近くのセトル通りを、食べ物を捜しながら歩いていたとき、食べすぎて肥えたスコッチ・テリアが、一軒の店の戸口から吠えながら飛び出して来て、唸ったり、きゃんきゃん叫んだり、飛び上がったりしながら、彼らに向って来た。そして盛んに歯の音をさせたり、おどしたり、虚勢を張ったりしながら、そばまで突撃して来ては、引きさがるということをくり返していた。

ジェニィは敵に向き合ったまま、落ちつきはらって歩道にしゃがんだ。そしていかにも自尊心を傷つけられたような、無関心な態度をとっていた。それを相手は、恐怖ですくんでいるものと思い違いし、それに勇気を得てそばまで近寄り、大胆にも歯でジェニィのわき腹に、本当に噛《か》みつこうとした。まるで電光石火のように、ジェニィは左手を三べんつづけざまに突き出し、一方、テリアが噛みそこねる程度に、ちょいとその攻撃から身をそらした。つぎの瞬間、鼻の先と右の目の下をひっ掻かれた相手は、戸口に逃れて難を避け、「助けて！　ひと殺し！」と金切り声をあげて吠えたてた。

「さあ、行くのよ」とジェニィはピーターに言った。「あたしたちは急いで立ち去らなきゃいけないのよ。そのわけは今にすぐわかるわ」ピーターはもうずいぶん以前から、彼女に問いただしたりすることは、やらないようにしていた。特に、間一髪のタイミングを必要とする場合は、なおさらのことである。ちょうどそのとき、その犬の飼い主で、みすぼらしいその青物店の女主人らしい、だらしのない女が出て来て、水のいっぱいはいった洗い桶《おけ》を彼らに投げつけたが、ジェニィの後につづいて、さっそくその場を逃げ出していた彼らには当らなかった。ジェニィの知恵と、迅速な行動のおかげである。

「あたし練習不足なのよ」とジェニィは、ピーターにたいする古くからの見せびらかしを、ちらりとのぞかせながら言った、「三べんめはひっ掻きそこねてしまったわ。

でも……ああいった犬たちは、助けを求めて叫びながら、逃げ出して行くけれど、もしあんたがそのへんにぐずぐずしていたら、今見たとおり、たぶん仕返しを受けるわ。犬からでなくたって、あんなふうに人間から、ね。でも必ずしも、いつもあんなことする必要はないのよ。犬はよく猫といっしょに育てられたり、あるいは猫に慣れているものなの。それでよく犬は、ただ珍しがったり、いっしょに遊びたがったりして、尾を振りながら、鼻をくんくんいわせてそばへ寄って来るわ。それは犬のほうで嬉《うれ》しくて、仲よくしたがっているという意味で、べつに腹を立てているわけでもないし、さきほどの犬のように、何かのことに興奮したり、神経をとがらしたりしているわけではないのよ。そのときあんたはそれをこらえながら、気がつかないようなふりをしているか、それともその場を離れるか、それとも犬のとどかないような所へ、上ったりすればいいの。これはあたしだけのことかもしれないけれど、どうもあの湿った、ひんやりする、水っぱなをたらした鼻を、こちらの毛並みにごそごそすりつけられるのは、どうしたって好きになれないのよ。だからそうした場合は、たいていあたし、爪をひっ込めた手で相手をちょいと突いてやるのよ——それは相手に、自分たちは結局お互いに、まるっきり違った種類の動物で、そういうふざけ方は猫のふざけ方ではない、ということを思い出さすためなの」

「でもそれが大きな犬だとしたら」とピーターは言った。「グラスゴウで会ったような……」

ジェニィはいささか身震いしながら、「うわあ！」と言った。「あんなのを思い出させないでよ。あのときあんたに言ったように、ブルテリアに会ったらいつでも、逃げ出すか、それよりいいことは、何かに登りはじめるのよ。

「でもほかのたいていの犬は、体をふくらませ、実際の自分より大きく見せて、はったりをかけるか、おどかすか、することができるものなのよ。やってみせてあげるわ。ずっと以前に、教えてあげておかなければならなかったはずなんだけれど。だって、いつそれが必要になるか、わからないものなのよ」

彼らはセント・ポウル寺院の前に爆弾でやられてできた、ペイテルノスター通りの広々とした空地の中を歩いていた。ジェニィは低い煉瓦《れんが》塀《べい》の上の笠木《かさぎ》を飛び越えて、そこに生えていた雑草やポインセチアの中にはいって行った。そして、「さあ」と言った。「あたしのやるとおりにしてごらんなさい。深く息を吸うのよ、そう、ぐっと吸い込んで。こんどは吹くの。でも同時に息を止めるのよ。じっと止めてるのよ！さあ、できたわ」

彼女の言うとおり、なるほどピーターの体は、自分の大きさの二倍ほどにふくれ上がった。ジェニィとおなじほどふくれ、体じゅうが何か一方に傾いた、毛皮の大きな玉のようになった。ピーターは自分の体は、さぞばかでかくて、ひどくゆがんで見えるにちがいないとも思われたし、こんなことはずいぶんばからしいことのようにも思われた。そしてそういうことをジェニィに言って、「ばかばかしいと思うよ」とつけ加えた。

しかし彼女の返事はこうであった——「ちっともそんなことないわ。ご自分ではわからないかもしれないけれど、あんたはほんとに、すごく相手をおびやかすように見えることよ。これは一種の戦闘防止策で、それどころか、大きな意味を持っているものなのよ。もし戦わずして戦闘に勝つことができたら、つまり敵がそれでおびえてしまい、戦うことさえ始めないで、その場を立ち去ってしまったら、全然戦闘というものはなくなってしまい、そのほうが何よりいいことじゃないの。誰にも害にならないじゃないの。それにほかの猫にたいしてだって、いつもやってみるだけの値うちはあるのよ。だって、自分じゃそれはみんな空気のかたまりにすぎないとわかっていても、もし誰かがあんたにたいしてそれをやったら、あんただってぞッとするでしょう」

ピーターは突然デンプシィのことを思い返してみた。あの百戦の傷跡のある古強者《ふるつわもの》が、体をふくらませ、そのふくらんだ体全体をゆがめて、おびやかすように自分の前に立ったとき、どんなに身のすくむ思いをしたか思い出した。

「それにともかく」とジェニィはレッスンのことばを結んだ、「万一それが効き目がなかったとしても、体にいっぱい空気を詰めただけでも、それだけでやはりいいことがあるのよ。なぜかといえば、そうしておけばいつでも完全に、相手をびっくりさせるような、ときの声をあげることができるからなの。それがまたときには、もし相手より先に体じゅうの力をこめて、ときの声をあげることができたら、ほんとに役に立つことがあるものよ。そういう声をたてれば、犬は、いつかやられたときのことを思い出して、たいてい退却してしまうものなの」

ロンドンの一画を横断しながら、そうして歩いているうちに、ピーターは猫というものも大体において、とても人間と似かよったものであることを発見した。猫の中にはけちで、こせこせして、うるさくて、たとえ相手にていねいに、仲間に入れてもらえないかと頼まれても、自分の権利ばかりを主張してがんばる猫もあれば、また中には、心の広い、もてなしのよい猫もあって、ジェニィがここに入れてもらえないかと、ていねいに許しを求めることばも終らないうちに、気持よく、「さあ、どうぞ、どうぞ、そのまま中へはいってくれたまえ。ここは広すぎるくらい広いんだから」と言ってくれるものもある。また中には彼らが宿なし猫だというので、仲間にするのはごめんだと言う、紳士気取りの猫もあれば、中にはかつて自分たちも宿なし猫で、そのころのつらさを思い出して、同情してくれる猫もある。また、いつも体に傷の絶えない喧嘩好きの猫もいるし、ただ喧嘩するのがおもしろいからというので、しじゅう喧嘩しては自分たちの偉さを主張している猫もいる。また、肉屋や、酒場や、スナック・バーや、青物屋などの気立てのよい猫は、彼らを食事のあるところに連れて行ってくれたり、自分たちの持っているものは何でも分けてくれたり、あるいは、どこへ行けば食べ物にありつけるか、という助言を与えてくれるものもあった。

またピーターはジェニィからだけではなしに、自分のにがい経験から、子供たちに用心しなければならないことを覚えた。特に、猫を理解するほどまでの歳《とし》になっていない子供たちや、残忍な傾向のある、少し歳がいった子供たちの場合は、なおさらのことである。それに、相手がどんなふうな子供かということが、前もってわかるわけがないのだし、かわいがってくれる子か、いじめる子かもわからないのだから、もしロンドンの宿なし猫だった場合は、自分の身の安全の利益になるように行動するほか、どうにも方法がなかった。

こういう悲しい知識は、彼らがホワイトチャペル街の、ペティコート・レイン通りを縫って通り過ぎたころ、きたならしい男の子が、ポテトチップつきの魚フライを売っている店の、外のどぶ溝《みぞ》の中で遊んでいたのだが、その子供からピーターが、いやというほど思い知らされて覚えた知識だったのである。その子はピーターとおなじくらいの格好で、というより、少なくともピーターが驚くべき変身という奇跡に見舞われる前の年格好で、背もおなじくらいの高さであった。その男の子は、彼らが急いでそばを通ろうとしたとき、「おい、猫、ここへおいで、白よ……」と声をかけたのであった。

ジェニィがまだピーターに注意するひまもないうちに、あるいは、「ピーター、用心して!」と、声をかけるひまもないうちに、ピーターは相手を信じきって、その子のほうへ行った。なぜなら、ある意味でその子は自分を思い出させたし、また、自分はいつも、通りで見かけるすべての猫を、特に宿なしや、さすらい猫を、とても愛していたことを思い出したからである。

ピーターはそばに近寄り、撫《な》でてもらおうと、頭と顔を突き出した。つぎの瞬間、自分はこの場で死ぬのではないかと思ったほど、痛烈な、激しい痛みが、頭から足の先まで、体じゅうを突き抜けるのを感じた。ピーターは半分は痛さのあまり、半分は恐怖のあまり泣きだした。自分の身に何が起ったのか、まだわからなかったからである。

やがて、その男の子が自分の尾にしっかり指を巻きつけて、引っ張っているのだということに気がついた。自分の尾を引っ張られるとは！　これほど痛くて、これほど体じゅうが拷問《ごうもん》にかけられているような苦しみは、これまでの経験になかったことである。

「これくらいにして、かんべんしてやろう」と言って、その男の子は意地悪そうな笑い声をたてた。「こんどは逃げ出すところを、見物するとしようか……」

恐怖と怒りの叫び声をあげ、歩道の裂け目に爪を埋めながら、満身の力をこめて、何とか身をふりほどいたピーターは、尾はその男の子の手の中に残して来た、と思いこんでいた。半ブロックばかり駆け出してから、ようよう、尾がまだ自分のうしろになびきながら、大丈夫、体にくっついているのだ、と心に決めることができた。

そしてここでピーターは、自分がこれまで知らなかった、猫についてさらにもう一つのことに気がついた。それは尾を引っ張られるということは、苦しいということだけではなく、そこにひどい屈辱感がはいりこむということである。ピーターはこれほど肩身の狭い思いをしたこともなければ、これほど恥ずかしい、これほど腹立たしい、これほど面目を失したこともなかった。しかもそれがみんな、ジェニィの目の前のことだったではないか。自分はもう二度と彼女の顔を見る勇気もないように思われた。

それは自分が男の子だったころ、教室の隅に立たされたことよりも、あるいはまた仲間の前でひどく叱《しか》られたり、耳をひっぱられたり、げんこを見舞われたりしたことよりも、いっそうつらいことだった。

それを耐えられるようにしてくれたのは、ジェニィがわかってくれているらしい、ということであった。ジェニィは同情するようなことばは一つもかけてくれず——もっとも、そのときそんなことばをかけられたら、とてもこらえきれないにちがいなかったのだが——こちらをちらりと見さえせず、ある意味では、ピーターがそこにいないかのように、ただ自分のことだけにかまけているようなふりをして、並んでとことこ歩いていた。ピーターにはそれが一番助かったのである。それからしばらくたって、しだいにさきほどの痛みも、記憶もうすれ始めたころ、ついにジェニィが自分のほうを向いて、不意に——「今晩雨が降るかもしれないと思うんだけれど、どうかしら？あんたのほおひげは、何と言っているの？」と言ったとき、ピーターは口ひげを前に突き立て、背中の皮膚を、天気予報する格好にしわを寄せ、つぎのように答えることができたのであった——

「ひと雨かふた雨くらいあるかもしれないね。降りださないうちにキャベンディッシュ広場まで行こうと思ったら、急いだほうがいいね。ほら、あっちを見てごらん。いま通って行くのは、いつも通っていたバスだよ。あれとおなじ方向をたどって行けば、間違いっこないよ」

それは七番という系統のバスで、上に「オクスフォード通り経由、マーブルアーチ行」と書いてあった。

「というのは、オクスフォード通りはリージェント通りと交差して、それからプリンセス通りがあって、そのプリンセス通りを曲って行けば、いやおうなしにキャベンディッシュ広場に出るからだよ」とピーターは説明した、「そこからちょっと行きさえすれば、うまや町の家《うち》なんだ」

ジェニィがとても寂しそうな、もの思わしげな声で、「家《うち》」と口まねしたので、ピーターはサッとその顔に目を走らせてみた。しかしジェニィはそれ以上何も言わず、小走りに道を急いでいた。道を急ぐと言っても、いわば商店の戸口から、つぎの商店の戸口へと、つぎつぎに急いで行ったわけで、そうこうしているうちに、彼らは間もなくホルボーンから、ニュー・オクスフォード通りを抜けてオクスフォード通りにはいり、リージェント通りを渡って、さらにプリンセス通りを曲ると、もうキャベンディッシュ広場だった。

20　キャベンディッシュ広場の「おえら方」たち

彼らはついにキャベンディッシュ広場にたどり着いたのだから、ピーターは一刻も早くうまや町に行きたいと思った。再びここへ来てみれば、すべてのものは家《うち》のそばの、自分のよく知っている懐《なつ》かしいものばかりである。楕円形《だえんけい》の小さな公園は、青々とした背の高い灌木《かんぼく》にとり囲まれ、それが生垣のようにぴったり寄せ合って植え込まれているので、猫以外、すべてのものを閉め出す矢来《やらい》代りになっている。事実、北側の鉄の門からでなければ、出入りはできないようになっている。

この小公園の中も以前とおなじように、子守女たちは乳母車のそばで編み物をしているし、幼い子供たちは、外の通りを走っている車の往来から安全に守られながら遊んでいる。小公園のまわりの、広場の三方に並んでいる、もったいぶった静かな家々は、どれもこれも見覚えのあるものばかりである。かつて焼夷弾《しょういだん》にやられて、内部は全部えぐり取られている家だって、よく覚えている。その家のがらんどうになった内部は、無事だった外側の塀と、ドアと、板張りにされた窓との奥に、ひっそり隠されているので、いっそうその家は、まるで眼を閉じて眠ってしまい、むやみに妨げてもらいたくないと言っているような印象を与えている。

その小公園の前にはまた、背の高いお巡りのウィゴウさんも立っている。丸っこい青いヘルメットをかぶり、紺の肩マントを羽織り、汚れめのない白い手袋をして、いかにも気持よさそうにしている。郵便配達のレッグさんは二十九番地からいま出て来るところだし、消費組合の配達車が、ちょうど角を曲ってやって来るところであった。今にもばあやが、紺色のリボンをうしろになびかせた、ぱりぱり糊《のり》のきいた青と白の、スコットランド式のボンネットをかぶって、うまや町から堂々と広場に出て来そうな気がする。おそらく自分がその手に引かれているのだろうが、赤ん坊扱いにはされたくないので、その手を引っ張りながらだろうと思う。

何もかももとのままではないか。もう少し行きさえすれば、自分がずいぶん昔に棄《す》てて来たように思われる、家《うち》が見られるのだ。ピーターはジェニィをせかした、「急ごうよ、ジェニィ。さあ出かけようよ。もうすぐそこなんだもの」

しかしジェニィは、気がとがめる思いはするのだが、ピーターに注意し、そのはやる心を押しとめなければならなかった。なぜなら、要するに、よそ者として彼らがやって来たこの土地は、誰かほかの者たちの領分だったからである。ということは、彼らは歩くにしてもそっと歩かなくてはならないし、行儀もよくしなければならず、向うの様子を知るようにしなければならず、何よりも質問にはていねいに返事し、住んでいる者たちの言い分に、耳を傾けなければならないという義務があるということである。で、もしここの社会の重だった者たちに受け入れてもらえたなら、その後は自由に出入りできるわけである。しかし大人数の世帯をかかえているような地区を通るのに、もし足をとめて儀礼的な挨拶《あいさつ》もせず、がむしゃらに通り抜けようとしたなら、明らかに厄介なことが起きるにきまっているわけである。

「もう少し我慢してね、ピーター」とジェニィは言う、「もしあたしたちが足をとめて、自分たちのことをよく知ってもらわなかったら、ここの方たちはみんな取り乱して、大変なことになるわよ。あたしたちはここでは、よそ者だということを忘れないようにしていてね。さあ、あたしといっしょに、静かに広場の右側を回って行きましょう。そしてここの方たちが何と言っているか聞いて、ここの方たちと調子を合わせるようにしましょう」

ピーターはこの辺のアパート街の管理人で、また小公園の番人でもあり、鍵《かぎ》をあずかっている人の住んでいる、二番地A号の前を通るまで、ジェニィの言ったことの意味が、どうもよくわからなかった。そしてここではじめてピーターは、猫の世界の、ほおひげという、アンテナの伝達法の驚異に出会ったのである。それは放送によく似ている。つまり相手が何か考えると、その相手がしゃべっていることが、つまり、しゃべっていると思ったことが、すぐこちらにわかってくるのである。なぜなら、こちらのほおひげなり、上あごの震え毛なり、目の上のほうからうしろにかけて生えている、触覚毛なりを通じて、そのことが伝わって来るからである。それは短い距離しか伝わらないで、事実は、自分のほうが、通信を交わして相手の猫に、近づかなければならないのであるが、実にうまく伝わるものである。

たまたま管理人は留守であったが、その飼い猫は窓の奥に坐っていたので、ピーターは、自分が広場の近くに住んでいたころ、胸もとに大きな白い斑点《はんてん》があり、すごく大きな緑色の目をした、その黒い雄猫は、よく見覚えていたので、すっかり嬉しくなってきた。窓の奥にいたその黒猫が、自分たちに放送していることに、ピーターが気づいたのは、そのときだったのである。窓が閉っていたので、その猫のしゃべる声は聞えなかったが、たしかにその猫が――「こちらはミスター・ブラックだ。ちぢめてブラッキー、つまり黒公と呼ばれている。わしがこの界隈《かいわい》のものごとを大体きりもりしているのだ。君たちは宿なしか、それとも近所のどこかから訪問して来た、誰かの飼い猫なのか？」と言ったということは、ピーターにきわめて明白にわかった。

ピーターはジェニィが、ていねいに、「宿なしですわ」と答えたのを感じとった。「フム！」大きな丸い目で、窓ガラスを通して、自分たちをじっと見つめながら、ミスター・ブラックはつぎの質問を無線で送った――「ただ通って行こうというのかい？　それとも、しばらく足をとめて行こうというのかい？」

ピーターはもう自分をおさえきれなくなり、さきほどジェニィが注意してくれたこともすっかり忘れて、自分の波長で送信した――「でも、ぼくはここに住んでいたんだもの。というのは、すぐ北のうまや町なんだけれど。君、ぼくを覚えていないの？ぼくは一番地A号に住んでいたピーター・ブラウンだよ……ぼくの父はブラウン大佐で、それに――」

ブラッキーは顔に、さもうさんくさそうな表情を浮べて、そのことばをさえぎった。「ピーター・ブラウンだって？　生れてからこのかた、そんな猫は知らんなあ。この辺にいるものなら、わしの知らない者はいないはずだが。ブラウンさんの家で猫を飼っていたなんていうこと、全然聞いたことはないなあ。前には小さな男の子がいたんだが、その子はどっかへ行っちまったよ。おい、君、君は小生意気な口をきいてるようだが、そんな相手をまどわすような嘘《うそ》八百を並べて、この界隈を騒がせようとするんだったら、言っておくがなあ――」

しかし幸いなことに、気転のきくジェニィが、この急場の仲裁にはいってくれた――「お願いですから、まあこらえてくださいな。これがあたしの友達の悪い癖なの。みんな空想したことなんですのよ。このひとはしょっちゅうそんなことばかり空想して……」

「そうかね」とミスター・ブラックは言った。「そういうことなら、まあ、いいやね。わしたちはべつにこの界隈でえらぶっているわけじゃないんだが、このところ、この辺も宿なし猫で超満員なんでね」

「あたしたちグラスゴウから帰って来たばかりなのよ」とジェニィが言いだした。ピーターは、これはずいぶんおかど違いなことを言いだしたものだ、とは思ったものの、ジェニィが何もかも承知のうえでそういうことを言いだしたということ、何より猫というものは、いつも何かしら興味をつなぐようにしておいてやらなければならないものだ、ということも、これからまだ学ばなければならないということがわかった。

ミスター・ブラックははたして興味を示した。「グラスゴウか。そうかね。わしも前にここで、そこから来た猫と知り合ったことがあるが。君たちはどうやってここまで来たんだね？」

いつの間にか、自分のしでかした間違いから自分をとり戻していたピーターは、それなら自分に答えられると思い、誇らしげに口を出した——「ぼくたち船便で来たんだよ」と、カウンテス号で水夫たちのしゃべっていることを聞いているうちに覚えた、船乗りのことばを使って言った、「グラスゴウとロンドンのあいだを行き来している、カウンテス・オブ・グリーノック号で……」

ミスター・ブラックは、さも感心したような顔をして、「そうか、そうか、船猫だったのか」と言った。「じゃ、君たちふたりとも船の事情には通じているはずだな。わしは以前、ある船員さんの飼い猫だったことがあるんだよ——まあ船員さんみたいなもんだが、ひょっとしたら船荷係とでも言うのかな。その人はプリマス近くの、デボンポートと、トークロスのあいだのフェリー・ボートで働いていたんだよ。その船は一方の岸から、一方の岸まで、海底を走っているケーブルに乗って動いているんだってこと、君は知ってるかね？」

ジェニィは知りませんわ、そんなびっくりするような話、これまで聞いたこともありませんわ、とていねいに返事した。

「実際その船は、そうやって走っているんだよ」とミスター・ブラックは言い張った。「それを正確に言えば、君たちは航海とは言わんかもしれないが、とにかくある意味では、わしたちにははっきり共通したところがある、ということになるんでね。だから君たちがここにいてもかまわんと思うんだよ。三十八番地の焼夷弾にやられた屋敷に、たいていの連中は住んでいるよ。その連中に、君たちもそこにはいっていいと、わしが言ったと言いたまえ。だが注意しておくが、この界隈の規則を守ってくれないと、君たちふたりに出て行ってもらうからね。忘れちゃならない一番大事な規則は、夜中にごみ箱をひっくり返しちゃいけないということだ。住んでいる人たちがそれを嫌い、クレグさんに苦情を言うんでね。わしに苦情を言うのはその人なんだよ。その人は公園も広場も、何もかも所有している人なんだ。それから喧嘩《けんか》しないこと。これも住んでいる人たちに迷惑になるからなあ。喧嘩したかったら、ウィグモア通りか、マンチェスター広場に行ってやるんだなあ。あそこじゃしょっちゅう喧嘩が行われているよ。わしはこの界隈を、いつも静かに、上品にしておこうと思っているんだ。向うの五十二番地に二人のオールド・ミスが住んでいるがね。その人たちは感じやすい人たちで、哀れっぽく持ちかければ、ときどきミルクくらいは恵んでくれるよ。君たちの名前は何と言ったっけかな?」

「あたし、ジェニィ・ボウルドリン」とジェニィは答えた。「少しスコットランドの血がはいっているの。そしてあたしの友達の名前は、ピーターというの、そして――」

「よかろう」とミスター・ブラックはそのことばをさえぎって言った。「じゃ、うまくやりたまえ……」と言って、勢いよく身づくろいを始めた。

「ほうらね」静かに歩きだしながら、ジェニィはさも満足そうに言った。「わかったでしょう。もうあたしたちには行くところができたのよ、と言っても、ほんの万一の場合だけれど。こんにちは、みなさん方。おふた方にご健康と、ご長命をお祈りしますわ」

この終りのほうのことばは、二匹の灰色猫に向って挨拶したことばであった。どちらも巻き尾で、頭にライヤ琴のような斑点のあるその二匹の猫は、ピーターが近所に住んでいたころと同じように、五番地の一階の窓にしょげたような顔をして坐《すわ》り、通って行く人々を目で追いながら、身づくろいをしたり、まばたきしたり、のどを鳴らしたりしていた。

その二匹がジェニィのていねいな挨拶にたいして答えたことばは、窓越しに伝わって来たのだが、おだやかな眠そうな声で、ときどきどちらがしゃべっているのか、わからなくなるほどであった。

「あたしチンよ」

「あたしチラよ」

「あたしたち双生児なの」

「あたしたち本当にウクライナ猫の血統なの」

「あたしたちは決して家から出してもらえないの」

「ミスター・ブラックに話はすんだの？」

　そのことばは自分たちに話しかけられたはじめての質問であったし、二匹から出された質問のように思われたので、ピーターはその返事を自分で引き受けて答えた、

「そう、話はすんだよ。ブラッキーはとても親切に、ぼくたちにここに住んでもいいと言ったよ」

　もし鼻であしらう音まで放送されるとしたら、ピーターとジェニィのほおひげがそのあとで傍受したのは、まさしくその鼻であしらうような音であった。「フン！　しかたがないわね。この界隈が今にどういうことになるかわからないと、あたしたちが常々言ってるんだけれど。あたしたちがここへ越して来たころは、違ってたわ。実に高級だったわ」

「ごみ箱をひっくり返さないように注意してね」

「ほんとに宿なし連中ったら！」

「おふた方にご健康とご長命をお祈りしますわ！」ジェニィはもう一度ていねいにそうつぶやいて、そこを立ち去りながら、こうつけ加えて言った――「ほんとにさもし

い淑女気取りなんかして……」五番地からも低い、腹立たしそうな唸《うな》り声が伝わって来た。

「血統だって聞いてあきれるわ」とジェニィは言う、「血統がどこまで先へたどれるのか、もう一つ、あたしの先祖がエジプトで神さまになっていたころ、あの猫たちの先祖がどんな格好していたか、聞いてみたいもんだわ。それより、一体ウクライナってどこにある国なの？」

「ロシアにあるんだろうと思うよ」と、あまり自信なさそうにピーターは答えた。

「それとも、トルコかもしらんよ」

「ロシア猫のくせに」とジェニィは腹立たしそうに言った。「この界隈が近ごろどうなったとか、えらそうなことを言って……」

十一番地の表の鉄柵《てっさく》の内側に、うす緑色の目をした、ショウガ色の猫が、尾をきちんと体に巻きつけて、うずくまっていた。ピーターはその猫に向って教わったとおり、「ご健康と、ご長命と、ご多幸をお祈りします」と挨拶した。その猫は女管理人のボビットおかみさんの飼い猫だということを、ピーターは知っていた。そこにそうしているのを、以前たびたび見たし、撫《な》でてやったことさえあったのだが、こんどはそばに近寄って行って、お互いの鼻を触れ合せた。

ショウガ色の猫は言った、「上手に口をおききになること。まだお若いのに。近ごろは、作法を心得ている猫が残っているなんて、嬉《うれ》しいことなのよ。あんたはちゃんとりっぱに仕込まれてきたのね。世の中に出て出世するには、作法を心得ておくということが、何より大切なことだということを、よく覚えておきなさいね。実はあたし今朝っから、むしょうに腹が立っていたの。誰でもいいから突っころがしてやりたかったの。でもあんたが優しいことばをかけてくれたので、機嫌もなおったわ。あたしの名はウズイというの。ミスター・ブラックには会って来たのね？」

ジェニィは自分たちの名前を告げた。彼女はピーターが、このショウガ色の猫から受けた賞《ほ》めことばを聞いて、誇らしい気持でいっぱいになった。

ウズイはジェニィに言った——「ジェニィ・ボウルドリンですって？　じゃ、スコットランドなのね。お顔を拝見すると、それ以上のことがわかるわ、育ちがよくって。たぶんエジプト系なのね——その耳を見ればわかるんですもの。あたしは大変な雑種で、もとをただしてみようとしても、誰にもわかりっこないんですものね。ちゃんと落ちついたら、もう一度ゆっくりいらして、あんたのことをみんな話してくださいね……」

ジェニィはいかにも感心したような声で言った、「あれこそ、これまで会ったこともないほど、りっぱな猫だわ。ゆっくりあの方と話さなくちゃ」ジェニィがとても満足そうな、楽しそうな、元気のいい顔をしたので、ピーターは、ほんのしばらくでも彼女の心を、気の毒なグリムズさんから、うまく引き離してやれたことが、嬉しくてたまらなかった。

彼らが歩きつづけて行くうちに、どこか高いところから、誰かがおだやかな声で、ご長命で、食事ごとに必ずミルクがお飲みになれますよう、お祈りしてますわ、という優しい挨拶を送っていることに気がついた。顔を上げてみると、十八番地の張出し窓に、みけ猫が落ちついて坐っているのが見えた。

「ぜひしばらく足を止めてくださいな」と、その猫は懇願した。「あたしとても退屈してるの。おふた方とも方々回って来たらしい、お顔していらっしゃるじゃないの？（『そのとおりさ』とピーターは自分に言った）あたしの名前はヘッドウィグ。あたしは世の中のありとあらゆる物に恵まれているんだけれど、とても不仕合せなの。子供のない夫婦の飼い猫なんですもの」

「まあ、それはほんとにお気の毒ね」とジェニィは同情した。

「ほんとなのよ」とヘッドウィグは言う、「一日じゅうあたしを抱いて歩き回ってるんだもの。まるで赤ん坊でも抱くように、あたしの背中に両手をかけて、こっ、こっとか、くうくうとか、何のことかさっぱりわからないような、いやらしい声ばかりかけて、かわいがろうとするのよ。水色のリボンに飾られた籠《かご》もあるし、枕《まくら》もいくつもあるし、ひっ掻《か》きつく支柱もあるし、おもちゃもあるし、いろんなもののつまった引出しだって幾つも、あたし持ってるの。だけど、そんなもの、みんなあきちゃったわ。ここの夫婦に拾われるまでだって、あたし裏町の路地で、ずいぶん気楽に、便利に暮していたんだもの。このあとでしばらくでも外へ出たら、さっそく焼夷弾《しょういだん》でやられた家へ行ってみるわ。旅をして回ったら、どんな気持がするものか、そのとさゆっくりお聞きするわ。ああ、待ちどおしくてたまらないわ」

「わかったでしょう」と広場のはしのほうに歩きだしながら、ジェニィがピーターに言った。「いいことずくめでも、楽しいとはかぎらないものよ」

さらに歩きつづけて行くうちに、びっくりするほど美しい、血統のはっきりわかるバラ色のペルシャ猫に会ったが、その猫は共進会のことや、ブルー・リボン賞のことしか話さなかった。ミスター・シルバーという名前の、長い灰色の毛をした猫は、もし最高の生活を送りたいなら、独身男の飼い猫になるのが　番だと、しきりにふたりに念を押していた。またオールド・ミスたちといっしょに暮している、よく釣り合いのとれた三匹のとら毛猫は、もし物に恵まれないことが、それほど気にならないなら、オールド・ミスの二人の姉妹といっしょに暮すほど、気楽なことはないと言った。なぜなら、ものごとは何も決して変らないし、こわがったり、心配したりすることは、何も起きないからだそうである。

不思議なことに、いよいよ目的地が目の前に迫ってくると、ピーターはもうこれまでのように急ぎもせず、狭い袋小路《ふくろこうじ》とも言うべきうまや町の入口で、しばらく足を止めた。

猫でありながら、しかもこれまでにないほど、猫のことはよく理解していたにもかかわらず、間もなく父や母に会えると思うと、ピーターは嬉しくてたまらなかった。そしてジェニィ・ボウルドリンに言った、「ぼくたちとうとうやり遂げたね。ここがそうだよ。すぐそこまで行けば、ぼくの家《うち》があるんだよ……」

ジェニィの悲しみは、いつの間にか舞い戻っていた。というのは、ジェニィはピーターをとても愛すようになってしまったからである。彼女は言う、「そうね、ピーター。すぐそこまで行けば、あんたとあたしが別れなければならない所に着くのよ」

「何を言ってるんだ、ジェニィ！　どんなことが起きようと、ぼくが決して君と別れないことくらい、君にはわかってないのかい？　決して、決して別れないということを！」

しかしジェニィは、自分では知らなかったが、実にすばらしい予言者であった。ただし、狭いうまや町で彼らを待っていたものは、決してジェニィの思ったように運ばれたものではなかったが……

21　キャベンディッシュのうまや町での再会

そしてついにその場に来てしまった今になって、ピーターはどうしたらよいのかわからなかった。というより、事実自分に何のプランの持ち合せもなかった、ということに気がついた。

というのは、これは何も正規の訪問でも何でもなかったからである。正規の訪問だったら、ずかずか玄関に上がって行って、ベルを鳴らし、誰かが出て来たら、用件を走り書きした名刺を差し出せばいいわけである——「さきごろまでキャベンディッシュのうまや町一番地に居住していたピーター・ブラウン少年は、自分の父母である、ブラウン大佐並びに夫人とのインタビューをお願いいたします」そういう訪問ではないのだからといっても、まさか掛け金《がね》がかかっていないことを承知のうえ、玄関から飛び込んで行って――「ママ！　ママ！　ぼく帰って来たよ。また帰って来たんだよ。ぼくがいなくて寂しかった？」などと、どなるわけにもいかないわけである。

今のピーターはドアのノッブに手を伸ばすことさえできないのである。ましてやベルを鳴らすことなど、とうていできない相談である。そのうえピーターは大きな白い猫の格好はしているし、人間に話をする能力など、とうの昔に失ってしまっているのである。もっとも、人間のしゃべることばはわかるのであるが。また、万一ピーターが父や、母や、何はさておいても猫の大嫌いなばあやに、話しかけることができたとしても、自分は実際ピーターなのであるが、実は自分の身に奇妙なことが起って、こうなったのだと、三人に納得させようなどという考えは、あまり賢明なこととは思われなかった。おなじくらいの年ごろの誰かに説明することなら、大した困難なしにできるかもしれないが、大人だったら――「ばかなことを言うもんじゃない。小さな男の子が猫なんかになるものか」と一笑に付されてしまって、話はそれでおしまいになってしまうにちがいない。

しかし、今その瞬間が来てしまったのだから、自分たちはただ玄関まで上がって行って、家の前にしばらくこしをおろし、よく見回してみるだけのほうが、よいかもしれないとピーターは考えた。たぶん父は在宅だろうし、母とばあやは家にはいって来るか、家から出て行くか、するにちがいないから、自分には、この二人が無事で達者なことを見るチャンスがあるかもしれないし、何よりジェニィ・ボウルドリンに、自分の母を見せるチャンスがあるかもしれないと思った。ピーターはどうしてもジェニィに、自分の母がどんなに美しいか、見せてやりたくてたまらなかったのである。そして、そうしてやろうと心を決めた。

その家はわずか二階建ての小さな家で、どちらかといえば、隣りの家に寄りそって建っているような家だったので、「そこなんだよ。うまや町の一番奥にある、その小さな家なんだよ」とピーターが指さしてみせると、ジェニィにもすぐわかった。その隣りの家というのは、白いみかげ石造りのずいぶん大きな家で、最近手入れされ、ちょうど何だか妙なことが起きて自分が猫に変ったころ、新しい人たちが引っ越して来ることになっていた。

ピーターの家はちょっとかわいらしい家で、クリーム色の木で枠取られた黒塗りのドアがあり、その上に――「A・ブラウン大佐」と名前の彫られた、ぴかぴか光る真鍮《しんちゅう》の標札がうちつけられていた。なぜかといえば、世間の人たちはこのうまや町を捜し当てるのに、必ず苦労していたし、ましてやそこに住んでいる誰かを捜し当てることは、むずかしかったからである。

けれども、今通りを渡らない前から、ピーターには何かそのドアがおかしいように思われた。というより、そうだ、そのドアが違ったドアになってしまったことに気がついた。そういえば、通りに面している居間の窓も何かへんである。いつもそこには糊《のり》のよくきいた、ごわごわの、自慢のレースのカーテンがかかっていて、そのカーテン越しに、マーキュリーの小さなブロンズ像ののっかっている、飛びきり上等の飾りテーブルがちゃんと見えるはずである。

ピーターには、いま違ったところがはっきりわかった。真鍮の標札はもはやドアにはついていないし、窓にはカーテンがかかっていないし、部屋には家具も何も一つもなく、のぞいてみると空き家になっていることがわかった。しかし窓の隅っこには小さな白いカードが貼《は》ってあり、そこに何か黒い字が書いてある。その黒い字を読んでみると、この家が空き家で貸し家になっていることと、借りたいと思う人は、サックビル通りのトレジモア・エンド・シルキン商事に連絡するか、あるいは管理人に尋ねてほしいと書かれていた。ブラウン一家が引っ越して、もはやキャベンディッシュのうまや町一番地A号に住んでいないということは、きわめて明瞭《めいりょう》であった。どこへ引っ越したかについては、ただの一つの手がかりもなかった。

ピーターはそれにたいし、はじめは少しも驚かないという反応を示した。世間には一つの土地からほかの土地へ、しじゅう引越しばかりしている者も、よくあるということを思い出したからであり、引越しということは、陸軍にいる父の任地が、しじゅう変るということに何か関係があったからである。

二度目の反応は、さむざむとした失望の気持であった。これまで自分が猫であるという気持は、まんざらでもなかった。特にジェニィに助け出されて、その保護のもとで暮し、その後いろいろ珍しい経験をしたことは、心から嬉しいと思っていた。しかし自分の考えの底には、自分の身にどんなことが起ろうと、また自分がどこにいようと、自分の両親はちゃんとこの、うまや町のささやかな家に暮しているのだ、という心の慰まる事実がいつもひかえていたということを、ピーターは急に意識するようになった。そして事実、両親たちのことを考えると、両親たちが今何をしているかというようなことまで、ちゃんと想像してみることができたのである。何よりも、もし自分が帰ろうと思えば、いつでも帰って両親たちに会えるのだ、という楽しみがひかえていたわけである。たとえ両親たちが自分を息子だと気づかないでいたとしても。

それなのに家の人たちはいなくなってしまったのである。

ピーターは黒塗りの玄関のドアと、空き家になった窓の前に坐《すわ》って、目をしばたたかせながら、懸命に涙をこらえようとしていた。今の悲しみは、身づくろいをしたく、らいでは、とうてい和らげられない悲しみである。せっかく自分が新たに身につけたものを、披露できるかもしれないと思っていたのに。自分が覚えたことを、父と母にやってみせようと、あれほど願っていたのに。そして両親たちに、ここにいるのはもはや昔のように、通りを渡るとき、スコットランド生れのばあやに手を引かれなければならなかったような、ピーターではないということを、知らせてやりたいと思っていたのに。自分は今では、ほとんどひとりでロンドンを自由に歩き回れるほどになったし、汽船に乗って見も知らぬ町に行って来たこともあるし、犬たちに追われて橋の上に登ったこともあるし、小ネズミでも大ネズミでも殺せるようになったし、自分の力で食べて行けるようになったし、チーフメートのストローン氏のような人に賞賛されるほど、偉くなってしまった、などということも知らせてやろうと思っていたのに。

ピーターは自分で自分をおさえることはできたかもしれなかったのだが、機転のきくジェニィは、字を読むことはできなかったにせよ、どんなことが起ったのかちゃんと推量して、ピーターを慰めてやろうとした。そしてピーターに身をすり寄せながら、「かわいそうなピーター、家の人たちはみんなどこかへ行ってしまって、あんたを置いてきぼりにしたのね。お気の毒だわ……ちょうどあたしが……そうよ、あたしの家の人たちがどこかへ行って、あたしを置いてきぼりにしたのとおなじことなのね。それに違いないわ。あたしにはよくわかるもの」

このように自分の悲しみを思い出させされてしまったジェニィは、自分まで今にも泣き出しそうな気持になったが、一生懸命骨を折ってこらえながら、ピーターの顔に舌を当てて身づくろいをしてやり始めた。例によって頭を優しく、親切に動かし、動かし、しっかり情のこもった身づくろいをしてやったので、ピーターはすっかり感動してしまい、すぐさまワッと泣きだしてしまった。

とはいえピーターは、ジェニィにあんな生涯の大きな悲劇を思い出させてしまったことを、非常にすまなく思い、一つには自分自身の落ちつきをとり戻すため、一つには自分が同情していることを知らせてやるため、ジェニィが自分の顔に身づくろいをしてくれているのといっしょに、自分もジェニィの顔にくり返し、くり返し、身づくろいをしてやったので、あげくのはては、ジェニィもとうとう自分の感情をおさえきれなくなってしまったのである。間もなく彼らはうまや町の歩道にいっしょに坐りながら、いとも哀れっぽい嘆きの声をあげ、その大声をあげた痛ましい歌の中に、自分たちの悲しみの救いを求めたのであった。もちろんそれはミスター・ブラックの注意の一つを無視したことになったわけである。しかも真昼間、まだ午後の二時にもならないというのに、騒々しい音をたてて近所の住民たちを悩ましていたわけである。

というのは、隣りの大きな白いみかげ石造りの家の三階では、窓が開けられ、誰かが、「うるさいわね、猫たちゃ。あっちへ行ってよ。おかげで悲しくなるじゃないの」と言ったからである。

そのとき窓から誰かの頭が現われて下をのぞき、二匹の不幸な猫をみつけた。その顔は若い女の子のこのうえもないほどかわいらしい顔で、赤いリボンを結んだ波うっている長いトビ色の髪の毛は、優しい口もとと、人の心をとらえるようなトビ色の優しい目もとの目立つ、いきいきとした、その魅力ある顔の両側に垂れさがっている。

涙の中から上をじっと見上げたピーターの目に映ったのは、そういう顔であったが、ジェニィには何かほかのものが目に映ったと見え、まるで幽霊と顔を合わせたようにたじろいだ。一瞬彼女は片手を上にあげ、顔にはいとも不思議な表情をうかべながら、まるで金縛りにでもされたように、じっとその幻影を見つめていた。

それと同時に、女の子の驚きにきらめくその優しい目が、ひと回りぐるりと回り、その口が、一瞬信じられないとばかりに、あきれて小さな「O」の字を作ったかと思うと、やがて――「ジェニィ！　ジェニィ・ボウルドリンじゃないの！」と叫んだ。「かわいいジェニィ！　待っててね！　待ってるのよ！　今下へ行くから……」

やがて女の子の姿は窓から消えた。ピーターとジェニィは、家の中の階段をあわただしく駆け降りる足音を聞いた。そしてピーターが、「ジェニィ、あの女の子は君の名前を知ってるよ。その名で君を呼んだもの」と言って、それ以上言うひまもないうちに、通りに面したドアがぱッと開いて、息せききって顔をすっかりほてらした女の子が飛び出して来て、ジェニィを両手に抱き上げ、抱きしめ、抱きしめ、接吻《せっぷん》しながら、体をゆすり、ゆすり、ジェニィに向って叫ぶのであった、「ジェニィ、あたしの大事な、大事なジェニィ！　おまえだったのね。とうとうおまえをみつけたわ。いや、おまえがあたしをみつけてくれたのね、おまえはお利口なんだもの。あたしを覚えているんでしょう？　おまえのバフじゃないの。まさか忘れやしないわね。ああもう一度、はじめっからおまえに口づけのやりなおしをしなければ……」

もちろんジェニィがその女の子の顔を忘れるはずはない。たちまちジェニィの顔には、このうえもない喜びと仕合せの表情がみなぎり、バフの肩のまわりに、細長い、生きた、ぐにゃぐにゃの毛皮のようにまといつき、空のどんな飛行機のエンジンの音より高い、ごろごろという喉の音をたてていた。

やがてバフは、うまや町のほかの窓々が開いて、その物音に好奇心を起した人びとが首を突き出したとき、二階に向って叫んだ――「ママ、ママ！　ジェニィがあたしのところへ帰って来たのよ。ジェニィがあたしを捜し当てたのよ。早く降りて見に来て。ジェニィに間違いないんだもの」

そこでバフの母親は下へ降りて来た。バフによく似た、優しい顔立ちの背の高い女だとわかったが、同時にピーターは心のうずきとともに、自分の母にも似ていると思ったので、一瞬どちらがどちらともはっきりしなかったが、その女の人は自分には少しも目をくれなかったし、また事実バフもちっとも自分には目もくれもせず、こんどは二人してジェニィを抱いたり、撫《な》でさすったりしはじめ、二人で話し合ったり、ジェニィに話しかけたり、窓からびっくりした顔を突き出している近所の人たちに、この奇跡のすべてを説明し、今から三年前ジェニィを失うようになった、そもそもの事の始まりから物語っていた。

しかしもちろん、実際はその人たちのしゃべっているすべてのことがらを、ピーターが理解したということであり、そのためピーターの心は喜びにふくれ上がったのであった。なぜなら、この家の人たちがジェニィを見捨てたのでないことが証明されたからである。

ピーターがその話を総合してみると、この家の人たちが古い家から引越しをしようとしたとき、新しい家のペンキがまだ乾かなかったので、四、五日ホテルに泊ったのである。いよいよ引越しする朝になって、古い家にジェニィ・ボウルドリンを迎えに行ってやるつもりにしていたところ、バフが急に重い病気にかかり、急いで病院に運ばれ、病院では三日三晩、バフの命は絶望視されていたので、医者や、看護婦や、父や、母が病床につきっきりだったので、その騒ぎでジェニィのことは忘れられてしまったのである。

ついにバフの病気が危険を脱し、回復の途上に向ったとき、ペニィの奥さんはジェニィのことを思いだした。しかし五日以上も日がたっていたので、奥さんが急いで古い家に戻ったとき、ジェニィがいなくなっていることがわかった。

このことをジェニィが一刻も早く知ることが、とても重要なことだと思われたので、ピーターは、まだ興奮や話し声が盛んに続けられてはいたが、バフの肩に幸福そうにのっかっているジェニィに向って、下から「ジェニィ！」と呼びかけた。「君に最高のニュースがあるんだよ。この人たちの話に耳をすまして聞いていたところ、ここの人たちは決して残酷にも君を見捨てて行ったわけじゃないんだよ。バフが急病にかかって、入院しなければならなくなったんだよ……」と、できるだけ急いですべてのいきさつを話し、つぎのことばで結んだ——「本当に猫を愛している人たちが、特に君を愛していた人たちが、決してそんな人間であるはずはないと、はじめっからぼくにはわかっていたんだよ。君だってそのことは嬉《うれ》しいんだろう……？」

不思議なことに、彼女はいかにも仕合せそうに、いかにも夢見心地になって、下にいるピーターに微笑は送ってよこしたが、その話にべつに感動した様子もなく、また、とりたててその話に元気づけられた様子も見えなかった。もっとも、結局そういうことがわかったことは、まんざらでもなさそうではあったが、彼女はただこう言っただけである——「ピーター、あたしがバフをとり戻し、バフがあたしを愛してくれている以上、何が起って、どんなふうになったかなどということは、もうあたしにはどちらでもかまわないことよ。だって、あたしはどんなことだって、バフを許せる気持なんだもの……」

それはあまりにも女性的な考え方だったので、ピーターはとまどいを感じ、一瞬本当の心の痛みと孤独の前触れを感じたが、急いでそれをおさえつけた。というのは、ついに万事がジェニィにとってめでたく解決した以上は、相手の仕合せを祈る気持以外、どんな気持もいだきたくないと思ったからである。しかしつぎにジェニィの言ったことばは、いかにもジェニィらしいことばであったし、安心を与えるようなことばであった。彼女は自分たちふたりのあいだで、とっときの内緒話をするときのような、優しい甘い小声で、下にいる自分に呼びかけたのであった——「ねえ、ピーター、これからはもう、あたしたちはみんなとても仕合せになれるわ。だってここの人たちは、あんたもおなじように愛してくれることが、わかっているんですもの」

しかしこれはたちまち打ち砕かれる夢であった。というのは、バフも母親もピーターのいることなどには、ほとんど一顧も与えず、いよいよジェニィにたいする最初の歓迎の興奮や泣きごとがおさまり始め、うまや町の窓々から突き出されたすべての顔が再び中に引っ込められてしまうと、まだ自分の首のまわりにまといつき、片手で自分のほおをまさぐっているジェニィを連れて、バフはきびすを返し、キャベンディッシュのうまや町二番地の家の中に――いかにも金持ちらしく見える玄関のある、大きなみかげ石造りの家で、ジェニィのすべての悩みがここで終りを告げるはずの家の中に――はいって行ったので、ピーターも当然のようにその後について行った。ところがバフの母親は、大きな白いどこかの猫が、ドアからはいろうとするのを見て、かがみ込んでそっと通りのほうに押し出しながら、それほどじゃけんではない声でこう言ったからである、「いけない、いけないわ、おまえさんは。気の毒だけれど。おまえさんはだめ。猫という猫をみんな家の中へ入れるわけにはいかないのよ。おまえさんはもう家へお帰り……」

ドアはぴしゃりと閉められ、またもやキャベンディッシュのうまや町のドアは、目の前で閉められ、見捨てられたピーターはひとり寂しく、外に突っ立っていた。

それがあまり急激に起ったことなので、一瞬ピーターもそこに突っ立ったまま、今起ったことでふぬけのようになって、ただじっとそのひややかな、何の標札もないマホガニーのドアを、見つめるよりほかなかった。

ただしこんどはピーターも、必ずしも全面的に見捨てられたわけではなかった。というのは、ピーターの耳にはまず、中からジェニィの「ピーター！　ピーター！」という激したような叫びが聞えたからである。つぎにピーターはジェニィの心の中の考えの電波が、まるで自分の隣りに坐っている者からでも伝わって来るかのように、強烈な勢いで放送されて来るのを感じた――

「ピーター！　よそへ行っちゃいけないわ！　あたしは今行くわけにはいかないけれど、何とか事態をうまく処理するわ。三十八番地の焼夷弾《しょういだん》でやられた家へ行って、あたしを待っててね。できるだけ早く抜け出して行くから。ここの家の人たちはあたしたちのことを理解できないのよ。ね、あたしに約束して……」

ピーターは約束すると電波を送った。その後でうまや町は静かになっていった。

22　ジェニィの決心

ピーターは自分の両親が消息不明になったことや、もとの飼い主が見つかったことでジェニィを失ってしまったことなど、うまや町で起ったすべてのことに、あまりにも強い衝撃を受けたので、近所界隈《かいわい》のすべての宿なし猫の集まる、焼夷弾の焼け跡の、キャベンディッシュ広場三十八番地の宿泊所《ホステル》に、すぐには赴かず、その代り、広場の中やそのまわりを、ただ茫然《ぼうぜん》としてさまよい歩いた。

そして公園の中の遊歩道で石蹴《いしけ》り遊びをしている子供たちを眺めたり、チョークで印した四角の枠から四角の枠へと、片足でぴょんぴょん跳んでいる子供たちを眺めたりしながら、つい最近まで自分もこれとおなじように跳び回っていたのだと、思い出さずにはいられなかった。その子供たちの中の幾人かは見覚えがあった。もしその子供たちが、このピーターが突然猫に変身したのだと知ったら、どんなことを言うだろう、などとも考えてみるのであった。

お巡りのウィゴウさんが、小いきに手をベルトにさしはさみながら、誰かの子守女と話をしている姿を見て、ピーターは、以前自分たちが公園にはいって来ると、このお巡りはやはりおんなじ格好をして立ちながら、ばあやとぼくに、「やあ、おはよう、ブラウン坊ちゃん。結構なお天気で。相変らずお元気ですな、ミセス・マキニス？」と挨拶《あいさつ》したことを思い出した。マキニスというのはばあやの名前である。もしこのウィゴウさんが今ぼくの姿をみつけたら、犬も猫も中にはいることが禁じられているのだからさっそくぼくを追い払うだろうと、身にしみてさとった。まさかこのお巡りは、今侵入している大きな白猫が、かつては自分がいつも、あんなに愛想よく挨拶していた、ピーター・ブラウンだとは夢にも思わないにちがいない。

そんなみじめな結末にならないよう、ピーターは先回りして植え込みの下にこっそり忍び込み、ウィゴウさんが、乳母車のつながって並んでいる遊歩道を巡回に出かけるまで、隠れていた。しかし自分がお巡りからこっそり逃げ出して、隠れていなければならないという、ただそれだけの事実が、ピーターになおさらいっそう、自分の窮境と孤独を思い出させた。

雀《すずめ》が灌木《かんぼく》の茂みにうるさくさえずったり、ぴょんぴょん飛び出しては、通りのあたりの地面をついばんでいる。運転手が警笛のゴムのバルブを押してブーブーいわせながら、タクシーがつぎつぎ角を曲って来る。オクスフォード通りから大型のトラックが、すごい音をたててやって来る。午後もだいぶ遅くなってはいたが、太陽はまだ輝いているし、広場の木立は新鮮な若葉をつけ、空気もいつの間にか身を切るような冷たさを失っている。ロンドンに楽しい五月が訪れて来たのである。ただしピーターには楽しい五月もくそもなかった。

ジェニィはあれほど愛していたバフと、ペニィ一家に再会したのだから、さぞ仕合せになっているにちがいない。どんなに大事がられていることだろう。寝るための気持のよいバスケットも貰《もら》っていることだろうし、新鮮なミルクも飲ましてもらっていることだろうし、ほしいと思うおいしいものは何でも貰っているだろうし、もはや何の苦労も心配の種もないのだから、ピーターは自分が今ジェニィの前から姿を消し、ホステルに絶対に姿を現わさないほうが、一番よいのではないか、と考えてみた。そうすればジェニィは、もはやこのピーターのことで苦労したり、心配したりすることもなくなるだろうから。

そのことを考えれば考えるほど、ジェニィのためにそれを実行してやろう、と考えるようになった。前に一度やったとおなじように、ぼくがキャベンディッシュ広場からきびすを返して、逃げ出しさえすればよいのである。そうすればこの大きな都会は、永遠にぼくを呑《の》みこんでくれるにちがいない。ホステルで会うという約束を果さなければ、はじめのうちこそジェニィも、このぼくのために嘆き悲しんでくれるだろうが、バフとあんなに幸福に暮しているのだから、しばらく時がたてば、ぼくの母がそうであっただろうように、ぼくが行方不明になった悲しみも、忘れてしまってくれるにちがいない。ジェニィが幸福に暮しているかぎり、ぼくの身がどうなろうと、大した問題ではない。ぼくだってもう自活していけるだけの自信はついたし、ジェニィからあれだけたくさんのことを教わっているのだから、どうにかこうにか、うまくやっていくことはできるにちがいない。

心の奥には孤独の苦しみや、もう二度とジェニィに会えないのだという思いから生れる苦悩があったにもかかわらず、ピーターは自分が今考えている犠牲のことを思うと、むしろ誇らしい気持になり、その崇高な行為が、自分の良識をにぶらすほどの、一種の魅力があるようにさえ思われた。

ピーターはジェニィに会う約束をしたことを、ちょうど都合よく思い出したので、そうした浅はかな手段をとらずにすますことができた。それにピーターは、男の子だったころから、世の中に約束を破ることほど、人の心を傷つけるものはない、と考えていたことを思い出した。一度母が、ぼくの誕生日には一日じゅういっしょにいてくれる、と約束したことがあった。ところが最後の瞬間に、母が約束を守れないようなことが起った。そのことで受けた苦しみが、このうえもないほど痛烈だったことを思い出したので、ピーターは植え込みの下にうずくまりながら、早まった考えを追い払おうと、体じゅうをゆすぶった。やがて、そんな誘惑に負けてしまわないように、急いで身を引き締め、キャベンディッシュ広場三十八番地のほうに向って行き、そこの入口の下のほうで、板がゆるんでいる個所をみつけて、中に忍び込んだ。

中へはいってみると、そこにジェニィがぼくを待っていてくれた。

あまり嬉しかったので、そばに駆け寄ってジェニィに接吻《せっぷん》してやりたいと思った。事実、ありとあらゆる大きさや、種類や、色合いを取りそろえた、さまざまな宿なし猫が、すっかり内部の焼けてしまった家の、奇妙に奥まったところや、壁の割れ目や、高い所に坐《すわ》ったり、ねそべったりしているのもかまわずに、ピーターはジェニィのそばに駆け寄って、その鼻と鼻を触れ合せ、その顔にいきなり身づくろいをしてやり始めたので、ジェニィも笑いだしながら言った――

「そうよ！　あんたはもう決してやって来ないと思ったの。もう何時間も前からここにいて、何かあんたの身に間違いでも起ったのではないかと、心配しはじめていたところなの……」

「でも、ジェニィ」とピーターは言う――「こんなに早く君が来ようとは、夢にも思っていなかったんだもの」

「ホ、ホウ！」とジェニィはひやかした。「あんたはあたしを知ってるじゃないの。いくら家の中に閉じ込められたって、あたしがいったん外へ出たいと肚《はら》を決めたら——わかったわね！　とにかく、もうここへ来てしまったんだから、みなさんに挨拶しなくちゃいけないわ。ここには本当におもしろい猫も相当いるのよ。あんたを待ってるあいだ、その猫たちとおしゃべりをしていたの。下のほうから始めて、ひと回りしてみようじゃないの。こちらはヘクター。もちろん弱い者いじめなんかしないんだから、弱い者いじめ《ヘクター》なんていう名前は、ちょっと似つかわしくないんだけれど。以前はある炭坑夫の飼い猫で、自分でも炭坑のずっと奥深くにはいったことがあるの。あとであんたはこの方に、そんな話をすっかり聞かしてもらったらいいわ」

ヘクターはレモン色の猫で、顔にはかすかな白い縞《しま》が一本通っていて、いくらか気むずかしそうな表情をしていたが、ちっとも清潔な猫ではないと、ピーターは気づいた。しかしこの猫は、ジェニィがいま紹介したことばが、よほど気にいったと見え、愛想よくする気になり、ずいぶん長ったらしい挨拶をした。おかげでピーターはまわりを見回し、自分がやって来たところがどんなところか、観察することができた。

この家は戦時中、焼夷弾を落されて、それにつづく火災のため、内部はすっかり焼かれ、残ったものはわずか四方の壁と、一方のはしから一方のはしに渡されている、大型の梁《はり》四、五本だけである。しかし三階に通じている階段は石造りだったので、それと、やはり石造りの踊り場の一部だけは残り、その踊り場は今でも壁にへばりついている。その踊り場の上には幾匹かの猫がいたし、階段の上にも五、六匹の猫が気持よさそうにしゃがんで、そういう有利な地点から、大きな緑色や黄色い目で、下で行われているありとあらゆることを見まもっていた。

しかし本当に最高の場所は、破壊された土台の中である。地下室の壁と、仕切り壁の一部はまだ立っていて、今では雑草や真っ赤なポインセチアが生い茂り、ところどころの角には、雑草が上からおおいかぶさっている。そのことは、この家には屋根がなかったので、幸いなことであった。雨が降った場合、そういった奥まったところは雨除《あまよ》けになったからである。しかしそういう奥まったところが、交差した壁や、残っている古い土台などで仕切られているところを見ると、まるで小さな長屋アパートのようである。そして嬉しいことは、誰でも必ず背中に壁をしょっているか、あるいは壁と壁の合せ目にいるので、そこで気楽に体を丸めて休むことができるから、宿なしの生活をしている猫たちにとっては、そのことがなおさら人事なことであった。

しかしヘクターは、そんなに旅をした経験のある猫に会ったのは、これが初めてで、本当に嬉しいと言って、挨拶のことばを結んだ。（ジェニィは自分の来ないうちに、よほど旅をしたことを吹聴《ふいちょう》したにちがいない）そしてジェニィはさらに紹介をつづけた——

「さて、こんどこちらにいるのはミッキー・ライリと言って、子猫のとき道ばたにほうり出されたので、飼い猫の味は全然知らないという猫なの。その代り、あんたがロンドンについて何でも知りたいことがあったり、あるいは暮していくのに一番都合のよい場所を聞きたいと思ったら、ミッキーに尋ねるといいわ。この方の知らないことなんか、ほんとに一つもないんだから……」

大きな黒ずんだ猫で、とら毛の縞が一本あり、とてもでかい角ばった頭をしているミッキーは、ジェニィのお世辞を真に受け、事実ぺこんとおじぎを一つして言った——「まったく、まったく。聞いてくれれば、何なりと喜んでお答えするよ。ジェニィ・ボウルドリンの言ったとおり、おれの見たり、やったりしたことのないものは、まずたんとはあるまいな。もっとも汽船でグラスゴウに行ったことはないし、海に落っこったことはないが。いずれそのことについて、いつか話しておくれよ、お若いの」

ジェニィには何てすばらしい腕があるんだろう、とピーターは思った。いつだって相手にちゃんと、ぴったりしたことを言ってやっては、どんな相手をもいい気持にさせ、のどを鳴らさせたりするんだから。

「こちらはエボニィよ」とジェニィはピーターに、わき腹の瘦《や》せている、真っ黒い猫を紹介しながら言った。「この女の方は美人じゃないこと？　体じゅうどこにも白色の気配もないの。ただの一本の白い毛もないの。これはきわめて珍しいことなのよ。エボニィは以前はエッジウェア通りのたばこ屋さんで、やもめのおばあさんの飼い猫だったの。そのおばあさんが亡《な》くなったとき、誰もエボニィを引き取ってくれる人がなかったの。このエボニィはそのおばあさんに忠実に仕えてきたのよ、八年間も。誰だってそのおばあさんは、このエボニィに、何かの手配くらいはしておいてくれるはずだと思うでしょう。ところがそうじゃなかったので、このエボニィはずいぶん苦労して、町のことを覚えたのよ、そうじゃない？」

エボニィは真っ黒い顔の真ん中から、小さなピンク色の舌を出して、人前を気にしながら、急いで自分の体を二、三度なめた。あまり嬉《うれ》しくて、立っていいのか、坐っていいのか、わからないという様子である。

「そしてこちらは」（その猫は白い顔に白いほおひげという、どことなくサンタのおじいさんを思い出させるような顔をした、ぶちの猫であったが）「G・パウンス・アンドリュウスといって、本当につぎつぎと悪運にたたられどおしだったのよ。まずはじめに肉屋に飼われていたが、その肉屋の店がつぶれ、つぎに飼われた洋服職人は失業し、つぎに行った下宿屋さんは火事で焼け出され、そのつぎに行ったしもた屋は爆弾にやられたの——しかもその地域でやられたのは、そこの家一軒きりだったの。ところで世間の人間というものが、どんなにおしゃべりで、どんなにばからしいほど迷信深いか、あんただって知ってるでしょう。特に猫の場合がそうなの。その噂《うわさ》がひろまって、誰一人として、文字どおり誰一人として、パウンスを飼おうという人はいなかったの。どんなにパウンスがたくさんネズミをとって来てもだめなの。それ以来パウンスは一本立ちでやってきたの。どの場合だって、一つとしてパウンスの罪じゃないんだから、もっとましな運に恵まれてもいいはずなのに……

「あら、そう、そう、もちろん忘れちゃいけなかったんだわ。こちらの優しい、かわいい、灰色の娘さんはリンピィというの。ずいぶんつらい思いをしてきた娘さんなの。みなし児《ご》で。母親が誰かさえ、ついにわからずじまいなの。まだ目も開かないうちに、母親を洪水で失ったものだから。ごらんのとおり、田舎育ちなの。よくこれまで生きのびてこられたものだと思われるほどよ。しかも、やがてそのうちに、片足を罠《わな》にやられたの。そして現実に足を引きずりながら町までやって来て、何とかうまく生きていくことを覚えたの。もしあんたが女の本当の勇気について話す折があったら、ね……それはそうと――」

リンピィは横向きに臥《ふ》せて、ずいぶん激しい勢いで身づくろいを始めた。足の話は本当である。ピーターはその左のうしろ足の爪先《つまさき》がつぶれているのを見た。しかしその悲劇のことを、ぐずぐず考えたりしているひまはなかった。というのは、ジェニィがいかにも楽しそうに、つぎの紹介を始めていたからである――

「さあ、こんどはここにいる、かわいらしいプッツィ、ムッツィという姉妹よ。ヨーロッパから来たの。たしかウィーン、と言ってたと思うんだけれど。この姉妹こそ、本当の悲しみというものを知っている猫なの。誰か亡命者の家族といっしょに、一九三八年に海を渡ってロンドンにやって来たんだって。ところが四四年にその家族の家はやられてしまったの。ロボット爆弾とか言う爆鳴弾にやられたのよ。運よくプッツィ、ムッツィは隣りの通りへ訪問中で家にいなかったの。帰ってみると、何もないじゃないの、ただ穴が一つだけ。家族の人たちの遺骸《いがい》のかけら一つなかったの。そのあとでこの姉妹を引き取ろうという人は一人もいなかったの。不思議なことは、この姉妹は本当の外国猫で、全然あたしたちのしきたりも何も知らないのに、このロンドンでとてもうまくやっているってことなの。ねえ、おふたりさん、あんた方は本当にすばらしいと思うわ……」

プッツィとムッツィはおなじような顔をして、おなじような表情をうかべている、きわめてありきたりの毛の短い雌猫で、ただ違う点は、一方が少し顔が細いだけのことである。この姉妹はしとやかにのどを鳴らしながら、プッツィのほうが口を開いた――「ほんとに何でもないことよ。ほかにしようもなかったんだもの。できるだけのことをするだけのことじゃない？　違いますか？」

こんなふうにしてピーターはつぎつぎとみんなに会った。その中には半分ペルシャ猫の血の混った、顔だけ白いティゴウという黒い猫もいた。この猫は以前は人に飼われていたのだが、そんなおだやかな生活を送るより、放浪の生活のほうが好きだというので、今では宿なしになっている猫である。またスマイリという猫もいた。これは体の大きな、のんきそうな顔をした、灰色と白のまだらの雄猫で、やもめ男に飼われていたのだが、そのやもめ男が、猫には我慢できないという女の人と結婚してしまったのだそうである。

ジェニィがつぎつぎと紹介しながら、このホステルのひとりひとりの住人の業績や、苦難や、試練や、独自の長所などを並べたてていくと、ここに住んでいる猫で、彼女の賛美の的にならなかった猫は一匹もいなかった。そしてピーターは、このロンドンの町通りから生計と、夜の宿と、身の安全を引き出す方法は、一つどころか幾つもあるということを学んだ。かつ、人を引きつける性格と、うまくお世辞を使う口を持っているということは、すばしっこい手足の鋭い爪を持っていることと、まったくおなじ価値があることも学んだ。

というのは、間もなくピーターとジェニィは、このホステルの、いわば全居住者の同意と、たっての勧めによって、この廃屋の中で一番高級な、一階の部屋におさまってしまったことに気づいたからである。この部屋は地下室に降りる裏階段と、煉瓦壁《れんが》の角によって作られた、狭いながらも外部と遮断された穴倉だった。階段はすでにかびのようなスギゴケにおおわれて、格好なやわらかいベッドとなり、三方は残存している煉瓦壁によって守られ、万一雨の場合にそなえて、頭上にはちゃんと棚まで用意されていた。前にはここにウィーン生れの姉妹と、エポニィと、リンピィが住んでいたのだが、ピーターとジェニィだけで全部使ってくれと、その四匹の猫が無理に言い張ったわけである。

晩飯はどうかといえば、彼らのために持ち込まれたたくさんの贈り物の中から、ただ選ぶだけという問題になり、残った贈り物は全員に分配したので、めいめいが何かしらの配給を受け取った。なにしろミッキー・ライリは骨を一本持って来てくれたし、G・パウンス・アンドリュウスは、あまり食事用に利用されない、小ネズミをしまっておいたのを持って来てくれたし、リンピィは魚の頭を一つ、ティゴウは近所のごみ箱からさがし出した、足も何もみんなついている伊勢《いせ》エビの、まるごとの残骸の半分を持って来てくれた。

夕食がすむと、一同は総員共同身づくろい会と、懇親座談会に参集し、それがすむと、夜の徘徊《はいかい》を好む連中は、板囲いのゆるんでいる所から出かけて行った。あとの連中はもう少し残って、世間話や経験談を交換し、やがてそれぞれ、寝るために方々に散らばっている寝所に帰って行った。

屋根のないその廃屋の上から、満月に近い月が射《さ》し込み、そのやわらかい銀色の光は、建物の内部に充満し、廃屋の角々は影に包まれてくっきり浮び上がり、まだ寝ないでいる猫たちの冷たい深淵《しんえん》のような目の、エメラルド色やトパーズ色を、きらりきらりと光らせていた。

ピーターは残骸の壁にきちんともたれて、近くの万霊教会の塔から、時計が十時を打つ音を聞いていた。その心はすでに重くなっていた。もうこんな時刻になれば、いつジェニィが自分のそばを離れて、飼い主たちのところへ帰るかもわからなかったからである。しかしジェニィは、今いるところにすっかり満足して、残っているつもりのように思われた。しかし彼女がちっとも出かけるようなそぶりも見せないし、帰らなければいけないとも言いだきないので、ピーターのほうが、もはや宙ぶらりんの気持に耐えられなくなり、その問題を持ち出してみた。

「ジェニィ、君はもう、あの、つまり、バフとペニィ家の人たちのところへ、戻らなければいけないんじゃない？　きっとバフは、ベッドにはいるとき、君のいないのを寂しがっているにちがいないよ……」

ジェニィはしばらく返事をしなかった。しかし彼女がそのつややかな顔を上げたので、ピーターはその白いのどもとと顔とを照らす、やわらかい月の光と、目のきらりと光るのを見た。やがて彼女はいつもと違った声で口を開いた、「ピーター、あたしずいぶん長いあいだ、外へ出て一本立ちで暮してきたので、今さら帰る気持はないのよ。あたしもう二度と戻って行かないわ。あんたといっしょのところにいようと思って、ここに帰って来たのよ。べつにちっともかまわないんでしょう？」

そういう言い方をするとは、いかにもジェニィらしい。帰って来ても、ぼくはちっともかまわないかって！　彼女は自分はあまり長いあいだ、一本立ちの猫として暮してきたので、今さら飼い猫などには戻れないと、さっさと簡単にかたづけてしまったが、それだけに、彼女がぼくのために払った犠牲の深さを物語っているわけである。

というのは、もしペニィ家の人たちが、ぼくとジェニィはいつもいっしょだ、と理解してくれて、彼女といっしょにぼくをも引き取ってやろうと言ったなら、ジェニィだって、自分が人間の中ではじめて本当に愛したバフといっしょに残ることは、どんなに幸福なことかと思うにちがいないからである。それは疑いもないことである。ところがジェニィはあんなに簡単に、何のいざこざなしに、あんなふうに言いきったということは、ジェニィがぼくのためにすべてを棄《す》ててくれたことを意味しているわけである。

ピーターはすっかり感激してしまった。しかし心の奥底では、まだ小さな男の子のような考え方をしていたので、バフが感じるにちがいない悲しみと失望のことを、考えないわけにはいかなかった。バフは長いトビ色の巻毛をお下げにして、優しい顔をした、あんなにかわいらしい女の子なのに。

ピーターはことばに出してはこう言った——「ねえ、ジェニィ。君がいないと、ぼくはとても寂しいんだ。もはや何もかも前とおなじようには思われないし、これから先も、いつもそうなるだろうと思うものだから、ぼくどうしたらいいか、わからなくなるんだよ。しかしかわいそうなバフにとっては、あまりにも残酷なことじゃないかなあ？　君がまたみつかったので、あんなに幸福そうだったんだもの。ジェニィ、なぜ誰かがいつも不幸にならずにはすまないのだろうねえ？」

ジェニィが顔をそむけて、その場の心のうちをのぞかすような身づくろいを、二、三度やる前に、ピーターはその目の中にきらりと光るものを見た。その光は、その目に射し込む月の光よりも、いっそうきらきら光っていた。しかしジェニィはいくらか毛並みをととのえ、落ちつきをとり戻してから口を開いた――

「バフはもはや子供じゃないのよ。だから前のようにはあたしを必要としていないの。もう十五歳に近いんですもの。人間だってやはり変るものよ。そして歳《とし》とってくれば、もはや、ものごとは昔とおなじような意味は持たなくなってくるものよ。あたしが帰らなければ、バフは泣くだろうけれど、今にそんな気持は卒業してしまうわ。なぜかって、バフにはいま、ほかに興味をよせるものごとがたくさんあるからなの。何よりもバフは、あたしが一度はやっぱり帰って来たということと、自分が故意にあたしを棄てたのではないことを、あたしが理解しているということを、はっきり覚えていることでしょう。それに事実……」とジェニィは、ときどきはッと思わせるような、奇妙な名言を吐くことがあったが、このときもそれとおなじようなことをつけ加えて言った、「この三年間バフを一番みじめな気持にさせていたことは、バフがあたしを棄てたのだと、あたしが信じていると思うことだったの。もちろんあたしはそう信じていたわ。あたしがばかだったからなんだけれど。でも最後にあんたがやって来て、人間というものは本当に、いざとなってどういうことになるか、わからない場合が多いということを教えてくれたんだけれど……」

ジェニィは体をうんと伸ばし、逆さUの字に曲げながら、結論のことばを言った、

「でもそんなことはみんな、みんな過ぎてしまったことなの。今あたしたちは、またいっしょになってここにいるでしょう。でもねえ、ピーター、しばらくだったけど、あんたはあたしに本当にひどいことをしたのよ。あんたがあたしのために何かばかなことをやって、あたしと会う約束を破るのかもしれないと、ずいぶん心配させられたわ。そんなことはもう決して、決してやらないでね、ピーター……」

ピーターはジェニィのために、もう少しでばかな真似《まね》をしようとしたことは、言わないほうがいいと思った。その代りに大きなため息をついた。今はもうとても仕合せだったからである。ピーターとジェニィは並び合って、いっしょに体を丸めあいながら、間もなくぐっすり寝入ってしまった。開いている天井から月は静かに移動してしまい、焼夷弾《しょういだん》でやられた家の内部から、やわらかい光はすっかり消えてしまい、建物の残骸のすべてと、眠っている猫たちのすべても、夜の暗闇《くらやみ》の中に溶けていってしまった。

23　ルルウ――またの名はととかお

翌朝はよく晴れていた。ピーターが目を覚ましてみると、ジェニィは片手を目にのせて日の光をさえぎり、いともかすかないびきの音をさせながら、体を窮屈な玉ころのように丸めて寝ていた。頭上の屋根は今は青空で、間もなく太陽の光がホステルの中に、さんさんと流れ込もうとしているのに、彼女はまだぐっすり寝込んでいた。ほかの猫たちは、たいていもう起きて、それぞれ何か仕事をしている。中にはもう出かけて行ったものもあり、中にはまたこしをすえて身づくろいをしているものもあり、ちょっとひとなめしただけで、あとはまたやるよ、と自分に約束しているものもある。それはみんな、それぞれの誇りの持ち方や、自分たちがなんと下層社会に落ちぶれてしまったのだろうという、それぞれの気の持ち方によって違うわけである。

ぼくは出かけて行って、食べ物をあさって来よう、とピーターは思った。もしジェニィが起きたとき、ぼくがそこに小ネズミかなんかを、持って来ているのを見たとしたら、どんなに喜ぶことだろう。もっとも、ネズミをみつけることができたらの話だが。あるいは広場に面した、どこかの裕福そうな家の、昨晩の晩飯の残り物の中から、拾い出した骨とか、あるいはジェニィがことさら好きな、メロンの皮でも少し持って来てやったら――

そこで彼女を起さないように、静かにそのそばを離れ、ドアの横で身づくろいをしていた、プッツィとムッツィに愛想よくおはようの挨拶《あいさつ》をして、下のほうの狭いところからそっと抜け出し、ちょうど万霊教会の時計が九時を打ったとき、キャベンディッシュ広場に出た。

尖塔《せんとう》の時計のチャイムが鳴りだすと同時に、ピーターは自分のすぐそばで、かわいらしい金切り声が聞えたのを意識した。やがてこれまで聞いたこともないような、とっぴな声がしゃべった――「あーら、まあ。びっくりさせるじゃないの。誰も来ようとは思っていなかったんだもの。おや！　でもあんたは背は高いし、真っ白だし、ハンサムなのね。ホーーイーー！　じゃ、あたいたちこれから、どこへ行ったらいいと思う？」

ピーター自身もはッとした。なぜならその声はとても太い声で、ハスキーで、人の心をかき乱すような声だったので、誰がしゃべったのか見ようと思って、さッとふり向いてみた。目にはいったものは、これまで男の子としても、猫としても、自分が見たこともないほど、すばらしく美しい猫であった。

それは小さな雌猫で、ジェニィより小さかったが、驚くほどよく引き締った体つきをしていて、その色は一種のくすんだ真珠色と言おうか、それよりもっとクリーム色をしていると言おうか、それともうんとミルクのはいったコーヒー色をしていると言おうか、とにかくピーターは生れてからまだ、そんな色合いの猫は見たことがないような色をしていた。

しかしそれはピーターにとって、驚きの、ほんの始まりにすぎなかった。というのは、彼女はアザラシ色の顔と、三角形の漆黒の鼻と、クリーム色の頭と、こげ茶色の耳をしていたからである。足は四本とも、そして尾もほとんど真っ黒である。しかしその中でも驚くほど美しいと思われるのは、そのこげ茶色の顔の真ん中に光っている、これまで見たこともないほどすばらしい、うるんで輝いている、濃い水色の目なのである。それはスミレ色でもなく、サファイア色でもなく、また海の色とも言えなかったし、空の色そっくりとも言えなかった。その青の色合いは、誰にしろはっきり説明することができないにちがいない。ただしその目を一度見た人は、あとで、青とはそういう色だとしか考えられないような、そういった色である。ピーターはまた、その目がこころもち斜視であることにも気がついたが、それはある意味では、彼女の容貌《ようぼう》の美しさを傷つけるというより、むしろきわ立たせている。ピーターは自分が唖然《あぜん》として、そのすばらしい幻の出現を見つめながら、そこに突っ立っていることをはっきり意識していたし、また、自分がほかにどうにもしようのないことも意識した。

魔力はそのかわいらしい猫自身によって破られた。彼女は三歩はすかいにぴょんぴょん飛び、また三歩飛んで戻り、尾を伸ばしながら言った、「こんばんは！　今は朝だってわかっているんだけれど、かまわないの。あたいは自分の言いたいことを、言うんだもの。夕方になって、もしそう言いたいような気になったら、『おはよう』と言うわ。あたい決して、『こんにちは』は言わないの。わかった？」

この最後は自分に話しかけられた、直接の問いだったので、ピーターは何とか返事しなければならないとは思ったが、その猫の魅力と、妙な話し方にすっかり圧倒されたために、「こんばんは、お嬢さん」と言う以外、返事のことばを考え出せなかった。

ところが彼女はその挨拶を聞くと、もう一度また金切り声をあげ、こんどはまっすぐ宙に飛び上がり、地上に降り立ったとき、叫んだ――「あら、まあ、あんたはおもしろい遊び相手になれそうね。あたいの名はルルウというの。だけど友達はみんなといい、かおと言ってるわ。それは燻製《くんせい》のニシンやシャケや、また、タラやカレイをちょっと食べると、あたいの息がいつも魚の匂《にお》いがするからなの。ほら、このとおり、匂うでしょう？」と言いながら、彼女はピーターのすぐそばに近寄って来て、顔に息を吹きかけた。まぎれもなく魚の匂いがただよって来たが、どういうわけか、たぶんピーターは今は猫になっているせいか、不愉快な匂いとは思わなかった。

ピーターはにっこり笑って言った、「ぼくの名前はピーターというんだ、そして――」しかしその後をつづけることはできなかった。というのは、ルルウがうしろ飛び、前飛びをほとんど同時に行いながら、「ピーター、ピーター！」と叫んだからである。「ピーター、ピーターで始まる詩があったんだけれど、忘れてしまったわ。でもとにかく、自分の詩を考え出したわ。今考えているのはお裁縫の指ぬきについての詩なの。できたわ。あんたに歌ってあげましょうね」そう言いながら、彼女は尾を体に巻きつけ、ピーターが教会のステンド・グラスの窓で、いつか見た聖者の誰かを思い出さすような、いかにも神聖な表情をその顔にうかべて、こしをおろし、つぎのように歌った――

ゆーびぬーき、
　　ゆーびぬーき、
ゆーびぬーき、
ゆーびぬーき、

ユービヌーキ！

「ほうら、ね」と歌い終ったあとで彼女は説明した。「たいていの詩と違って、この詩はみんな韻をふんでるでしょう。ホーーイーー！」急に飛び上がったと思うと、こんどは跳ね返りながら、ルルウは風に舞う目の前にない一枚の葉っぱを追いかけて行き、黒ずんだすばしこい手でその葉っぱを叩《たた》き落し、やがて最後にその葉っぱが、ピーターのそばに風に吹き返されたと想像して、すごい勢いでその葉っぱの上に襲いかかるように着地し、そこにしゃがみ込んで、じっとピーターの顔を見上げながら言った――「あんたは紅茶が好き？　それともコーヒーが好き？　あたいはオリーブが大好きよ。来週の木曜は予報ではお天気だったわね？

「返事なんか気にする必要はないのよ！」ピーターが返事を考え出せないでいるうちに、ルルウは太く響く声でそう叫びながら立ち上がり、片方の肩をすっかり丸めて曲げたまま、ピーターのそばから踊り出して行った――「さあ、いっしょに踊りましょう。みんな斜めに体をねじるの。さあ、飛び上がる、降りる、ぐるりと回る――こんどは駆けるの！」

その勢いに押しまくられて、ピーターは自分がルルウの横で、体をはすかいにして踊っていることに気がついた。やがて宙に飛び上がり、降りる前に体を一回転させ、歩道に着地したとたんに、ルルウといっしょに、あらんかぎりの力で、走りに走った。ピーターは生れてからまだ、こんなおもしろい思いをしたこともなかったし、こんな魅力ある美しい女性と、いっしょになった記憶もなかった。

ピーターとルルウはそんなことを五、六回くり返していたが、そのあとでルルウは、ぱッと横向きに身を投げ出し、その輝く青い目でじっとピーターを見上げながら、ことばを強めて言った――「もちろん、あたいがシャム猫だってことは知ってるわね。あたいの父は王さまで、母は女王さま。男兄弟、女姉妹もみんな、王子さまに王女さま。あたいも王女さまよ。嬉《うれ》しくないの？」そしてまたピーターが、実に嬉しいよと答えないうちに、ルルウは半身を少し起し、何か本でいつか覚えたことばを朗読するような口調で言った――「あたいは猫に似ていない。あたいは犬に似ていない。あたいは猿のほうによけい似ている。本当よ。でも大体あたいは、あたいに似ていて、ほかの何ものにも似ていないわ。あたいは誰とでも仲よくやっていくの」やがてルルウは、「あたい髪飾りリボンをつけることができるのよ」という、いささか見当違いなことばで話を結び、立ち上がってポートランド通りに向って歩きだした。しばらく行くとルルウは足をとめ、肩越しにふり向いてピーターを見た。

「来るの?」

　事実、べつに何も考え直すこともせず、すっかりルルウの魅力のとりこになってしまっていたピーターは、いまさら自分をとめようとしたところで、どうにもできないことがわかったので、そのまま彼女の後に、小走りについて行った。

「どこへ行くの?」とピーターは聞いてみた。

「あら」と例の横飛びをしながらルルウは言った、「そこへ行き着くまで、どうしてどこへ、などと言えるの?　とにかく、どこかとてもおもしろい所へ行くのよ。こんなにして出かけることは、もう長いあいだなかったことなの。あんたに会えて嬉しいのよ。いっしょに何でもできるんだもの……」

　ルルウといっしょに歩くことは、すばらしくて、たまらないほどおもしろいことではあるが、いささか神経がいらだつということに、ピーターは気づいた。彼女は今笑いだしながら大声をはりあげたかと思うと、こんどは通りを激しい勢いでぴょんぴょん飛んでみたり、あるいは耳をうしろに垂らし、尾をなびかせながら、全速力で垣根の上に飛び上がり、ピーターに「大将ごっこ」するのだから、何でもあたいのやるとおり真似しなくちゃだめよ、と命令してみたり、かと思うとこんどは、全然見知らぬ家の前にしゃがみ込み、いかにも悲しそうな顔をして、そのすばらしい目から涙を流し、ピーターに向って悲嘆に暮れたような口調で、自分はシャムと、すべてのシャム人から、何千キロも、何万キロもへだたった、見も知らぬ土地でひとりぼっちなのだ、などと言いだすのである。「あんたにはわからないのよ。すべての人たちからこんなに遠く、遠く離れて暮すことが、どんなにつらいものか、あんたなんかにはわかりっこないのよ……」

ピーターは、ルルウが自分の愛している人たちから引き離されていることが、どんなにつらい悲しいことかと思いやると、自分の心まではり裂ける思いがするので、彼女を慰めてやろうと思って言った、「ああ、気の毒なルルウ。あんたの遠い故郷と、生れた土地のことを話してくれない？　たぶんそんなことでも話したら、君の心も少しは晴れるだろうよ」

「誰が？　このあたいが？」と、今涙を流していたはずなのに、もうすっかり陽気になってしまったルルウは、かん高い声で言った、「あら、もちろんあたいはロンドン生れよ。偉い人間が一体、ほかのどこで生れると思ってるの？　あたいの家族もみんなそうよ。あたいたちは自分たちの尾より長くつづいている家柄の出なの。みんな王さまたちや、女王さまたちだって言ったでしょう？　あんたの家柄は何なの？　でも、気にしなくたっていいのよ。あんたみたいにチャーミングだったら、いろいろたくさんの欠点の埋め合せになるんだから。あんたはほんとにいいとき来てくれたわ。ほんとよ。あたいとても退屈してたんだもの」ここで彼女の調子はずれの声は、内緒話をするような低い囁《ささや》き声に変った――「あたい広場に面している、とても金持ちの人の家に暮してるのよ。三十五番地よ。すごい金持ちよ。その人、たくさん株券持ってるの。そんな悲しそうな顔しなくたっていいわ。あたいは今、ほんとに自分でもびっくりするほど、仕合せな気持なんだから」と言って、再びルルウは飛び上がったり、体をひねったり、踊ったり、声をかぎりに叫んだりしては、またもや出かけるのであった。そしてもちろんピーターは、彼女のおかしな癖を見ては笑いだしながら、全速力で彼女の後を追いかけるのであった。

このようにして、何べんも歩きだしたり、立ちどまったりしながら、彼らはしばらくのあいだ、こつこつ上り坂を登り、似たりよったりのたくさんの小さな家々が、曲りくねって並んでいるあたりを上って、とうとう高台のようなところに出たことに気づいた。まわりに鉄柵《てっさく》のある広々とした空き地で、山の頂上にでもいるような感じのするところである。というのは、そのふちに立って見渡すと、ロンドンの全景が眼下にひろがっているからである。街路や、家々や、尖塔が、何十キロも、何十キロもつづき、銀色にうねっているテムズ川があり、屋根の上の煙突の煙出しが幾百万と並び、灰色の家屋が列をなして無限につらなり、遠方のところどころに緑の点々としているのは、小公園や広場のしるしである。緑色の大きくひろがっているのはリージェント・パークであり、もう一つはハイド・パークであり、三番目のはケンジントン・ガーデンである。高い煙突や、遠くにクレーンの並んでいるのは、テムズ川沿いの船だまりや、工場や、倉庫街であり、その先はすべてが、遠くの青っぽいかすみや、もやや、煙の中に消えてしまっている。

「ハムステッド・ヒースよ！　絵でも見るようじゃない？」とルルウは言った。「あたい、ちょっとゆっくり考えるために、こんなところへときどき登ってみたいわ」そう言いながら、彼女はぱッと地面に身を投げ出し、目を閉じて、五秒ほどのあいだじっとしていたが、それがすむとまた起き上がり、首の両側を激しい勢いで二度ずつ身づくろいをして、それから言った、「ほうらね！　もうゆっくり考えてみたんだから、つぎにどこへ出かける？　あたいはほんとうに、何かおもしろい、おもしろーいことしてみたいの！　年がら年じゅうまじめにしているわけにはいかないでしょう……」

ヒースまで登る旅はずいぶん時間がかかったので、もう正午近くなってしまった。

ピーターは思いきってルルウに、もう遅いんじゃないかと注意した。「帰ることを考えなくちゃいけないんじゃないかなあ？　つまり、あんたの家の人たちのことなんだけれど、あんたのいないのを寂しがっているんじゃないの？」

ルルウは足をとめて、まるで自分の耳が信じられないというふうに、ピーターの顔を見た。

「あたいのいないのを寂しがる？　もちろん寂しがるでしょうよ。あたいが帰らなければ、大騒ぎするでしょうよ。でもまあ、それも気晴らしの一つになるじゃないの。もし家の人たちが何とも思わなかったら、どんなにおもしろいだろうと思うんだけれど。きっともうお巡りのウィゴウさんに届け出ているにちがいないわ。あたいが外へ出るのがほんとに大嫌いらしいの。ときどきあたい、もし帰りたくないような気がするときは、何日も帰らないわ。たった今も帰る気になれないの。そうね、まるまる三日くらい帰らないでいたいような気がするの。そうしたらどんな気持がするか、ちょっとためしてみたいのよ。これまで、それほどまではやったことがないのよ。家の人たちはさぞあわてるだろうけれど。あら、耳をすましてごらんなさい、ピーター。どこかで音楽をやってるようよ。そこまで行ってみましょう！」

そのとおりである。ピーターが前方に耳を傾けてみると、メリーゴーラウンドからときどき聞えて来るような、かん高い、陽気な音楽の調べが、風に乗って聞えて来る。近くのどこかに遊園地があるにちがいない。

ピーターとルルウは、その音のして来る方向をたどって出かけた。はたして間もなく彼らは、はなやかなのぼりのひるがえっている、テントの群れがたくさん集まっているところにさしかかった。屋台店、メリーゴーラウンド、標的落し、アイスクリーム屋、旋回飛行台、電気自動車場、射的場、銭ころがし台、投げ矢盤、踊り子ショウ、トランプ占い、体力テスト器、そのほか巡回見世物団のありとあらゆる陽気な、騒々しい小屋掛けが集まっていた。

その広場には大勢の人間が群がっていた。「早く、早くよ！」と、駆け回っているルルウは、しじゅうふり向いてはピーターに叫ぶのであった。「運がよかったわね。あたいこんなおもしろいもの見たことないわ。きっと中へはいったら、おいしい食べ物くらい、いくらだってあるわ。さあ、とうとう来たわ。あんた先に立ってね。万一しくじると困るもの。あたいあんたについて行くから……」

ピーターはいつかの休日に海岸の避暑地に出かけたとき、こんなに大げさではないが、そこの遊園地に行ったことがあった。しかしどんな小屋掛けにも一人きりではいったことはなかった。つまり、いつも誰かに手を引かれて、どこへははいっていいとか、どこははいってはいけないとか、言われずにはいったことはなかったという意味である。それにもちろん、こんな美しい、こんなチャーミングな、ルルウのような女性といっしょには、どこへもはいったことはなかった。

一人の男が子供たちに、枝切れの先に結びつけた赤や、青や、黄色や、緑色の風船をふくらまして売っていた。そこを通りかかったので、もちろんルルウは背のびして、その一つを手で叩いてみないではいられなかった。ところがルルウは、鋭い爪《つめ》をひっこめるのを忘れたか、あるいはいたずら気を出して、わざとひっこめなかったかしたので、その大きな、真っ赤な風船は、すごい音をたてて破裂してしまい、おかげでルルウはもんどりうって倒れ、あまりおびえたものだから、立ち上がったとき、一度に三つの方向に行こうともがき、その結果はどこにも行けず、もとの場所にとどまっていたので、ピーターは大笑いしてしまった。しかし風船を売っている男は、六ペンスもするものを破られ、枝切れの先に破れたゴムがぐったりぶらさがっているのを、ちっともおもしろいこととは思わず、その枝切れをさッとつかんでルルウをひっぱたこうとした。その瞬間ルルウは立ち上がり、弓から離れた矢のようにその場を突っ走って行った。やはり笑いこけていたピーターはその後を追った。しかし追いついたとき、ルルウはピーターにすっかり腹を立てていた。自分をあざ笑っただけではなく、自分をおどかそうと、わざと風船を破ったと言って責めたのであるが、もちろんそれはまったく逆の言いがかりである。

しかし男の子のころはそうでもなかったのに、猫になってからは、不当な言いがかりをつけられるほど、みじめな、いやな思いをしたことはなかったピーターも、今ではルルウの魅力のとりことなっていたので、そんなことは少しも気にしなかった。気にしないどころか、まるで自分がやったことのようにあやまったうえ、その償いとして、アイスクリームの食べられそうなところへ連れて行ってあげようとさえ言いだした。

いつまでもおなじ気分でいられないらしいルルウは、すぐさま腹を立てることをやめて、いかにも愛情のこもった身のこなしで、二度もピーターに体をこすりつけさえしながら言った——「アイスクリーム！　ああ、アイスクリーム！　あたいアイスクリームが大好き。もしあんたがアイスクリームを食べさしてくれたら、あんたのことは死ぬまで忘れないわ」そしてあわててつけ加えた——「ほんとはあたいたちの家じゃ、毎日アイスクリームをいただいているのよ。毎日、毎日、そして日曜には二度ずつ。それはあたいの家の人が大金持ちだからよ。たくさん株券を持ってること話したかしら？」

ピーターはそんな話はあまり信用しなかった。もしそうだとすれば、ルルウがそんなにまで食べたがるはずはないからである。しかしピーターには、ルルウのやったり、言ったりするどんなことにも、文句などつけることはとうていできなかった。そのうえピーターは、どこへ行ったらアイスクリームが手にはいるか、知っているような気がした。今では食事の一口なり、まるごとなりを手に入れる、どんなチャンスものがさないように訓練されているピーターの鋭い目は、さっき自分たちが立ちどまったすぐ近くに、アイスクリームの屋台店があることをちゃんと目にとめていた。そこの店の番をしていたのは、白いエプロンをつけ、麦わらのようにまっ黄色い髪の毛をした、若い女の子である。その女の子はしじゅうあごを動かし、しじゅう目もきょろきょろ動かしながら、前に群がる人の流れを見まわしていた。あごを動かしているのは、アメリカのチュウインガムを噛《か》んでいるためにちがいない。目を動かしているのは、ハンサムな若い男をみつけようとしているためにちがいない。そんなわけで、その女の子の手もとはすっかりお留守になり、その結果アイスクリームを盛りつけるとき、つまり、金属の大さじでシリンダー形の罐《かん》からアイスクリームをすくい出し、三ペンスと引き換えにそれを客に手渡す前に、円錐形《えんすいけい》のウェファースに盛りつけるとき、カウンターのうしろの足もとの床の上に、アイスクリームをだらだらこぼすのであった。

ピーターが集めようと思ったのは、そのたれこぼしである。

しかし問題は、気づかれないようにどうやって、カウンターのうしろにもぐり込むか、ということであったが、その屋台店は、ただ下のほうの周囲に防水布が張りめぐらされているだけで、しかもその防水布がきちんと留められていないことがわかったので、大してむずかしいことではなかった。間もなくピーターはルルウにもぐり込む個所を示し、ルルウが誰の注意も引かずに無事もぐり込んだあとで、ようようピーターも中にはいった。

はいった反対側の、その女の子の足もとのそばに穴が一つあったので、ルルウはさっそくその穴をふさぎ、尾をぴんとうしろに突き出し、まるで天から甘露のように自分のそばに落ちて来るアイスクリームを、つぎつぎとなめたり、吸い上げたりしていた。ピーターがしんぼう強く順番を待っているあいだに、ルルウはチョコレートやバニラも味わったし、チェリーの匂いのするものもなめたし、つぎにはパインナップル、ストローベリも少しはなめたし、つづいてオレンジも、ピスタチオも、コーヒーも、レモンも、さらにはラズベリ、ピーチ、ブラックベリもなめた。しかしときどき客と客の切れ間に、待たなければならないこともあり、そのときは何も落ちて来ないので、それだけのあいだにずいぶん時間がかかったが、とにかくご馳走《ちそう》は間断なく落ちて来るので、自分の坐《すわ》って待っているところから、ピーターはルルウのわき腹が事実ふくらんで来るのを、はっきり見てとることができた。

もしピーターがそのときジェニィのことを思い出したなら（事実は思い出さなかったのだが）、せっかく自分の機転でみつけ出してやったご馳走なんだから、自分もいっしょに味わえるように、ルルウが場所をあけてくれるべきはずなのに、ちっともそういうことも言いださないことを、不審に思ったかもしれないのだが、なにしろ悲しいかな、事実は、はじめてルルウに会ったときから、ピーターの心には一度もジェニィのことが思い浮ばなかったのである。それほどピーターは、その陽気な、魅力ある、無責任な、かわいらしいシャム猫に、完全に眩惑《げんわく》されていたのである。

いっしょになめないかと言いだしてくれなかっただけではなしに、その腹が破けやしないかとピーターが心配になったほど、本当にふくれ上がったとき、ルルウはとどろき渡るようなげっぷを吐き、そのあと大きくため息をついて、穴から身を乗り出し、ピーターに言った――「ああ！　もうとても、あと一口だってなめられないわ。おいしかったこと。こんどはあたいたち、どこへ行くの？　あたい動物を見たいと思うんだけど、もしあぶなくなければ。さあ、あんた案内してよ。とてもお利口なんだもの」

ピーターは少しくらいは自分もアイスクリームをなめてみたいと思っていたし、たまたまそのとき、チョコレート・アイスクリームの大きなねばっこいかたまりが、穴の中に落ちて来たが、ルルウはすでにきびすを返して、自分たちがはいって来た隙間《すきま》から、屋台店をくぐって出てしまったところだったので、ピーターはやむを得ず、そのご馳走を見すごして、彼女の後について行かなければならなかった。というのは、彼女の姿を見失ってしまうことには、耐えられなかったからである。

向い側に、四色でアフリカのジャングルの野獣たちを描いた、はでやかなポスターを表に貼《は》った、大きなテントがあった。ピーターとルルウはそのテントの横の下から、何のぞうさもなくもぐり込むことができた。

中にはいってみると、表で想像したほどおもしろそうなものは何もなかった。というのは、広告してあるジャングルの野獣とは、数がたった二匹しかいないことがわかったからである。ショウと言っても、ただ三つのおりが、それぞれ運送用の車に作りつけになっているだけで、一つのおりには、瘦《や》せて、毛皮の張り替えをしなければならないと思われるほど、きたならしいライオンがはいっていて、もう一つのほうにはいっているのは、ひどい匂《にお》いをさせている、毛の抜けかかったハイエナで、もう一つのおりには、悲しそうな顔と、情けない目をした小さなオマキザルが、おりの桟から尾でぶらさがっているだけである。

しかしそのライオンがルルウとピーターを見たとき唸《うな》ったその咆哮《ほうこう》は、決して気力の衰えた声ではなかった。ライオンは肩をおりの桟に押しつけたり、すでにすり切れそうな毛皮をこすりつけたりして、いっそうぼろぼろにしながら、おりの中を行ったり来たりしていた。

恐怖に身を震わせたルルウは、必死になって体をピーターにすり寄せながら言った、

「ああ！　こんなにおびえるって、すばらしいことじゃない？　あんたこんな気持、好きじゃないの？　あたいこれから一生涯のあいだ、ここにこうして震えていたいわ。ぞッとするほどすてきじゃない？」

しかし間もなくそのルルウが言った——「あたいこわいの。あんたに寄りかかって寝てしまいたいわ」

ルルウとピーターはライオンのおりの裏手に回り、ピーターはおとなしく彼女の横に身を伏せた。たちまちルルウはさッと身を回し、ピーターにもたれて体を丸め、両手をピーターの顔に当てて寝てしまった。ピーターは彫像のようにじっと体を動かさないようにしていた。彼女の眠りを妨げたくなかったからである。しかし二つの手がくすぐったかったし、片方の手は呼吸をするのに邪魔になるので、やむを得ずピーターも、できるだけそっと体の位置を変えようとしたが、たちまちルルウからしわがれ声の文句が出てしまった。

「いやよ、いやよ、いやよ」と、ルルウはすぐさま青い目を大きく開き、ピーターを非難がましく睨《にら》みつけながら言った、「あんたの顔に両手を当てて寝るのが好きなのよ。そこがずっとやわらかくていい気持なんだもの。ぜひじっとしててくれない」こんどルルウは、何とかしてうまく手をピーターの両方の耳の中に突っ込んだが、ピーターは身動きする勇気もなかった。ついにおもしろかった長い一日の疲れが出て、ピーターも寝込んでしまったが、それほどぐっすり寝られたわけでもなかった。

翌朝、ひどく不機嫌になって朝飯をせきたてるライオンの咆哮に起されたとき、ピーターは、ルルウがすでに半身を起しているだけではなしに、ちっともこわがらずにあくびをしているところを見たので、そのピンク色ののどの奥まで見ることができた。

「もうこわくないの？」とピーターは尋ねてみた。

「何が？　おりにはいっているあんな老いぼれが？」というルルウの返事である。「あれは昨日のことじゃないの。昨日はもう決して今日とはおなじになりっこないわ。今日はあたい、もうライオンなんかちっともこわくないんだもの。もうアイスクリームもほしくないわ。遊園地なんかあきちゃったの。どこかほかのところへ行きましょう。あんたは何でも知ってるんだから、案内してよ」

ところがピーターがテントの下から這《は》い出そうとしていたとき、ルルウが電光石火のような早業《はやわざ》で、そのピーターを押しのけて、ころがるように飛び出し、ピーターがようようキャンバスを抜け出したときには、すでに九メートルも前方で待っていた。「おやまあ、あたいはもう何時間も待っているというのに」と彼女は言う、「もう決して来ないのかと思ったわ。あんたは雨が嫌いなのね？」

そのおしまいのことばだけは、幾らか筋が通っていた。というのはテントの外へ出てみると、こまかい早朝の霧雨がしとしとと降っている、灰色の、不愉快な天気だということがわかったからである。

「そうだよ、ほんとに嫌いだよ」とピーターは返事した。「毛はみんな湿って固まるし、やがてはよごれて——」

「お気の毒ね」とルルウがさえぎった。「あたいは雨が大好き。猫というものは、みんな水が大嫌いなものなんだけれど、あたいは——つまり、あたいたちシャム猫だけはべつよ。いつかあたいはヘンリーで、平底舟からぱッとテムズ川に飛び込んだことがあったわ。その日はちょうど国際ボート・レース大会があった日で、なみいる人たちがみんな喝采《かっさい》してくれたわ。雨が降ると、あたいの目はますます青くなるのよ。さあ行きましょう。この雨の中をうんと歩きましょう。ピースから離れましょう」

ルルウとピーターは遊園地から離れ、ヒースから離れて行った。いつの間にか彼ら

は郊外の住宅地ハイゲートを抜けて、北のクインの森の小修道院道にさしかかってい
た。ここで霧雨はどしゃ降りの雨に変ったが、いつもはぴょんぴょん飛び回ったり、
ふざけたりしてしか歩かないルルウは、降って来たとなると、妙に落ちつき払って、
ゆっくり歩くのを楽しんでいるらしかった。そして一方、まばたきながら、目をどし
ゃ降りの雨に向けて、いつも上ばかり見ていた。そうすることによって、本人が信じ
ているように、その目はだんだん青くなるのだろうと思う。ピーターはいやというほ
どびしょ濡《ぬ》れになってしまった。これほど徹底的に濡れたことは、これまでになかっ
たほどなのだが、どういうわけかルルウといっしょに歩いていると、雨もそれほど苦
にはならないらしかった。本当にそれでルルウの目がいっそう青くなるなら、どんな
に濡れても濡れ甲斐《がい》があると思った。

午後になると雨はやんで、また太陽が出て来たが、そのまま歩きつづけて行くより
ほか、ルルウが承知しないので、しようがなかった。やがてフィンズリ公園を横断し、
東のクラプトンを抜けて、レイトン沼沢地まで歩いた。そこの噴水のそばでしばらく
遊び、やがてまた北のエピングの森に向った。そこに着いたのはもう日暮れだった。
そこがまだロンドンの境界内にあることを考えれば、びっくりするほどたくさんの木
立や草木が繁茂していることを発見した。

ピーターはもう疲れが出はじめ、腹はすっかりぺこぺこになってしまった。というのは、ピーターがいざ自分の食べ物が一口手にはいりそうだとか、ひと眠りするチャンスができたと思ったとたんに、どういうわけかいつも、ふたりで出かけなければならないところができたり、何か急いでやらなければならない仕事ができる、というような巡り合せになってばかりいたからである。しかしルルウはすっかり興奮して、森林や田園にいることに心を奪われてしまい、ピーターにも、こんなわくわくするようなすばらしい気持を、いっしょにゆっくり楽しもうではないかと、しきりにせがむのであった。

というのは、いつの間にか頭上には星が出そろい、月はほとんど満月になり、あまりまばゆくて、じっと月を見つめていられないほどだったからである。

月の光はもちろんルルウに、実に驚くべき影響を与えた。彼女は飛びはねた。彼女は踊った。彼女は叫んだ。彼女はとんぼ返りをうった。また、木立の一方の側をつるつると駆け登ったかと思うと、少しもとまらないで、こんどは反対側を駆け降りたりして、そのたびにそのクリーム色の体は、銀色の光の中できらり、きらりと閃《ひらめ》くのである。そしてルルウがどんなことをやるときでも、ピーターも必ずそのそばへ行って、それとおなじことをやらなければならなかった。そして彼らは木立や灌木《かんぼく》のあいだを出たり、はいったりして追いかけごっこをやり、とうとうピーターは自分が倒れてしまうのではないかと思った。そのとたんにルルウが叫んだ――

「さあ！　これからいっしょに月の光を駆け登るのよ。そのやり方を知ってるのは、あたいだけなの。ついていらっしゃい！」

もちろんルルウにそんなことができるわけはなかった。しかし四本の足を空中で猛烈に掻《か》きながら、体を月のほうに持ち上げようとするその動作は、ピーターには本当にルルウが登っているように見えた。そしてピーターもくたくたになって息もつけないほど、一生懸命に彼女のやったとおりを真似《まね》ようとしてみた。最後にさすがのルルウも疲れたと見え、しばらくのあいだ、大きなブナの木の根もとに、はあはあいいながら倒れていたが、それもほんのつかの間のことにすぎなかった。というのは、ピーターが彼女のそばの芝生の上に身を投げかけて、今にも寝込みそうになったとき、ルルウはこう言ったからである――「あたい月の光に、とてもセンチにされてしまうのよ。あたいにシャムの歌をうたってもらいたいんでしょう？」ピーターの返事も待たずに、彼女は例の妙な、しわがれた、小さな声でうたった――

イーニィ・ミーニィ・マイニィ・モォー

ホーキィ・ポーキィ　バンコック　ジョォー！

ルルウはそれを五、六度くり返してうたったが、その声はだんだん眠そうな声になり、最後にこう言った――「どう！　わかったでしょう！　明日またあんたに教えたげるわ。もう寝る時間なのよ。あたいの番をしていてね、ピーター。変った土地へ来て夜中になると、あたいはいつも神経質になるのよ。寝ているあいだ、誰かに見張りをしててもらわないといけないの。あんたそれを引き受けてね」横になったかと思うと、間もなくルルウのわき腹が、規則正しく動きだしたので、寝込んでしまったことがわかった。ピーターはその姿を見おろしながら、こんな上品な寝方をしているものは、まだ見たことがないと思った。そしてこういう彼女が自分を信頼して、保護者としての地位を与えてくれたと思うと、心の底までぞくぞくするような感激を味わうのであった。たとえ森の中から何が出て来ようと、ライオンでも、虎《とら》でも、象だってかまわない、何だってそんなものから彼女を守ってやるぞ、と思った――それも何とかして自分が起きていられたらの話だが。

幸いその明るい月夜は、そのあとわずか数時間しかつづかなかった。月が木立の奥に沈んでしまうと、間もなく太陽が空に昇って来て、ルルウは目を覚ました。彼女は背のびして、まばたき、ピーターがうっとりするようなそのしぐさを見ているうちに、片手をぎゅっとつねった。そして急に何かを思い出したらしく、さッと体をゆすって棒立ちに坐りなおし、まるで自分の目の前にいる猫は、生れてからまだ見たこともない猫だ、とでもいわんばかりの、実に奇妙な目でピーターをじっと見すえた。そして立ち上がってピーターのそばに来て、顔をのぞき込むようなことさえした。やがてもう一度体をゆすりなおし、困惑したような、よそよそしい声で尋ねた——「一体あたいたちはどこにいるの？　あんたはあたいをどこに連れ出して来たの？　あたいは一体どうしたの？」そしてルルウは実際に片手で、ひたいを横ざまに撫《な》でたわけではないのだが、その顔の表情は、まさにそうしたような表情であった。

前にはあんなに晴れやかで、のんきだった友達が、急にこのような不思議な変化を示したのに、ピーターはびっくりしながら返事した——「はっきりはわからないが、ぼくたちいまエピングの森にいると思うんだが……」

ルルウは小さな金切り声をあげ、まるでピーターが不潔なものでもあるように、そのそばから飛びのいた。「これは大変！　あたいは何も覚えていないけれど、何か薬でも飲まされたにちがいないわ。今日は何曜日なの？　そしていつからだったの？」

ピーターは数えてみた。ふたりでいっしょに出かけたのは、たしか火曜日だと覚えている。「木曜か金曜だと思うんだけれど、はっきりわからんよ」

ルルウは大きなわめき声をあげた――「木曜か金曜ですって？　あんたは何てことしてくれたの？　あたいのかわいそうな家の人たち！　すぐ帰らなきゃいけないわ。かわいそうな、かわいそうな家の人たち！　さぞうろたえているにちがいないわ。あの人たちには、あたいがかけがえのない、何より大事なものなんだもの。ひどく気をもんで心配しているだろうに、それもこれも、みんなあんたが悪いんだわ……」

「でも……でも……」今はもうすっかり途方に暮れたピーターは、どもり、どもり言った、「君はあの人たちに心配させてやりたいって、自分で言ってたじゃないか。それも慰みの一つだって、それから――」

「あーら！」とルルウはぎょッとしたような声を出した。「よくもそんなひどい、意地悪なことが言えたものね？　優しいことばや約束で、あたいを家から誘い出し、あたいの頭をぼうっとさせようと思って、アイスクリームをせっせとあてがい、そうしておいてその罪を、みんなこのあたいにかぶせようとするんだもの。さんざん自分でもおもしろいめをして、あげくにあたいにその責任をなすりつけるなんて！　もうあんたには二度と会いたいとも思わないし、口もききたいとは思わないわ。あたいはこれからすぐ家へ帰るわ。ありがたいことに、たぶんあたいが家へ帰ったら、家の人たちもあたいの顔を見て嬉《うれ》しくなり、決して叱《しか》りはしないと思うわ。今ごろはもう、あたいが死んだと思ってるにちがいないんだもの。あんたのおかげで、ほんとにそうなったかもしれないんだから」

そうした攻撃を受けてピーターは胆《きも》をつぶした。そして急にルルウを失いやしないかという恐怖に、なおさらいっそう胆をつぶした。

「ルルウ！」とピーターは訴えた。「帰らないでくれよ。ぼくといっしょにいてくれよ——いつまでも。毎日でもアイスクリームを持って来てやるし、ネズミも持って来てやるし、好きなだけ何べんでも身づくろいもしてやるよ。ただぼくのそばから離れないで、ね……」

「あーら！」とルルウはまたおなじことを言った。それからもう一度また、「アーーラ！」と。こんどのその声は本当に腹を立てたような声だったし、本当にあきれたような声であった。「よくもそんなことを？　よくもそんなことを考えられたものね？あたいが王女さまだってこと、忘れたの？　いっしょにいてくれって、あきれるじゃないの！　本当はあんたを一番近くにいるお巡りさんに引き渡してやらなきゃいけないんだけれど、そんなことはやらないわ。だってあたいは思いやりがありすぎるんだもの。あたいには聖者のようなところがあるって、みんなが言ってるわ。だけど、それにつけこむようなことはしないでね。あたい今からすぐ家へ帰るわ。後をつけられるようなことはいやよ。じゃ、さようなら」

そう言いながらルルウはきびすを返し、木立のあいだを抜けて、すばやいギャロップの駆け方で駆け出して行った。後に残されたピーターは、あまりのことに茫然《ぼうぜん》として悲嘆に暮れ、口をきくこともできなかったし、身動きすることも、彼女に呼びかけることさえできなかった。しかしルルウは十七、八メートルほど行くと、突然足をとめてふり返り、「でも、ほんとにおもしろかったわねえ?」と声をかけた。そしてやがてまたきびすを返し、尾をなびかせながら、できるだけ急いで駆け出し、間もなくその姿は全然見えなくなってしまった。

そしてそれが、ピーターがルルウを見た最後であった。

24　密告者たち

そうだ、ルルウの黒っぽい尾が、灌木の茂みを回って消えて行ったとき、それが彼女の最後であった。そしてせっかくみつけた新しい友達に急に見棄《みす》てられたことで、いろいろ責められたことに劣らず、心を傷つけられ、途方に暮れてしまったピーターが、公園の丘のはずれにようよう小走りでたどり着き、瓜《うり》二つの二軒建ての家々が、単調につながってつづいているのを再び見たとき、そのあたりの通りを見おろしてみたが、ルルウの姿は影も形も見えなかった。ルルウは結局考えなおしてくれなかったのである。ルルウはぼくを待っていてはくれなかったのである。ルルウは決心したことを変えてはくれなかったのである。ルルウはぼくを待たずに家へ帰ってしまったのである。

そしてピーターがはじめてひとりっきりになり、自分にたいするルルウの奇妙な魔力が破れたとき、いや、その魔力が多少うすらいだとき――なぜなら、ルルウはもうそこにいないのだが、その面影の名残りは、つまり暗闇《くらやみ》の中から光っている、かすかにやぶにらみのその青い目や、ビロードのようなその顔や、黒っぽい足と、尾と、耳をしている、引き締った、かわいらしいそのクリーム色の体や、なかんずく、しわがれ声の、忘れられない、いどむようなその声は、たえず自分につきまとっていたのだから――とにかくそうなったとき、きわめて当然のことながら、ジェニィ・ボウルドリンのことを考えた。そしてひとたび彼女のことを考えて、自分がどこへ行くのか、いつ帰って来るのかもひとことも話さないで、彼女を棄てて行ったことを思い出したとき、ピーターがどんなに良心に苦しめられたかということくらいは、認めてやらなければなるまい。

ピーターは考えてみた——ジェニィがホステルで目を覚まし、そばにぼくがいないのを知って、捜しに出かけたが、ついにぼくを捜し当てられず、その辺にいた猫は、ぼくがどこへ行ったか話してもくれないし、ぼくからの伝言を伝えてくれる猫もいない。そこでジェニィは広場から、その界隈《かいわい》じゅうを捜したにちがいない。そしてぼくの居場所をとうとうつきとめることができず、ぼくが夜になっても帰って来ず、翌晩もおなじように帰って来なかったので、彼女が一体どんなことを考えたか、誰にも想像もつかないことである。彼女は自分がバフのところに帰れるように、ぼくが身を引いてしまったと思い込んだかもしれないし、いや、それよりもっとひどいことを考えたかもしれない。つまり、ぼくのために自分があれほど愛していた家の人たちを棄てるという、最高の犠牲を払ったばかりの、こともあろうにすぐその翌朝、ぼくが誰かほかの猫と駆け落ちしたと思ったかもしれない。

もちろん、事実はそうだったではないか、とピーターは自分に言いきかせた。そして心の中で、自分がホステルに帰って、自分を待っていてくれたジェニィをみつけたとき、その彼女に言ってやる説明をくり返してみた。その説明の中で、彼女が思い違いしないように、これまで起ったことを何もかもはっきり伝えた。そしてその場合、こう切り出すつもりだった——「ねえ、君が目を覚ましたとき、ぼくが君に新鮮な小ネズミでも持って来てやったら、さぞすてきだろうと思ったんだよ。そこで外へ出て、ネズミのみつかりそうなところを見て回っていたんだよ。ところがちょうどこのホステルの向う側に、途方もないほど美しくて、浮き浮きしていて、少し頭のおかしな猫がいたんだよ。ほんとだよ、ジェニィ、今まであんなような猫に会ったこともないよ。彼女は、いっしょに踊ろうと、ぼくをうまく説きつけ、誘惑して連れて行ったんだ。そしていっしょに遊園地へ行って、動物小屋のテントに泊ったんだよ。その後では森の中に泊って、そして……」しかしピーターはそれから先のことは、とうてい話せなかった。なぜなら何だかうつろな響きのする話のようだったし、それより悪いことは、自分のひどい気紛れなことを言いださなくとも、まったくばかげた話のように思われたからである。だから、本当にそんなことをジェニィにしゃべることは、自分には死んでもできないような気がした。では自分はどう説明したらいいのだろう？

そのことを考えれば考えるほど、こんどのことを説明するなどということは、ますます覚束《おぼつか》ない、不愉快なことになってしまうのである。なぜなら、それはほんの四、五時間、留守をしたとか、せいぜい一日留守をしたというならともかく、三日も留守をしたのだからである。しかも本当に恐ろしいことは、ルルウがぼくを棄てて行く直前、ぼくが彼女に自分の家へ帰らないように懇願し、その代りぼくといっしょに、一種の永久的な遠出をして、毎日休日のようなキャンプ旅行をしようと訴えたことである。もちろんジェニィはそんなことまで知る必要はないが、どんなことがあったにせよ、ぼくが知っているという事実は、あくまで動かせない事実であり、今のところ、ぼくが知っているということさえ、けしからぬことのように思われた。

何かジェニィに説明してやる、自分が無情にも棄ててしまったことをとりつくろうような話を、このさいでっちあげてみようという誘惑に、ピーターはしばし負けてしまった。何か芝居がかったことでも、そうだ、猫をさらって行く人たちの話はどうだろう。格子縞《こうしじま》のハンティングをかぶり、ネッカチーフをつけた二人のならず者が、ぼくがジェニィにやろうと思った中くらいの大きさのネズミに飛びかかろうとした瞬間、ぼくを広場からさらい、高速の自動車に乗せて行ってしまった、というような話はどうだろう。

その話には、ソーホウ街に窓のブラインドを全部おろした謎《なぞ》の家、というつづきがまだあって、そこには長い刀を手にした、凶悪なつらがまえの中国人がいて、それがぼくの首切り人になるはずであり、悪党らしい流し目をした、傷跡のある覆面のギャングの親分は、禁制の毛皮を扱っている商人と結託している、だんご鼻で、むくんだ顔をした、脂《あぶら》ぎった男である。一匹対二十人以上の敵を向うにまわし、ピーターは最後に、自分をつかまえた一味の目をうまくくらまして土牢《つちろう》を抜け出し、その謎の家から逃れて、彼女のもとに帰って来たのである。

しかしピーターは、自分にそんな嘘《うそ》のつけないことを承知していた。まず第一に、たとえ自分が本当にジェニィに嘘をつこうと思っても、心の底ではそんなことはしたくないと思っているのだから、とうてい嘘などつけないことはよく承知していた。第二に、そんな作り話は大しておもしろい話ではなかった。

そしてそれにたいして最後に到達した結論は、やることは一つしかないということ、つまり、キャベンディッシュ広場に帰るということである――もっとも、今自分は高いところから見おろしているのだが、その自分が今いるところは一体どこなのかも、道を捜して行くのに、どれほど時間がかかるかもわからなかったが、ひとたびそこに行き着いてホステルにはいったら、悪びれずにジェニィに対面して、あらいざらいこれまでのことを打ち明け、許しを乞《こ》うよりほか仕方がない。

その決心を決めるやいなや、ピーターは少しは元気が出てきたような気がした。それで、身づくろいをしたり、何か食べ物をあさったりしてぐずぐずせずに、ただちに早駆けで、急に突進してみたり、またもとの早駆けに戻ったりしながら、本能の命ずるまま、南南西の方向にあるキャベンディッシュ広場に向った。しかしたとえ自分とルルウが、途中で幾回となくゆっくり休んでは行ったにせよ、来るのに三日もかかったのだから、一体どれほど遠いのかさっぱり見当もつきかねたが、もう疲れ果て、腹はぺこぺこにへり、固い石の歩道をとんとん駆けるものだから、やわらかい足の裏から血がにじみ出そうになったピーターは、それでもようやく日暮れ近く、目的地にたどり着くことができた。ハーレイ通りに沿って北から広場にはいり、すぐ曲って三十八番地のホステルにたどり着き、狭い入口を無理やりにくぐり抜け、やっと中にはいった自分に気づいたときには、心臓がのどもとまでどきどきし、腹のあたりがとても不愉快な気持になっていた。

中にはいっても、これではとても愉快になれそうもないような気がした。間違いなしにホステルはたしかにホステルである。番地は間違いっこないし、それに、この並びに焼夷弾《しょういだん》でやられた家は一軒きりしかないのだから。それでいて、ちっとも以前どおりとは思えないのである。なるほど以前どおり、夕闇の中に、壁や、なげしや、そこここに散らばっている、雑草におおわれた瓦礫《がれき》や廃墟《はいきょ》の上には、夜の影がおしよせて来てはいるが、何だか以前とは全然違っているような気がした。

やがてピーターにはそのわけがわかった。住人が全部変ってしまったらしいのである。レモン色のヘクターもうここにはいないし、ミッキー・ライリもいないし、エボニィも、G・パウンズ・アンドリュウスの顔も見えないし、かわいらしい灰色のリンピィにも、ティゴウにも、スマイリにも会えなかった。前とおなじほどたくさんの猫が、ホステルの中にもまわりにもいるらしい。その中で昔なじみに似ている者も少しはいたが、近寄って見ると、色合いも、斑点《はんてん》も、形も、大きさもみんな違っている。何よりも変っていたのは、ピーターにたいする彼らの態度である。ピーターは外来者であった。彼らはピーターなんか知らなかった。明らかにこのホステルの全住民に、入れ替えが行われたのである。

重い心を抱いてピーターは、自分とジェニィがここへ来た晩泊った、こぢんまりしたねぐらに戻ってみた。そこには誰かがいたが、なげしの陰からじっとピーターを見つめる目は、ジェニィの優しい、うるんだ、なごやかな目ではなく、二つのコハク色をした、敵意ある目であり、近づいて行くと、ピーターの受けた挨拶《あいさつ》は、低い唸《うな》り声と――「注意しな！　家宅侵入罪になるぞ」という、誰でも知っている、人を追い返すどなり声であった。

このホステルは誰がはいってもかまわない、無料の宿泊所なのだが、ピーターは新しいその居住者と、その点を言い争うような気分にはなれなかった。その居住者は大きな、冷酷そうな顔をして、サクラ色をした雄猫で、汚れた白い鞍形《くらがた》の斑点と、喧嘩《けんか》傷《きず》の跡がたくさん残っている。

「失礼しました。そんなつもりはなかったんですが」とピーターは言った、「実は友達を捜しているのです。ここにいっしょにいたもんだから――つまり、ぼくたちは三日前にここにいたのです」

「だが、今はいないじゃないか」とサクラ色の相手は不愉快そうに言った。「わしは黒公自身から、ここを割り当ててもらったんだ。文句があるなら、黒公に会ったらいいだろう……」

「そうです。わかってます」とピーターは言った。「でも本当に友達を捜しているだけなんです。ひょっとしたら、ご存じないでしょうか？　名前はジェニィ・ボウルド・リンというのですが」

「そんな雌猫のこと聞いたことないな」とサクラ色はそっけない言い方をした。「もっとも、わしがここへ来たのは、つい昨日なんだ。来たときには、そんな名前の者はいなかったよ」

ピーターは自分がだんだん気分が悪くなり、胸のあたりの空虚な、おびえた気持がだんだん大きくなってくるのを感じた。ホステルじゅうを入念に、下から上までくまなく捜してみたが、ジェニィ・ボウルドリンの影も形もないし、彼女を覚えている者も、彼女を見た者もいなかった。一匹のまだらの雌猫が、ジェニィとかいう雌猫のいたことを思い出したが、思い出したというだけのことであった。これがわずか三日後のこととはどうしても信じられなかった。どうしたわけか、自分が狐《きつね》にたぶらかされたような、恐ろしい気がした。三日ではなくて、たぶん三年も、いや、三世紀もたってしまったのではないかと思われた。何かの方法で自分がこの地球を離れてどこかに彷徨《ほうこう》し、帰ってみると、あらゆるものが変ってしまい、その変り方の中で一番恐ろしいのは、ジェニィ・ボウルドリンがもうそこにいなくなったという変化である。とにかく彼女は消えてしまい、どこへ行ったのか、今どうしているのか、誰も知らなかった。

ちょうどそのとき、二匹の猫が外からホステルにはいろうとして、かすかにひっ掻《か》くような音が、ピーターの耳にはいった。もう暗くなったとはいえ、それはおなじような斑点と、おなじような表情を浮べ、違っている点は一方の顔が少し細いだけの、双生児の雌猫であることがわかったので、ピーターは飛び上がる思いで、嬉《うれ》しそうな叫び声をたてながら、その二匹のところに駆け寄り、「プッツィ！　ムッツィ！」と声をかけた。「ああ、君たちに会えてどんなに嬉しいか！　ぼくだよ。ピーターだよ。ぼくをまさか忘れるはずはないだろう？」

二匹は彼が近寄って来たので足をとめ、まずピーターの顔をじっと見、それから自分たちお互いの顔を見合せた。彼に会ってべつに嬉しそうな顔もせず、挨拶のことばを返そうともしなかった。一瞬その二匹は、彼にことばもかけもせず、そのまま引き返しそうな様子を見せたが、やがてプッツィがピーターを冷やかな目で見やりながら言った――「オホウ！　じゃ、あんた帰って来たのね？」

しかしピーターは自分を知っていて、ジェニィがどこへ行ったか知っていそうな相手に会えた嬉しさに、何も気がつかずに返事した――

「そう。で、ぼくはジェニィ・ボウルドリンを捜しているんだが、どこにもみつからないんだよ。どこへ行ったか教えてくれない？」

プッツィとムッツィはまた顔を見合せたが、こんど返事したのはムッツィだった。その声はいやに固苦しい、気にさわるような声であった。「さあ、知らないわ。また、たとえ知ってたとしても、教えてあげないわ。どうするつもり？」

恐怖と不快さの心の痛みが、そのときピーターに少し舞い戻って来た。そのうえピーターは、すっかりとまどった気持だった。それで、「でも、なぜなの？」と聞いてみた。「ぼくにはどういうことかわからないんだけれど。一体どこへ行ってしまったの？　で、なぜ君たちはぼくに教えられないというの？」

「なぜって」とプッツィとムッツィは、こんどは口をそろえて答えた、「あたしたち、あんたを見てしまったんだもの！」

ピーターの心には、もしやという疑問が押し寄せて来たが、何とかどもりながらも聞いてみた——「君たちはぼくを見たと言ったが、ぼくの何を……？」

「あんたと、あのシャムから来た外国猫よ」とプッツィは鼻をつんと上に向けながら答えた。その軽蔑《けいべつ》するような格好を、ムッツィもおなじようにやった——この二匹もやはり外国猫であることを考えてみれば、少々おかしい話である。「あんな女と踊って、しかも道の真ん中でいちゃついたりして、まるでうつけたような顔をして、相手をじっと見つめているんだもの。そうよ、あたしたちあんたを見たのよ」

「それに自分の鼻を、あんな女の鼻とくっつけ合って、ばからしい詩なんかに耳をすましているんだもの。あんたのしゃべったことばも聞いたのよ」とムッツィもいっしょになって言い立てた。

「それからやがて、あんな女といっしょに駆け落ちして行ってしまうんだもの」とプッツィはことばをつづけた。「あたしたちすぐ帰ってジェニィに教えてやったわ」

「そうだったのか！」と、こんどこそすっかり不愉快な、悲しい気持になったピーターは口を開いた、「ジェニィは何と言った？」

姉妹はしかつめらしい、いささか満足そうな微笑を浮べた。プッツィがはっきり答えてくれた。「ジェニィはそんなことばは信じないと言ったわ。何かの間違いだろうって」

ムッツィがつけ加えて言った――「あんたはあんなピーターにはもったいない女なんだから、さっそくどっかへ行っちまいなさい、と勧めてやったわ。いろいろ言ってやったが、ジェニィはじっとここに待っているというのよ。あんたが間もなく帰って来ることがわかっているからって」

「でもあたしたちには、あんたが帰って来ないことがわかっていたのよ」とプッツィは勝ち誇ったように言った。

「あたしたちはジェニィにそう言ってやったの。あんな外国猫！　この近所の者なら、誰だってあの女を知ってるわ。ああ、ああ！　男だけがばかだから、あんな女にひっかかるのよ。これでわかったでしょう？　夜になると、さすがのジェニィも、あたしたちの言うことが本当だとわかったんだわ。なぜかって、朝になったらジェニィはいなくなったんだもの。それからジェニィの姿は消えてしまったわ。あんたにはいい見せしめだと思ってるの」

ムッツィは辛辣《しんらつ》なことばをつけ加えた――「こうなったら、あんたはジェニィに帰って来てほしいのね」

「それはそうだよ」とピーターは、ひとりよがりの、おしゃべりの相手に、自分の心の苦しみと、みじめさを見すかされても、ちっともかまわないと思いながら言った――「そうだよ。ほんとに帰って来てほしいと思うよ。とても、とても帰って来てほしいよ」

「でもねえ」と二匹はまた口をそろえて言った、「あんたにジェニィはみつかりっこないわ。ジェニィは永久に帰らないつもりで出かけたんだもの」やがてその二匹はピーターをそこに残したまま、そろって尾を上に高くあげ、腹立ちのあまりその尾を、こころもちぴくぴく引きつらせながら、瓦礫の上を越え、雑草のあいだを通って、ホステルの裏側に行ってしまった。

ピーターはこれほど情けない思いをしたことはなかった。自分が猫に変身させられて、ばあやにうまや町の外にほうり出されたときでも、これほど情けない思いはしなかった。というのは、それは自分がジェニィ・ボウルドリンに会う前のことだからである。自分のいとしいと思うようになったひとを失ったあとでは、これまで感じたことのないほど寂しい、みじめな気持になるということを、ピーターは今はじめて知った。またもちろん、それは自分の身から出たさびだということも知っていた。

しかしピーターの本当の心の中の苦しみは、ジェニィにたいする苦しみである。ジェニィは自分がせっかく再会した、愛する人たちとその家庭を、このぼくのために棄《す》てるほどまで、ぼくのことばかりを考えてくれていたのである。というのはピーターは、これまでもジェニィが心の動きを、何気ないそぶりでさっさとかたづけてしまっていたそのやり方に、決してだまされはしなかったからである。ピーターはジェニィが、どんなつらい思いで決心を固めたか知っていた。しかしジェニィはピーターを愛していたからこそ、そういう決心ができたのである。そしてジェニィがそれで償われるならばまだしも、相手の自分がこの情けない有様である。

ピーターは自分が今何をしているのか、どこへ行こうとしているのか、何にもわからずにホステルを出かけた。というのは、ピーターは自分の無考えと、無責任な行動にたいする後悔の涙で、まったく盲目同然になっていたからである。そしてキャベンディッシュ広場の家々に明りがついたとき、彼は静かに歩きながら、どこかで、どうにかして、どうしても彼女を捜し出してやろう、という誓いを立てていた。たとえ生涯のあいだ彼女を捜し歩かなくてはならないとしても、せめて自分が最後の息をひきとるとき、自分がやったことは何の意味もなかったことで、自分はジェニィを、ジェニィだけを愛していたのだということを、相手に知らしてやることができたら満足である、という誓いを立てたのである。

どうしても、どこかでジェニィを捜し出してやろう、とは思ったものの、ロンドンの町の広さを考え、そこにひしめいている何百万という人間と家々のあることを考え、白い顔とのどもとをしている、おだやかな、慈愛に満ちた目をした小さな雌猫が、傷心の心を隠すために、這《は》いずり込んで行くところが、ありとあらゆるところにあることを考えたとき、ピーターの心は沈んでしまうのであった。

しかし何とか捜すことにとりかからなければなるまい。そしておそらく、そうだ、おそらくジェニィはうまや町のすぐそばにある、バフの家に戻っているかもしれない。なぜぼくは今までそれに気がつかなかったのだろう？　きっと、きっと、ぼくに棄てられたジェニィの行くところは、そこにちがいない。

希望で再びピーターには元気が出て来た。そして小走りに、ときには飛んだりしながら、ピーターは確かめてみるために、うまや町に急いで渡って行った。

25 捜し求めて

ピーターはうまや町のバフの家の向い側の歩道に、長い一夜、重い心を抱きながら、夜どおし見張りをしていた。ジェニィはそこにいないらしいけれども、翌日になってみなければ、はっきりしたことはわからないからである。

まずその家の下の階に明りがともり、やがて上のほうの階にもつぎつぎに明りがともされ、その黄色い電燈《でんとう》の明りで、トビ色の髪の毛のバフの頭が、一度だけ窓にくっきり映ったが、その肩のまわりに、ジェニィがまといついていそうな気配も見えなかった。

やがてその家の窓がつぎつぎと暗くなり、それがペニィ家の窓だけではなしに、うまや町一帯の家々の窓の明りが消えてしまい、間もなく明るいのは、角の街燈の明りと、頭上の月の光だけになってしまった。ピーターはジェニィに呼びかけはじめた。はじめは小さな声だったが、やがて心の中の悲しみと、情けない気持がつのってくるにつれ、だんだん大きな声になったが、ジェニィからの答えは何もなく、ほおひげと、そのほかの感覚毛の敏感な受信機にも、彼女のいそうな気配は少しも伝わって来なかった。結局ピーターの悲しみの嘆きは、うまや町のとある家の窓の一つが開けられ、誰かに――「こら、うるさいぞ！　猫だな。おとなしくしろ！　あっちへ行ってしまえ！」と、どなられる結果になってしまっただけのことであった。

それからピーターには、もはや呼びかけてみる勇気はなくなってしまった。ミスター・ブラックに自分たちがこの界隈《かいわい》に迎え入れられたとき、静かにしていることと、住民たちの邪魔をしないこと、というきつい条件を申し渡されたことを思い出したからである。しかしジェニィがこのぼくに腹を立てているあまり、返事をしないという場合もないことはないのだから、朝になったら彼女に会えるとか、少なくとも何かしら、彼女の消息が聞かれるという望みは、まだあるかもしれないのだから、やはりそこにじっと待っているよりほか仕方がないわけである。

外の歩道での不寝番は、長くて寂しかったが、それも牛乳配達が現われるとともについに終りを告げ、暗がりも東のほうから退散しはじめた。まず灰色に変り、やがて真珠色のピンクに変り、その後間もなく太陽が現われ、それとともに朝がやって来た。

しかし新しい一日の始まりに先がけて、うまや町が起きるまでには、まだ長いこと、うんざりするまで待たなければならなかった。

ついに二番地のドアが開いて、黒皮の書類カバンをかかえ、もったいぶったフェルトの中折帽をかぶった紳士が、広場のほうに急いで出かけた。ピーターはこれはたぶん、役所か会社に出かける、バフの父親だろうと判断した。とにかくこの人からは、大したことが聞けそうもなかったが、しばらくたつとまたドアが開いて、こんど出て来たのはバフである。母親がそれにつづいて出て来た。バフは学校カバンと、本と、ランチ・バスケットを持っている。

その姿を見てピーターはすっかり興奮してしまい、われを忘れて、「バフ！」と叫びながら、通りを渡って二人のそばに駆けて行った。「バフ、お願い、ジェニィを見ませんでしたか？　今どこにいるかご存じでしょうか？　ぼくは彼女にひどいことをしたので、ぜひ捜し出して、悪かったと詫《わ》びなければいけないんです」

しかしもちろんバフには、ピーターの言ったことばなど、一つだってわかるはずもなかった。彼女の目に映ったものは、大きな、いくらかよごれた白い猫が、通りの向う側から、哀れっぽい鳴き声をあげながら、自分たちのところへ駆け寄って来ただけのことである。しかし一瞬その猫には、どこかで前に見たような気がしたので、バフはピーターのそばを通るとき、何かを思い出そうとするかのように、じっと長いことピーターに目をそそいでいた。

しかし、バフが母親にこう言っていることばが、ピーターの耳にはいった、「ママ、ジェニィはせっかくあたしをみつけて戻って来たのに、どうしてまた出て行ったんだと思う？　ジェニィはもう一度帰って来ると思う？　もう何日もたつというのに……」

ピーターは母親が返事するのを聞いた――「バフ、あれが本当にジェニィだったってこと、確かなの？　あれだけ年月がたっているんだから……ただジェニィに似た、べつな猫だったかもしれないわ」

「あら、ママ、へんなこと言わないでよ……ジェニィのような猫は、広い世界にもたった一匹しかいないのよ――」バフと母親が、声の聞えないところに歩いて行ってしまうにつれ、その声もしだいに消えていき、二人の姿も角を曲って広場のほうに消えてしまった。後にとり残されたピーターの心は、しゃがんでいた丸石より冷たく重くなり、ただ耳にバフの最後のことばだけがこだましていた――「……ジェニィのような猫は、広い世界にもたった一匹しかいないのよ」自分が彼女をおそらく永遠に失ってしまった今では、そのことばのとおりだということが、ピーターにはわかりすぎるほどよくわかった。

もうこれ以上うまや町で待ったり、捜したりしても、何の甲斐《かい》もないことである。そのうえ心の底では、たとえジェニィがこのぼくにどんなに腹を立てていようと、もしそこにいたとしたら、このぼくの呼び声に答えてくれないはずはない、ということをよく知っていた。

しかしつぎにどこを捜したらいいのだろう？　こんなことをしているあいだに、ジェニィがひょっとしてホステルに帰っていたとしたら、と思いついたピーターは、あわてて角を曲って駆け出し、ホステルの破れた板囲いの隙間《すきま》から、耳に怪我《けが》しそうになるまで急いでもぐり込んでみたが、もちろんそこにジェニィはいなかった。そのときには、もう一度罵《ののし》られてもいいから、あの双生児の姉妹に会えたら嬉しいだろうとさえ思った。その二匹の姉妹が最後にジェニィと交渉があったからである。しかしその二匹はどこかへ出かけていて、ホステルには知らない猫が四、五匹残っているだけで、居住者の大半はおのおのその日の仕事に出かけてしまっていた。

どこかほかを捜さなければならない、という確信をいだいたのは、そのときである。しかもジェニィは、自分に不幸をもたらしたような土地から、離れて行ったにちがいないのだから、この界隈から遠く離れたところを捜すよりほか、しかたがないわけである。

こんどは、ジェニィが一番行きそうな、船だまり沿いの古巣に引き返して、そのあたりを捜してみようと思い立った。そして思い立つとそのままピーターは、昼も夜もおかまいなしに歩きつづけて行った。そして捜すことだけにすっかり心を奪われていたので、自分がジェニィの教えと訓練のおかげで、どんなに経験をつんだロンドン猫になっていたかということにさえ気づいていなかった。何を見ても、どんな物音を聞いても、どんな突然の轟音《ごうおん》を聞いても、もはやおびえなくなっていた。まるで自動的に災難を避ける方法を知っているようにさえ思われた。また本能的に、即座に消えて身を隠すこともできたし、どんなところにいようと、突然危険に襲われた場合、自分の行くべき安全な場所を必ず捜し出し、何の下にもぐったらいいか、何の上に飛び上がったらいいか、ちゃんと選び出すのであった。しかしもちろん、自分がそうしていることなど全然気づかずに、やっているわけである。ちょうどこのころピーターは、商店の入口に体を丸めている雌猫を見ても、窓で身づくろいをしている雌猫を見ても、垣根の上や板囲いの上を飛び越えている雌猫を見ても、どんな雌猫を見ても、それがジェニィに見えるというひどい段階を経験していた。

心の中にはいつもジェニィにたいするあこがれが燃えていたので、町角を曲るごとに、ひょっとしたらそこでジェニィにぶつかるのではないか、という希望に心が高鳴るのであった。そしてそこにとら毛の猫でもいようものなら、その大きさや、形や色がどんなであろうと、まずそれがジェニィではないかという空頼みの錯覚に悩まされ、それがジェニィでないとわかった場合には、くり返し、くり返し失望を味わうのであった。

そうした段階からこんどは、つぎの町角を曲ったら、必ずそこにジェニィがみつかるにちがいない、という強い確信をいだく段階に移った。だからピーターは全速力で駆け出し、町角を曲って眺めてみるのである。そういう場合にはたいてい誰もいなかった。ただ二、三人の子供たちが、歩道沿いの溝《みぞ》の中で遊んでいるとか、女たちが魚屋とか、その辺の菓子屋の店先に、列を作って並んでいるとか、あるいはただ一匹の犬が、通りでごみあさりをしているくらいのものにすぎなかった。やがてそのうちに、自分がただうっかりジェニィを見のがしただけなのだ、という確信がピーターをとらえ、ジェニィは確かにそこにいたのだが、たぶんただthe さっさと次の町角へ曲って行っただけなのだから、もしできるだけ急いで駆けて行けば、そこで彼女をつかまえることができるだろう、と思うようになった。

そんなことばかりつづけていたので、もちろん間もなくピーターは、疲労困憊《こんぱい》に近い状態に追い込まれてしまった。特に、たとえば先日の雨で、まだ残っている汚れた雨水のたまりにぶつかったり、向う見ずに、あわてて、良心に追い立てられて捜し回っている途中、何か食えるようなものの切れっぱしにでもぶつかった場合以外、ゆっくり物を食べたり、水を飲んだりしたことは一度もなかったので、なおさらのことであった。立ちどまって身づくろいをしたこともなければ、体を洗ったこともないピーターは、なりふりにかまわず狂気のようになっていたので、その白い体毛も、たちまちのうちに光沢を失い、もつれあって汚れてしまい、ピンク色の肌にもあかがたまりだして、かゆくなり、ロンドンのごみごみした裏町の路地や、テムズ川べりをこそこそ歩いている、最も痩《や》せこけた、最もみすぼらしい宿なし猫の標本となるのに、何のてまひまもかからなかった。

夜が昼に変り、昼が夜に再び変っても、なお歩きつづけていたので、まったく疲れきって、もうこれ以上歩けなくなったとき、はじめてピーターは睡眠をとった。そしてたまたまそこがどんな所であろうと、少しでも休んだときにはいつも、忘れられないジェニィのしとやかな顔が、目の前に思い浮ぶのであった。その白いのどもとと、ピンク色にふちどられた、やわらかいその鼻づらと、うるんだ、光る、優しい目もとが思い浮ぶのであり、独特のしぐさの癖や、その微笑や、このぼくが大丈夫かどうか確かめるために、いつもさッとこのぼくのほうを見る、そのすばやい動作も、身づくろいをするときの、あの懐《なつ》かしい身のこなしも思い浮ぶのであった。彼女にも、たとえば自分の一族や先祖のことを言いたてたり、このピーターの前で、自分をよく見せようとする欠点も少しはあったが、一方、ネズミ狩りの場合や、どんな危急の場合でも、すばらしい気力を見せたし、体がしなやかで的確に動いたし、強力な手足を持っていたし、落ちついた有効適切な行動をとることもできた。そしてその思い出がピーターを先に、先にと駆りたてて、捜索をつづけさせるのであった。

ピーターが船だまり地区にたどり着いたとき、ここなら少しくらいは自分も地理に明るいことを思い出したので、グリムズさんが前に住んでいた小屋に、まず出かけてみた。ひょっとしたらジェニィが、昔の友達をとむらうために、そこに行っているかもしれないとも思ったし、あるいはその老人の思い出に引かれて、そこに行っているかもしれないと思ったからである。

その日は曇った冷たい日で、また雨が降りだした。ずっと前にジェニィといっしょに行ったときのように、午後遅くなってからピーターは、そこに並んでいる貨車の下を伝って、こっそり歩いて行った。そしてついに、ブリキ屋根があり、そこから曲ったパイプの煙突が突き出ている小屋にたどり着いた。

しかし、ああ、何という変りようであろう！　ドアの両側と窓々に赤く咲き乱れていたゼラニュームは、まったく姿を消してしまっているではないか。その小屋はただきたならしく、陰気で、まるでつぶれかけているようではないか。そしてピーターが忍び寄って、半ば開いていたドアから中をのぞいてみると、意地悪そうな目つきをして、鼻でもすすっているように見える小柄な男が、ネッカチーフを巻いて、折りたたみ寝台に半身を起し、持ち上げたジンの瓶を口に当てているのが見えた。そして小屋じゅうがジンと、汗と、ごみの匂《にお》いでぷんぷんしている。もちろんジェニィのいそうな気配も感じられなかった。

その男は口から瓶を放し、もう飲みほしてしまったものだから、半ば開いているドア越しにそれをほうり棄《す》てたので、ピーターが坐っているすぐ間近に、粉みじんに砕けてしまった。もしそれがもう二、三センチ左にそれていたら、ピーターに当ったはずである。ピーターはそうなってくれたほうがよかったのに、と思った。しかたなしにピーターは、足を引きずりながらその場から退散した。

最後の希望にでもすがるように、ピーターの足は自然に、かつてカウンテス・オブ・グリーノック号が停泊していた、ロンドン・ドックスの東側の船だまりに向っていた。ジェニィが行ったのはきっと、きっとそこにちがいない。そしていつもピーターがひどい目にあう中でも、一番やりきれない思いをするのは、ジェニィがどこそこにいるにちがいないと思うたびごとに、そこに彼女が必ずいるとすぐ思い込んでしまい、熱に浮かされたようにしてそこへやって行くのだが、その途中、そんな所へ行っても彼女がいるものか、ほかの所へ行けば彼女がちゃんと待っているではないか、そこへ行けば彼女がどんな顔をしているかもわかるし、こちらの言ったことに、どんな返事をしてくれるかもわかるではないか、とピーターの心がいつも迷ってしまうことであった。しかし間もなく、こんどこそは本当だぞ、急いで行きさえすればカウンテス号がもとのように、そこに停泊しているではないか、と自分の心に納得させることができた——ストローンさんは剣で練習用の人形を突いていることだろうし、カーリユークさんは指を曲げて、目の前にないピストルを握り、目の前にいない悪人やインディアンを撃っていることだろうし、サワリーズ船長の船室からは、瀬戸物をこわす音が聞えているだろうし、ジェニィはいつもの好きな場所、つまり後甲板の旗の格納庫の上に、ちょこなんとおさまり返っていることだろう。

カウンテス号は事実、いつものようなだらしない格好で、船だまりの中にかがみ込むようにして停泊していたが、その中央部から哀れを誘う歌声が聞えて来るほか、船内には人のいそうな気配は少しもない。乗組員と高級船員全部が、船内のどこにも見張り一人立てず、明らかに上陸しているらしく、残っているのは、歌をうたっているコックのミーリー以外一人もいないようである。

ミーリーは甲板の、渡り板の上端にある腰掛けにこしをおろし、体じゅう黒光りにさせながら、丸っこい目をして、哀調のこもったブルースを単調にうたっていたが、その鋭いぎょろぎょろ回る目は、何ものをも見のがさなかった。ピーターが渡り板のはしっこを回って、顔を突き出し、上を見上げたとき、ミーリーは即座に歌をやめ、下に向って声をかけた——「やあ、白ちゃんかい！　どうしとったんや？　覚えちょるぞ。覚えちょるぞ。おらあ誰だって忘れっこないよ。どこへ行ってたんかい、おい？　ガール・フレンドはどうした？　さてはガール・フレンドを捜しとるんやな？　この辺には来なかったぞ……おまえたちどうしていっしょに帰って来なかったんや？　船内にはまた小ネズミ、大ネズミがうじゃうじゃ出て来おって、そこいらじゅうを荒し回っているんじゃよ」

ピーターはジェニィがいないというニュースにすっかり胆《きも》をつぶし、しばらくは失望のあまり、身動きもできず、その場に立ちつくすよりほかなかった。ジェニィがてっきりこの船にいるにちがいない、と思い込んで来たのであるし、ここがジェニィのいそうな見込みのある最後の場所だったので、ピーターは口もきけず、ただ情けなさそうにミーリーの顔を見上げるよりほかなかった。

驚いたことに、大きな体の黒人にはピーターの気持がよくわかったらしい。彼は首を振りながら、腰掛けから立ち上がって言った——「そんな顔しておらの顔を見ないでくれよ、白ちゃん。おまえのガール・フレンドは見なかったと言っただろう。どこで彼女を見失ったんだい、おい？　たぶん彼女も後でやって来るよ……」黒人はこんど、こっこっと、鶏でも呼び込むような声をたてながら、渡り板を半分ほど降りて来て呼びかけた――「おい、白ちゃんや、また戻って来て働かんかい？　ネズミを獲《と》ってくれれば、いい給金出すぜ。日曜日はロースト・ラムに、おめえの好きな……ミルクもたっぷり飲ましてやるぞよ。どうだい、白ちゃんや？　おなかがぺこぺこのような顔しちょるじゃないかね……」

こうなってくると、ミーリーに抱きあげられて、カウンテス号に戻され、調理場に閉じ込められてしまいやしないか、とピーターは心配になってきた。それでコックがそれ以上近づいて来ないうちに、さっさときびすを返し、急いで逃げ出した。またもや情けなさと失望の熱い涙に濡《ぬ》れながら、自分ではできるだけ急いで、できるだけ遠くまで逃げ出したつもりだったが、大して遠くまでは行けなかった。なぜなら、何か食べるものを口に入れたのは、もうずいぶん前の話だったし、今ではいろんな幻覚が見えはじめているので、頭が少しおかしくなりかかっているにちがいないからである。

幻覚は不思議な形をとって現われた。たとえば、今自分の来ているところは、もちろんジェニィといっしょに、いつか来たことがあるような気がした。そういう幻覚に駆り立てられて、ピーターはときどきふり向いて、ジェニィに話しかけようとさえした。ただ残念なことには、そこにはジェニィがいないし、自分の今いるところも、はてしもなく広いロンドンの、全然見知らない通りであることに気づくのであった。

ある夜遅くなってから、大きな倉庫や、物置の囲い地や、建物などの並んでいる陰気な界隈《かいわい》を、なおもあたりに目をくばって、捜索をつづけながら、よろめいていたとき、ピーターはとある郵便箱のそばに立っている、ボブリルの大きな広告の板囲いのそばを通ったのであるが、またまた何かそれに見覚えのあるような気がしてきた。たしかに前にここへ来たような気がした。しかしへとへとに疲れきっていたので、それがいつのことだったか、どうしても思い出せなかった。

何だか気持が悪くなり、頭がふらつくような気がしたので、これはまた幻覚を見ているのにちがいないと思った。しかしジェニィがどこか近くにいるような気が、しきりにしだしたので、その気持に慰められるような思いで、しばしその幻覚に身をまかした。

夜と昼の区別もなくジェニィを捜し回っていたあいだ、ずいぶんたくさんの夢や悪夢を見てきたので、これはしばらくのあいだでも自分に与えられた吉夢だと思うと、嬉《うれ》しくてたまらなかった。そしていま、自分が体を引きずりながら、それに沿って歩いている倉庫の単調な、黒ずんだ煉瓦《れんが》壁には、間もなく、一つの裂け目のような穴があいていることに気がついた。その穴は歩道から三、四十センチ上にあって、夕食の料理皿ほどの大きさである。そしてその穴にかぶせられていた鉄格子《てつごうし》は、掛け金《がね》のところから腐って、落ちてしまったのにちがいない。だから出ようと思えば、そこから出られるし——はいろうと思えば、はいることもできるし……

そうだ、これはこれまで見たこともないほど嬉しい夢である。というのは、そこには確かによく見慣れた穴があいていたからである。その穴は金属でふち取られ、両側には刻み目がついていて、前にはそこに鉄格子がはまっていたことを示していたからである。

そういう夢はそれに従えという意味だろう、と確信したピーターは、勇気を出して飛び上がり、その穴の中にはいった。やっぱりそうだ。その鉄管の中にはいって一メートルも進まないうちに、錆《さ》びついて腐った個所があり、その小さな穴は、自分が思ったとおり、左手の真っ暗な地下道に通じているではないか。

自分が今いるところが、どこかわかるような気がするということは——あるいは、少なくとも、自分はもはや途方に暮れたり、あてどなくさまよい歩く必要はなくなり、この親切な思いやりのある夢の命令に従いさえすれば、どちらへ行けばいいか、ちゃんとわかるということは——何という気持のよいことであろう。そうだ、左だ——こんどは右だ。それからまた左。そしてもしこの夢が本当の自分の味方であるなら、そこにはガラスの一枚割れた天窓が天井近くにあり、そこからわずかな光が射《さ》し込んでいる物置場があるはずであり、そこには埃除《ほこりよ》けの布におおわれた赤や、金ぴかの家具が、天井に届くほどいっぱい積み重ねられているはずである。そして中央にはとても大きな寝台があり、その上には赤い絹の掛けぶとんがのせられているし、一方のはしには、Nという頭文字が一字だけ書かれて、その上に土冠のある、大きな楕円形《だえんけい》のメダイヨンみたいなものから、黄色い絹のひだがさがっているはずである……

何という懐かしい、思いやりのある夢だろう、とピーターは思った。なぜなら、ちゃんとそこには、前にあったとおりの部屋があったからである。もしこの夢が正夢なら、自分が今その赤い絹の掛けぶとんの上に飛び上がりさえすれば、そこに自分を待っていてくれるジェニィがみつかるという夢が実現するだろうし、もし逆夢だったら、夢から覚めて正気に戻ってみると、自分がどこかスラム街のみじめな路地で、寒さと、飢えと、情けなさと、湿り気に震えながら、ただひとり、捜索を始めたころとおなじように、ジェニィのそばにちっとも近づいていないことに気づくことだろう。

ピーターは夢が消えると困ると思って、しばらくは身動きする勇気もなかったほどである。ところがやがて、自分はもう夢を見ているのではないという、実に不思議な気持がしてきた。夢ではなくて、ひょっとしたら……ひょっとしたら……

つぎの瞬間、ピーターは寝台に飛び上がって、自分がジェニィと顔をつき合せていることに気がついた。では、決して夢ではなかったのである。そうだ、自分の想像ではなくて、本当のことであり、自分はとうとうジェニィを捜し当てたのである。

「ジェニィ！　ジェニィ！」とピーターは叫んだ――「ああ、ジェニィ、君を捜しに捜したんだよ。ジェニィ、ぼくは本当に君を捜し当てたんだろうね？」

「いらっしゃい、ピーター。よく来てくれたわね」とジェニィは答えた、「ずいぶん長いあいだ待っていたのよ。最後にはあたしを捜しに、ここへ来るだろうということはわかっていたの」やがてジェニィはピーターのそばに寄って来て、鼻をこすり合せ、その目に接吻《せっぷん》した。ところがつぎの瞬間、ジェニィは言った――「まあ、ピーター……なんて痩せてしまったんでしょう。それにその毛や皮。ねえ、ピーター、一体何があったの？　食事もしていないのね。飢え死にしそうなのね、ピーター。すぐにネズミを持って来てあげるからね。今日は早くすてきなのを一匹獲っておいたの……」

ジェニィは獲物をしまっておいたところに飛び降りて行き、さっそくそれを持って来てピーターの前に置いた。「ね、ちょうど手ごろの大きさでしょう。それにずいぶん太っているわ。でも、あまり急いで食べちゃだめよ、ピーター、もし長いあいだ何も食べていないんだったら」

ピーターが食べるために、そのネズミを注意深く下の床の上まで持って行ったとき、ジェニィの目にはいかにも満足そうな色が浮んだし、しかもピーターが半分食べてしまうと、自分はやめて、残りは全部彼女に勧めたときには、なおさらのことであった。「いいえ、いいのよ」と彼女は言った。「しまいまで食べておしまいなさいよ。あんたのほうが必要なんだもの。あたしはもう十分食べたんだから……」

ピーターはたちまち気力がわいてきたような気がした。ついにジェニィを見つけ出し、また会うことができたのだから、もう嬉しくて、嬉しくて、夢中になって喜んでいた。というよりは、もしピーターがこれほど自分を恥じて、どういうふうにジェニィに説明したらいいか、どういうふうに話を切り出したらいいかと悩んでいなかったら、さぞ夢中になって喜んだにちがいないという意味である。

ところが、どういうわけか、最後の奇跡まで起ってしまったのである。というのは、食事のあとでピーターが身づくろいを始めたとき、それは一つには、自分がどんなに見苦しい体になっているか、ということに再び気がつき、これではジェニィの前で悪いと思ったからであり、また一つには、自分の当惑をおし隠すためだったのであるが、ジェニィがそばに寄って来て、こう言ったからである――「ピーター、あんたはとても疲れているのよ。あたしに代りにやらせて、ね。さあ、横になって、目をつむって……」

ジェニィがぼくを許してくれたことは、これではっきりわかった。すると心の中にわだかまっていた自分を恥じる気持も、みじめな気持も、良心にとがめられる気持も、すべては、どっとあふれてくるジェニィにたいする愛情の洪水に押し流されるように思われ、その洪水の波が体の中を通り抜けるとともに、あれほど長いあいだ心を苦しめていたすべての暗い気持も、不幸も、悲哀も、すっかり洗い流されてしまったような思いがするのであった。

ピーターはジェニィに命じられたとおり、横になって体をのばし、目を閉じて、ジェニィのざらざらした、忙しい、かわいらしい舌の、甘美な治療と手当に身をまかせていた。まるで何ごともなかったときとおなじように、ジェニィが頭の先から尾っぽの先まで、徹底的に、愛情をこめて身づくろいをしてくれるので、ピーターのへとへとに疲れた痛む手足も、しだいにやわらげられ、なだめられていくのであった。

26　ジェニィ、出ておいで

そしてまるで何でもなかったように――いや、もっと正確に言うなら、ほとんど何ごとも起らなかったかのように、ピーターとジェニィは再び物置倉庫のナポレオンの寝台のあいだで生活を始めた。

ジェニィはなぜ自分がひとりでキャベンディッシュ広場のホステルを出たか、という理由には少しも触れずに、ただあれからすぐこの倉庫をめざして帰って来たが、帰って来てみると、家具類が全部また戻っていて、倉庫の部屋はもとどおりになっていたので、驚いたという話をしただけである。おそらくはじめにみんな持ち出したのは、何かの展示会かなにかに飾るためだったらしく、展示会がすんだので、また全部戻って来たのだろうという話である。

ジェニィはなぜ自分がここに来たか、という理由については話さなかったが、いわばここが自分たちのはじめて会った場所であり、ピーターが猫になる方法を学んでいた、自分たちの友情の初期の時代に、いっしょに幸福に暮していた、思い出の場所だったためだろうと思われる。しかし何も強いてそうする必要はなかったのだ、ということはピーターによくわかっていた。それよりピーターのほうこそ、それとおなじことを考えて、彼女がここに来てはいないか、それを確かめに、すぐ自分たちの最初の家庭に帰らなかったことを恥ずかしいと思った。あんなにロンドンじゅうを考えもなしに、気紛れに、彼女のいない、ほかの場所ばかり捜し回るとは、何というばかだったのだろう。ピーターのものごとにたいする考え方にくらべたら、ジェニィのものごとにたいする考え方には、説明のできない、根本的の相違があるということを、ピーターはもちろんまだ若いので、理解できなかったのである。それにもかかわらず、ピーターはジェニィに、実際は食うものも食わなかったために、夢うつつの状態になり、ほとんど偶然ここにやって来たのに、そうではなくて、彼女のいそうな、よく知っている場所や、ほかの覚えている場所を捜し尽したあげく、最後にここをめざしてやって来たのだという、べつに悪意のないごまかしで、ジェニィを誤解させるだけの分別は、本能的にそなえていたわけである。

重大なことは、彼らが再びいっしょになったということであり、しかもジェニィがピーターにたいして、何らの恨みもいだいていないということである。ジェニィはピーターが立ち聞きしたという、母親に言ったバフのことばや、自分たちの亡《な》くなった友達グリムズさんの小屋に起った、ゆううつな変化や、そこの新しい、不愉快な居住者のことや、カウンテス号とミーリーの話などに、多大の興味をよせて聞きほれていた。そして船内にまた小ネズミや大ネズミがたくさん出たので、自分たちに、もう一度職場に戻ってもらいたがっている、ということを話したとき、ジェニィはすっかり笑いだしてしまった。

しかし、ただ一つ、確かに何かこれまでと違ったところがジェニィにあることに、ピーターははっきり気づいていた。それはジェニィのピーターにたいする態度やそぶりの中にあるのではなく、彼女が何かに気を取られているのか、ときどきぼんやりしながら、顔に心配そうな表情をたたえて、遠くのほうをじっと見つめたり、あるいは何の説明もなしにひとりで外出して、帰って来ると、出て行ったときよりいっそう心配そうな顔をして、心の底に悲哀をただよわせているということである。

どちらかと言えば、ジェニィはピーターにたいし、前よりいっそう親切にさえなったし、いっそう愛情が深くなったし、いっそう寛大になったし、ピーターの幸福と健康（再びきちんきちんと食事をとるようになったので、ピーターは急速につややかな若さをとり戻してきたのだが）について、いっそう気を使ってくれるようになったし、すぐピーターに微笑を見せるようになったし、ピーターがやりたいと思っていることは何でも、先回りして知ろうとつとめるようになっていた。ピーターが気がついたことなのだが、ときどき何ら特別の理由もなさそうなのに、ジェニィは突然立ち上がり、ピーターのそばまでやって来て、目の上や、ほおの両側や、耳と耳のあいだを、二、三度舌でなめてくれることがあった。そして実に優しい、想像もできないほど愛情のこもった目で、ピーターをじっと見るのであったが、それと同時に、そのうるんだ光る目の奥には、大きな悲しみがひそんでいるようであった。ジェニィが何かに再び心を悩まされていることは明らかであった。何か彼女をひどく苦しめている秘密があるのだろうが、その秘密が何であるかということは、ピーターにはつきとめることができなかった。

またピーターとルルウのアバンチュールのエピソード以来、ふたりのあいだにはある種のしりごみと遠慮の気持が生じ、お互いに相手のプライバシーと印された心の奥に踏み込んで行けば、そこに開かれた口から、傷ついた古い思い出が現われやしないかという心配から、お互いの心の中まで尋ねたくない、という気持が生じてしまったことは事実である。そういう理由からピーターにはある意味で、自分のほうから積極的にジェニィにどうしたのかと尋ね、自分に何か援助してやれることがないのかどうかと、尋ねる道をふさがれているような気がしたわけである。いずれにしても、ジェニィはますます不幸になっていくように思われた。

やがてある日、ジェニィが特に長いあいだ外出をしたあと、家に帰って来たときには、いつにもなく心配そうな様子をしていた。ジェニィは優しくピーターには何とかことばをかけたが、すぐそのままベッドの隅っこに引っ込んでしまい、そこにしゃがみ込んだのである。両方の前足を下にたくし込み、誰でも情けない気持のときとか、体の具合の悪いときするように、じっと前方を見すえていたのである。ただときどき、首を少し曲げてはピーターのほうを見るのであったが、その目には涙があふれ、本人はまったく絶望したような顔つきをしていたことに、ピーターは気づいた。

そこでもうこれ以上耐えられなくなったピーターは、ジェニィのそばに近寄って、優しくその顔に身づくろいをしてやり、自分の舌に相手の塩からい涙を味わいながら、こう言った――「ねえ、ジェニィ、一体どうしたんだい？　とても不仕合せそうじゃないか。ぼくに話してくれない？　たぶんぼくにだって、何か君を助けてやることができると思うよ。君をもう一度幸福にしてやるためなら、どんなことだってぼくはやってみるよ……」

しかしジェニィはかえってひどく泣きだしてしまい、ピーターのそばにいっそう近く体をすり寄せ、気持の静まるまで、しばらくのあいだピーターの奉仕に身をまかせていた。やがてジェニィはいくらか自分をとり戻し、さらにある決意を固めたように思われた。なぜなら彼女は立ち上がり、体をゆすぶって、自分がこれから言いだそうとすることをもう一度考えてみるため、もう少し余裕を持とうとするかのように、二、三度舌を往復させたからである。やがてピーターのほうに向きなおり、まじめな顔つきをして、心配そうな色をみなぎらしてはいたが、もうのばすことのできない決意と思われるものに支えられて、彼女は口を開いた——

「ピーター……あたしの言うことをよく聞いて、決して気を悪くしてはだめよ。ある出来事が起ったの……あたしがあんたに別れなければならないときが来たの……」

そのことばを聞いてピーターは、自分の心臓にナイフを突き刺されたような痛みを感じた。

「ぼくと別れるんだって、ジェニィ？　でもなぜなの？　よくもそんなことが言えるね？　ぼくにはわけがわからんよ。どこへ行くというの？　なぜぼくがいっしょに行けないの？　君がどこへ行こうと、ぼくはいっしょに行きたいじゃないか……」

ジェニィはまだ何か逃れる方法があるのではないか——あるいはピーターの心をそれほど傷つけないで、それを話す方法があるのではないか、それとももっとたやすくピーターに理解してもらえる方法があるのではないか——と、心の中で捜してでもいるように、答える前に躊躇《ちゅうちょ》していた。やがてため息をついてジェニィは口を開いた――「ピーター、あたしにはどうすることもできないのよ。ぜひそうしなければならないことになったのよ。デンプシィがあたしをほしいと言っているので、あたしは彼といっしょに行ってしまわなければならないの」

一瞬ピーターはジェニィが誰のことを言っているのか、何のことを言っているのか見当さえつかなかった。やがて突然ピーターは低い唸《うな》り声を長々ともらし、その尾は激しく震えだした。というのは、いまピーターは体の大きな、残忍な、黄色い猫を思い出したからである。ピーターが自分の異常な冒険を始めた一番最初に、小麦粉倉庫でぶつかったその猫のことを思い出したからである。顔に傷跡のある、頑強な、筋肉質の猫である。ピーターはその猫の傲慢《ごうまん》な、乱暴な声と、自分に残忍に襲いかかったことを思い出した。自分を打ち倒した、息の根もとまる思いをしたその猛打と、恐ろしい攻撃と、自分の耳を引き裂いたその恐るべき歯と、自分の胸と腹に百本のナイフを刺したように、掻《か》きむしったその爪《つめ》とを、まざまざと思い出し、特に自分が死の一歩手前まで打ちのめされて、苦痛にゆがんだ身を引きずって退散するとき、その大きな雄猫があざけるような、せせら笑うようなどなり声で言ったことばを思い出した――「……もう二度とやって来るなよ。このつぎに来たら、必ずきさまを殺してやるからな……」

しかし、自分がかつて経験した、その苦しみと屈辱にたいする怒りに混って、なお残っていたのは、途方に暮れるような、ジェニィの今言ったことばである。そのことばはどうしてもよく理解できなかった。「ジェニィ！　デンプシィといっしょに行ってしまうんだって？」と念をおして尋ねてみた。「だけどぼくにはそのわけがわからないんだ。君がぼくと別れて行くなんて、ぼくはいやだよ……」

「それがあたしたちの掟《おきて》なのよ、ピーター」とジェニィは言う。「デンプシィとか、デンプシィのような誰かに、おまえがほしいと言われた場合、その言われた者はデンプシィなり、その誰かなりといっしょに出て行かなければならないのよ。デンプシィはもうこれ以上待てないと、はっきり宣言したわ。だからあたしは行かなければいけないの」

「でも、ジェニィ」とピーターは異議をとなえた。「このぼくが君をほしいと言ったらいいんだろう。もうずっと前からいっしょに暮しているんだもの。君はぼくのものだよ……」

不思議なことに、それにたいしてジェニィは返事もせずに、ただ情けなさそうにピーターの顔をじっと見つめているだけである。「君はデンプシィといっしょに、本当に行ってしまいたいと思ってるの？」とピーターは尋ねた。それにたいして、ジェニィから苦しそうな、悲しそうな異議が戻って来た。

「ピーター！　よくもそんなことが聞けたものね？　あたしはあんなやつ、大嫌いじゃないの。もう百たびも、あたしをほうっておいてくれと頼んでみたのよ。でもどうしてもきいてくれないの。わしの心はもう決っているのだ、とデンプシィは言うのよ。だからあたしはどうしてもいっしょに行かなければならないの。それが掟なんだから。わからないの、ピーター？　あたしにはその掟に従うよりほか、どうにもしかたがないんだもの……」

そのときはじめてピーターには、ジェニィが何かのことを隠して、自分にはまだ全部のことを話していないのであり、ある意味ではなおも、この自分を守ってくれようとしているのではないか、という奇妙な気がしてきた。ピーターは自分たちがいっしょに暮してきた時代を通じて、ジェニィから教わった、猫の生涯と生活を規定している、かずかずの掟を知っていた。そのすべては、それがなぜ作られたかという理由を知ってしまえば、正しいことで、理屈にも合っていると思われるし、理解するのに簡単である。ただこの一つの掟だけは例外である。この掟については、ジェニィがまだ話してくれない、何かほかの意味があるにちがいないことは確かだ、とピーターは感じた。

「ぼくは君に行ってもらいたくないし、君を行かせないよ、ジェニィ。ぼくは君を愛しているからだ。掟に従ってぼくがどういうことをしたら、君が行かないですむようになるの？　ジェニィ、本当のことを教えてくれ。さもないとぼくはデンプシィのところへ行って、聞いてみるよ……」

そのときジェニィは、ピーターがすっかり成長して、変ってしまったことをさとった。ピーターは心から自分を愛してくれている。そのためにジェニィはもう、本当のことをピーターに隠しておくことができなくなったのである。打ち明けたい、打ち明けたいと思っていたのだから、なおさらのことである。そこでついにジェニィはおびえたような小さな声で言った――「もしあんたが本当にあたしをほしいと思うなら、掟に従ってデンプシィと戦わなければいけないのよ。そしてもしあんたが勝ったら、そのときは、あたしはもうあいつといっしょに行ってしまう必要はなくなり、どこへでもあんたの行きたいところへ行くことができるの」と言うやいなや、ジェニィはまた、いかにも情けなさそうに泣きだした。

しかしピーターはすぐ返事した――「じゃ、ぼくはデンプシィと戦うよ。いつまでも君といっしょにいたいからだよ、ジェニィ。ぼくは戦うことくらいできるよ。君が戦い方を教えてくれたんだから」

ところがそのことばを聞くと、ジェニィはいっそう情けなさそうに泣いたので、ピーターはびっくりしてしまい、早く泣きやんで、なぜだかそのわけを話してくれ、と、しきりに頼みこんだので、ジェニィもようよう泣きやんで説明してくれた――「もしもあんたがデンプシィと戦ったら、と思うと……あたし身震いがするほどこわいのよ。だって、これはほかのどんなこととも違うことなんだもの。デンプシィはあたしをほしいと言ったのよ。だから、あんたはぜひあいつを殺さなければだめなの。さもないと、あんたがあいつに殺されてしまうのよ。けりをつけるのは、ほかのやり方ではだめなの。ああ、それなのに、ねえピーター、わかるでしょう、デンプシィはあんな大きな体をして、強いし、手ごわいでしょう。これまであいつを打ち負かしたものはいないのよ。もしあいつが万一あんたを殺したら、あたしも死ななければならないでしょう。だからあたしがあいつといっしょに行ってしまったほうが、いいと考えたのよ。あんたの身に万一のことがあると思うと、あたしとてもたまらないの。わかったでしょう？　あたしを行かせて……」

「ぼくだって強くなったよ」とピーターは言った。

「もちろんそうよ」とジェニィはあわてて言った、「でもねえ、ピーター、あんたにはあたししか知らない秘密があるでしょう。本当の猫ではなくて、男の子だという秘密が。たぶんそれだからこそ、あたしがいっそうあんたを愛しているんだと思うわ。ところが、あんたと違ってデンプシィは、正真正銘の猫でしょう。しかも喧嘩《けんか》と、殺しの、ありとあらゆる卑劣な手を知ってるのよ。だめよ、ピーター、あんたには戦わせないわ。あたしが行ってしまってしばらくたてば、あんただって、あたしのことなんか忘れてしまえるはずよ……」

「いやだよ、君を行かせるもんか」とピーターは言った。「ぼくは掟に従って君のために戦い、デンプシィを殺してやるよ」それから思わず、こうつけ加えてしまった、「それとも、あいつに殺されるかもしれない……」なぜなら、正直言って、ピーターには、自分が勝てるという自信はあまりなかったからである。ようようピーターにも、ある程度の理解はできるようになった。つまり、遊び半分に殴り合いをしたり、あるいは優先権や既住権について、あるいは所有主のはっきりしていない地域を通り抜けることについて、議論したあげく、半ば真剣に殴り合ったりすることと——こういうことはすべてゲームの規定に従って戦われるのだし、途中でやめることさえできるのだが——ジェニィ・ボウルドリンが誰といっしょに暮すかということを決めるために、デンプシィと対決するということとは、まったく次元の違った争いであることがわかったわけである。

ああ、たしかにそうなのだ。これはまったく違った争いになることだろう。この乱闘においては、どんな規則もなければ、どんな作法もなく、どんな見栄《みえ》もてらいもなく、あるいは一時の中止を要求するために、顔をそらしたり、身づくろいをしたりすることも許されず、あるいはまた勝負をいっそうおもしろくするために、一方にハンディを与えたりするようなこともなく、あるいは雅量あるそぶりを見せたり、騎士道的態度を示したりすることもない――ただどちらかが一方の息の根をとめるまで――どちらか一方が殺されるまでの――まったくの爪と歯だけでの必死な引き裂き合いなのである。

そしてピーターはさらにもう一つの感情を意識した。なるほど最初の出会いでデンプシィから受けた手傷や、屈辱や、不面目を思い返してみれば、あんな百戦錬磨の恐るべき相手にたいし、自分が勝利をおさめるということには、あまり自信はなかったが、その結果は、やっつけるか、やっつけられるかの、どちらになるかはわからないとしても、自分はこの対決を決していやがってはいないし、むしろ待ち望んでさえいるくらいだということに気がついた。自分の身が果ててしまうまえに、デンプシィに少しでも致命傷を負わせてやれば、それだけでも相当の意味があるのではなかろうか……

「心配しなくたっていいよ」とピーターは言った。「君はデンプシィといっしょに行ってしまう必要はないんだ。ぼくはあんなやつを恐れてやしないよ」

ここで突然ジェニィは、いままでの相手を守ってやる立場から、自分が守ってもらう立場に変ってしまった。というのは、ジェニィは泣きやみ、そばに寄って来て、崇敬の目でピーターを見上げて、こう言ったからである——「そうよ、ピーター、あんたが恐れてなんかいないことは知ってるのよ。あんたははじめっから何ものをも恐れてなんかいなかったわ。きっと、それだからこそ最初からあんたが好きになったのよ。ああ、自分に頼れる者がいるということは、何というすてきなことでしょう」

そのことばを聞くと、ピーターの心の中には何かが起ったのである。つまり、運命が自分のために用意してくれている、どんなものでも、平静な心で受け入れよう、というような気持である。というのも、ジェニィなしの生活は考えられないし、そんな生活はつづけるだけの値うちがないだけではなしに（そのことははじめっから知っていたことであり、来る日も来る日も、夜となく昼となく、彼女を捜していたあいだ、くり返し、くり返し、そのことは確かめたことなのだが）、暴君であり、虐待者《ぎゃくたいしゃ》であり、卑劣漢である、あの醜い、大きな、黄色い雄猫とのあいだには、ピーターが決着をつけなければならない、小さな借りがあるという個人的の問題もあったからである。なぜならピーター・ブラウンは、白い尾と、四つ足と、毛深い耳と、猫の日とほおひげを持ち、猫の体を持っているにもかかわらず、その心の中も、考え方も、さまざまな癖も、あくまで人間であり、小さな男の子であり、軍人の息子だったからである。つまり、彼の父はピーターに、たとえ勝算があろうとなかろうと、絶対に侮辱には甘んじてはならないし、自分の正しいと思うことのためにはあくまで戦い、どんな圧迫にたいしても断固として戦わなければならない、と教えていたからである。重大なことは、今の場合こそ、自分が戦わなければならない場合だということである。だから結果などはきわめて二次的のものとなってしまったわけである。

ピーターはそのことをジェニィに説明した。いや、少なくとも、できるだけうまく説明してやろうとつとめた。すると驚いたことに、ひとたびピーターがそういうふうに言ってやると、ジェニィはさっそく涙を乾かし、もう異論をとなえたり、自分を責めたりすることをやめて、ほとんど一瞬のうちにまったく変った生き物になってしまった。その瞬間、自分の決意という方法でピーターのとり戻したものは、古くからの仲間であり、協力者であり、味方であり、はじめて会って知り合ったときから、心から愛すようになったジェニィである——誠実であり、着実であり、信頼できるし、冷静でものわかりがよく、常に賢明であり、徹底的に有能であり、沈着であるジェニィをとり戻したのである。

「よかったわ、ピーター」とジェニィはまったく違った声の調子で言った。もはや泣いたり、いらだったり、センチメンタルになって嘆く時期は過ぎてしまったからである。「あたしがあんたを助けてあげられる方法が、少なくとも一つはあるの。本にも書いてないし、たぶんデンプシィも知らないようなことを、幾つかあんたに教えて、準備させてあげることができるわ。あんたは体を鍛練して、すべてのことは忘れてしまわなくてはいけないの。なぜかといえば、これからあたしはあんたに怪我《けが》をさせるし、あんたもあたしに怪我をさせる覚悟をしなくてはならないのよ。こんどの戦いはゆゆしい重大問題なんだから、それくらいのことは我慢しなければ。いざという時が来て、あんたがあの男と向い合ったら、お互いに情け容赦はこれっぽっちもないのよ。余裕はあと三日あるわ。三日たったら、デンプシィがあたしを連れに来ると言ってるの。大した余裕ではないけれど、そのあいだに、少なくともお互いに激しい訓練も練習もできるわ。デンプシィはあんたのことは知らないから、準備もしないでしょう。もっともあの男は、ほとんどしょっちゅう喧嘩しているので、いつでも体のコンディションは最高なんだけれど。でも……」

「あいつが来るのはいつで、どういうふうにしてやって来るの？」とピーターは尋ねた。

「夜よ」とジェニィは答えた、「三日目の夜なの。あの男はやって来て、通りから鉄管の口へ来て、あたしを呼ぶのよ。怒っているから、あたしの出て来るのをいらいらして待っているでしょう。そのときあの男の邪魔をする者があれば、誰でもかまわずに殺しにかかって来るでしょう」

「ああ、わかったよ」とピーターは返事した。「君は出て行かなくたっていいよ。ぼくが出て行く。通りだと広いし……」

「それがかえってデンプシィに都合がいいのよ」とジェニィは言う、「あの男はもう何代も前から、この界隈《かいわい》に現われたことのないほどの、すばらしい街頭戦のチャンピオンなの。でも街頭戦だってしかたがないのよ。なにしろ百戦錬磨の古強者《ふるつわもの》なんだから、この中へ呼び込もうったって、決してその手には乗ってこないわ。さもなければ、地下道の中で待ち伏せしていて、そこでやっつけることだってできるんだけれど」

ピーターは一瞬びっくりしてジェニィの顔をのぞきこんだ。そしてやがて言った

――「しかしそれは卑怯《ひきょう》だよ。そんなことは絶対できんよ」

ジェニィは言う――「ねえピーター、こんな争闘になって、卑怯だとか、正々堂々

だとか言っていられないじゃないの。あるのはただ、生きるか死ぬか、打ち倒されるか、生き残れるかの一つしかないのよ。デンプシィは卑怯だとか、正々堂々だとかいうことは、ちっとも気にしていない男だから、心配は無用よ……」

「とにかくあんなやつのことは気にしないで、ぼくはやるよ」とピーターは言った。

ジェニィは大きなため息をついた。ピーターの心の中には、何かジェニィがまだ理解するまでにいたっていない、人間であるということから来る、ある面が残っているようであったが、そういう面はそのまま受け入れるよりほか、しかたがないことである。

「いいわ」とジェニィは言った、「すぐ体育館にはいって始めましょう……」

体育館というのは、彼らがホームにしているところから、こぶしの高さほど低くなっているところにある、広い、何もはいっていない物置場だということがわかった。

彼らはすぐにそこに出かけて行った。

「さあ」とピーターから少し離れたところに陣取ったジェニィは言った、「襲いかかっていくわ。ちょっと身を引いて、爪《つめ》をみんなむき出したまま、あたしを止めるのよ。激しく打ちかかるわよ」彼女は毛の生えた小さな砲弾のように、ピーターに飛びかかって来た。

ピーターは彼女に指図されたとおり、うしろに身を引いたが、その攻撃にたいしては、おとなしく、ほんの遊び半分に打ち返しただけである。つまり、爪を全部隠して、中途半端《はんぱ》の打撃を返しただけである。ところが急に右のわき腹を鋭く刺されたような痛みを感じ、鼻はひりひりしてきた。それで目をぱちくりやりながら、うしろにさがった。やわらかい鼻がひっ掻《か》かれたのである。顔を回してみると、肩のあたりの、ジェニィに激しく爪を立てられたところには、すでに赤い斑点《はんてん》が現われていた。

ジェニィは目を隙間《すきま》ほどに細め、尾をぶるぶる震わせながら、ピーターから二メートルほど離れたところに立っていた。「用心しなさいと言ったでしょう！」と言った彼女は、ほんの一瞬のあいだであり、それが最後だったが、急に優しくなり、いかにもいとおしそうにのどを鳴らした。「ねえ、ピーター、やらなきゃいけないじゃないの……みんなあんたのためなんだから」やがて彼女は「用心して！」と叫びながら、再び襲いかかって来た。

こんどはピーターも、歯と爪で身を守った。

やがてピーターにとっては悪夢のような日がつづいた——まる三日間、自己防衛術と、相手を打ち倒す術との、容赦のない、激しいレッスンが始まったのである。太古の昔から、ジャングルや、岩山の洞穴や、砂漠から集められ、伝承された猫の知識から、攻撃と防衛のありとあらゆる手を思い出し、それにロンドンの裏町の知識と、そこで出会った手強《てごわ》い相手との経験とをつきまぜて、ジェニィはそれをピーターに披露したのである。

ピーターがその激しい攻撃に耐えられなかったというわけでは決してなく、ただ、ジェニィの白いのどもとや、優しい鼻づらや顔に、隠そうとしても現われる赤い斑点を見ると、それがみんな自分の責任だとわかるので、気がくじけて泣きたくなるだけのことで、それほど深くジェニィを愛していたから、怪我を負わせるに忍びなかったのである。

しかし彼女は鋼鉄のように強靭《きょうじん》で、そのときのピーターよりは、はるかに不死身であった。というのは、ジェニィにとって今の場合、自分の体の毛や皮がどうなろうともかまわないが、ピーターにとっては、来たるべき戦いに勝ち残ろうと思ったら、この訓練がどうしても必要だということを知っていたからである。それに彼女はピーターに少しも容赦しなかった。たとえば、ピーターに体の方々の急所を守らせ、守らなかった場合、当然その結果の苦しみを味わわせた。ジェニィ自身は自分の体を、ピーターの戦闘技術の向上のため捧《ささ》げ、まるで彼の勝利を確保させるためのいけにえのように振舞った。彼女は猫の世界の掟《おきて》によって、ピーターのかたわらでその戦闘に参加することができなかったので、自分の受けた傷はその戦場で受けたものと考え、その傷をむしろ大事にいつくしんだ。なぜなら、自分の流した一滴、一滴の血も、嚙《か》まれた傷も、ひっ搔き、引き裂かれた傷も、その一つ一つがピーターのためであると思えば、少しも苦しくなかったからである。

夜になると彼らは、大きなナポレオン寝台の上に並び合って横たわり、お互いの傷をなめ合ったり、身づくろいをし合ったりするので、翌日のすさまじいレッスンが再び始まるまでには、彼らの体はきれいになり、傷も治っているのであった。またピーターはのみこみが早かったので、今ではとんとん拍子に上達した。致命的な打撃を与える点でも、敏捷《びんしょう》さにおいても……ピーターはまた、たとえ今では自分は、訓練の戦闘中あまり傷は受けないのに、一方ジェニィの顔や体が、嚙み傷や、裂き傷や、切り傷だらけになっているのに気づいたとしても、何も言わなかった。というのは、彼女のほうでもおなじように、来たるべき戦闘の危険や、命を賭《か》けた真剣勝負の雰囲気を、すでにピーターに吹き込んでおいたからである。もう残されている時間はわずかである。そしてピーターが戦おうとしていることは、ピーター自身の幸福のためでもあるし、同時にジェニィの幸福のためにもなるはずである。

しかし三日目は訓練は行われなかったし、ジェニィはピーターに何も食べさせなかった。なぜなら、すき腹で戦った場合、一番うまく戦えるものだということを、ジェニィが知っていたからである。そして一日じゅうジェニィはピーターを、寝台の上で体を丸め、気をらくにして眠らせた。そして最後の時間が近づくにつれ、ピーターがいらいらしたり、落ちつかない様子を示したりすると、ピーターがまた寝つくまで、身づくろいやマッサージをしては、落ちつかせてやるのであった。

かくて太陽は西半球を回って行き、彼らの物置部屋の小さな天窓の、ガラスのこわれたところから射《さ》し込む日の光も消えてしまったが、ピーターはすやすやと、ぐっすり寝ていた。心と体のすべての荒廃を直し、力を回復させてくれる眠りについていた。

ピーターが深い眠りから目覚めたのは、デンプシィが呼びに来る少し前であった。目覚めるとすぐに頭を冷静にし、一つ一つの神経と筋肉を張りきらせ、全身に元気をみなぎらせていた。真っ暗闇《くらやみ》ではあったが、破れた窓ガラスから射し込むたった一つの星の光だけで、方向を探り当てるには十分であった。ジェニィはそばにいた。ピーターは彼女のいるということを、目で見るというよりは勘でわかった。ピーターはひとたび背のびして、やがてしゃがんで聞き耳を立てていた。

ついにピーターは聞いたのである。その声は地下道や通路を通り、倉庫の壁や曲りくねった角を伝わって来るので、おおい包まれたような声ではあったが、まごうかたないデンプシィの声である。ピーターは今その声を思い出した。その声ならどこで聞いてもわかるはずである。その声はしきりにジェニィを呼んでいる。「出ておいで、ジェニィ、さーあーあ　でーてーおいーで！　さーあーあ　ジェニィ、でーてーおいーで……」

ピーターののどの中にも、低い、太い、ほとんど聞きとれぬほどの唸《うな》り声が出ていた。ピーターは腹這《はらば》いにならんばかりに身を伏せながら、忍び足で前方に出はじめた。ピーターが最後に聞いたのは、ベッドからのジェニィの太いため息であった。そして彼は、「うまくやっつけてね、ああ、あたしのピーター」という彼女の願いを、聞くというよりは心で感じた。

やがてピーターはベッドから降り、腹の毛を床にすれすれにさせながら、地面に沿って流れて行くように見えるほどまで、一つ一つの動きを抑制して、倉庫の真っ暗な通路を渡り、地下道のほうに向った。その地下道から、ピーターの首のまわりや、背中の一本、一本の毛を逆立たせるような、あの呼び声が聞えて来た——

「ジェニィ、さーあーあ　でーてーおいーで　でーてーおいーで　でーてーおいーで！」

27 最後の争闘

「わしのジェニィ、でーてーおいーで！　さーあーあ　さーあーあ　でーてーおいーで！」

ピーターがゆっくり、じりじりと、その出口の穴に向っている真っ暗な地下道を伝わって、通りからのしつこい、調子の低い叫び声が聞えて来る。そのデンプシィと対決しなければならない最後の瞬間が、いよいよ目の前に迫ってきたと思うと、ピーターは自分が孤独をひしひしと感じ、身震いせんばかりの恐怖に襲われていることを知った。それでもやはりピーターは勇気をふるいおこして、じりじり近づいて行った。

自分たちの安全な、何の心配もない家でジェニィといっしょのときは、慰めになり、助けになる彼女がそばにいてくれると思うと、目の前に迫っているデンプシィとの対決のことを、そういつまでもくよくよ考えている必要もなかったし、またジェニィに、自分が心配そうな顔をしているところなどは、たとえ死んでも見せたくはなかった。

しかしこんな暗い地下道の中にひとりっきりでいると、自分を見てくれる者は誰もいないし、何物にも動じない大胆な勇気を見せる相手もいないとなると、とかく何とも言えない恐怖に参ってしまいそうになるのであった。何よりも、外の通りで自分を待ちかまえているにちがいない者にたいして恐怖を感じた。それでもやはりピーターは、そのほうに向ってじりじり近づいて行った。

ピーターはこれから起ろうとしている、ありとあらゆることに恐怖を感じた。噛みつかれたときの引き裂かれるような痛みにたいし、目もくらむ思いのする打撃にたいし、押しつぶされる思いのする組み討ちにたいし、自分の身に襲撃が加えられるという侮辱にたいし、かつまた、間もなく自分がひとりの男の命を奪おうとして、全力をあげるという、人間性を放棄した所業をやらなければならないことにたいし、恐怖を感じた。その瞬間ピーターは、そういう考え方が、きわめて人間らしい考え方だということには気がついていなかった。なぜかといえば、ピーターはたとえ自分が猫の体をして、鋭敏な目と耳を持ち、鋭い爪と歯を持ってはいても、自分はやはりピーターであり、実際は他日一人前の男になる少年であって、決して、いま戦いに臨もうと用意している、猫などではないと思っていたからである。しかしたとえ自分が人間であるとさとったとして、今の場合のピーターには大して役に立つものでもなく、また危険がそれだけ少なくなるわけでもなく、自分の心の中に大きく立ちはだかって見えている、デンプシィのすごい姿態が、小さくなるわけのものでもなかった。

というのは、敵に向って暗闇の中をじりじり進んでいたピーターは、自分がデンプシィの力や大きさを、途方もなく大きなものとして考えていることに気がついたからである。彼の心に浮ぶデンプシィは、遊園地でいつか見たライオンほどの大きさになり、彎曲《わんきょく》した鋼鉄の爪は、外科医のメスにおとらぬほど長くて鋭く、黄色い恐ろしいその牙《きば》からは、毒液がぽたぽた垂れているように考えていた。その目は夕食の料理皿ほど大きく、その目からは、何物をも焼き尽さずにはおかぬ稲妻が、閃《ひらめ》いているように考えていた。それにもめげずピーターは、一瞬といえども立ちどまりもせず、また引き返そうとも思わず、かねてジェニィから教わっていたとおり、みごとに自分を抑えつけた、ゆっくりした忍び寄り方で、頭の中ででっち上げた恐るべき姿が、自分を待ちかまえている戦場に向って、刻一刻近づいて行った。

こうしてピーターは、すそ板の背後の地下道から、引き込みの鉄管が銹《さ》びて腐れ落ち、穴になっているところにさしかかり、その穴から鉄管の中にはいった。そこから一メートルほど先に出口が見え、街燈《がいとう》のあわい光に照らされた通りが見えてきた。

その瞬間、突然ピーターの恐怖がやんだ。もっと正確に言うなら、恐怖に悩まされることがやんだ。もうここまで来た以上、ほかにもっと重大なことを考えなければならなかったからである――つまり、通りへ出て、不意に襲いかかられないようにして、デンプシィと向い合うことを考えなければならなかった。もしデンプシィが、ジェニィが出て来るかどうか確かめるために、突然入口に頭を突っ込む気になったら、どういうことになるだろう、と、ちらりと考えてみた。その瞬間、鉄管の口が、大きな、角ばった、傷だらけな、せせら笑っている顔にふさがれている光景が、一瞬見えたような気がした。しかしそのとき、デンプシィのような古強者《ふるつわもの》が、特に夜中に、知らないものの中に首を突っ込むようなばかな真似《まね》は、絶対にしないとジェニィが請け合ったことを思い出した。そのうえ、その瞬間、古強者の叫びが再びピーターの耳にはいって来た――

「でーてーおいーで、ジェニィー……」

そこでピーターはかねて教わったとおり、鉄管の口近くにいったん身を落ちつけ、ものの匂《にお》いを嗅《か》いだり、ほおひげの先端で、ものごとがどこでどういうふうになっているか、戦いの場となるべき通りのコンディションがどうなっているか、という情報をさぐった。

聖ダンスタン教会の時計がチャイムを打ちはじめた。ピーターはほとんど無意識に時を打つ数をかぞえた。「六つ・七つ・八つ・九つ・十・十一・十二」では真夜中である。ピーターは感度の高いほおひげをびくびく動かして、デンプシィのいることを感じた。しかし倉庫の出口のすぐそばではなかった。はっきりどれほど離れているかはわからなかったが、少なくとも二、三メートルは、出口から離れたところにしゃがんでいるにちがいないと感じられた。

通りには人間は一人もいないし、犬や猫など、ほかの動物も何もいないし、寝ている雀《すずめ》さえいないということを、ほおひげは伝えてくれた。

足音一つせず、走っている車もない。空にはまだ星は出てはいるが、曇ってきて、おぼろの月も隠れてしまい、雨の降りだしそうな気配が見える。

「さーあーあ　でーてーおいーで　わしのジェニィ　でーてー――」

ピーターが通りに現われると、デンプシィの叫び声は、誰かにのどもとに罠《わな》でもかけられたように、たち切られた。デンプシィは倉庫に通じる穴の口から、二、三メートル離れたところにしりをついている。その体はライオンのような大きさではなかった。ただありのままのデンプシィにしか見えない。つまり、大きな平たい頭と、力強い肩を持ち、引き締った強い体をしている雄猫にすぎない。ピーターも、ジェニィとのさすくもないし、強いようにも見えなかった。というのはピーターよりべつに大きらいの旅をしているあいだに、肉がつき、力がついて、すっかり成長してしまったからである。

そこにデンプシィはしりをついている。街燈がその汚れた黄色い体と、鼻の上を通っている傷跡と、喧嘩《けんか》でちぎれた耳を照らしている。筋肉質で、いかにも体が軽そうで、いかにも険悪な顔をしてはいるが、その瞬間はすっかり度胆《どぎも》をぬかれて、その場に凍りついたようにじっとして動かなかった。そのわずかな瞬間をねらえば、ピーターのほうが立場が有利なので、相手が驚きから自分をとり戻さないうちに、あるいは戦いがさし迫っていることに気がつかないでいるうちに、あいだを隔てている空間をひと思いに飛んで、デンプシィに躍りかかれるはずである。しかしピーターはそうする気にはなれずに、口火を切って言った――「ジェニィは来ないよ。だがぼくは来たよ……」

デンプシィが壁から身を引いたとき、そののどから出された激怒と憎しみの唸り声は、とても猫とは思えぬほど震えた深みのある、激しいものであった。やがてデンプシィはだみ声で尋ねた――「きさまは！　きさまは一体何者だ？」

ピーターはもう少しもこわくなかった。その瞬間のデンプシィは、すっかり度を失った、普通の路地の猫にすぎなかった。ピーターは旅をしているあいだに、これより大きな猫にはいくらでも会っている。ピーターは言ってやった――「よく見てごらんよ。いつかこのぼくに卑劣なことをしたんだから、覚えているはずだ。今ではぼくがジェニィ・ボウルドリンの面倒をみてやっているんだ」

猫仲間の出す声よりははるかに残忍な、恐ろしい唸り声が、またもやデンプシィののどから吐き出された。デンプシィはいかにも侮辱するような声で言った――「なんだ……きさまか！　今思い出した！　わしの倉庫へ、無断で侵入して来やがった奴《やつ》だな。そのとき、二度とわしの邪魔したら、殺してやると警告しておいたはずだ。では、今から殺してやろう！」そのことばとともに、デンプシィは体をゆがめ始め、尾をおさめて、もとの体の二倍ほどの、脅《おび》やかすような大きさになるまで、その体をふくらませた。

しかしピーターは言った――「ふーん！　その手は知ってるよ。その体の中には事実、空気のほか何もはいってないじゃないか」そしてピーターも相手とおなじ大きさになるまで、自分の体をふくらませた。しばらくのあいだ、そのまま彼らは睨《にら》み合っていたが、自分の手を真似られたことに、少々当惑げな顔をしていたデンプシィは、ついに体をへこませてしまった。ピーターは何の用心もせずに、おなじように体をへこませたが、相手がそのあいだにどこへ移動して、どんな場所にいるかということには、大した注意も払っていなかった。

その点と、今向き合った相手が、何もべつに超特級の猫でないことを知って、かなり相手を見くびったという点は、ピーターの誤算であった。相手のデンプシィは古強者で、百戦の勝者であるということは、いつだって忘れてはいけなかったはずである。しかもロンドンじゅうでも一番厄介な界隈《かいわい》で、そういう評判をとっているということは、理由のないことではないということも、忘れてはいけなかったはずである。

というのは、いつの間にか老練なチャンピオンは、少しも相手に気づかれないように、そっと利口に立ち回って、壁から離れた溝《みぞ》に近い歩道に沿って移動していたからである。そしてピーターを自分と、直立した倉庫の暗い側に置き、ピーターの動き回るに必要な、大事な平地面を遮断してしまった。つぎの瞬間、物音一つたてず、まず脅かすこともせず、警告も与えず、ときの声をあげもせずに、デンプシィはいきなり攻撃を開始した。あッという間にピーターは、自分が必死に防戦していることに気がついた。

相手のデンプシィが電光石火的に立ち回っているのにたいし、ピーターのほうはまだゆうゆうと、相手の突撃を待ちもうけて、その距離と力を正確に計算していたのである。ところが、いざ自分の逆襲の準備に、まず相手の突撃力を弱めるために、それに屈してころがってみたとき、自分がすでにうしろの壁に妨害されていることに気がついた。思いがけない壁に接触した驚きに、自分がそんな壁近くにいるという驚きが重なって、ピーターはいっそうまごついた。そのあいだにデンプシィは二度襲いかかって、残忍な、徹底的な攻撃を加え、二度目は嚙《か》みついてきたのである。最初の攻撃でピーターの頭が大きく横に揺れたため、間髪を容《い》れずに嚙みついてきた攻撃はのどの的をはずれたが、その歯が肩に深く突き刺さった。

骨がぽきんと折れたとき、ピーターは激しい痛みを感じ、そういう事情の中でつづいて起ったことは、それよりはるかにひどいものだった——つまり、気が遠くなって、感覚がしびれたことである。自分の最大の武器である右手と肩は、役に立たなくなったわけである。

こういうわけで、ピーターは緒戦においてすでに痛手を負うという、ハンディキャップをつけられてしまった。そしてデンプシィはそのことを知っていた。

今や攻撃は恐るべき歯と、爪《つめ》と、打撃とで、執拗《しつよう》にくり返された。嚙みつかれ、掻《か》きむしられ、蹴《け》り立てられて、その猛打には一瞬の猶予《ゆうよ》もなかった。ピーターがせっかく綿密に手はずを決めて、攻撃と守備の、戦闘の方法を練習し、巧みな果し合いや、立ち回り方の工夫をこらしていたものも、何の役にも立たなかった。叩《たた》きのめされ、目もくらんでしまったピーターは、もう気力もなくなってはいたが、それでもなお使えるほうの手で、ただあせって、絶望的にむだな打撃を打ち返しているよりほか、仕方がなかった。そしてデンプシィのおやみない、悪意ある波状攻撃によって、壁にぴったり押しつけられながら、それでも弱々しく身を避けたり、ますます死に物狂いに体をねじったり、よろめいたりしていたが、もう体からはすっかり力が抜けてしまい、間もなく自分がくたばってしまうにちがいないと感じた。

今ではピーターの両眼からは血が流れているし、十二、三カ所の肉も引きちぎられているし、うしろ足の片方もひどい怪我《けが》をしているし、胸が燃えてひりひりするような感じがして、呼吸もできないほどである。始まって一分もしないうちに、ほとんど体じゅうがそこなわれてしまったが、それでも容赦のない攻撃はおやみなくつづけられた。

ではこれがジェニィ・ボウルドリンを、わがものと言い張る、横暴な乱暴者から防ぎ守ってやると、誇らしげに引き受けたうぬぼれの結末になるのだろうか。自分の最後は間もなく訪れて来るだろう、ということはピーターも知ってはいたが、誰だって少なくとも最後までは、何とかがんばって戦えるはずである。そしてピーターは自分がなおも奮戦していることに気がついた。あまり成果はあがらなかったし、相手に与える十倍以上の損傷と苦痛を受けてはいたのだが、それでも必死にもがいて、たしかにピーターも何らかの成果はあげたようである。その証拠に、デンプシィももはや無傷ではなかった。一方の目には手ひどい傷を受けているし、裂けていた耳はいっそう裂けたし、片手はめちゃめちゃに嚙まれて、おびただしい出血をしているではないか。そのことは、自分の身に起った悪夢の中の瞬間場面のように、ピーターははっきり見たのである。そしてそれがピーターに勇気を与えることに役立ち、ピーターには一瞬、ひと息入れるひまさえできた。そのひまにピーターは、くぎづけにされていた壁から、何とかうまくもがいて体を下にすべらせ、仰向けに横になることができた。そしてデンプシィが自分の上に身を躍らせたとき、ピーターはまだ無傷の片方のうしろ足で、デンプシィの体を前後に掻きむしり、左手でその首を切り裂いたので、デンプシィもたまらなくなり、ピーターの痛い締めつけから、もがいて体を引き離すあいだ、しばし攻撃を中止した。

ところが突然、こんどデンプシィを面喰らわせるのに役立ったのは、そのおなじ壁であった。そしてその大きな猫が、相手にとどめを刺すはずの最後の攻撃にはいる前、しっかり自分をとり戻そうとしているあいだに、ピーターはうまく体を引き寄せて立ち上がり、怒りの唸《うな》り声をあげながら、むき出した白い歯と、振り上げた左手とで、少なくともしばらくのあいだはデンプシィに攻撃を一時中止させ、再びとどめを刺す襲撃にはいる前に、自分の敵の最大の弱点を、ゆっくり考えさせたのである。

このときのピーターほど哀れな姿をしているものは、ほかにはまたと想像できないだろう。なにしろ頭から足の先まで傷だらけではあり、毛という毛は血ににじんでもつれ、しりをついて仰向けに倒れ、体じゅうを震わせながら、片手はもう使えなくなったが、もう片方の手は、それでもまだ戦おうと思って振り上げているその姿！　そしてデンプシィがこれを最後に進み寄ったのは、そのピーターにとどめを刺すためであった。

しばし頭がはっきりしてきたピーターは、つり上がった細い目を、憎しみでさらにいっそう細め、口ひげを前に突き出して迫って来る相手を見て、一瞬そのデンプシィが全然猫には見えず、不思議にネズミによく似ているのに、はッとした。そしてこの自分が、このピーターが、カウンテス・オブ・グリーノック号の船底の奥深くで大ネズミと上手に戦い、うまくそれをしとめたことを思い出し、デンプシィがつかみかかろうとしたとたんに、最後に残っている力をふりしぼって宙に飛び上がり、宙で体を一回転させながらデンプシィの真うしろに降り立った。

降り立つと同時に相手の首のうしろに歯を深く食い込ませ、あらん限りの力をこめて、かつて大ネズミにとどめを刺したとおなじように、背骨の急所にやっきとなって歯を届かせようとした。

デンプシィは激痛と恐怖のあまり、死ぬような叫び声をあげた。これまで戦ってきた数百回の戦いで、いまだかつてこんなふうな襲撃を受けたことがなかったからである。やがてデンプシィはピーターを引き離そうと必死になってもがいた。右に、左に、上に、下に飛んだ。ころころころころがってもみた。壁に体をぶつけてもみた。そのつど、しがみついているピーターのあごにはますます力がはいり、その歯はあらん限りの力で嚙みついたまま、急所をさぐっていた。そのあいだ、しがみついていたピーターの体ももちろん、いろんなものにぴしゃり、ぴしゃりとぶつけられるので、目もくらみ、むかつきそうになってきた。なにしろ相手のデンプシィは、かつての大ネズミより何十倍もの力があったからであり、もう自分は跳ね飛ばされるにちがいないと観念したことも、何回かあったからである。また、しがみついている力ももはや残っていないと思われることもあったが、そのたびごとにピーターはしぶとく、力の及ばないところは、勇気と精神力でがんばりつづけた。

そして突然、まるで思いがけないほど突然、ピーターは急所の背骨の神経をさぐり当てたので、がちりと嚙みついた。するとデンプシィはひとたまりもなく、もがくひまもなく、ぐったり横倒しに倒れた。足と尾は一度だけびくびく引きつったが、その後はもう二度と動かなかった。

ピーターは勝ったのである。しかし何という犠牲を払ったことだろう。今やこわばって動かぬデンプシィの死体にまたがって、大の字に伸びているピーターは、体の百カ所以上からも出血しているし、もう自分の命数も、あといくばくもないことがわかっていた。ピーターは勝利を得て、ジェニィを救った。しかし自分の最後はもう分秒の問題にすぎない。自分の体は手ひどく噛み裂かれて、四方に傷を負わされているので、もう生きのびることはできない。自分より先に行った敵が、今どこに行っているかはわからないが、この自分も間もなく、その後を追って行くことだろう。間もなく勝者も敗者とおなじ、ごみの山の上に並び合って横たわることだろう。

ピーターは自分がべつにそんなことを気にしていないことに気がついた。もう疲れきってはいるし、あまりにも方々に傷を受けすぎている。死が訪れて来たなら、必ずや休息ができて、苦痛も終りを告げるにちがいない。しかしそういうことにならぬうちに、もう一度だけジェニィ・ボウルドリンに会って、さよならを言いたかった。

ピーターは倒れて動かない敵の死体の上から、ようようの思いで身を起し、自分をあれほど冷酷に扱った敵を、これを最後と見おろしてみた。ピーターの心は、戦いで勝利をおさめた兵士が、勇ましく戦って死んでいった自分の敵に感じるような憐憫《れんびん》の情でいっぱいになった。その憐憫の情は、ピーターが驚いたことに、ほとんど愛情に近いものであった。あれほど目を輝かせ、黄褐色の毛皮の下には、あれほど力強い筋肉を躍動させて、みごとに生きていたデンプシィも、今では骨と皮のグロテスクな脱け殻にすぎないものとなっている。ピーターは自分の仕出かしたことを眺めながら、どうにかしてそれを元に戻し、デンプシィをもう一度生き返らせることができたら……という強い願望を一瞬感じた。やがて、この争いのために、自分も間もなく死ななければならないことを思い出したので、潮の引くように衰えていく、なけなしの力をふりしぼりながら、ピーターは鉄管の中を通り、暗い地下道を渡って、自分たちの家庭に帰る、長い、曲りくねった道を這《は》って行った。

右肩の骨は折れているし、左のうしろ足が怪我しているので、ピーターはもはや立ってはいられなかったのだ。それで、ごみや、埃《ほこり》や、クモの巣の中を通って、地下道の床の上を、身を引きずりながらじりじり進まなければならなかったが、ついにすそ板の穴にたどり着いた。なぜジェニィが助けに来てくれないのかと考えてみたが、正々堂々の戦いの掟《おきて》によって、彼女は出て来てはならないのであり、戦いのどちらかの相手が自分を連れにやって来るまで、無理にも自分のいるところにとどまっていなければならないことを思い出した。

そのうえピーターは、自分はもう彼女を呼ぶ力もないほど弱っていることを知っていた。それでもともかく暗い陰鬱《いんうつ》な通路をじりじりと前進し、何時間とも感じられた時間を費やして、ついに自分たちの家庭だった物置にたどり着き、いざゴールが見えてくると、ないはずの力をふりしぼって、小割り板のあいだをようようの思いで抜け出し、ベッドの上まで体を押し上げ、はしっこの自分の場所のほうまで這って行って、ばったり倒れた。ジェニィは泣きながらそばに駆け寄って来た——「ピーター！　ピーター！　まあ、かわいそうな、かわいそうなピーター！　体をどんなにされたの？」

やがて彼女はピーターの身づくろいをしてやったり、傷をなめまわしたりして、何くれとなく優しく介抱しながら、さめざめと泣いた。

ピーターは頭を上げて、あえぎながら言った、「デンプシィを殺したよ。だが、ぼくもあいつに殺されたと思うよ。さようなら、ジェニィ」

やがて、しばらくしてからまた言った、「ジェニィ……ジェニィ……君はどこにいるんだい？　君が見えないんだよ……」

というのは、寝台も、部屋も、積み上げられた家具も、天蓋《てんがい》も、ありとあらゆるまわりのものがくるくる回転を始め、何もはっきり見えなかったからである。ピーターは自分ががたがた震えながら、何か唸っている暗闇《くらやみ》のようなものの中に這入りこんで行くような気がしたが、もう一度だけ、ジェニィの涙にあふれた目の中に光っている、愛情と優しさを見たいと思って、必死にもがいて戻ろうと努めてみた。

やがて暗闇は完全にピーターを包んでしまった。しかしたとえジェニィの顔はもはや見ることができないとしても、そのおびえた、苦悶《くもん》に満ちた、訴えるような声が、重苦しい目まいのするような暗闇を通して、自分を呼び戻そうと、しきりに呼びかけている声が耳にはいった……

「ピーター、あたしのピーター、あたしを捨てて行かないで！　今あたしを捨てて行かないで、ピーター……」

28 大団円

「ピーター！　あたしのダーリング！　あたしを捨てて行かないで。今あたしを捨てて行かないで……」

暗闇を通してぼくは再び、ジェニィ・ボウルドリンがぼくを呼ぶ声を聞いた。それともはたしてそれはジェニィなのだろうか？　訴える叫びのことばはやはり彼女のことばらしいが、その声は何だか違うように聞える。もっとも、おなじような愛情と、悲痛な思いにあふれてはいるのだが。それにこれまでジェニィはダーリングなどと呼んだためしはない……

「ピーター！　ピーター・ダーリング！　あたしの声が聞えないの？」

ぼくをつかまえておこうとする彼女の声の糸は、何という細さなのだろう。それよりも慰めになる暗闇ともやの中に流されて行くほうが、はるかにらくである。そこにはもはや何の苦しみもないし、戦いもないし、飢えも渇《かわ》きも、湿気もなければ、宿る所もない夜な夜なの震えるような情けなさもない。永遠の眠りについて、いつまでもこの暗闇に包まれているほうが自分の一番望むところである。ぼくはもう疲れ果てているのだ。ところがまた、ぼくに戻って来いと呼びかける声が、遠くから聞えて来るではないか。

「ピーター……ピーター……あたしのところに戻って来て……」

誰かがすすり泣いている。しかしそれは、いつもあれほどぼくの心を感動させていた、ジェニィのおだやかな嘆き方とは違うようだ。その泣き声は深い苦しみと苦悩に満ちていて、ひどく不幸な、ぼくよりさらに不幸な、誰かの泣き声であることを物語っている。ぼくは目を開けて、それが誰であるか確かめてみた。

部屋はぼくのまわりでぐるぐる回っている。明るい天井も、方々の電燈《でんとう》も、人々の顔も、大勢の人間も、みんなぐるぐる回っている。ほんの一瞬、ぼくの目に母の顔が映ったような気がした。

ぼくはまぶしい明りを避けようと思って、瞬間的に目をつむった。そして再び目を開けてみたとたんに、ぼくが本当に母の目をのぞきこんでいることに気がついた。その目は何というおだやかな、うるんだ、優しさをたたえた目だろう。そしてジェニィがぼくをのぞきこんだときの目と、おなじように愛情にあふれている……

「ピーター！　あたしのダーリング、あたしのダーリング！　ほんとにあたしがわかるんでしょう……」これは母の声である。そのほかにもぼくの耳に届いた、何か妙な囁《ささや》きが聞える。この部屋にはほかの人たちもいると見える。そして一瞬、ぼくは父を見たような気がした。

しかし、もしそうだとして、ぼくがまた家に帰ったのだとしたら、ぼくは全然ピーターではなくて猫なのに、どうしてぼくだとわかったのだろう？　ぼくが変っていないということは確かである。なぜなら、あたりを見回して、目が少し明りに慣れてくると、掛けぶとんの上に、自分の両方の白い前足が見えたのだから。何だかすべてがまごつくことばかりのようである。

　ぼくはまだ猫なのに、ではどうやってこの人たちはぼくを捜し出し、どこだか知らないが、こんなところにぼくを連れて来て、ベッドに入れ、そして母がぼくだと知って、ぼくのために泣いているのだろう？　突然ぼくは狼狽《ろうばい》に襲われた。ジェニィ・ボウルドリンはどこへ行ったのだろう？　なぜこの人たちは彼女も連れて来なかったのだろう？　それとも、ぼくの顔をじっと見おろしている母の顔が見えたこの幻想は、ただ単にもう一つのべつの夢のつづきで、その夢から覚めたら、またぼくのかたわらにジェニィを見いだすのではないだろうか？　もしこれがはたして幻想だとしたら、実にあざやかな幻想である。なぜなら母の目から落ちた涙の二滴が、ぼくのほおに優しく当ったのだから。ぼくはこの幻想に、自分のところへジェニィを連れ戻して来る夢に変るチャンスを与えるために、またあわてて目を閉じた。

　こんどは、もやがただ灰色に光っているだけで、どこにもジェニィをみつけ出すことができなかった。ところが、そのときぼくに妙なことが起った。つかの間ではあったがぼくが宙に浮んでいて、その青白い空間の中はのぞき見ることはできなかったし、その空間は物音を何一つ通さなかったが、それでいてその空間とぼくのまわりのすべてに、突然ジェニィ・ボウルドリンが充満しているように思われたのである。彼女の顔も姿も見いだすことはできなかったし、もちろんその声も聞くことはできなかったが、たとえ見えず、聞えずとも、ジェニィがとても強烈に肌に感じられるのであった。ぼくをとり巻いている灰色そのものがジェニィであるか、それともジェニィがその灰色の一部であるかのように、実に強烈に感じられたので、どういうわけかぼくはジェニィの中にはいっているようにも思われたし、やがてまたジェニィがぼくの中にすっかり閉じ込められているようにも思われるのであった。しばらくのあいだぼくは、その優しい感動の魅惑の中に身をまかしていた。ああ、ジェニィ……ジェニィ……

ところがもう一つの幻想のほうもまだつづいていたのである。そしてもう一度目を開けて、その幻想のほうに戻ったとき、見知らぬ人たちがぼくの上に身をかがめているのを見た。頭に白い帽子をかぶり、糊《のり》づけの真っ白い服を着た女と、キャラコの上っ張りを着た男である。何だ、医者と看護婦じゃないか。そうにちがいない。ぼくはデンプシィとの戦いで怪我《けが》をしたのだから、もちろんこの二人はぼくの診察をしているわけである。いま思い出した。ぼくは左のうしろ足も、右の前足も動かすことができない。なぜならデンプシィにそこに噛《か》みつかれて、骨を折られてしまったからである。

看護婦がぼくのほうに寄りかかった。その胸にぴかぴか光る、表面が平らなすべすべしたブローチをつけている。それに映った自分の姿を見て、ぼくははッとした。ぼくはもはや猫ではなかったのである。ぼくはまたもとの自分に戻っているではないか！

それとも、少なくともぼくは半分だけ、もとの自分に戻ったのかもしれない。というのは、その小さな鏡のようなブローチの中に、ぼくは自分の顔を見たからである。すべてが何という胆《きも》をつぶすような、まごつかされることばかりなのだろう！　なぜって、顔つきはたしかにもと通りにはなったものの、頭のあたりは一部、やはり白猫のように思われるからでもあるし、一体掛けぶとんの上の白い前足はどういう意味なのだろう？

医者は頭をかがめ、親切そうな、さぐるような目でぼくの目をのぞきこみ、やがて言った――「坊ちゃんは危機を脱しましたよ。坊ちゃんは正気づいてきました。これからはとんとん拍子に回復してくるでしょう」すぐぼくのうしろに立っていた母が、そっと泣きながら神に感謝し、何べんも何べんもダーリングとぼくのことを呼んでいる声が聞えた。

ではこのほうの話は本当なんだな。父もそこにいる。父は軍服を着て、とても青ざめたこわい顔つきをしている。やがて父はベッドのそばに寄って来て、こう言った

――「わたしはおまえを誇りに思っているよ。おまえは実によく戦ってくれたよ、坊や……」

ぼくがデンプシィと戦ったことを、どうして父は知っているのだろう、と考えてみた。うちのめされて、ほとんど死にかかったとき、ぼくが反撃に出て、その恐ろしい敵にたいし、形勢を逆転させたことを、どうして知っているのだろう？ たしかに父はその場に居合わさなかったのに、どうしてそんなことがわかるのだろう？

ぼくは片方の左手を上げてみた。そして驚いたことに、その手の先には曲った爪《つめ》はついていないで、その代りに五本のピンク色の指がついているではないか。唖然《あぜん》としてぼくはその指を動かしてみた。それから怪我している右手の毛にも触ってみた。しかし自分の感じでは、毛など全然生えていない。何かざらざらした固いもので、そのざらざらした感触は覚えているのだが――すぐに思い出せるのだが……

やがて何だかわかってきた。しっかり巻かれている包帯である。

もうはっきりわかってきた。ぼくはもうどこもかしこも猫ではないのだ。ぼくの全身は男の子なのだ。やがて、水門の扉が開けられたとき、水がどっと滝のように殺到して流れ出すように、すべてのことが一度に思い出された――スコットランド生れのばあや、広場の朝、公園のそばで日向《ひなた》ぼっこしているとら毛の雌の子猫、ぼくが通りへ駆け出して、ばあやが悲鳴をあげたこと、つぎにどすんとぶつかって、にぶい音がした事故。そこまで思い出したとき、ピーターは急にわッと泣きだした。いかにもつらそうに、まるで心がはり裂けんばかりに泣いた。

ピーターが泣いたのにはたくさんの理由があったのだが、その理由のどの一つも、本人にはそれほどよくは理解できなかった――とにかく泣いたのは、ジェニィ・ボウルドリンと、その彼女が住んでいた世界と別れたことのために泣いたのである。その愛する友達を失ったために泣いたのである。起った出来事を思い出してもぞッとするから、それで泣いたのである。自分がギプスをはめられ、包帯を巻かれていることに気がついて、いまその情けない有様に泣いたのである。おそらく中でも一番大きな理由は、やるせない美しいひとの夢からさめて、その夢がすっかり消えてしまい、その夢の中の懐《なつ》かしい相手が、もう呼び戻せない彼方《かなた》に失われてしまったことから来る、人間の深い悲しみに出会ったのは、それがはじめてだったから涙を流したのである。というのは、これを最後にきっぱり戻って来た今、考えてみると、それがジェニィの実体のように思われるし、自分たちがあんなにも雄々しく危険をおかしてきた、長い作りごとのような経験の実体も、そういうものだったように思われたからである。そしてピーターはもう二度と彼女には会えないのである。

何かざわめきのようなものが起った。そして涙の中からピーターは、スコットランド生れのばあやが病院のこの病室にはいって来て、今自分のベッドのそばに近づいて来るのを見た。ばあやは両手に何かかかえている。何かがその腕の中でごそごそしている。それは黒と白のぶち猫で、やっと子猫の域を脱したばかりの若い猫である。筋肉質の細長いわき腹をして、三本の足は黒く、一本だけは白く、白黒の顔の鼻づらの真上に、たったいまインキ壺《つぼ》に鼻を突っ込んだばかりというような、奇妙なしみのような斑点《はんてん》がついている。

ばあやはピーターの上に身をかがめ、その猫をピーターのかたわらに置こうとしながら言った――「まあ、おかわいそうに、坊ちゃま。そんなへんな顔をなさいますなよ。ほら、このかわいらしい猫は、坊ちゃまのものとして飼っていいんですのよ」

しかしピーターは顔をそむけて叫ぶだけだった――「あっちへ連れて行って！　ぼくはこんなものほしくないよ。ぼくのほしいのはジェニィ・ボウルドリンなんだ。ジェニィなんだ、ジェニィなんだよ！　ジェニィ！」そしてどうしても泣きやもうとしなかった。

母はピーターの枕辺《まくらべ》にひざまずいて、息子を胸に抱きよせ、ほおを寄せて、そっと愛情をこめて抱きしめながら囁いた――

「ねえ、ねえ、あたしのダーリング、そんなに泣くもんじゃないわ。誰をほしいというの。誰かがいたの？　ママに話してちょうだい。ここにいれば大丈夫なのよ、あたしのピーター。何にも心配はいらないのよ。もし、ただおまえがもう一度治って、強い男の子になってくれさえしたら、おまえを仕合せにしてやるためなら、どんなことだってやってあげますよ。ねえ、いい子だから泣かないで、あたしのダーリング。もう傷つけるものなんか何もないのよ……」そして母は涙に濡《ぬ》れた息子の目に接吻《せっぷん》した。

そしてピーターにとって一瞬、ジェニィが戻って来たように思われた。ジェニィが戻って来て、いつもやるように自分の目の上に接吻してくれたような気がした。そして再びピーターはどこかしらに、いや、ありとあらゆるところにジェニィがいるような、圧倒されるような気持で胸がいっぱいになった。懐かしい、いとしい、優しい者の魂が、彼女の無形の存在が、今もなお残っていて、彼女を失った恐ろしい心の空虚をみたしてくれた、そのためにピーターはあんなにもつらそうに嘆き悲しんだのである。そうだ、もうぼくにははっきりわかった。ジェニィはもういないのだ。ぼくのかずかずの冒険の相手だった、優しいジェニィはいないのだ。おだやかで、おとなしいが、筋金入りの小さなその体、優秀な先祖を裏書きしている、黒い足裏を持ったその白い足、電光石火のスピードと、上品なその身のこなし、小さな貴族的なその頭、輝く目と、人の心を引きつける、特有なその顔の表情——ぼくはそうした彼女の肉体的の風貌《ふうぼう》は、それがしだいにうすれて消えてしまわないうちに、これを最後とはっきりこの目に焼きつけて、覚えてしまったのである。消えた代りに残されたものは、思い出でもなく、夢でもなく、幻想でもなくて、ただ家へ帰ったということと、幸福であるということとの、すばらしい、心なごむ気持だけである。

もはや何ものも傷つけるものはない、ということは本当である。絶対にどこにもないのである。ジェニィ・ボウルドリンを失ったことでさえそうである。なぜなら、ぼくはきっぱりジェニィをみつけ出し、これからはもう二度と彼女なしにはいないからである。ジェニィは今では、母がぼくを抱いてゆすってくれている、その愛情のこもった優しい腕の中に、ぼくをとり巻いているからである。ぼくのほおに押しつけている母のビロードのような、かぐわしいほおの中に、母の顔の表情の中に、ぼくのまぶたに押しつけている母の唇の優しい感触の中に、ジェニィがいつも生きているからである。

やがて実に不思議なことが起った。もっとも、よく考えてみたら、おそらくそれほど不思議なことでは決してなかったのだが。ぼくがさきほどはねつけた、ばあやの腕の中にいる黒白の子猫が、かわいらしい鳴き声をたて、その鳴き声を聞いて、ぼくがその意味を理解したことである。

ぼくは理解したのである。ぼくにはわかったのである。といっても、雌のその子猫が現実にしゃべったことばを、ぼくがわかったわけではない。というのは、男の子に戻ると同時に、猫のことばにたいするすべての知識は、ぼくの記憶からすっぱり洗い流されてしまったからである。しかしぼくはその哀れっぽい小さな鳴き声の、もの思わしげな調子を思い出したのである。ぼくがあれほどよく知るようになった、愛されることのない、寄る辺ない、宿なし猫の鳴き声を思い出したのである。それは自分を飼い猫にして、暖かみと愛情を与えてくれと頼んでいる、見捨てられた寂しい魂の叫びなのである。

その鳴き声の中に、ぼくらがあれほど長いあいだ知っていた、すべての情けなさと、傷つけられた心と、あこがれとが含まれていたことを感じたのである。そして一瞬、病気をしているあいだに、ぼくの身に起ったり、方々の土地で起った、きびしい、生々しい記憶が、これを最後に舞い戻って来たのである。

その鳴き声は、まるでぼくが後に残してきた世界の恐怖から、助け出してくれと泣きすがっているような声である。自分が宏大な、圧倒されるような世界にほうり出された、寄る辺ない小さな生き物である、ということを発見したことから生れた、恐ろしい恐怖から助け出してくれと叫ぶ声であり、何よりも身に迫っている飢えと渇きから助け出してくれという叫びであり、誰かにこよなく愛してもらって、飼ってもらいたいと渇望《かつぼう》している鳴き声である。その叫びは、はねつけられたものの孤独さからの呼び声であり、無情な、冷酷な都会から見捨てられたものの悲鳴でもあった。

その瞬間あらゆる光景が、あらゆる物音が、あらゆる匂いが、また蘇《よみがえ》ってきた。むさくるしい丸石敷きの通り、汚水の流れている溝《みぞ》、恐ろしい叫び声、通りの騒音、自分たちに向って投げつけられたものの、当って砕ける音、無我夢中でどこまでも逃げ出すときの狼狽《ろうばい》。その宿なし猫の鳴き声は、ぼくが永遠に別れてきた、もう一つの世界の閉ざされた扉から、もう一度中をのぞかせてくれた。無情な都会の街路の物陰から物陰へと、音もたてずに忍び歩いている、影のような四つ足の姿が見える。うす銀色の円筒形のごみ箱に、うしろ足で立っている姿をくっきり浮ばせながら、食べ物をあさっている姿が見える。見捨てられた廃屋の陰で、痛む傷をなめている姿が見える。やがてそれも見えなくなった。もう一つの世界の扉が閉り、もうそれ以上何も見えなくなってしまった。

ピーターはその白黒の子猫の、哀れを誘う鳴き声を再び聞いた。しかしこんどその鳴き声は、もはや暗い幻想は呼びさまさなかった。それはじかにピーターの心の琴線に触れた。なぜ、一体なぜ、自分ははじめこの猫をはねつけたのだろう？　今その寄る辺ない小さな猫に、目をじっとこらして見ているうちに、はねつけたことなど思い出すことさえできそうもなかった。ピーターは自分は今この猫を貰《もら》わなければならないとしか感じなかった。もうはじめっからこの猫を愛していたようにしか感じなかった。

「ねえ、ばあや、お願いだから、その猫おくれよ。その猫がほしいんだよ……」

ばあやは戻って来て、その猫を寝台の上に置いた。その猫はすぐにピーターの胸もとに這《は》い寄り、そのあごの下に頭をすり寄せた。まるでいっぺんにピーターを、自分たちの仲間の一人だと知って、理解したとでもいわんばかりに、ぴったりピーターに寄りそったまま、いかにも満足そうな大きな音をたてて、のどをごろごろ鳴らし始めた。そのためベッド全体がゆれるほどに感じられた。

ピーターはまだ使えるほうの手をあげ、包帯の先から顔をのぞかせている指を使って、そっと子猫の頭を撫《な》で、ほおの横をこすり、あごの下をひっ掻《か》いてやった。まるで本能的に、猫が一番喜び、一番気持よがるあらゆることを知っているし、触ってやるあらゆる場所を知っているとでもいうように。

これというはっきりした特徴もないその黒白の子猫は、ますます大きな音をたて、ますます夢中になってのどを鳴らしながら、その小さな体をいっそうピーターの体に近寄せ、その首や顔にいっそう愛情をこめて体をこすりつけ、まったく頼りきって身をまかせていた。

ピーターの母は言った——「まあ、かわいらしい猫じゃないの。何と名前をつけるつもり？」

何と呼ぼうかしら、とピーターはしばらく頭の中で捜しながら考えていた。確かいつか聞いたか、自分で考え出したかした名前があるはずであり、万一自分が猫を飼うようなことがあったら、つけようと思っていた名前である。自分の名前とおなじように、よく知っていた名前だったのだが。

ピーターは母の顔を見て、つぎにその小さな宿なし猫の顔を見た。しかしいくら思い出そうとしてみても、何も思い出せないし、その名前の手がかりになりそうなことさえ、思い浮ばなかった。その名前を前に知っていたことさえ、あやふやになってきた。

しかしさきほどもう一つの世界の扉を閉めるとき、すばらしい平和感と安心感とが訪れて来ていた。その扉の奥に、自分の幻覚と不安から浮び上がった、すべての暗黒の恐怖が閉じ込められてしまったのである。もうピーターは何ものをも恐れていなかった。今自分がいることに気づいた病院の病室も、怪我のにぶい痛みも、孤独さも、何もかも恐れていなかった。自分が寝ていて、もはや思い出せなくなった夢を見ていた、長い時間のあいだに、みんなが自分から恐怖というものをとり払ってくれたように思われた。自分はもう二度と、前とおなじような形で、恐怖を経験することはできなくなったような気がした。自分は生れてからまだ、こんな幸福な気持になったことはないように、ピーターは感じた。

ついにピーターは口を開いた。今自分の心にあふれている純真な、気楽な気持から口を開いた、「ねえ、ママ！　この猫すてきだろう！　ぼくをどんなに愛しているか、よく見てよ。鼻に黒い斑点があるから、ぼくこの猫を『しみ屋さん』と呼ぶことにするよ。それに、ね、お願いだけど、ぼくこの猫といっしょに寝ていいでしょう？」

そしてピーターは白分のベッドのまわりに集まっている、すべての人たちの顔を見上げて、にっこり笑った。

解説

古沢安二郎

ポール・ギャリコは一九六一年に、自分のそれまで発表したかずかずの短編小説の中から二十編を選び出し、それに『ある物語作家の告白』という表題をつけた。その一つひとつの作品に、その生れた由来や背景についての告白を添えたわけである。冒頭に「主として自伝的な」というまえがきがつけられているが、ギャリコの経歴を知るにはこれに頼る以外に何の手がかりもない。訳者もそのまえがきの中から、できるだけ簡単に、とても興味深い彼の来歴を組み立ててみよう——

ポール・ギャリコは、一八九七年七月ニューヨーク市で生れた。父はイタリア人移民の一人で、コンサート・ピアニストであり、作曲家であり、音楽教師であった。母はオーストリア人であった。一家の生活にはかなりの余裕があったらしく、十歳の夏の休暇に、両親に連れられて万国博覧会見物のためブリュッセルへ出かけたほどである。両親がそろって外出した夜、ポールはブリュッセルのそのホテルの便箋《びんせん》とインクとペンで、生れてはじめての短編小説を書いた。

しかし少年時代のある時期に、一家の財政がひどく逼迫《ひっぱく》したことがあったらしく、ポールはある夜両親の話し合っていたことばをはっきり覚えている――「世間の人たちは金づまりになると、まず娘や息子の音楽のレッスンをやめさせるが、いざ病気となれば、どんなに無理してでも医者のところへは行かせるものだ」

それに少年ポールは近処の人が怪我《けが》をしたと聞くと、誰よりも先に救急箱を持って駆けつけるような子供だった。ニューヨーク市のパブリック・スクール、ハイスクールを出ると、親の家にはいたが、さまざまなアルバイトで学費を稼ぎながら、医者になるつもりでコロンビア大学の医学部予備コースにはいった。しかし医者になるという決心も、いざ予備コースが終りに近づき、これから医学部に進学しなければならなくなったとき、ついに作家になりたいという少年時代からの野心に打ち負かされてしまった。

「ぼくが医学部を断念したことによって、どれほどたくさんの人命が救われたかと思うと、身震いがする」と彼は述懐している。

第一次大戦が起ると海軍予備隊に志願したが、弱視のため倉庫係に回された。しかしふとしたことからハイスクールのフットボール選手であった経験がものを言って、戦闘部隊に編入され、終戦を迎えたときには掌砲曹長《ガンナーズ・カート》になっていた。復員後ふたたびコロンビア大学に戻った彼は、四年のときにはボート部の主将をつとめ、一九二一年に大学の理学部を卒業した。

口をきいてくれる人があって、ニューヨーク『デイリィ・ニューズ』社の映画部の記者となったが、彼の書く映画批評はあまりにも利口ぶりすぎるという理由で、三十日で映画部を追われた。彼を拾ってくれたのはスポーツ部であったが、署名入り記事も書かせてもらえない、単なるスポーツ・リポーターの地位であった。

サラトガのデンプシィ・トレーニング・キャンプで、何か「おもしろい」記事を捜して来いと命じられた彼は、たまたま自身もヘビーウェイト・クラスの体重があり、海軍と大学のボート部の四年間で体調も申し分なかったので（ただしボクシングの経験はゼロであったが）、デンプシィに、ボクシングとはどんなものかじかに体験してみたいから、いっしょにリングに上がらせてもらえないかと頼んでみた。デンプシィ側では、きっと敵側の回し者で、何か悪意をいだいてやってきたにちがいないと思ったようである。とにかく一分二十七秒で、リングの上に仰向けにのばされてしまった。しかし何のガードもないギャリコのあごに、デンプシィの迅風《はやて》のような左フックが見舞ったという事実は、『デイリィ・ニューズ』の社長パタソン大佐のしかめづらを微笑に変えた。

彼はスポーツそのものを内面からじかに体験しようと、引きつづいて、当時スピード・ボート王と言われたガー・ウッドといっしょに、彼の『ミス・アメリカ』号に乗って、時速三三五キロでデトロイト川を走った。大リーグの選手に混じって、ゲーム前の練習時にピッチャーのスモーク・ボールを打とうとしたり、カーブをミットに収めようとしてみた。ハイスクール時代やっていたアメリカン・フットボールのむずかしさと厳しさも学んだ。また、ビンセント・リチャーズとヘレン・ウィルスのドライブが唸《うな》って耳を掠《かす》めて飛ぶあいだ、テニス・コートに手も足も出せずに立ちつくしていた。ボビー・ジョーンズと試合したときも、おなじようにゴルフ・コースで無残の身をさらしていた。しかしそうしたスターたちの力量とタイミングから得た真相は、もちろん測り知れないほど貴重なものであった。パイロットの免状も取り、単独滞空時間は五〇〇時間以上に及び、ある大試合の記事を空から取材することも始めた。

ついにギャリコはアメリカで最も高給取りのスポーツ・ライターとなり、彼の書くものは一流雑誌をも賑《にぎ》わすようになった。しかしスポーツ・ライターはどんなに人気が出ようと、要するにスポーツ・ライターにすぎない。若いころから売れない短編小説を書き、小説作法の勉強をしていた彼にも、ようようチャンスがやって来た。というのは当時の文学者の登龍門とも言うべき『サタディ・イブニング・ポスト』に、彼の短編小説がはじめて迎えられたのである。しかも彼の書く短編小説はつぎつぎと掲載され、ついで各種の一流雑誌も争って彼の小説を求めるようになった。小説の一つがハリウッドに五〇〇〇ドルで売れたのを機会に、意を決して一九三六年、すなわち三十九歳のとき、『デイリィ・ニューズ』から退社して、イングランドの海峡に面したサムカムという小さな漁村にコティジを借り、グレート・デーン一頭と、二十四匹の猫といっしょにしばらくそこで暮した。

第二次大戦の始まった翌年、ダンケルクの英独両軍の死闘の報を聞いてたまらなくなった彼は、ふたたび海軍にはいろうとしたが弱視のため再度失敗したので、従軍記者として参戦した。

一九四一年に発表された『白雁《スノー・グース》』は、北海に臨んだイングランドの小さな漁村を舞台として、ダンケルクの敗戦の一面を描いたものである。ギャリコはこの作品で一躍文学者としての地位を確立し、本は世界的なベスト・セラーとなって、のちに書かれた『小さな奇跡』とともに、今日もなお現代文学の古典として世界じゅうに愛読されている。

一九五〇年に書かれたこの『ジェニィ』は、作者自身「わたしの小説の中では猫について書いたものが一番気に入っている」と言っているとおり、猫にたいする深い愛情と経験から生れた、猫の生活を描いたものとしては文字どおり世界に類のない作品である。いわゆる「猫もの」としては、一九五七年の『タマシーナ』があるが、雄猫だと思って「タマス」という名をつけたものの、あとで雌とわかり「タマシーナ」と改名したという、出だしから愉快な作品である。これはウォルト・ディズニーが『三回生れ変ったタマシーナ』としてテクニカラーで映画化したので相当数の日本人も見ているはずである。しかし何と言ってもギャリコの名前が日本人に知られるようになったのは、新潮社がこの『ジェニィ』を出版してからである。

その後『ポセイドン・アドベンチャー』が映画化され、大々的な宣伝とともに上映されると、彼の作品がつぎつぎに出版されるようになった。たとえば『ハイラム氏の大冒険』『ハリスおばさんパリへ行く』『雪のひとひら』『愛のサーカス』『マチルダ』など、そのほかにもまだあるようである。

ギャリコについて誰もが何よりもまず感じるのは、まるで天空を自在に駆けめぐるような縦横無尽のフィクションの才であろう。ついで感動するのは、主人公のみならず、彼の描くすべての人物に注がれているかぎりない愛情である。同時に彼の舞台に活躍する人物が、すべて切れば血の流れる人物ばかりだということである。わたしはその秘密を『ある物語作家の告白』の中に発見した。「帽子」と題するきわめて短い小説の主人公である、のちにアメリカの映画界の大御所となったアイルランド生れのユダヤ人移民マクマナスを描くために、ギャリコは当時有名であったダブリンのユダヤ人市長と、酒をくみかわしながら懇談したと告白している。自分の短編小説の主人公を生きた人間として描くために、ダブリンまで飛行機で飛んで行って、市長をモデルにしたとは！

一九七六年の夏、わたしはある週刊誌から突然ギャリコの死を知らされた。彼の作品を日本に紹介していたわたしにとっては、何という悲しい驚きだったことだろう。しかし愛していたモンテ・カルロで七十九歳の生涯を終ったということは、せめてもの慰めであった。イングランドに移り住んでいた彼は、その後モナコやリビエラ海岸を愛すようになり、ついにアンティブの港の丘の上に居をかまえ、同時にモンテ・カルロにもアパートメントを持った。彼は最後の作品とも言うべき『マチルダ』を、モナコの大公レニエ三世にささげているほどである。おそらくギャリコが老いてもなおフェンシングの、特にエペの名手であったことや、二人とも熱烈な海洋と動物の愛好者であった点で、レニエ三世とはいわゆる肝胆相照らす仲だったのであろう。彼はまたモナコの漁民たちにも愛されていたようである。彼は若いころから魚とりにかけては漁民たちをも負かすほどの名人だった。

この短い解説で、読者諸君にせめてギャリコのプロフィールをかいま見たと思っていただければ幸甚である。

（一九七九年二月）

この作品は昭和四十七年一月新潮社より刊行された。

P・ギャリコ
矢川澄子訳

スノーグース

孤独な男と少女のひそやかな心の交流を描いた表題作等、著者の暖かな眼差しが伝わる珠玉の三篇。大人のための永遠のファンタジー。

P・ギャリコ
矢川澄子訳

雪のひとひら

愛の喜びを覚え、孤独を知り、やがて生の意味を悟るまで——。一人の女性の生涯を、雪の結晶の姿に託して描く美しいファンタジー。

L・キャロル
矢川澄子訳
金子國義絵

不思議の国のアリス

チョッキを着たウサギ、チェシャネコ、ハートの女王などが登場する永遠のファンタジーをカラー挿画でお届けするオリジナル版。

L・キャロル
矢川澄子訳
金子國義絵

鏡の国のアリス

鏡のなかをくぐりぬけ、アリスはまたまた奇妙な冒険の世界へ飛び込んだ——。夢とユーモアあふれる物語を、オリジナル挿画で贈る。

グリム
植田敏郎訳

白雪姫
—グリム童話集（Ⅰ）—

ドイツ民衆の口から口へと伝えられた物語に愛着を感じ、民族の魂の発露を見出したグリム兄弟による美しいメルヘンの世界。全23編。

グリム
植田敏郎訳

ヘンゼルとグレーテル
—グリム童話集（Ⅱ）—

人々の心に潜む繊細な詩心をとらえ、芸術的に高めることによってグリム童話は古典となった。「森の三人の小人」など、全21編を収録。

モンゴメリ
村岡花子訳

可愛いエミリー

「勇気を持って生きなさい。世の中は愛でいっぱいだ」。父の遺した言葉を胸に、作家になることを夢みて生きる、みなしごエミリー。

モンゴメリ
村岡花子訳

赤毛のアン
―赤毛のアン・シリーズ1―

大きな眼にソバカスだらけの顔、おしゃべりが大好きな赤毛のアンが、夢のように美しいグリン・ゲイブルスで過した少女時代の物語。

バーネット
畔柳和代訳

小公女

最愛の父親が亡くなり、裕福な暮らしから一転、召使いとしてこき使われる身となった少女。永遠の名作を、いきいきとした新訳で。

バーネット
畔柳和代訳

秘密の花園

両親を亡くし、心を閉ざした少女メアリ。ヨークシャの大自然と新しい仲間たちとで起こした美しい奇蹟が彼女の人生を変える。

C・ブロンテ
大久保康雄訳

ジェーン・エア（上・下）

貧民学校で教育を受けた女家庭教師と、狂女を妻にもつ主人との波瀾に富んだ恋愛を描き、社会的常識に痛烈な憤りをぶつける長編小説。

E・ブロンテ
鴻巣友季子訳

嵐が丘

狂恋と復讐、天使と悪鬼――寒風吹きすさぶ荒野を舞台に繰り広げられる、恋愛小説の恐るべき極北。新訳による〝新世紀決定版〟。

Title : JENNIE
Author : Paul Gallico

ジ ェ ニ イ

新潮文庫　キ－2－1

Published 2001 in Japan
by Shinchosha Company

昭和五十四年　七　月二十五日　発　行
平成二十三年十二月二十日　三十二刷改版
令和　五　年　三　月　十　日　三十五刷

訳　者　古《ふる》沢《さわ》安《やす》二《じ》郎《ろう》

発行者　佐藤隆信

発行所　株式会社 新潮社

郵便番号　一六二―八七一一
東京都新宿区矢来町七一
電話 編集部(〇三)三二六六―五四四〇
　　 読者係(〇三)三二六六―五一一一
https://www.shinchosha.co.jp

価格はカバーに表示してあります。

乱丁・落丁本は、ご面倒ですが小社読者係宛ご送付ください。送料小社負担にてお取替えいたします。

印刷・株式会社三秀舎　製本・加藤製本株式会社

ISBN978-4-10-216801-1 C0197